Ein Samstagnachmittag, sommerlich heiß, das Ufergrün staubig. Von einer kleinen Segeljacht schallen Akkordeonklänge herüber, Gelächter. Jemand ruft »Libs!« Die Akkordeonspielerin hebt den Arm zu einem spöttischen Salut. »Ahoi, Pirat!« An der Anlegestelle sieht er sie wieder. »Haben Sie Badesachen dabei?« – »Natürlich!« Er zieht sich das Hemd über den Kopf. Die Narben auf seinem Rücken bieten Libs eine erste Gelegenheit, Harro zu berühren. »Und das?« – »Nichts. Ein paar SA-Typen wollten ihr Mütchen kühlen.«

Sabine Friedrich

# Einige aber doch

Roman

dtv

Von Sabine Friedrich sind bei dtv außerdem erschienen:
Puppenhaus (20936)
Familiensilber (21538)
Immerwahr (21488 und 25379)
Wer wir sind (28003)
Wer wir sind. Werkstattbericht (21403)
Epilog mit Enten (28087)

Ein Personenverzeichnis finden Sie ab Seite 429
Für ein ausführliches Quellenverzeichnis siehe
www.wer-wir-sind.de

MIX
Papier aus verantwortungsvollen Quellen
FSC® C083411
www.fsc.org

Originalausgabe 2019

Dieses Werk wurde vermittelt durch die Literarische Agentur
Thomas Schlück GmbH, Garbsen
Umschlaggestaltung: zero-media.net
unter Verwendung von Bildern von Libertas und Harro Schulze-Boysen
mit Libertas' Cousine, Park Liebenberg, Ostern 1936
© Gedenkstätte Deutscher Widerstand, gettyimages/Bettmann
und gettyimages/alexkotlov
Satz: Greiner & Reichel, Köln
Gesetzt aus der Aldus LT Pro 10,25/14˙
Druck und Bindung: CPI books GmbH, Leck
Gedruckt auf säurefreiem, chlorfrei gebleichtem Papier
Printed in Germany · ISBN 978-3-423-28201-7

»Die Lehre solcher Geschichten ist einfach,
ein jeder kann sie verstehen. Sie lautet,
politisch gesprochen, daß unter den Bedingungen
des Terrors die meisten Leute sich fügen,
*einige* aber *nicht*.«

*Hannah Arendt*
*in ›Eichmann in Jerusalem:*
*Ein Bericht von der Banalität des Bösen‹*

# Vorwort der Autorin

›Einige aber doch‹ ist der erste von drei Bänden, in denen ich noch einmal in die Welt von ›Wer wir sind‹ zurückkehre, meinen 2012 erschienenen Roman über den deutschen Widerstand in der Zeit des Nationalsozialismus. Idee dieser Neubearbeitung ist es, den Inhalt des über zweitausend Seiten starken Originals zu verdichten, zu kürzen und in die Form dreier unabhängig voneinander zu lesender Bücher zu gießen, mit denen auch ein Publikum erreicht werden kann, das die reine Textmenge von ›Wer wir sind‹ abgeschreckt hat.

Die Neubearbeitung dieses Stoffes geschieht zum einen auf Wunsch des Verlags, der auf die Wiederaufnahme des Themas angesichts gegenwärtiger politischer Entwicklungen gedrungen hat: der Rückkehr völkischer Parolen, des Wiedererstarkens der in ihrem Kern grundsätzlich mörderischen Nationalstaatsideologie, deren extremste Ausprägung bisher der Nationalsozialismus gewesen ist, und des europa- und weltweiten Aufstiegs einer Sorte politischer Führer, wie sie ein Wahlvolk nach oben spült, das auf die großen Wanderungsbewegungen und das Sterben an den Rändern der reichen Welt mit Fremdenfurcht, Verarmungsängsten und Hass reagiert.

Zum anderen hat sich ›Wer wir sind‹ konsequent geweigert, aus meinem Leben zu verschwinden. Die Veranstaltungen, die auf die Veröffentlichung des Buchs folgten, hielten mich in den Wänden des Hauses, das ich in sechs Jahren errichtet hatte, ebenso die Menge der brieflichen Reaktionen, mit denen ich nicht gerechnet hatte. Leserinnen und Leser schrieben, Nachkommen von Nazigegnern, Kinder und Enkel von Opfern und von Tätern, die oft auch allerlei historisches und biografisches Material übersandten und um Vorschläge baten, wie damit zu verfahren sei. Literarische Berühmtheiten verfügen über ein Sekretariat – ich nicht. Also war ich bemüht, alles selbst zu bearbeiten. Ich möchte diese Gelegenheit wahrnehmen, um mich bei denen zu entschuldigen, deren Zuschriften damals womöglich untergegangen sind.

Danach, als alles wieder ruhiger wurde, stand ich zunächst wie heimatlos herum und versuchte mich zu besinnen, wer ich vor 2006 gewesen war. Ergebnis war der semi-autobiografische Roman ›Epilog mit Enten‹, dessen Erscheinen mich 2016 für ein paar Wochen mit der Vorstellung zurückließ, nun sei im Grunde alles gesagt, und man könnte vielleicht zu malen beginnen oder Astrophysik studieren.

Und dann, einem Impuls folgend, über den ich mir keine Rechenschaft ablegte, fand ich mich plötzlich mitten darin, dass ich die Geschichten der Protagonisten von ›Wer wir sind‹ noch einmal zu erzählen begonnen hatte, und zwar diesmal auf Englisch.

Natürlich lässt sich das Leben eines jeden Menschen auf unzählig viele Weisen erzählen, die alle stimmen und zugleich nicht stimmen, weil noch das ärmste und beschränkteste Leben unendlich viel reicher ist als jede mögliche Darstellung. Für mich veränderte die fremd-vertraute Sprache den Stoff. Handlungen, die mir absichtsvoll erschienen waren, bekamen einen Hauch des Zufälligen, Bekannte dieses oder jenes Protagonisten schoben sich weiter nach vorn ins Rampenlicht, auf andere fiel ein plötzlicher Schatten. Dann bekam der Verlag Wind von der Sache, die inzwischen auf über zweihundert Seiten angewachsene englische Version offenbarte ihre Funktion als Neueinstieg, ich brach sie ab und begann noch einmal von vorn, nun wieder auf Deutsch, wobei die ersten 50 oder 60 Seiten des vorliegenden Buchs im Wesentlichen eine Übersetzung des entsprechenden englischen Textteils darstellen.

Band 2 dieses dreibändigen Romanprojekts wird sich auf den Familienkreis der Dohnanyis und Bonhoeffers, Henning von Tresckow und Stauffenberg konzentrieren. Band 3 wird noch einmal nach Kreisau zurückkehren, zu den Moltkes und Yorcks und all jenen, die nach Moltkes Verhaftung im Januar 1944 im zivilen Arm des 20. Juli aufgingen.

Als ich mich 2006 mit der Roten Kapelle zu beschäftigen begann, habe ich nicht geahnt, wie lange ich mit dem Thema zu tun haben würde. Zufällig sind es zu dem Zeitpunkt, da ich dies schreibe, gerade zwölf Jahre. 2006–2018, 1933–1945: eine dieser zufälligen Kongruenzen, die nichts besagen, die Zeit läuft ja weiter, von Epoche kann keine Rede sein, nicht einmal 1945 gab es wirklich eine Stunde null. Dass Deutschland eine Kulturnation sei, klang mir in meiner Jugend immer nach Verehrung der Dichter und Denker, wo doch der Sprecher in Wirklichkeit die Macht für sich reklamieren wollte, festzulegen, ob gerade das Judäochristliche oder nicht doch das Germanen-Geaff als Leitkultur zu gelten habe, und einer Kulturnation unwürdig war nicht der Holocaust oder dass man Gastarbeiter Spaghetti- und Knoblauchfresser nannte, sondern das Rumgezappel zu Negermusik.

Auch ein Weg von tausend Meilen, so die Kalenderweisheit, beginnt mit einem Schritt. Als in Deutschland die völkische Bewegung erstarkte, rechtsnational, antimodern, rassistisch, misogyn, deren Erben heute ihre identitär-autochthonen Bürgervisagen in die Kameras recken, konnte man möglicherweise nicht ahnen, auf welches Ziel dieser Weg hinlaufen würde. Heute ist es unmöglich, dies nicht zu wissen.

Dass Geschichte sich zweimal ereignet, einmal als Tragödie, das andere Mal als Farce, ist noch so ein abgekauter Kalenderspruch und natürlich nicht wahr. Das arische Superheldentrio Hitler-Goebbels-Göring hat schon seinerzeit für Heiterkeit gesorgt, und wer im Kasperltheater eins mit der Patsche übergebraten kriegt, den tröstet es wenig, dass er zusätzlich zum Schmerz auch noch das Lachen der Kinder zu erdulden hat.

Tatsächlich verläuft der Rückfall in eine Krankheit oft dramatischer als der erste Infektionsschub, jedenfalls ist er meist langwieriger zu kurieren. Dass dieser Roman, überhaupt ein Roman oder irgendein noch zu schreibendes Buch als eine Art Schutzimpfung fungieren könnte, das bilde ich mir im Traum nicht ein. Man weiß, zu welcher Form der Erleuchtung Bücher den Nazis gedient haben.

Was freilich keinerlei Grund ist, sie ungeschrieben zu lassen.

Coburg, im Dezember 2018

# Prolog/Epilog

*16. Februar 2018/16. Februar 1943,*
*Berlin-Plötzensee*

Warum bin ich zurückgekommen? Wozu noch einmal aufbrechen, noch einmal mit ihrem Ende beginnen? Was mache ich hier, wer bin ich oder wer glaube ich zu sein, Jona auf dem Weg nach Tarschisch?

Komm, lass sie liegen. Lass sie ausruhen von ihren Werken, lass die Stadt um sie in den Staub sinken wie Ninive am Ufer des Tigris, Dohlen und Eulen schlafen auf den Trümmern, sie schreien in den Fenstern und die Raben auf den Schwellen –

Ich bin mit dem Bus gekommen, via Potsdamer Platz, Checkpoint Charlie, Topografie des Terrors. Eine kleine touristische Zeitreise, um erneut hier zu landen, vor Haus III des Gefängnisses Plötzensee: dem Totenhaus, das stumm und angespannt unter dem pelzigen Mittwinterhimmel kauert. Horch: Echos von Schritten in Fluren –

Aber hier ist gar nichts, nur der Schuppen. Nur die postutopische Stadtlandschaft westlich des Berlin-Spandau-Kanals und nördlich der Autobahn 100: Fabriken, Kleingartenkolonien, Lagerhallen, festgebackene Schneehaufen wie dreckiges Styropor und der Eisenbesen des Winds, der ungehindert aus Sibirien heranfegt. Dies ist keines Menschen

Heimat, und hätte ihn seine Mutter auf dem Asphalt vor meinen Füßen geboren. Hier war jeder ein Fremder, egal wo er herstammte: aus der Sowjetunion, den Ländern des besetzten Europa oder dem Vaterland höchstselbst. Oder aus Milwaukee, Wisconsin, wie die Frau in Zelle 25, deren Todestag sich heute zum 75. Mal jährt: Mildred Harnack-Fish, vierzig Jahre alt, die, so ihre Biografin, ihre letzten Stunden damit verbracht hat, Walt Whitmans Gedicht über die Ermordung Abraham Lincolns aufzuschreiben.

Aus dem Gedächtnis natürlich. Es empfiehlt sich, das eine oder andere auswendig zu können, für den Fall, dass man einmal in eine Lage gerät, wo man nur auf das zurückgreifen kann, was man bei sich hat, und das fände man nicht in seinen Taschen.

*When lilacs last in the dooryard bloom'd*
*And the great star early droop'd in the western sky*
*in the night,*
*I mourn'd ... and yet shall mourn with ever-returning*
*spring –*

Wahrscheinlich hatte man ihr einen Stoß Blanko-Briefformulare überlassen: kostbare Blätter, normalerweise einzeln ausgegeben, und liniert, um den Mitteilungsdrang der Häftlinge zu begrenzen. Auch ein Zensor braucht seinen Feierabend. Aber warum die in Zelle 25 nicht nach Herzenslust kritzeln lassen? Die kam in ein paar Stunden ohnehin weg, zusammen mit ihrem ganzen Geschreibsel. Oder hätte man sie etwa an ihre Familie schreiben lassen sollen, nach Amerika?

Da sitzt sie also, auf einem Hocker, im Licht der Glühbirne, die Tag und Nacht brennt, und versucht die Sprache ihrer Mörder mit einem amerikanischen Gedicht zu verscheuchen, während deutsche Wörter in ihrem Kopf herumsurren wie Schmeißfliegen. Gleich wird der zahnlose Schuster hereinschlurfen, mit den Holzpantinen und dem Kittel, für ihren Gang zum Schuppen. Sie hat von ihm gehört: Erst schneidet der Schuster den Frauen das Haar ab, dann der Henker den Hals. Ja, eine komplexe Maschinerie ist das Rechtssystem, viele Rädchen müssen ineinandergreifen, damit es schnurrt: wobei eine ruinierte Frisur wohl als eher lässliche Unannehmlichkeit zu werten ist, unter den gegebenen Umständen. Andererseits, halt inne, denk nach: Warum sollte ihr Haar der Guillotine im Weg sein? Ist die Schneide so stumpf?

Vorbei die goldenen Zeiten, wo ihr ein solcher Einfall noch ein Stöhnen abgepresst hätte. Der Schrecken trifft sie längst nicht mehr blitzartig, sie zuckt und zappelt Tag und Nacht in seinem blendenden Strahl. Fast spürt sie ihn nicht mehr. Sie weint allerdings.

Sie weint unaufhörlich, stetig, ohne Hoffnung auf Trost: eine Niobe, die niemals Kinder hatte. Ein Fluch, der sich nun als ein Segen herausstellt. Mit anderen Worten, es könnte alles viel schlimmer sein. Sie sagt sich, dass sie damit leben kann, sterben zu müssen, es ist die Einsamkeit dieser letzten Stunden, die sie umbringt. Blickt sie zurück, sucht sie nach einem Sinn, nach dem roten Faden im sich zusammenziehenden Knoten?

Alle Wörter, die ihr geblieben sind, offenbaren nun ihre Herkunft: das Lexikon des Henkers.

Sie hält eine Orange in den Händen. Ein Abschiedsgeschenk des Kantinenwirts, das ihr der Gefängnispfarrer mitgebracht hat. Anständige Menschen, diese beiden, sie haben Mitleid mit ihr. Sie hoffen, dass die Orange sie tröstet, sie vielleicht an ihre Kindheit in Amerika erinnert: an ein mageres Schulmädchen, märchenblond, in die Kleider ihrer älteren Schwestern gehüllt wie in die fadenscheinigen Roben einer Prinzessin im Exil. Tagträume von Rittern, Liedern unter Rosenbögen. Auftritt ein Fremder: ein Doktor der Rechte und angehender Nationalökonom, von einem Rockefeller-Stipendium über die Sieben Meere geweht, ihr Seelenbruder, so blond wie sie, sein Haar der Goldhelm eines fahrenden Sängers. Ah ja, die verwandelnde Kraft der Imagination! Der Natur, der Poesie, der Liebe. Der Gewalt. Ja. Eine ungeheuerliche Verwandlung: Stein zu Staub, Knochen zu Wasser. Sie weint und weint, seit jeher, immer schon, ihre Tränen fast ölig, der Bodensatz am Grunde des Kelchs.

Der Gefängnispfarrer steht bei ihr. Harald Poelchau: Er verkneift sich Trostworte. Gerade hat er Frau Dr. Mildred Harnack-Fish berichtet, wie ihr Mann gestorben ist. Wobei das in Wahrheit nicht möglich ist. Der Tod zielt auf das Tier, auf den wortlosen Kern. Außerdem war Poelchau nicht dabei. Man hat ihm den Zutritt zum Schuppen verwehrt. Eine Neuerung, das. Bis zu jenem 22. Dezember 1942 ist es seit jeher das Recht und die Pflicht des Gefängnispfarrers von Plötzensee gewesen, den zum Tod Verurteilten bis zum Ende zu begleiten: mit ihm vor den schwarzen Vorhang zu treten, der plötzlich auffliegt, die Guillotine wird sichtbar, die Gehilfen des Scharfrichters packen das Opfer, drücken es hinunter und auf das Instrument, das Beil saust herab, der Kopf rollt zu Boden, der Blutstrom bricht hervor, die Beine zucken wild, die Holzpantinen fliegen in hohem Bogen.

Wobei Arvid Harnack nicht auf diese Weise gestorben

ist. Letzten Sommer, während der Verhaftungswelle, haben Häftlinge eines Außenlagers des KZs Sachsenhausen einen Stahlträger mit acht Fleischerhaken im Schuppen angebracht. Warum acht? Fünf der elf, die am 22. Dezember exekutiert worden sind, sind an diesen Haken gestorben, aber nicht gleichzeitig, natürlich nicht; fast ist Poelchau versucht zu sagen: Gott bewahre. Arvid Harnack, Harro Schulze-Boysen und die anderen wurden einer nach dem anderen in den Schuppen geführt, in Abständen von exakt fünf Minuten.

Für die Guillotine genügen drei. Poelchau hat Röttgers nicht auf diese grausige Differenz angesprochen. Der Scharfrichter wohnt in Moabit, er betreibt nebenbei ein Fuhrunternehmen. Seine Gehilfen sind Fleischerlehrlinge. Es ist nützlich zu wissen, wo bei einem Tier die Wirbel sitzen.

Arvid Harnack jedenfalls war in seiner letzten Stunde ruhig, gefasst, beinahe heiter. So hat es Poelchau seiner Witwe berichtet, für die er die Geschichte noch einmal und jedes Mal wieder so hat erzählen müssen, als täte er es zum ersten Mal. Er hat gesagt: Auf Wunsch Ihres Mannes haben wir Goethes ›Prolog im Himmel‹ miteinander gesprochen. Sie wissen. *Die Sonne tönt, nach alter Weise –*

Sie hat genickt, beinahe lächelnd, beinahe die Zeilen mit ihm sprechend, wie er sie mit Arvid gesprochen hatte. In früheren Zeiten wäre Poelchau danach bei Arvid geblieben. Dass er das diesmal nicht getan hat, hat er Mildred verschwiegen. Aber er war rechtzeitig wieder zurück, um Arvid über den Hof zu begleiten, so wie zuvor Harro Schulze-Boysen, der als Erster gegangen ist.

»Libs und Harro«, sagt Mildred. »Haben sie einander noch einmal gesehen?«

»Nein.«

Sie nickt wieder, mit geschlossenen Augen, die Frucht in ihrem Schoß umklammernd wie eine Planke im Meer. Ihren Ehering wird der Staat einschmelzen. Arvids Abschiedsbrief hat sie gestern früh ihrer Zellengenossin im Frauengefängnis Kantstraße übergeben, die heute ins Konzentrationslager Ravensbrück verbracht worden ist und hofft, sich und den Brief über die Zeiten retten zu können.

*Mein innig geliebtes Herz –*

Mildred kann ihn auswendig. Was sie verloren hat, sind die vertrauten Züge: die Schriftzüge seiner Hand, die es nicht mehr gibt.

*Erinnerst du dich an unser erstes ernstes Gespräch? Dieses Gespräch wurde mein Leitstern und ist es geblieben. Erinnerst du dich an Picnic Point, als wir uns verlobten? Ich sang vor Freude frühmorgens im Club. Unsere angespannte Arbeit machte uns das Leben nicht leicht, und die Gefahr des Erdrücktwerdens war nicht klein, aber trotzdem blieben wir lebendige Menschen. Das wurde mir ganz klar, als wir in diesem Jahr den großen Elch vor uns auftauchen sahen – vorher warst du wie eine Göttin aus dem Meer gestiegen.*

*Du bist in meinem Herzen: »Du sollst immer darinnen sein!« Mein größter Wunsch ist, dass du, wenn du an mich denkst, glücklich bist.*

*Wenn ich an dich denke, bin ich es.*

# 1

*Juni 1926,*
*Lake Mendota, Wisconsin*

Ein Morgen im Frühsommer, von nun an und für immer strahlend mit mythischer Kraft. Sie haben ein Kanu gemietet, um zum Picnic Point zu paddeln, am Südufer des Sees. Das Wasser ist ruhig, intensiv blau. Sie sitzt vor ihm im Bug. Hin und wieder wendet sie den Kopf und weist in die Ferne, auf eine Wolke, eine Bucht, einen springenden Fisch. Ihre Stimme ist klar, dabei sanft, ihr Rücken gerade, aber geschmeidig. Fast ist er versucht zu sagen, dass dies, ihre mühelos aufrechte Haltung, das Erste war, was ihm an ihr aufgefallen ist. Aber natürlich war der Eindruck ein gesamter, den in Worte zu fassen allenfalls einem Dichter gelänge.

Es war an einem seiner ersten Tage auf dem Campus. Er war in den falschen Seminarraum gestolpert, wo Mildred Fish vor einer Klasse von Erstsemestern stand und etwas rezitierte, was er nicht verstand. Sie nahm die Unterbrechung mit einem Nicken zur Kenntnis, ließ sich aber in ihrem Vortrag nicht stören. Eigentlich hätte er sich zu Professor Commons' Vorlesung über die Geschichte der Arbeit in den Vereinigten Staaten begeben müssen, zögerte aber, wieder zu gehen. Sie wandte den Kopf hierhin und dorthin, hielt ihn auf diese bestimmte Weise, Sonnenlicht strömte durch die hohen Fenster, es glänzte auf ihrem hochgesteckten Haar. Was sie sagte, klang englisch, aber die Laute ergaben keine erkennbaren Wörter. Dann begriff er, dass sie altgriechisch sprach. Er war erfreut, erfüllt von plötzlicher Zuversicht: Der fremde Klang war nur Kostümierung. Er verbarg Bekanntes, Altvertrautes: die ›Ilias‹, der ihre Stimme Frische, neue Gegenwart verlieh.

Am Ende der Stunde, als die Studenten aus dem Raum strömten, trat er zu ihr, um sich für die Störung zu entschuldigen. Sie erkannte seinen Akzent und antwortete ihm in gebrochenem Deutsch, er erwiderte auf Englisch, sie entgegnete ihm auf Deutsch, bis sie beide zugleich zu lachen begannen. Er bat um die Erlaubnis, sie zu begleiten, nach Hause oder zum Lunch oder – nun ja, wo immer sie eben als Nächstes hinging.

Dies ist ihr viertes Treffen. Sie haben das Kanu an Land gezogen und ihre Decke unter einem Baum ausgebreitet. Picnic Point ist Privatbesitz, sagt sie, aber Eindringlinge wurden bislang immer toleriert, was hoffentlich so bleibt, auch wenn der neue Besitzer das alte Farmhaus drüben im Wäldchen zu einer Villa umgebaut hat. Sie erzählt unbefangen, sie plaudert lebhaft, sie spricht mit Intelligenz und Witz. Ihr Kleid ist am Ärmel gestopft, die Rosen auf ihrem Schal sind zu einem staubigen Mauveton verblichen. Offenbar ist die Familie arm. Die Eltern haben sich getrennt, als Mildred zwölf war. Dass es die Mutter war, die den Vater des Hauses verwiesen hat, hat sie fast trotzig betont, als wäre damit jemand zu schützen. Die Mutter hat die Kinder großgezogen, der Vater ist erfroren, in einem leeren Pferdestall, 1918 am Ende des Krieges.

Arvids eigener Vater ist 1914 ertrunken, einige Monate vor Kriegsbeginn, kurz vor Arvids dreizehntem Geburtstag. Nicht dass Arvid bereit ist, solch zufällige Übereinstimmungen für bedeutsam zu halten, auch wenn romantische Regungen sie natürlich ins Schicksalhafte zu verklären suchen.

Aber es gibt andere, entscheidendere Gleichklänge. Unter Professor Commons forscht Arvid über die Geschichte des utopischen Sozialismus, der vormarxistischen Arbeiterbewegung in den Vereinigten Staaten. Mildred will Literatur unterrichten, sagt sie, aber nicht, um ihren Schülern noch mehr totes Wissen aufzubürden. Das Ziel wahrer Bildung muss es sein, das Bewusstsein der Eigenständigkeit zu stärken: der Freiheit eines jeden, sich über den alltäglichen Trott zu erheben, ein sinnerfülltes Leben zu führen und am Aufbau einer Gesellschaft mitzuwirken, die jedem Einzelnen das unveräußerliche Recht nicht nur auf Arbeit, sondern auf Teilhabe an allem garantiert, was die Gemeinschaft zu bieten hat.

Sozialismus bedeutet, gewisse verfeinernde Segnungen, wie sie jetzt nur die Wohlhabenden genießen, jedem Mitglied der Gesellschaft zugänglich zu machen: Das ist von Emerson. Das reichste Land der Erde ist nicht das mit den größten Vermögen, sondern eines, in dem jeder sein bescheidenes Auskommen hat und keiner mehr besitzt als die vernünftigen, schönen Dinge des Alltags: Das ist von Walt Whitman. Was zwei Menschen aneinander lieben, ist der zukünftige Glanz, den aneinander hervorzurufen sie einer dem anderen behilflich sind: Das ist von Margaret Fuller, Mildreds Heldin seit Mädchentagen aus dem Kreis der Transzendentalisten, die als erste weibliche Auslandskorrespondentin einer amerikanischen Zeitung nach Europa gereist ist und Seite an Seite mit ihrem Geliebten für die italienische Republik gefochten hat.

*Allons! after the great companions, and to belong to them!*
*Allons! through struggles and wars!*

Die Luft riecht nach Gras und leicht blechern nach dem Wasser des Sees. In ihrem weißen Kleid, im gesprenkelten Schatten, ist Mildred ein Gemälde, dessen Name Arvid gerade nicht einfallen will. Wahrscheinlich ein Monet. Im Baum über ihnen sitzen Vögel in kühnen Farben: Cardinal, sagt sie, Blue Jay, American Goldfinch. Wie diese Vögel auf Deutsch heißen könnten, fragt er sich schon gar nicht mehr. Er weiß, sie findet, sie wären einander zu einem ungünstigen Zeitpunkt begegnet: Sie sucht gerade über einen Kummer hinwegzukommen, über irgendeinen Narren, der sie für eine andere verlassen hat. Er hält es nicht für nötig, allzu lang bei diesem Thema zu verweilen. Mühelos kann er sich Mildred Fish vorstellen, wie sie mit seiner Mutter und seinen Schwestern plaudert und lacht.

Wie ist es möglich, den tiefsten Seelenfrieden zu empfinden und zugleich überwältigt zu sein von geradezu wilder Freude?

Er wird sie heiraten. Die Absicht, erwogen und noch einmal erwogen in der nächtlichen Stille seines Zimmers, offenbart sich ihm hier in der Sonne als Tatsache. Sie muss nur noch zustimmen. Er muss sie nur noch fragen, und das wird er, heute, hier, im nächsten Moment: Willst du mich heiraten? Und sie wird Ja sagen.

Ja, ja, ja, ja!

Er holt tief Luft, überwältigt von glücklicher Dringlichkeit. Mildred wendet sich ihm zu. Sie hält ihm ihr Gesicht entgegen.

*7. August 1932,*
*Hasenheide 61, Berlin-Neukölln*

*Dû bist mîn, ich bin dîn · des solt dû gewis sîn ·*
Das Gedicht hat sie heute Morgen auf ihrem Schreibtisch gefunden, neben einem Strauß Rosen, den Arvid in eine Blechdose für Scheuersand gestellt hat. Die Vasen sind noch nicht ausgepackt, so wenig wie die Bücherkisten, die die Männer vorgestern hier herauf in den vierten Stock geschleppt haben. Wann fühlt man sich an einem Ort zu Hause? In ihrer letzten Bleibe, der winzigen, idyllischen Wohnung in der Waldsiedlung Zehlendorf, sangen morgens vor dem Fenster die Vögel, und jeden Abend haben sie miteinander einen Waldlauf gemacht, aber wenn man zurückkehrte, musste man damit rechnen, dass Schulze aus seinem Bau fahren und Arvid anfallen würde, weil der kein Hehl daraus macht, dass er Adolf Hitler nicht für den Heilsbringer hält.

Dagegen die Nachbarn hier in Neukölln grüßen mit der Faust wie ordentliche Menschen. Mildred steht vor ihrem Kleiderschrank. Nicht dass es eine Frage von großer Bedeutung wäre, welches ihrer abgetragenen Gewänder sie anzieht, aber auch Nebensächlichkeiten wollen entschieden sein, und heute ist immerhin ihr sechster Hochzeitstag. Ein singulärer Moment der Ausgewogenheit, wie Arvid heute Morgen angemerkt hat: Sie haben nun ziemlich genau drei Jahre ihrer Ehe in ihrem, drei in seinem Heimatland verbracht, ab jetzt werden sich die Proportionen unaufhaltsam zu Ungunsten Amerikas verschieben.

Mildred hat eifrig widersprochen. Es stand doch niemals in Zweifel, dass sie miteinander in Deutschland leben würden. Mildred empfindet keinerlei Heimweh. Sie ist Amerikanerin durch und durch, eine Pilgerin, eine Nachfahrin der Pioniere, die einst aufbrachen, um einen unbekannten Kontinent zu besiedeln: Und nie hat sie sich diesem Erbe näher gefühlt als an jenem Junitag 1929, als sie in Bremerhaven selbst zum ersten Mal ihren Fuß auf den Boden eines unbekannten Landes gesetzt hat.

Dass Arvid am Kai stand, nach den langen Monaten, die er in Deutschland, sie noch in Amerika zugebracht hatte, drehte den Pfeil der Reise um; es verwandelte ihre Fahrt in die Fremde in eine Heimkehr. Auch hatte er sich etwas Besonderes für sie ausgedacht: Bevor sie in Jena ihre Studien wieder aufnehmen würden, würde er mit ihr in den Schwarzwald fahren.

Dies war Deutschland, wie es sich ihr in Märchen und Dichtungen offenbart hatte: Abendnebel über den Wiesen, Burgruinen, sonnenwarme Himbeeren auf Waldlichtungen. In Landgasthöfen tranken sie Bier aus Steinkrügen. Sie schliefen in Zimmern mit Geranien am Fenster. In einem Dorf entdeckten sie ein Museum voll Uhren, aus denen zu unterschiedlichen Zeiten Kuckucke heraussprangen und mit mechanischen Rufen die vollen Stunden anzeigten. Jeden Tag überreichte Arvid ihr ein neues, wundersames Wort wie ein Zaubergeschenk: Mondenglanz. Morgenfrische. Fernweh. Weltschmerz.

In Amerika war er manchmal hochfahrend gewesen, wenn er die ihm selbstverständliche kulturelle Überlegenheit des Europäers infrage gestellt sah. Hier, in seinem Heimatland, war er gelassener, weniger schneidend. Den Schwarzwald hatte er oft mit seinem Vater durchstreift, dem Literaturwissenschaftler und Goetheforscher Professor Otto Harnack. Wenn er an ihn dachte, sah er ihn immer vor sich wie damals: in seinem dunklen Regenmantel, der sich hinter ihm bauschte, mit dem weichen schwarzen Hut eines Künstlers, den ihm seine Frau gekauft hatte. Otto und Clara waren einander in Italien begegnet. Clara hatte sich in Florenz als Erzieherin verdingt, um von ihren Eltern unabhängig zu sein. Sie war fest entschlossen, Malerin zu werden, auch gegen den Wunsch der Familie. Otto war zwanzig Jahre älter als sie, ein Idealist und Melancholiker, der mit der Wirklichkeit haderte.

»Meine Mutter hat ihn einmal eine Tassonatur genannt«, sagte Arvid. »Ich glaube, das trifft es ganz gut. *Frei will ich sein im Denken und im Dichten! / Im Handeln schränkt die Welt genug uns ein.* Die Erleichterung war ihm jedes Mal anzumerken, wenn wir auf unseren Wanderungen die letzten Häuser hinter uns ließen. Wenn der Wald sich endlich um uns schloss.«

Von der Bank, auf der sie rasteten, ging der Blick über grüne Wipfel bis zur Gipfelkuppe des Feldbergs. Mildred nahm Arvids Hand. Er drückte ihre Finger.

»Ich möchte gern glauben, dass es am Ende so für ihn war«, sagte Arvid. »Als er dort stand, am Ufer des Neckar. Als er beschlossen hatte, sich das Leben zu nehmen. Dass er nicht verzweifelt war, sondern froh, die Last endlich abzulegen. Immerhin musste er den Krieg nicht mehr erleben. Unsere katastrophale Niederlage. Mein Vater hat Deutschland über alles geliebt.«

Sie ließ einen Moment verstreichen, dann sagte sie: »Und eure Mutter hat euch durch den Krieg gebracht.«

»Nicht nur uns.« Er lachte auf, schüttelte den Kopf. »Sie hat auch noch ständig bedürftige Fremde mit nach Hause gebracht. Ledige Mütter, verarmte Witwen. Kinder, die im Wäschekorb schliefen, in den Schubladen ihrer Kommode. Als hätte sie mit uns vieren nicht genug gehabt. Aber wie du sagst, Frauen verfügen wohl über eigene Kräfte. Vielleicht schöpfen sie aus Quellen, die uns Männern gar nicht zur Verfügung stehen. Na, du wirst meine Mutter ja bald kennenlernen.«

»Ich hoffe so sehr, dass sie mich alle mögen«, sagt Mildred. »Dass sie nicht im Stillen doch damit hadern, dass ich Amerikanerin bin.«

In Clara Harnacks Gartenhaus in Jena war die Kaffeetafel gedeckt. Arvids Schwestern waren gekommen, um die Schwägerin zu begutachten, und auch der sechzehnjährige Falk war von seinem Internat in Weimar beurlaubt. An seinen Vater hatte er keine Erinnerung. Immer und in allem hatte er zu Arvid aufgeblickt, den er sich nun bemühte nach Kräften leuchten zu lassen.

»Weißt du übrigens, Mildred, dass Arvid schon einmal verhaftet worden ist? In Kroatien. Man hat ihn für einen ungarischen Spion gehalten. Er hatte sich auf einem Floß die Drau hinuntertreiben lassen, um Stjepan Radić zu treffen. Den kroatischen Volks- und Bauernführer. Hast du schon einmal von Radić gehört?«

Inge, die ältere von Arvids Schwestern, legte Falk die Hand auf die Schulter.

»Vielleicht ist Mildred gar nicht so entzückt davon, dass ihr Mann ein ehemaliger Häftling sein soll.«

Alle lachten. Aber der Junge ließ sich nicht beirren.

»Wieso, was ist daran? Arvid ist doch freigekommen. Er hat sich mit Waffenschmugglern über das Schwarze Meer in die Türkei durchgeschlagen.«

»Nun, ganz so dramatisch war es vielleicht nicht«, sagte Arvid. »Und Mildred kennt all diese Geschichten natürlich, Falk. Aber es stimmt, ich habe damals tatsächlich auf eine Begegnung mit Radić gehofft. Er hat mir imponiert. Ich dachte, ich könnte vielleicht etwas von ihm lernen, was sich auf die deutschen Verhältnisse anwenden lassen würde. Er hat gegen die Zwangseingliederung in die serbische Monarchie und für ein unabhängiges republikanisches Kroatien gekämpft, unter Berufung auf Wilsons Selbstbestimmungsrecht der Völker. Und nun ist er letztes Jahr von einem serbischen Faschisten ermordet worden.«

»Arvid hat auch für Deutschland gekämpft«, sagte Falk. »In Oberschlesien. Er ist von zu Hause weggelaufen und in ein Freikorps eingetreten.«

»Wobei er kaum die Chance gehabt haben dürfte, große Heldentaten zu begehen«, sagte Clara Harnack. »Er wurde gleich gefangen genommen und wieder zu mir nach Hause geschickt. Er war ja noch keine achtzehn. Den ganzen schönen Krieg hatte er verpasst.«

»Unsere Mutter ist Pazifistin«, sagte Inge. »1915 ist sie zum Frauenfriedenskongress nach Den Haag gereist, mitten im Krieg. Um ein Haar hätte man sie ebenfalls eingesperrt, als Vaterlandsverräterin.«

»Hast du Remarques Roman gelesen, Mildred?«, sagte die jüngere der beiden Schwestern. »›Im Westen nichts Neues‹? Ich kann dir das Buch leihen. Freilich nur auf Deutsch.«

Im Weiteren sprach man über Brechts ›Dreigroschenoper‹, die Revolutionen von 1848 und 1918, Henry David Thoreaus Protest gegen den mexikanischen Krieg, die Bauprojekte von Bruno Taut, Mildreds von Deutschen geprägte Heimatstadt Milwaukee und das traurige Los der amerikanischen Neger, an dem die ganze Familie lebhaften Anteil nahm. War es wirklich wahr, dass diese armen Menschen separate Eisenbahnwagen und Busse benutzen mussten? Dass sie keinerlei Rechte hatten, ja sich nicht einmal mit Weißen an einen Tisch setzen durften?

Arvid hatte Mildred gewarnt: Es entsprach nicht deutscher Art und ganz sicher nicht der seiner Familie, heikle Themen tunlichst zu vermeiden. Er saß zurückgelehnt, zufrieden von einem Mädchenkopf zum anderen blickend: großer Bruder, Sohn und Ehemann, gehalten vom Netz der Frauen, die er liebt.

Und, ist Mildred in Deutschland angekommen? Fühlt sie sich heimisch im Land ihres Mannes?

Wie auf alle großen Fragen gibt es auch auf diese zwei Antworten: eine kurze, abwimmelnde, und eine, für die zweitausend Buchseiten nicht ausreichen würden.

Mildred sieht sich im Zimmer um. Großmütig geben Arvids Rosen dem noch unwohnlichen Raum von ihrer Schönheit ab.

*Dû bist mîn, ich bin dîn · des solt dû gewis sîn ·*

Das Gedicht haben sie vor einer Weile gemeinsam gelesen, zuerst in der hochdeutschen Übersetzung, dann im mittelhochdeutschen Original. Sich solch eine doppelt fremde Sprache anzueignen ist eine merkwürdige Angelegenheit. Zu Anfang sucht man sie zu beherrschen, sich ihre Fügsamkeit zu erkämpfen. Aber kaum verzeichnet man erste Triumphe, beginnt die Sprache sich aufzulehnen. Sie verweigert sich den Selbstverständlichkeiten, die der Lernende mitbringt, sie lässt ihn seine Vorstellungen nicht in ihre Kleider hüllen, und man begreift: um sie zu beherrschen, muss man sich ihr unterordnen, ihre Spielregeln zu den eignen machen.

*dû bist beslozzen · in mînem herzen · verlorn ist das*
*sluzzelîn · dû muost ouch immêr darinne sîn ·*

Wenn Mildred die Verse liest, sie halblaut nachspricht, tritt geisterhaft die zärtlich-schalkhafte Kerkermeisterin vor sie hin, die diese Zeilen zur Zeit Kaiser Barbarossas verfasst hat. Sie fordert Mildred auf, mit ihr zu verschmelzen. Sie stellt sie vor die Wahl: Wandle dich! Oder bleibe auf immer eine Fremde.

Wobei Arvid und Mildred unter sich Englisch sprechen. So wird es auch heute Abend sein: Ernie und Dorothy sind in der Stadt, alte Freunde aus Madison.

»Ernest L. Meyer«, sagt Arvid Harnack, »Kolumnist der ›Capital Times‹, zu meinen Zeiten Herausgeber des ›Wisconsin Literary Magazine‹. – Dorothy, Ernie, und dies ist Dr. Zechlin. Er hat sich gerade längere Zeit in Amerika aufgehalten, dank eines Rockefeller-Stipendiums, so wie ich damals.« Mildred hat die Umzugskisten an die Wände gerückt. Auf dem Tisch stehen Arvids Rosen, eine seltene Flasche Wein, eine Platte mit feinen Schnittchen aus der Gastwirtschaft gegenüber.

»Deutscher Wein und deutscher Sang«, sagt Egmont Zechlin. »Welch unzeitgemäßer Luxus in dieser dem Genuss abholden Zeit. Ich habe seit meiner Rückkehr meist in der amerikanischen Kirche gegessen, da gibt es gebackene Bohnen und Brot für fünfzig Pfennige. Wobei man in den Zeltsiedlungen am Stadtrand und in den Parks nicht einmal das aufbringen kann. Die Leute betteln, sie stehen beim Metzger um nackte Knochen an und gießen die Brühe über altbackenes Brot. Nicht dass es in Amerika so sehr viel besser aussieht. Mildred, du gestattest?« Mit etwas verfrühter Gelöstheit wirft Egmont Zechlin sein Jackett von sich. »Es ist einfach zu warm heute. Das hat mir in Ihrem Land gefallen, Mr. Meyer. Diese gewisse Formlosigkeit. Nun, heben wir die

Gläser und trinken auf die Gastgeber und ihren heutigen Jubeltag.«

Mildred reicht die Schnittchen herum. Arvid beugt sich zu Ernie Meyer herüber.

»Dr. Zechlin und ich«, sagt er, »kennen uns aus Marburg. Wir haben dort beide an unseren Habilitationsschriften gearbeitet. Ich weiß nicht, ob dir die deutschen Gebräuche noch ausreichend vertraut sind. Aber wenn man hier Professor werden will –«

»Wer spricht von wollen?«, sagt Zechlin. »Herrn Dr. Harnack bleibt schlicht nichts anderes übrig. In seiner Familie sind alle Professoren. Alles bedeutende Männer. Das Porträt seines Urgroßvaters Professor von Liebig schmückt sogar die Fenster der Kolonialwarenläden, um für die Qualität der Produkte zu bürgen.«

»Zechlin, ich bitte Sie. Doch nur, weil Liebig einen Fleischextrakt erfunden hat.«

Dorothy Meyer, schmal, dunkel, in einem Kleid amerikanischen Schnitts, das Mildred schon die ganze Zeit still bewundert, ist von Fenster zu Fenster geschwebt und nun vor der Anrichte stehen geblieben, über der Claras Panorama der Wanderdünen auf der Kurischen Nehrung hängt.

»Sehr schön, eure Wohnung. Der Blick über den Park und das Häusermeer. Und was für ein stimmungsvolles Gemälde.«

»Arvids Mutter hat es gemalt«, sagt Mildred. »Hier diese bunten Häuschen im Vordergrund sind das Dorf Preil im Memelland. Die Fischersfamilien haben sie erbaut, nachdem die Dünen ihre alten Heimstätten unter sich begraben hatten.«

»Das Memelland gehört neuerdings ja zu Litauen«, sagt Egmont Zechlin. »Der Vertrag von Versailles hat es von Ostpreußen abgetrennt, ohne Volksabstimmung, wohlgemerkt. Man sah wohl das Ergebnis voraus. West- und Ostpreußen haben schließlich mit über neunzig Prozent für einen Verbleib bei Deutschland gestimmt, dagegen konnten selbst die Siegerländer nicht angehen, ohne ihr Gerede von Demokratie und Selbstbestimmungsrecht der Völker als Staffage zu entlarven. In Oberschlesien waren es nur sechzig Prozent, die hat man ungestraft ignoriert. So viel zum Völkerbund und den Interalliierten. Aber ich will Amerika als assoziierter Macht der Entente nicht zu nahe treten. Wir halten das Gastrecht in Deutschland hoch.«

»Lieber Zechlin«, sagt Arvid, »Ernie Meyers Vater ist nicht nur gebürtiger Deutscher, er war bis Kriegsbeginn auch Herausgeber der ›Germania‹, der größten deutschsprachigen Zeitung Milwaukees. Und Ernie selbst hat als Kriegsdienstverweigerer in Amerika in Haft gesessen.«

Ernie Meyer, zurückgelehnt, die langen Beine von sich gestreckt, bohrt die Hände in die Hosentaschen.

»Warum für die Interessen des Großkapitals sterben? Niemandem sonst nützt schließlich ein Krieg, genauso wenig wie der ganze Hurrapatriotismus.«

»Harnack, Sie haben doch selbst in den Freikorps in Oberschlesien gekämpft«, sagt Egmont Zechlin.

»Nun ja«, sagt Arvid, »einige wenige Wochen lang. Es war viel romantische Verklärung im Spiel. Wir in den Freikorps sahen uns nicht als Soldaten. Wir waren Krieger, Freischärler, Geächtete, Wiedergänger der Schwarzen Schar, die noch einmal die napoleonischen Befreiungskriege ausfochten. Dagegen das Zivilleben barg damals keine großen Verheißungen.«

»Daran hat sich wenig geändert«, sagt Zechlin. »Der Magistrat lässt neuerdings in den Arbeitsämtern Tische und

Bänke zum Kartenspielen aufstellen, damit die Arbeitslosen nicht mehr aus Verzweiflung die Beamten verprügeln.«

Dorothy betrachtet noch immer das Gemälde.

»Wart ihr denn einmal dort, in diesem Dorf Preil?«, sagt sie.

»Nein«, sagt Mildred. »Aber wir wollen unbedingt hinfahren und diese Wanderdünen erklimmen. Sie sollen über fünfzig Meter hoch sein. Stell dir nur vor, wie das sein mag, im Schatten einer solchen Bedrohung zu leben. Tagsüber achtest du vielleicht nicht darauf, du lenkst dich ab, aber nachts hörst du den Wind, das Rieseln des Sandes. Am Morgen wischst du die Sandkörner weg. Aber der Wind weht unablässig neue heran –«

»Ich persönlich hoffe, dass das Memelland samt Dünen einmal für eine Weile zur Ruhe kommt«, sagt Arvid. Mit der Pfeife wedelt er in Richtung des Bildes. »In unserer Studentenbude in Jena wussten wir nicht wohin damit, dann in Gießen wurde es vorübergehend an meine Mutter retourniert, und auch hier in Berlin hat sein Standort bereits mehrmals gewechselt. Allmählich möchte man sich doch etwas dauerhafter einrichten.«

»Aber wo?«, sagt Ernie Meyer. »Das ist ja heute die Frage in Europa. Wie soll der Kontinent zur Ruhe kommen, solange man dieses teuflische Selbstbestimmungsrecht der Völker propagiert? Welches Volk soll es jeweils sein? Die Überreste der im Weltkrieg zerfallenen Vielvölkerreiche geben sich Namen von ehernem Klang, als könnte das den Alleinanspruch des jeweiligen Mehrheitsvolks auf dieses oder jenes Stückchen Erde zementieren. Aber in einem Landstrich wie Ostgalizien und Wolhynien haben seit jeher Ukrainer, Polen, Deutsche, Juden in Nachbarschaft gelebt. Fünf ganze Monate hat sich die Westukrainische Volksrepublik gehalten. Im Polnisch-Ukrainischen, Ukrainisch-Sowjetischen und Polnisch-Sowjetischen Krieg sind seit Ende des Weltkriegs Tausende verblutet. Und auch die Bevölkerung der westeuropäischen Staaten ist alles andere als einheitlich. Der Ruf nach Selbstbestimmung der Völker muss zwangsläufig mörderisch wirken, solange Europa aus Nationalstaaten aufgebaut und die unselige Idee der Nation nicht ganz verschwunden ist.«

»Allerdings kann sich bis dahin fast jeder Mensch im Notfall auf seine Volkszugehörigkeit berufen und an irgendeinen Nationalstaat appellieren«, sagt Dorothy. »Mit Ausnahme der Juden. In der Westukraine sind Zehntausende den Pogromen von 1918/1919 zum Opfer gefallen. Ich selbst stamme ursprünglich aus Białystok, Herr Zechlin. Im 17. Jahrhundert war Białystok eine Residenzstadt des polnischen Adels, dann wurde es preußisch, russisch, deutsch und ist nun Teil der Zweiten Polnischen Republik. Aber auf den Antisemitismus war immer Verlass. Ich war sieben, als wir vor den Białystoker Pogromen nach Amerika geflohen sind.«

»Ja, Amerika hat lange als ein gesundes Ventil für das Übermaß an Zuwanderung gewirkt, das wir hier erdulden«, sagt Egmont Zechlin lebhaft. »Aber nun stauen sich die Flüchtlinge wieder zunehmend vor verschlossenen Pforten, mit Amerikas neuem Quotensystem, das die Einwanderung aus Süd- und Osteuropa doch in erheblichem Maß zugunsten der nordischen Einwanderer beschränkt. Nun gut, man sucht das Land natürlich weiß zu erhalten. Aber ist es dazu nicht ohnehin zu spät angesichts der vielen Neger? Deren Behandlung stellt allerdings alles in den Schatten, was man in Deutschland die Judenfrage nennt. Da fragen mich meine deutschen Studenten mit einigem Recht, wie die westlichen Demokratien behaupten können, Garanten von Gleichheit und Gerechtigkeit zu sein. Immerhin gehört im Grunewald jede dritte Villa einem Juden.«

»Ich will die Missstände in Amerika nicht kleinreden«, sagt Mildred. »Aber es ist nicht annehmbar, wenn man in Deutschland die Lage der Neger dazu verwendet, sich ausländische Kritik an den eigenen Zuständen zu verbitten. Wobei ich in einem Brief an meine Mutter neulich selbst die Nazis mit dem Ku-Klux-Klan verglichen habe, um ihr verständlich zu machen, dass es Menschen wie die Nazis auch bei uns gibt. Ich verteidige Amerika gegenüber den Deutschen und Deutschland gegenüber den Amerikanern. Es ist eine unmögliche Situation.«

»Was macht ihr, wenn Hitler tatsächlich Reichskanzler wird?«, sagt Dorothy.

»Das wird er nicht«, sagt Mildred. »Die NSDAP mag stärkste Partei sein, aber die absolute Mehrheit haben sie auch bei den letzten Wahlen wieder verfehlt.«

»Die Macht könnten sie nur mit Gewalt erringen«, sagt Arvid. »Aber Hitler hat nach dem verpatzten Putsch gelobt, sich nunmehr streng an legale Mittel zu halten und Deutschland erst nach seinem Wahlsieg umzubauen. Und diesen Sieg wird die Linke verhindern.«

»Die deutsche Linke ist gespalten«, sagt Zechlin.

»Die deutsche Arbeiterbewegung ist die mächtigste und bestorganisierte der Welt«, sagt Arvid. »Sie wird nicht zulassen, dass bei uns ein Regime wie in Italien entsteht. Mir ist in dieser Hinsicht nicht bange. Das wahre Problem ist, dass die Nazis die Reichsregierung vor sich her treiben, auch ohne selbst an der Macht zu sein.«

»Die Nazis können immer auf die Polizei zählen«, sagt Mildred. »Ich habe es selbst gesehen, wie sie den Naziaufmarsch vor dem Karl-Liebknecht-Haus geschützt haben.

Nur die Nazis haben sie durchgelassen, gegen die Arbeiter sind sie mit Gummiknüppeln vorgegangen. Zuletzt fuhren sie sogar einen Panzer auf.«

»Habt ihr in Amerika vom Altonaer Blutsonntag gehört?«, sagt Arvid. »Man ließ die Nazis durch Altona marschieren, und am Ende lagen sechzehn Arbeiter tot. Ermordet hatte sie aber nicht etwa die SA, sondern deutsche Polizei. Die Reichsregierung ihrerseits hat diesen Skandal zum Anlass genommen, die sozialdemokratische Regierung Preußens zu entmachten, die Grundrechte im größten deutschen Land einzuschränken und jeden Protest oder Widerstand für illegal zu erklären. Ich sage voraus, dass der 20. Juli als Schicksalstag Deutschlands in die Geschichte eingehen wird. Nichts stellt sich nach dem Preußenschlag nun noch Papens Plänen für eine autoritär-präsidiale Republik entgegen.«

»Aber was hätte die Regierung denn tun sollen?«, sagt Egmont Zechlin. »Fast hundert Tote und über tausend Verletzte, innerhalb eines einzigen Monats. So kann es doch nicht weitergehen, irgendwie muss die Ordnung wiederhergestellt werden.«

»Man hätte das Verbot von SA und SS niemals aufheben dürfen«, sagt Arvid. »Aber freilich, wie sonst hätte Papen sich Hitler gegenüber dafür erkenntlich zeigen können, dass der seine Minderheitenregierung toleriert?«

»Die Nazis brauchen gar nicht selbst an die Macht zu kommen«, sagt Mildred. »Die extreme Rechte ist auch so bereits stärkste Kraft im Staat. Die Wahlerfolge der Nazis dienen der Regierung als Legitimation, selbst extreme Positionen zu besetzen und die Republik zugrunde zu richten. Und das alles geht ja bereits bis ins private Leben. Arvids Cousin Ernst von Harnack ist seines Amtes als preußischer Regierungspräsident enthoben worden, ebenso wie der preußische

Kultusminister Adolf Grimme, der letztes Jahr meinen Lehrauftrag unterzeichnet hat.«

»Der wird nun nicht mehr verlängert«, sagt Arvid. »Das heißt, Mildred wird im nächsten Semester nicht mehr an der Berliner Universität unterrichten.«

»Nun ja«, sagt Egmont Zechlin. »Man ist in konservativen Kreisen allgemein der Ansicht, dass es ein Unding ist, wenn eine Frau eine Universitätsstellung bekleidet, wo so viele Männer ohne Arbeit dastehen.«

»Deutsche Männer, lieber Zechlin, nicht wahr, und meine Frau ist Ausländerin. Aber ihre Vorlesungen waren ein großer Erfolg. Ihre Studenten haben Hunderte von Unterschriften für sie gesammelt. Offiziell ist die Petition aus fiskalischen Gründen abgelehnt worden, aber tatsächlich steht Schönemann dahinter, der neue Leiter des amerikanischen Instituts. Ein überzeugter Nazi. Ihm ist zu Ohren gekommen, dass Mildred ihren Studenten empfohlen hat, Marx zu lesen.«

»Marx gehört nun allerdings wirklich nicht zum Kanon der amerikanischen Literatur«, sagt Egmont Zechlin, »auch wenn sich Walter Duranty in der ›New York Times‹ bemüht, den Amerikanern die Vorzüge des Stalinismus näherzubringen. Das wird ihm hoffentlich nicht gelingen. Liebe Frau Harnack, verzeihen Sie, wenn es vielleicht klang, als wollte ich Ihr Land bekritteln. Lassen Sie mich sagen, ich fand Amerika großartig. Ich habe Cowboys und Indianer besucht, ich kann jetzt im Galopp Lasso werfen, nein wirklich, auch mit nur einem Arm. Wissen Sie, Mr. Meyer, der andere ist im Weltkrieg geblieben. Ich habe auch den Führerschein gemacht und ein Auto gekauft. Ein sehr netter Jude hat mir bei den Verhandlungen geholfen, entsprechend günstig war nachher der Preis. Ich bin kreuz und quer durch das ganze

Land gefahren, und überall bin ich auf liebenswerte Menschen gestoßen. Sie können ja nichts für ihr verkommenes Gesellschaftssystem.«

»Was glauben Sie, Zechlin«, sagt Arvid, »wer die Wahlen gewinnt?«

»Nun ja. Roosevelt scheint keine besonders klare Vorstellung davon zu haben, was er meint, wenn er der Öffentlichkeit einen New Deal verspricht. Womöglich könnte Hoover es trotz allem noch einmal schaffen.«

Ernie Meyer beugt sich vor.

»Niemals. Hoover ist erledigt, spätestens seit er die Armee mit Gas und Panzern gegen die Kriegsveteranen und ihre Familien hat vorrücken lassen, nur weil die die Boni einforderten, die ihnen rechtmäßig zustehen. Die Bilder der brennenden Hütten wird man ihm niemals verzeihen.«

»Na, wahrscheinlich haben Sie recht«, sagt Egmont Zechlin. »In Zeiten wie den unseren erscheint den Leuten ja alles besser als der Status quo, nur deswegen wählen sie einen wie Hitler. Nicht dass ich die politischen Ansichten von Hitler und Roosevelt für vergleichbar halte. Allerdings verfügen beide über das Talent, heterogene Massen zu begeistern und von ihren Gegnern mit großer Vehemenz gehasst zu werden.«

»Aber, Mildred«, sagt Dorothy. »Was wirst du nun tun, wenn du deine Arbeit verloren hast, in dieser schrecklich schwierigen Zeit?«

»Zuerst war ich einigermaßen erschüttert«, sagt Mildred. »Aber tatsächlich hatte ich Glück im Unglück. Zum 1. September fange ich am Städtischen Abendgymnasium an. Es ist eine Anstalt für Erwachsenenbildung, ähnlich unseren Evening High Schools. Vielleicht kann ich dort sogar mehr zur Veränderung der Gesellschaft beitragen als an der Universität. Der einzige Wermutstropfen ist, dass Arvid und ich nun nicht zusammen nach Russland fahren können, weil ich Ende des Monats bereits anfangen muss. Ich werde also vor ihm fahren. Es ist ja auch wichtig für eine Frau, hin und wieder etwas ohne ihren Mann zu planen. Die Fahrkarte habe ich schon gekauft.«

»Du fährst in die Sowjetunion?«

»Wusstet ihr das nicht? Ich dachte, Arvid hätte es euch erzählt. Ich reise mit Intourist, der sowjetischen Agentur. Arvid fährt natürlich mit der Arplan.«

»Mit wem?«

»Der Arbeitsgemeinschaft zum Studium der sowjetischen Planwirtschaft. Arvid ist Erster Sekretär. Meine Güte, Dorothy, wir haben uns wirklich lange nicht gesehen.«

»Mein Freund Bessonow von der sowjetischen Handelsvertretung hat die Reise arrangiert«, sagt Arvid. »Wir werden Gelegenheit haben, Fabriken und Musterfarmen zu besichtigen und einigen hochrangigen Intellektuellen zu begegnen. Es sollte hochinteressant werden. Die Sowjetunion ist schließlich die einzige Volkswirtschaft, die nicht unter der Depression leidet. Dnjepr-Staudamm, Weißmeerkanal, der Eisenbahnbau – im Osten geht es bergauf, im Westen bergab.«

»Aber warum kommen sie dann alle zu uns?«, sagt Zechlin. »Schauen Sie sich in Charlottenburg um! Was sehen Sie? Blinis, Balalaikas, russische Zeitungen. Man könnte meinen, in Leningrad zu sein.«

»Arvids Großvater ist in Leningrad geboren«, sagt Mildred. »Oder in Sankt Petersburg, wie es damals noch hieß. Er war Professor an der Universität von Dorpat in Livland, wobei Livland damals natürlich ebenfalls zum kaiserlichen Russland gehörte. Ach, sich das alles einmal anschauen zu können! Habt ihr die großen russischen Filme gesehen, Dorothy? ›Oktober‹, ›Erde‹, Eisensteins ›Panzerkreuzer Potemkin‹?«

»Es tut mir leid«, sagt Dorothy, »aber ich kann an Russland nur mit Schrecken denken. Mildred, die Schwarzen Hundert und der Bund des Russischen Volkes wollten die Juden in Russland ausrotten. Die sogenannten ›Protokolle der Weisen von Zion‹, auf die sich die antisemitischen Hetzer so gern berufen, sind ursprünglich in einer Petersburger Zeitung erschienen, das werde ich nicht vergessen.«

»Ich weiß, Dorothy. Aber heute ist dort doch alles anders. In der Sowjetunion sind alle antisemitischen Beschränkungen aufgehoben. Dafür hat die Revolution gesorgt.«

»Du meinst wirklich, die Revolution hat die Menschen verändert? Ich glaube das nicht. Die jüdische sozialistische Intelligenz setzt sich so gern für die Massen der Ungebildeten ein, für die ausgebeuteten Bauern und Arbeiter, aber genau in diesen Schichten kocht die blinde Volkswut, und nimmst du den Deckel vom Topf, brechen die Pogrome hervor.«

»Reisen Sie denn allein, Frau Harnack?«, sagt Egmont Zechlin. »Ich halte das für nicht ungefährlich. Haben Sie gar keine Bedenken?«

»Absolut keine. Ich werde vollkommen sicher sein. Dorothy, gerade für die Frauen hat die Sowjetunion doch unbestreitbare, riesige Fortschritte erzielt. Geburtenkontrolle, Abtreibung, das Recht, in jedem gewünschten Bereich zu arbeiten, auch nach einer Geburt. Scheidung ist eine Sache von Minuten. Männer tragen zur Unterstützung ihrer Kinder bei, der ehelichen wie der außerehelichen. Wo sonst gibt es so etwas? Du sagst jetzt sicher, ich sitze der Propaganda auf. Aber ebendeswegen fahre ich ja. Um mich vor Ort von den Verhältnissen zu überzeugen.«

»Was mich interessiert, ist die Planwirtschaft«, sagt Arvid. »Der Kapitalismus hat abgewirtschaftet, das ist offensichtlich. Selbst wenn der Westen diesmal wieder auf die Beine kommt, ist die nächste Krise unvermeidbar. Der Kapitalismus muss zwangsläufig nach Phasen der Hochkonjunktur immer wieder Zeiten extremen Niedergangs und Elends produzieren. Das ist es, was wir jetzt erleben und immer wieder erleben werden, wenn wir nicht Alternativen entwickeln.«

»Aber sich dazu ausgerechnet nach Russland wenden?«, sagt Egmont Zechlin. »Deutschland zu einem Staat nach Stalinschem Muster umbauen?«

»Davon kann doch gar keine Rede sein«, sagt Arvid. »Deutschland ist geografisch dazu berufen, eine wirtschaftliche und geistige Mittlerrolle zwischen Ost und West zu spielen. Dazu muss es sich von der Bevormundung durch die Weststaaten lösen. Dabei kann das sowjetische Modell helfen. Ich stelle mir einen Staat vor, der planwirtschaftlich organisiert ist, ansonsten aber ein Höchstmaß an individueller Freiheit bietet. Genau dazu haben wir ja die Arplan ins Leben gerufen, mein Doktorvater Professor Lenz, Bessonow und ich. Die Mitglieder sind mitnichten alle Kommunisten. Viel nationalrevolutionär gesinnte Intelligenz ist dabei, alle Sorten von Intellektuellen von links bis rechts. Die Debatten sind lebhaft und fast immer erhellend.«

»Im Grunde ist das Ganze eine Art Fortsetzung unserer Friday Niters«, sagt Mildred zu Ernie.

»So nannte sich eine Gruppe von Studenten, die sich in Wisconsin um Professor Commons gebildet hatte«, sagt Arvid zu Egmont Zechlin. »Ich verdanke ihm einiges an Einsicht.«

»Commons hat den Glauben an eine harmonische Selbststeuerung der Wirtschaft ebenfalls niemals geteilt«, sagt

Ernie Meyer. »So wenig wie La Follette, der herausragendste Gegner der großen Konzerne und ihrer wachsenden Macht über die Regierung. Wobei mich diese Grenzverwischungen zwischen rechts und links, von denen Arvid gerade gesprochen hat, eher beunruhigen. Ich fürchte, sie dienen nur Hitler. Er kann sich als den guten Deutschen hinstellen, der seine Anhänger nach allen Seiten hin beschützt, nach oben und unten, nach rechts wie nach links, vor gierigen Bankiers und korrupten Eliten gleichermaßen wie vor dem Neid der proletarischen Massen. Er ist der Retter der Nation, der dem internationalen Finanzjudentum Einhalt gebietet, das genau wie der Kommunismus kein Vaterland kennt.«

»Entschuldigung, Ernie«, sagt Mildred. »Aber das ist nichts als eine weitere Unterstellung der Rechten. Ich habe gerade die Biografie von Wera Figner gelesen. Sie war am Anschlag der Narodnaja Wolja auf Zar Alexander II. beteiligt. Wofür sie kämpfte, waren freie Wahlen, Meinungsfreiheit, eine Verfassung. Zwanzig Jahre lang war sie in der russischen Bastille eingekerkert. Diese mutige Frau musste es erleben und ertragen, wie alle ihre Kameraden starben, einer nach dem anderen, und als sie schließlich selbst in Freiheit kam, konnte sie sich an das Leben gar nicht mehr gewöhnen. Was für eine Willenskraft müssen diese Menschen gehabt haben. Was für eine Liebe zu ihrem Land! Darum fahren wir in die Sowjetunion, Arvid und ich. Die Sowjetunion ist das einzige Land, das sich bemüht, allen Arbeit und Brot zu geben und alle Menschen gleich zu behandeln. Es ist ein außerordentliches Experiment der Nächstenliebe, und wer das abstreitet, dem kann ich in einigen Wochen entgegenhalten: Warst du da? Nein. Aber ich. Ich habe alles gesehen, mit meinen eigenen Augen.«

*7. November 1932,*
*Sowjetische Botschaft, Berlin*

»Na, Salomon, das ist doch mal was.« Der Verleger Ernst Rowohlt steht mit seinem Erfolgsautor im Roten Salon der Sowjetischen Botschaft Unter den Linden. »Rote Smyrnateppiche. Weißer Marmor. Schickt sich das eigentlich für den fünfzehnten Jahrestag der Oktoberrevolution?«

Ernst von Salomon lässt seinen Blick durch den Raum schweifen. »Was hätten die Russen tun sollen? Die Wandverkleidungen herausreißen, weil sie aus der Zarenzeit stammen?«

»Da haben Sie allerdings recht, Salomon. Dann wären sie wahrhaft Barbaren gewesen. Die Pagen sind jedenfalls aus dem ›Esplanade‹ ausgeliehen. Was glauben Sie, wie viele Gäste sind da?«

»Tausend. Vielleicht mehr. Ich muss sagen, die sowjetischen Diplomatengattinnen haben alle Register gezogen. Ich sehe Nerzstolen. Dagegen die Genossinnen und Genossen wirken etwas karg.«

»Nun sicher, Salomon. An ihren Straßenanzügen sollst du sie erkennen. Schließlich müssen sie sich irgendwie von den Militärs und Wirtschaftskapitänen abheben, mit denen sie im Kampf um die Macht am Büfett vereint sind.«

»Welch schönes Beispiel für die demokratisch-kapitalistische Ordnung. Kaviar und Krimsekt für alle! Ob man den Löwenanteil erobert, hängt von der persönlichen Skrupellosigkeit ab.«

Rowohlt traktiert den massigen Jüngeren mit einem hallenden Schlag auf den Rücken. »Kommen Sie, Salomon. Da drüben stehen die Harnacks. – Lieber Doktor, sehr verehrte gnädige Frau, darf ich Ihnen Herrn von Salomon vorstellen. Der Autor der ›Geächteten‹. Sie mögen von ihm gehört haben.«

»Selbstverständlich«, sagt Mildred. »Der Roman über die Freikorps im Baltikum und in Oberschlesien. Ein großartiger Erfolg.«

Salomon deutet eine Verneigung an.

»Herr Dr. Harnack hat ebenfalls zu unserem Haus gefunden«, sagt Rowohlt. »Er ist ein Kenner der Sowjetunion und ein Wirtschaftsfachmann, der gerade von einer Reise nach Russland zurückgekehrt ist. Ich habe angeregt, er möge doch ein Handbuch über die Sowjetunion schreiben.«

»Ja, das tut Rowohlt«, sagt Salomon. »Was hat er mir zugesetzt mit seiner Anregerei. Salomon, bringen Sie Ihre Erlebnisse in Romanform! Aber erst in Moabit fand ich endlich die nötige Ruhe und Muße.«

Salomon macht kein Hehl daraus, dass er für den provokatorischen Scheinanschlag auf das Reichstagsgebäude eine Gefängnisstrafe verbüßen musste. Es war nicht seine erste: Für seine Beteiligung an der Ermordung von Außenminister Walther Rathenau ist er zu fünf Jahren Zuchthaus verurteilt worden, die er allerdings nicht absitzen musste.

»Immerhin der Sünde der Bigotterie kann man mich nicht zeihen. Ich habe niemals verborgen, dass ich den liberalen Staat für unfähig halte, sich über die Parteibildungen zu erheben, die ideologische Spaltung der Nation zu überwinden und ein neues Kollektiv zu erzwingen, wie es bitter nötig wäre. Und die gestrige Wahl hat mir kaum Anlass gegeben, meine Meinung zu revidieren.«

»Der Aufstieg der NSDAP scheint immerhin gestoppt«, sagt Sergei Bessonow, der zu den Harnacks herangetreten ist. »Die Nazis haben 35 Sitze verloren.«

»So ist es, Herr Bessonow!« Rowohlt reibt sich die Hände. »Wenn die Komintern nicht all ihre Kräfte auf die Vernichtung der gemäßigten Linken wenden würde, würden wir vielleicht demnächst von einer Koalition aus Kommunisten und Sozialdemokraten regiert. Pardon, Sozialfaschisten natürlich. Na, trinken wir auf den Jahrestag der Revolution.«

Bessonow, unverändert höflich, winkt einen Pagen mit einer Wodkakaraffe heran. »Und darf ich fragen, wie es Ihnen bei uns gefallen hat, Frau Harnack? Ihre Reise in die Sowjetunion liegt ja nun schon eine Weile zurück, aber ich glaube fast, wir haben einander seitdem nicht mehr gesehen.«

»Frau Harnack hat sich allein ins wilde Sibirien hinausgewagt«, sagt Rowohlt zu Salomon.

»Die Sowjetunion unterstützt nachdrücklich die Gleichheit der Geschlechter und die Rechte der Frauen«, sagt Bessonow. »Ich bin sicher, dass sich Frau Harnack immer und überall hat sicher fühlen können.«

»Unbedingt«, sagt Mildred. »Ich war sehr beeindruckt von den großartigen Erfolgen Ihres Landes. Natürlich bleibt noch viel zu tun.«

»Selbstverständlich. Russland unter den Zaren war ein unendlich rückständiges Land, verarmt und unterdrückt. Zeit, Geduld und harte Arbeit sind nötig, um unser kulturelles Niveau auf das von Ländern zu heben, die in der Vergangenheit glücklicher waren.«

»So hat man es mir erklärt. Ich muss zugeben, dass ich zuerst ein bisschen verstört war. Diese Frauen an den Bahnhöfen, in der Ukraine. Wir haben dort ja immer nur kurz gehalten, aber sie standen in Scharen an den Zügen, klagend und weinend, und hielten uns ihre Kinder hin, als ob sie uns bitten würden, sie mitzunehmen. Solch elende Gestalten, und die armen Kleinen zu schwach, um die Köpfe aufrecht zu halten. Man hätte auf die Idee kommen können, sie stünden im Begriff zu verhungern.«

Bessonow seufzt, er hebt die Hände. »Da sehen Sie es. Diese Menschen scheuen vor nichts zurück. In ihrer Hartnäckigkeit geben sie lieber ihr eigenes Fleisch und Blut an Fremde weg, als zum Aufbau unseres neuen Staates beizutragen. Sehen Sie, liebe Frau Harnack, unter den Zaren waren diese Kulaken reich. Sie waren Großgrundbesitzer, die sich vom Schweiß ihrer schuftenden Leibeigenen nährten. Wir haben sie im Namen der Gerechtigkeit enteignet, um ihr Land unter den ausgebeuteten Massen der Landlosen zu verteilen. Aber bis heute weigern sie sich zu kooperieren.«

»Das haben uns unsere Führer von Intourist ebenfalls erklärt. Ich verstehe, all diese Übel sind ein Vermächtnis der Vergangenheit. Die Samen der Zukunft brauchen Zeit zu sprießen. Und das werden sie auch. Überall im Land ist mir der fröhliche Tatendrang der Menschen aufgefallen, die Zuversicht, der Optimismus. Und uns ist man nie anders als offen und gastfreundlich begegnet.«

»Wie schön, das von Ihnen zu hören, gnädige Frau. Ich vertraue darauf, dass unsere beiden Länder einen Ausweg finden werden aus den großen Nöten dieser Zeit.«

»Und auf den 7. November folgt zwangsläufig der 8. Der Jahrestag des Hitlerputschs. Jedes Land hat die Jubiläen, die es verdient. Heute wählen die Amerikaner. Lass uns zu Bett gehen, Liebes, es ist nach Mitternacht.«

Arvid hantiert mit seiner Pfeife. Mildred steht auf, um die Gläser wegzuräumen. Die Harnacks haben noch ein wenig zusammengesessen, wie Paare das nach einer Veranstaltung tun.

»Sind wir nicht heute Abend bei den Bonhoeffers eingeladen? Ich will einmal mit Klaus sprechen. Vielleicht kann er mir ja eine Position bei der Lufthansa verschaffen.«

Klaus Bonhoeffers Frau Emmi ist Arvids Cousine. Arvid hat die Hoffnung aufgegeben, in die Reihen seiner professoralen Ahnen aufzusteigen. Die politischen Verhältnisse stehen ihm entgegen, die schiere Menge der Anwärter, die gesinnungsmäßig eher entsprechen.

»Und man will doch etwas erreichen. Ich bin von morgens bis abends auf den Beinen, im Bund der Geistesarbeiter, in der Arplan, in einem Dutzend Diskussionszirkeln, aber Geld oder Stellung bringt das alles nicht ein. Und du hast entschieden mehr Komfort und Bequemlichkeit verdient, als ich dir bisher habe bieten können.«

»Aber Lieber! Wir haben einander. Ich habe meine Arbeit, meine Schüler, die Theatergruppe, die Lesungen im American Women's Club. Ich habe alles, was ich mir wünschen könnte. Ich bin in Paris gewesen, in London, in Moskau und Leningrad. Ich, das kleine Mädchen aus der Prärie. Wer hätte das für möglich gehalten?«

Das Leben ist so, wie man es sich erzählt. Anspruchsvoll denken, anspruchslos leben: Das ist das Motto, unter das Mildred das ihre zu stellen gedenkt. Mildred tritt ans Fenster. Hinter ihr sind Arvids Schritte zu hören, wie er das Zimmer verlässt, den Flur überquert. Mildred öffnet beide Fensterflügel, um den Pfeifenrauch hinauszulassen. In der Luft liegt eine erste Ahnung von Schnee. Vom Lokal gegenüber dringt noch immer Musik herauf. Einen Moment überwältigt sie die Wirklichkeit: Hier steht sie, mitten im Herzen dieser pulsierenden Stadt, im Zentrum der Weltgeschichte, eine freie Frau, verheiratet, dreißig Jahre alt, gesund, tatkräftig, voll Zuversicht, während sich dort draußen im dunklen Land ganz nebenbei ein Bürgerkrieg zusammenbraut.

# 2

*9. November 1932,*
*Berlin*

*Europa war die Uhr der Welt. Sie steht.*
Ein großartiger Satz. Er ist Harro eingefallen, als er vorhin bei Rosenbaums Uhren- und Juwelenhandel aus dem Bus gesprungen ist. Der Satz ist wahr, man könnte ihn in Erz meißeln, aber vor allem hat er Schwung. Er hat Rhythmus, er hat Pep, ein regelrechter Ohrwurm ist dieser Satz, zu dem man frohgemut voranmarschieren kann, da-DA-da-DA da-DA-da-DA – da-DA!, bis zu dem kleinen Tusch am Ende. Wer Eingebungen sucht, muss in Bewegung bleiben. Harro Schulze, übrigens in Smoking und Abendschuhen, obgleich es erst später Nachmittag ist, ist unterwegs zum Café Adler am Dönhoffplatz. Er denkt an sich in der dritten Person, in klassischer Erzählform: *Harro Schulze, groß gewachsen, schlank, trainiert, überquerte mit federnden Schritten die Leipziger Straße, um sich zu einem Treffen mit den Anhängern und Lesern seiner Zeitschrift zu begeben.*

Jawohl, hochverehrte Damen und Herren, sehr geehrtes Publikum, Sie haben richtig vernommen: Harro Schulze ist Zeitschriftenherausgeber, im Alter von gerade mal 23 Jahren. Mag man es Zufall nennen, Schicksal oder göttliche Fügung, Fakt ist, er war zum richtigen Zeitpunkt am richtigen Ort. Er stand bereit, als der Initiator und Herausgeber des ›Gegners‹ Deutschland eiligst verlassen musste: Der politische Aktivist, Schriftsteller, Expressionist, Ökonom und Gründer einer Zündholzfabrik in der Sowjetunion Franz Jung hatte ein Problemchen mit einem illegalen Transfer von Reichsmark nach Frankreich, zum Zweck der Errichtung einer Gartenstadtsiedlung nach Entwürfen von Le Corbusier.

Womit einmal mehr erwiesen ist, wozu das System allenfalls taugt: zur Verhinderung alles Neuen, zur Erstickung persönlicher Initiative und Blockierung der Kühnheit. Harro jedenfalls erbot sich sofort, einzuspringen, sein Studium abzubrechen und den ›Gegner‹ am Leben zu erhalten, um der Freundschaft und der Beförderung politischer Wahrheit willen.

Die Juristerei war ohnehin nicht das Richtige für ihn, und wie auch angesichts des geltenden Rechtssystems? Harro hat nun seine Berufung gefunden. Er wirft sich ganz auf die Politik: ein schreibender Revolutionär und Führer von Menschen. Seine Eltern sollten stolz auf ihn sein. Aber natürlich halten sie einen akademischen Abschluss für unabdingbar.

Es ist ihr Alter. Sie sind dem Tempo, der Turbulenz, der heiteren Herzlosigkeit der modernen Zeit nicht gewachsen. Harro ist aber geduldig mit ihnen, er erklärt: Nenne man es die Stimme Gottes, des Gewissens oder wie auch immer, jeder vernimmt doch in sich den Ruf seines eigenen Müssens und Wollens, das ihm eigene Gebot. Freilich, Harros Mutter ist nicht vertraut mit den Schriften Nietzsches, Bergsons oder José Ortega y Gassets. Man kann kaum erwarten, dass sie versteht, mit welcher Grandezza ein Mann dazu bereit sein kann, die Chance, alles zu wagen, einzutauschen gegen das Risiko, nichts zu werden.

Wobei sich Harros Zeitschrift hervorragend entwickelt. Natürlich wirft das Blatt noch nicht allzu viel ab, das war auch kaum zu erwarten angesichts der Wirtschaftslage, aber überall in Deutschland schießen ›Gegner‹-Gruppen aus dem Boden. Harro ist zuversichtlich, dass gegen Ende des Monats wieder etwas hereinkommen wird. Wenn ihm die Eltern bis dahin noch einmal fünfundvierzig Mark für Telefon und Miete vorstrecken würden? Vielleicht noch fünf für die Stadtbahnkarte. Fünfzig für Essen wären höchst willkommen.

Ab mit dem Brief in den Kasten am Dönhoffplatz, mit wehenden Mantelschößen vorbei an der bereits frostgeschützten Fontäne und die Tür aufgestoßen zum Café Adler, wo im warmen, rauchgeschwängerten Dunst die ›Gegner‹-Runde schon auf ihn wartet: ein gutes Dutzend meist junger Leute, Studenten, Künstler, utopische Dichter, Aktivisten der Jugendbewegung, die an Teegläsern nippen, ihr kleines Helles warm werden lassen und Harro mit großem Hallo begrüßen.

Regine Schütt hat ihm den Platz zu ihrer Rechten freigehalten. Das Räubermädel, hübsch, klug und ein prima Kumpel: Nur hat sie den Fehler gemacht, sich in Harro zu verlieben. Gerechterweise muss Harro sich eingestehen, dieser Entwicklung nicht früh und entschieden genug Einhalt geboten zu haben. Andererseits, warum sind die Frauen so töricht? Verstehen sie nicht, dass eine fröhliche Fechterin unendlich viel reizvoller ist als ein trübsinniger Erdkloß?

Nun, es gibt Wichtigeres zu bedenken. Das Thema des heutigen Abends lautet: Volk oder Gesellschaft? Harro hat es einer der Bibeln der Jugendbewegung entnommen: dem

Hauptwerk Ferdinand Tönnies', seines Großonkels mütterlicherseits. Was entscheidet darüber, wohin ein Mensch gehört: Blut, Geburtsort, innere Einstellung, Reisepass? Was ist eine Nation: ein Volkskörper, gemeinsamer Wurzel entwachsen, zusammengeschweißt durch Sprache, Tradition und vor allem Ursprung, Blut aus einem einzigen Quell, oder eine Bevölkerung ohne traditionelle Werte, locker zusammengehalten von veränderlichen Normen, praktischen Interessen, unsentimentalen Beziehungen?

»Und was sagst du zum Ergebnis der Wahl, Harro?«

So Kurt Schumacher, der Holzschnitzer und Bildhauer mit eigenem Meisteratelier an den Vereinigten Staatsschulen für freie und angewandte Kunst, der soeben mit der Prämie des Großen Staatspreises der Akademie der Künste ausgezeichnet worden ist. Er sitzt Harro gegenüber. Harro hat keinen besten Freund, natürlich nicht, er ist schließlich kein Schulmädchen. Aber warum nicht Kurt das Thema des heutigen Abends bestimmen lassen und über die Reichstagswahl reden?

»Von der ich mir keine Veränderung der Verhältnisse erwartet habe«, sagt Harro. »Was ändert es, wenn die Nazis ein paar Stimmen verlieren oder diese oder jene Partei ein paar gewinnt? Das Weimarer System ist uns von den Siegern diktiert. Die sogenannte Demokratie ist nicht organisch aus dem Volk erwachsen, entsprechend sind auch die Parteien keine organische Volksvertretung, sondern nur Repräsentanten wirtschaftlicher Interessengruppen. Ein Haufen alter Männer, die sich um Geld, Positionen, persönliche Macht keilen. Keiner von ihnen ist fähig, die großen Probleme unserer Zeit zu erfassen. Sie sind wie Hausfrauen, die auf den Abwasch schimpfen, während über ihnen das Dach brennt.«

»Aber die KPD ist auch eine Partei«, sagt Werner Dissel,

einer der Jüngsten der Gruppe. »Und Kurt Schumacher ist Mitglied, oder nicht?«

»Immerhin versteht Marx etwas von Ökonomie«, sagt Harro, »im Gegensatz zu dem vertrottelten Gottfried Feder, auf den sich die Nazis berufen. Übrigens habe ich mich letzte Woche auf einer NSDAP-Versammlung zu Wort gemeldet. Ich habe erklärt, dass ich persönlich weder vom Nationalsozialismus noch vom Kommunismus etwas halte und schon gar nicht von den bürgerlichen Parteibuchtrotteln. Ob Linke oder Rechte, sobald sie mit ihren Führern fertig sind, werden wir zusammen weitermarschieren, in einer Front, die quer durch alle Lager geht.«

Kurt stößt einen Pfiff aus. »Wie bist du lebend herausgekommen?«

»Ich gebe zu, es wurde recht munter. Die Polizei bot mir an, mich bis nach Hause zu begleiten. Aber ich habe abgelehnt. Courage beeindruckt immer, so meine Erfahrung. Das ist es, worauf es ankommt, persönliche Disposition. Faschismus, Nationalsozialismus, Kapitalismus, Kommunismus, alle ignorieren sie die Bedeutung des freien Willens. Alle liefern sie den Einzelnen unüberschaubaren und geistlosen Mechanismen aus. Alle fordern, dass man seine Kreativität, seine Freiheit, sein Selbst auf dem Altar des persönlichen Komforts und eines spießigen Ideals des Friedens um jeden Preis opfert. Aber ich glaube an einen permanenten Prozess der Selbsterschaffung. Ich will werden, wer ich wirklich bin. Ich hungere nicht nach Bestätigung, mir ist egal, ob ihr meine Meinungen teilt, ich brauche keine Jasager, sondern Menschen, die bereit sind, mit mir zu wachsen. Die findet man nicht in den Altherrenparteien. Die findet man nur unter uns, unter den Jungen. Und die Jungen sind nicht in Parteien organisiert, sondern in Bünden.«

Nun wird die Debatte lebhaft. Harro winkt der Bedienung und bestellt Kamillentee. Um ihn brandet die Vielzahl der Ansichten, die Vielzahl der Stimmen.

»Diese ganze sogenannte Wirtschaftskrise ist in Wirklichkeit eine Krise der westlichen Zivilisation.«

»Der Osten ist auch nicht besser. Die Situation Deutschlands ist einzigartig, weshalb wir nach einzigartigen Lösungen suchen müssen.«

»Deutschland zuerst! Unsere nationalen Interessen müssen Vorrang haben vor allem anderen.«

»Ja, aber was heißt das praktisch? Wie befördern wir das Wohl Deutschlands am besten? Nicht nur Deutschland, die ganze Welt ist doch heute bereit, das Joch der transnationalen Unternehmen und der Londoner City abzustreifen. Das Kapital kennt keine nationalen Interessen. Allein die Arbeiter sollen an ihre Herkunftsländer gefesselt sein als ausbeutbares Vieh.«

»Weshalb wir den Nationalismus überwinden müssen. Die Zukunft liegt im Sozialismus, und Sozialismus und Nationalismus sind unvereinbar. Die Interessen der Arbeiter sind in allen Ländern die gleichen.«

»Genau wie die Interessen des Raubtierkapitals. Diese Herren verachten jeden, der so primitiv ist, seine Heimat zu lieben. Ihre einzige Loyalität gilt ihren Abnehmern, selbst wenn sie jemandem Waffen verkaufen, die gegen ihr eigenes Land gerichtet sind. Und wenn sie ihre Heimat ruiniert haben, schaffen sie ihre Konten ins Ausland und machen den Arbeiter und seine unmäßigen Forderungen dafür verantwortlich.«

»Eben. Sag ich doch. Nationalismus und Sozialismus schließen sich keineswegs aus. Die nationale und die soziale Frage sind zwei Seiten ein und derselben Medaille. Deutschland muss sich von den Fesseln von Versailles befreien, der Arbeiter von den kapitalistischen Ausbeutern. Der Feind ist derselbe, die angelsächsische Weltherrschaft.«

»Deutschlands natürlicher Verbündeter ist Russland.« Kurt Schumacher, grobe Joppe, kompakter Körper, hat die Hände auf die Oberschenkel gestützt. »Die Verträge von Versailles und Rapallo brandmarken beide Länder als Parias der internationalen Gemeinschaft. Für die Sieger des imperialistischen Westens ist Deutschland nichts als eine weitere Kolonie.«

»Die Engländer haben ihr System selbst gründlich leid«, sagt Harro, »sie sind nur zu schlaff, etwas dagegen zu tun. Onkel Alfred und ich waren uns immer in dem Punkt einig, dass nichts deutschen Interessen so sehr entgegensteht wie die City. Mein Großonkel, Großadmiral von Tirpitz. Er hat sich schon während des Weltkriegs für einen Sonderfrieden mit Russland eingesetzt. Russland ist die einzige Kraft, die sich der seelenlosen Massenkultur Pan-Amerikas entgegenstemmt. Ich wohne ja jetzt bei einem russischen Paar, das ist ungeheuer aufschlussreich. Und natürlich verbessert sich mein Russisch enorm.«

»Hat einer von euch Alexander Dowschenkos neuen Film gesehen?«, sagt Kurts Gefährtin, die Grafikerin Elisabeth Hohenemser. »›Erde‹. Wir waren tief beeindruckt. Die Herzlosigkeit dieser ukrainischen Kulaken! Aber vor allem bewegt hat mich der filmische Reiz, die Schönheit jeder einzelnen Szene. Dowschenko hat ja in einem Interview gesagt, wenn er zwischen Schönheit und Wahrheit wählen müsste, würde er immer die Schönheit wählen, weil sie die größere, tiefere Existenz hat.«

»Wahrheit oder Schönheit«, sagt Kurt. »Schönheit oder Wahrheit. Noch so ein künstlich geschaffener Gegensatz.

Wie Kommunismus und Patriotismus. Oder Politik und Kunst. Wann waren das je Gegensätze?«

Elisabeth lehnt sich gelassen zurück, bereit, Kurt ein weiteres Mal zuzuhören. Kurt beugt sich zu Harro vor.

»Denk an die großen Holzschnitzer, Harro. Denk an Veit Stoß, den sie mit glühenden Eisen gebrandmarkt haben. Jerg Ratgeb wurde gevierteilt, Tilman Riemenschneider hat man in der Folter die Hände gebrochen. Sie wurden ausgelöscht, sie wurden vergessen, aber in ihrem Werk sind sie wieder erstanden. Ihr Werk hat triumphiert, über eine hasserfüllte Obrigkeit, über das von oben verordnete Vergessen. Und warum? Weil sie nicht ins Belanglose ausgewichen sind. Weil sie sich mitten in ihre Zeit hineingestellt haben. Weil sie bereit waren, für das zu sterben, was sie als Wahrheit erkannt hatten.«

»Das klingt alles sehr schön und heldenhaft«, sagt Regine Schütt. »Aber ist die Menschheit seit den Bauernkriegen nicht ein wenig vorangekommen? Es sterben täglich Menschen auf den Straßen, auf unseren heutigen Straßen, und die Gewalt wird immer schlimmer. Sollte man nicht lieber darüber nachdenken, wie man es anstellt, dass möglichst viele am Leben bleiben, statt seinen eigenen Opfergang vorzubereiten?«

»Humanitätsduselei bringt uns nicht weiter«, sagt Harro. »Die Gewalt wird immer schlimmer, das ist wahr, aber ich kann nicht sagen, dass ich das bedaure. Die Lage muss sich noch weiter zuspitzen, damit die in Erscheinung treten, die dieses Land braucht. Menschen mit Kampfgeist. Glühende, aufrechte, moralisch lautere Menschen. Ein neuer Ritterorden, eine neue Elite, die ihren Ursprung nicht in Parteien hat, sondern in kleinen Gemeinschaften, in Gruppen überschaubarer Größe, aus denen die geeigneten Männer erkennbar und offensichtlich herausragen: Dort würde ein wahrhaft demokratischer Staat seine Führer suchen und finden. In Gruppen wie der unseren hier.«

Mit diesem Schlusswort endet das Treffen, und das Geheimnis von Harros Smoking wird offenbar: Heute ist Ball an der Akademie der Künste. Die Orchester dort sind ziemlich passabel. Animiert, erwärmt, ein begeisterter Tänzer, mit Regine Schütt immer im Schlepptau, ist Harro bald Mittelpunkt einer neuen Gruppe. Gegen Morgen landen sie alle in einem Künstlercafé, wo zwei halbnackte Damen eine erstaunliche Nummer mit einem lasziven Pudel abziehen. Inmitten von Lärm, Qualm, Gelächter, dem Wimmern und Schrillen eines Saxofons zieht friedlich ein Gedanke an Harro vorüber: Morgen wird er seine Mutter brieflich in den Genuss einer detaillierten Beschreibung kommen lassen.

Wobei ihre Nazis natürlich gewinnen werden. Den Kurfürstendamm entlangschlendernd, an diesem letzten grauen Novembertag des Jahres 1932, empfindet Harro fast Mitleid für die Kuchenesser hinter den beschlagenden Scheiben des Café Kranzler. Da hocken sie bei Torte und Berliner Weiße mit Schuss, die hungernden Massen sind ihnen gleichgültig, das Schicksal Deutschlands ist ihnen schnuppe, sie kriegen noch nicht einmal mit, dass sie selbst mitsamt ihrer kleinen Welt im Begriff stehen, hinweggefegt zu werden von der neuen Sorte Geschmeiß, das der Demokratismus gezüchtet hat: dem persönlich beleidigten, ewig zu kurz gekommenen Kleinbürger, übelnehmerisch, neidisch, ressentimentzerfressen und wild darauf, die Republik zu zerschlagen, die ihn hervorgebracht hat.

Also, sollen die Nazis gewinnen. Ein Generalstreik wird

folgen, ein Aufstand der Massen, der Bürgerkrieg, und dann unvermeidlich: die wahre Revolution. Dann werden die recht- und heimatlosen Proletarier Seite an Seite mit der bündischen Jugend für die Sozialisierung der Produktionsmittel und die Nationalisierung von Grund und Boden kämpfen. Harro ist durch und durch frohgemut. Er hat den Staub dieses verkommenen Zeitalters längst von seinen Füßen geschüttelt. Er ist ein Mann der Zukunft: gesund, glücklich und tatenfroh, und das auch noch nach dem 30. Januar 1933.

Wobei es nun doch nicht zu einem Generalstreik gekommen ist. Wie auch, angesichts sechs Millionen Verzweifelter, die zu jeder Art von Arbeit bereit sind? Aber der Gang der Geschichte lässt sich nicht aufhalten. Voraus liegt der Kampf für den wahren Sozialismus, mit Harro in vorderster Front. Er wird die Einigung der deutschen Jugend weiter vorantreiben, den Zusammenschluss der Querdenker aller Lager. Es gibt auch in der Hitlerjugend ganz prachtvolle Jungens, nicht wenige von ihnen Leser des ›Gegners‹. Gemeinsam werden sie das Hitlerreich von innen erobern, es geistig durchdringen und unterwandern. Allerdings wird er möglicherweise den Namen seiner Zeitschrift ändern müssen. ›Gegner‹ hat einen etwas zu provokanten Klang, in diesem Frühjahr 1933.

*April 1933,*
*Duisburg*

»Wie der Junge ausgesehen hat!«

Marie Luise Schulze, noch in Mantel und Hut, steht mit erhobenen Armen vor dem Schreibtisch ihres Mannes, eine anklagende antike Göttin. Just in dieser Stunde ist sie aus Berlin zurückgekehrt.

»Du machst dir keine Vorstellung, Erich. Wie diese Barbaren den Jungen zugerichtet haben.«

»Nun nun.« Erich Edgar Schulze, Neffe des Großadmirals Alfred von Tirpitz, im Weltkrieg Korvettenkapitän, Admiralstabsoffizier des Marinekorps und Herausgeber der Kriegszeitung ›An Flanderns Küste‹, betrachtet seine aufgeregte Gattin gelassen. »So schlimm wird es nicht gewesen sein. Jedenfalls scheint er sich schon wieder recht gut erholt zu haben. Er hat vorhin telefoniert.«

»Ich bitte dich, Erich, du kennst den Jungen doch. Natürlich ist er tapfer. Und im Übrigen, bedenke, wird er wohl am Telefon über seine Wunden sprechen oder die SA anklagen?«

»Das sicher nicht. Aber er sprach lebhaft und klar, was mir als ein beruhigendes Zeichen relativen Wohlbefindens erschien.«

»Wenn du damit meinst, dass sie ihm nicht den Kopf abgesäbelt haben, sondern nur das Haar, magst du recht haben. Beinahe bis auf die Kopfhaut hinunter haben sie ihn geschoren. Seine Lippen sind gespalten, die linke Augenbraue ist blutverkrustet. Und dann sein Rücken. Von oben bis unten mit Striemen überzogen.«

»Ja.« Erich Schulze nickt. »Etwas in der Art hat er angedeutet. Etwas von Spießrutenlaufen, ich solle mir aber bitte keine Sorgen machen, er habe freiwillig noch eine Extrarunde eingelegt. Was immer er damit gemeint hat.«

»Dass man ihn ausgepeitscht hat. Das hat er gemeint. Und seinen Freund haben sie totgeschlagen. Henry Erlanger, erinnerst du dich an ihn? Wir sind ihm einmal bei Harro begegnet. Er hat für Harros Zeitschrift geschrieben. Ein junger Mann, zwar mit einer ausgeprägt jüdischen Nase, aber du liebe Zeit, er war doch kein Bankier! Und Harro musste das alles mit ansehen. Und was sagt dein Marinekamerad, der Berliner Polizeipräsident? Ja, gnädige Frau, es ist wahr, die Hilfstruppen der SA können in ihrem Eifer manchmal ein wenig über die Stränge schlagen. So hat er sich ausgedrückt. Während unser Sohn da stand, von Wunden bedeckt. Auf dem nackten Boden hat man ihn schlafen lassen. In einem Keller übrigens, im Fürstenbrunner Weg. Die ganze Stadt ist voll von solchen Kellern. Wo soll das alles hinführen?«

»Leg doch erst einmal ab, meine Liebe. Gib mir deinen Mantel, setz dich in deinen Sessel. Ich hole dir ein Glas Rotwein.«

Marie Luise bleibt stehen, wo sie steht. Sie sieht zu ihrem Mann auf, der an sie herangetreten ist. »Erich? Er wird doch aber nun davon ablassen, oder? Von dieser Zeitschrift. Von der Politik. Sie haben ihm ja alles zerschlagen, das Telefon, die Schreibmaschinen, er wird doch nun zu sich kommen? Er wird einsehen, dass er zurückfinden muss in die bürgerliche Welt?«

Erich Schulze nimmt den Arm seiner Frau.

»Vor allem muss er fort aus Berlin, aus dem Rampenlicht, in das er sich allzu gern stellt. Ich habe mit ihm noch einmal über die Sache in Warnemünde gesprochen. Über die Ausbildung an der Deutschen Verkehrsfliegerschule. Ich könnte bewirken, dass er sich zum 1. Mai noch einschreiben kann.«

»Dann tu das, ich bitte dich.« Marie Luise zieht ihren Mantel aus. »Übrigens, dieses Mädchen«, ruft sie von der Garderobe, »Fräulein Schütt. Regine Schütt, die nach Harros Verschwinden deinen Cousin alarmiert hat. Offenbar steht sie in einem intimen Verhältnis zu Harro. Aber sie wirkt trotzdem sehr anständig. Ich glaube, im Grunde ist sie ein ordentliches Mädchen. Höflich, freundlich und vor allem: respektvoll. Sie scheint sich Harro nicht leichtfertig hingegeben zu haben. Nun, wir werden sehen. Sie scheint Harro wirklich zu lieben.«

*Sommer 1933,*
*Warnemünde*

Regine Schütt verzweifelt an sich selbst. Noch keine Stunde ist sie in Warnemünde, und schon ist es wieder so weit. Warum bringt sie das Thema immer wieder auf? Warum schweigt sie nicht von SA-Sturmführer Zietlow, warum gelingt es ihr nicht, heiter zu sein, hier, fernab der Seepromenade mit den Badegästen, ein freches Wort über die Machthaber zu wagen, anzuknüpfen an die Zeiten, als sie sich als seine Kampfgefährtin fühlen konnte? Räubermädel! Von wegen. Harro stapft vor ihr her durch den Sand. Er ist reizbar, wie sie ihn in Berlin nie erlebt hat, schlecht gelaunt statt voll heiteren Zorns. Lässt sich der Nachmittag noch irgendwie retten? Was er zuletzt gesagt hat, schwingt nach: Bitte, Regine, was kann ich für dich tun? Nach Berlin fahren und Zietlow in die Fresse hauen?

Aber es geht doch gar nicht um sie. Zietlow droht, Harro zu schaden, wenn Regine sich ihm nicht ergibt. Kann Harro das gleichgültig sein? Sie sagt: »Bitte, Harro. Lass uns von etwas anderem reden. Wie geht es deinen Eltern? Sind sie wohlauf?«

»Aber sicher. Mein Vater hat zu tun, er liquidiert den ›Gegner‹. Im Übrigen hat gestern jemand den Inhalt meines Spinds auf den Boden gekippt. Also du siehst, auch ich darf mich schikanieren lassen. Falls dich das tröstet. Ich weiß sogar, wer es war, man macht gar kein Hehl daraus. Das hat man nicht nötig. Offenbar ist meine Vergangenheit bekannt geworden. Die besonderen Aufmerksamkeiten der Gestapo, mit denen ich rechnen darf.«

Jetzt fängt sie wieder an, sie kann nicht anders.

»Das ist es doch eben, Harro. Nur darum geht es mir. Zietlow behauptet, es wäre ihm ein Leichtes, dein Flugzeug über Warnemünde zum Absturz zu bringen.«

Er bleibt stehen. Er lächelt sie an, jetzt mit einem Gesichtsausdruck, den sie kennt: heiter vor Wut.

»Soll er doch. Ich bin gespannt. Das Großmaul. Um mich wird es freilich nicht schade sein, aber die Maschine? Die Zerstörung von Volkseigentum? Wie wird er das vertreten wollen?«

Entscheidend ist, dass sie keinesfalls weint.

»Harro, er lauert mir auf. Er folgt mir, er bedrängt mich, sobald ich das Haus verlasse.«

»Fasse dich. Ich schlage vor, du bleibst weiter stark und lässt ihn tun, was er angedroht hat.«

»Das sagst du nicht im Ernst. Du glaubst nicht wirklich, ich würde jemals –«

Er unterbricht sie mit einer Handbewegung.

»Nein. Natürlich nicht. Was ist die Alternative? Du wirst dich opfern müssen. Gib ihm, was er will, und rette mein Leben. Eine dritte Möglichkeit sehe ich nicht.«

»Wir könnten heiraten, Harro. Ich meine es ernst. Harro, ich möchte, dass wir zusammenbleiben. Ich möchte ein Kind von dir.«

»Wirklich, Regine, jetzt forderst du zu viel. Ich bin bereit, für dich und deine Ehre mein Leben zu geben und mich von Zietlow aus den Wolken holen zu lassen. Aber lebenslange Haft in Ehefesseln, mit plärrenden Kleinkindern und Vaterpflichten – das ist mehr, als selbst du von mir erwarten kannst. Im Übrigen, was willst du mit mir? Nimm Zietlow. Mit dem bist du besser bedient. Der wird es weit bringen.«

Aber so geht es nicht. Ressentiment zerfrisst die Seele, verätzt den Charakter, verkrüppelt den ganzen Menschen. Er wird sich in Machtlosigkeit üben, sich auf sich selbst zurückziehen, sich verpuppen wie ein Insekt. Regine trägt ihm zu, dass sein Freund Karl Otto Paetel Schreibverbot hat. Otto Strasser ist schon letzten Herbst in Klaus Mehnerts altem Opel außer Landes gebracht worden. Adrien Turel ist in Paris, Erlanger erschlagen, Eberhard Koebel hat in der Haft zwei Selbstmordversuche unternommen.

Tusk, der legendäre Anführer der Jungenschaft 1.11.: Wenn er nicht gerade auf Wintercamping-Reisen den Polarkreis durchwanderte, lebte er mit einer Horde seiner Jungen in der Grauroten Garnison, wie er seine riesige Kreuzberger Wohnung getauft hatte. Hier hat Harros publizistische Karriere begonnen, damals, als der Gründer des ›Gegners‹ untergetaucht, die Gelder gesperrt, das Büro versiegelt worden war.

Vorbei. Vorüber. Das Pleistozän. Die Frage ist, wie er in diesem neuen Zeitalter überleben kann. Ob es der Mühe wert ist. Andererseits, was sonst bleibt übrig? Auf Zietlow zu setzen ist wenig aussichtsreich, Typen dieser Sorte wächst

Handlungsmut erst in der Masse zu. Eine Selbstbefreiung ist nötig, die Überwindung des Grolls und vorbehaltlose Bejahung der gegebenen Lage.

Er macht es sich zum Prinzip, waghalsiger zu fliegen als alle anderen. Das wird bemerkt. Für einen Kameradschaftsabend schreibt er einen Sketch. Er landet einen Volltreffer, die Kameraden trampeln, sie rufen ihn auf die Bühne. Na also. Gerade beginnt er neugierig zu werden, in diesem Frühling des Jahres 1934, wer er am Ende dieser Entwicklung wohl sein wird, als die Fliegerschule geschlossen wird und Harro sich wieder in Berlin findet.

*1. Mai 1934,*
*Berlin*

Die Stadt hat sich verändert im Lauf dieses einen einzigen Jahres. Die Bünde der Jugendbewegung sind aufgelöst, Gewerkschaften existieren nicht mehr, politische Parteien sind verboten, ihre Funktionäre nach Frankreich, England, in die Sowjetunion entkommen oder in Lagern und Gefängnissen verschwunden. Bekannte Zeitungen sind von den Kiosken verschwunden. Die BVG hat die Monatskarten abgeschafft. Nicht nur an öffentlichen Gebäuden, auch an Kirchen, Pfarr- und Gemeindehäusern wehen neuerdings Hakenkreuzfahnen. Vor allem aber stimmt Harros innere Karte nicht mehr mit der Wirklichkeit der Stadt überein. Bars und Klubs wie das Silhouette, das White Rose oder das Eldorado gibt es nicht mehr. Am Stammtisch im Romanischen Café an der Gedächtniskirche sitzen keine Literaten, sondern die

Gestapo. Die Friedrich-Ebert-Straße am Reichstagsgebäude heißt neuerdings Hermann-Göring-Straße, Friedrichshain heißt Horst-Wessel-Stadt, die Königin-Augusta-Straße in Kreuzberg ist nach Großonkel Alfred in Tirpitzufer umbenannt. Harros Tisch im Café Adler am Dönhoffplatz ist verwaist: Freunde sind emigriert, Bekannte abgetaucht, sie haben die Waffen gestreckt, sich in irgendwelche Provinznester verkrümelt.

»Und dem Arbeiter füllt sich das Herz mit Dank, dass die Nazis ihn den Krallen seiner parasitären Gewerkschaften entrissen und den Internationalen Arbeitertag zum Nationalfeiertag des deutschen Volkes erhoben haben«, sagt Harro zu seinem Vater. »Ein Meer von Fahnen wogt in den Straßen, das Volk feiert die ewigen Zyklen der Natur mit altgermanischen Tänzen, die Maibäume sind herrlich mit Hakenkreuzen geschmückt, und wir beide verkrümeln uns am besten in den Grunewald und lauschen den arbeitsamen Spechten beim Wohnungsbau. Es sei denn, du möchtest dem Festakt auf dem Tempelhofer Feld beiwohnen und der krönenden Ansprache des Führers lauschen.«

»Das nicht unbedingt. Aber das abendliche Feuerwerk wollen wir uns nicht entgehen lassen, was meinst du?«

Harros Vater ist zu Besuch in Berlin. Es kann ja nicht schaden, einmal unauffällig nach dem Rechten zu sehen, womöglich väterliche Sorgen beruhigt zu finden: Harro hat einen Posten in Görings Reichsluftfahrtministerium ergattert, in der neu gegründeten Nachrichtenabteilung Fremde Luftmächte.

»Der Verdienst ist nicht rosig, vor allem zu Anfang nicht. Aber Görings Fittiche dürften einigen Schutz vor den Nachstellungen der Gestapo bieten, und es gibt ja Aufstiegsmöglichkeiten. Im Moment bin ich vor allem damit beschäftigt, ausländische Zeitungen auszuwerten, insbesondere hinsichtlich der Entwicklungen ausländischer Luftstreitkräfte. Das gibt mir natürlich hervorragenden Einblick.«

»Also immer noch Politik. Na, die Katze lässt das Mausen nicht. Ich habe dich ja schon mit dreizehn, vierzehn aus der Haft herauszerren müssen.«

»Ach ja, der Ruhrkampf! Papa, weißt du noch? Wie wir beide uns die Köpfe heißgeredet haben, du und ich, während Mutter mit den beiden Kleinen zu tun hatte? Das waren lustige Zeiten. Eigentlich waren wir uns immer einig, nicht wahr?«

Erich Edgar Schulze lächelt. »Ganz Deutschland war sich damals einig. Das war ein Erlebnis, wie der Ruhrkampf alles Spaltende hinwegfegen konnte. Politische Konflikte, soziale Unterschiede, Fragen der Klassenzugehörigkeit, nichts war mehr von Belang. Ähnliches erhoffe ich mir im besten Fall von der Bewegung, die jetzt an der Macht ist. Voraussetzung wäre natürlich die wirtschaftliche Konsolidierung ... Ja, ich weiß, wie du dazu stehst. Tu du mir nur den Gefallen und pass auf dich auf. Deine Mutter wäre außer sich, wenn du dich noch einmal so in Gefahr bringen würdest.«

»Ach, Papa. Macht euch keine Sorgen. Es war doch alles nur halb so schlimm. Aber weißt du noch, damals, Rathenaus Ermordung? Ich war in Schweden, bei den Hasselrots, die es auf sich genommen hatten, mich armes Kriegshungerkind aufzupäppeln. Sie verstanden rein gar nicht, warum ich die Nachricht vom Anschlag auf den Reichsaußenminister dermaßen persönlich nahm. Ich konnte ihnen ja nicht sagen, dass du die Drahtzieher des Attentats alle persönlich kanntest. Die Organisation Consul! Am liebsten wäre ich heimgefahren und hätte mitgemischt. Aber es waren schöne Zeiten. Meine Schwedischkenntnisse kommen mir jetzt sehr zugute, und auch, dass ich damals segeln gelernt habe. Man kommt nirgendwo so zu sich wie auf dem Wasser. An den meisten Wochenenden miete ich mir am Wannsee ein Boot.«

*14. Juli 1934,*
*Berlin-Wannsee*

Ein Samstagnachmittag, sommerlich heiß, das Wasser blendend, das Ufergrün staubig. Von einer kleinen Segeljacht schallen Akkordeonklänge herüber, Gelächter. Harro in seinem Boot sieht weiße Kleider, die nackten Arme und Beine von Mädchen. Jemand ruft: *Libs!* Der Name fliegt übers Wasser, gefolgt von Applaus. Die Akkordeonspielerin hebt den Arm zu einem spöttischen Salut. »Ahoi, Pirat!«

Harro winkt zurück, zeigt lächelnd Zähne.

Und damit könnte es genug sein. Der Wannsee ist keine Pfütze. Die Chancen stehen gut, dass die beiden Boote unterschiedliche Häfen anlaufen. Libs ist mit Freunden unterwegs, reichen Sprösslingen, Harro steuert sein gemietetes Schifflein allein. Aber als er von der Anlegestelle über die Wiese heraufkommt, sieht er sie sofort: ein Mädchen in Bermudahosen, zwanzig Jahre alt, das sich barfuß einen Weg durch den von Bienen summenden Klee sucht.

Sie hebt den Kopf, und ihr Blick fällt auf Harro.

Jemand unten am Seeufer ruft etwas.

Jemand, irgendwo in der Ferne, lacht.

»Ahoi, Pirat«, sagt sie. Und lächelt.

Sie gehen hinunter zum Wasser und setzen sich ins Gras. Sie bittet ihn um eine Zigarette. Er hält ihr sein Päckchen hin, gibt ihr Feuer. Ihr Name ist Libertas Haas-Heye. Sie ist Pressereferentin bei Metro-Goldwyn-Mayer, in Paris geboren, in der Schweiz zur Schule gegangen. Alles an ihr ist glamourös: Ihr Vater ist Modedesigner, ihre Mutter die jüngste Tochter des Fürsten Philipp zu Eulenburg und Hertefeld, des einstigen engsten Vertrauten Kaiser Wilhelms II. und, glaubt man dem Skandal, seiner Hoheit intimer Graf Troubadour. Libertas weiß nicht, ob etwas daran ist. Der Fürst war ein liebenswürdiger Großvater, schwer krank allerdings und begreiflicherweise melancholisch. Ihn aufzuheitern galt als verdienstvoll. Als Kind hat sie regelmäßig Lieder für ihn einstudiert oder Gedichte auswendig gelernt.

»Wir Geschwister haben ja auf Schloss Liebenberg gelebt, bei unserer Mutter, bis uns unser Vater nach Berlin geholt hat.«

»Ihre Eltern sind getrennt?«

»Geschieden sogar. Ich bin nicht im Schutz einer intakten bürgerlichen Familie aufgewachsen, falls Sie das meinen. Aber das macht nichts. Ich liebe meine Unabhängigkeit. Geborgenheit vermisse ich nicht. Man vermisst nicht, was man nicht kennt, nicht wahr?« Sie sieht zu ihm auf, streicht eine Locke zurück. Ihre Augen sind schmal, etwas tiefliegend, katzenhaft. Ihr Mund ist voll, die Oberlippe ein perfekt geschwungener Amorsbogen. Sie zählt ihm die Stationen ihrer Kindheit an den Fingern auf. »Paris, Liebenberg, Berlin, wieder Paris, wieder Berlin, Zürich, England. Jetzt habe ich eine Bleibe am Hohenzollerndamm. Aber mein wahres Zuhause wird immer Liebenberg sein. Reiten Sie, Herr Schulze? In Liebenberg kann man wunderbar ausreiten. Göring kommt regelmäßig von Carinhall herüber, um mit Onkel

Büdi zu jagen. Sogar Hitler war schon einmal bei uns zu Besuch.«

»Hitler und Göring sind Namen mit Klang. Aber wer mag Onkel Büdi sein?«

Sie lacht. »Friedrich Wend Fürst zu Eulenburg. Der Bruder meiner Mutter. Als Großvater noch lebte, hat Onkel Büdi im Seehaus gewohnt, aber inzwischen hat er natürlich das Schloss übernommen. Das Seehaus wird jetzt vor allem von Gästen genutzt. Es liegt direkt an der Großen Lanke. Man kann noch vor dem Frühstück ein Bad nehmen.«

Er sieht sie an. Er sagt: »Haben Sie Badesachen dabei?«

Sie wirft den Kopf zurück. »Natürlich. Ich habe meinen Badeanzug an, unter den Kleidern.«

Sie beginnt ihre Bluse aufzuknöpfen. Er zieht sich das Hemd über den Kopf. Die Narben auf seinem Rücken bieten ihr eine erste Gelegenheit, ihn zu berühren. »Und das?«

Ihre Fingerspitze ist kühl, die Empfindung zart und durchdringend, der Stich eines Schmetterlings.

»Nichts«, sagt er. »Ein paar SA-Typen wollten ihr Mütchen kühlen. Sie hatten mich in ihrem Keller, da wäre Gegenwehr wenig erfolgversprechend gewesen. Aber ich ziehe ohnehin das Florett der Faust vor. Also ließ ich sie sich austoben, bis sie die Lust verloren. Courage imponiert immer, das ist meine Erfahrung.«

»Aber das ist furchtbar. Das ist ganz entsetzlich.«

Er winkt ab. »Halb so wild. Eine Sache unter Männern, mehr nicht. Am Ende boten sie mir an, mich in ihre Reihen aufzunehmen, ich sei doch im Grunde einer von ihnen. Anerkennend gemeint, aber eine zweifelhafte Ehre, die ich leider ablehnen musste.«

Sie sagt: »Ich verstehe das nicht. Ich habe gedacht, sie springen nur mit unseren Feinden so um.«

Er zeigt die Zähne. »In der Tat. Ich bin auch ihr Feind.«

Sie wendet den Kopf ab, blickt übers Wasser. Sie kennen einander noch keine Stunde, und schon verschiebt sich ihre Welt in den Fugen. Jeder in ihrer Familie ist in der Partei.

»Ich bin nach dem Fackelzug eingetreten. Waren Sie da? Waren Sie dabei? Dann können Sie mich verstehen, oder? Diese Begeisterung. Diese Verbundenheit aller mit allen. Ein bisschen war es wie manchmal bei den Pfadfindern, in der Schweiz, aber natürlich viel feierlicher, viel erhebender. Als näherte man sich einem letzten Gipfel, und gleich würde ein Wunder geschehen.«

Er nickt beifällig. »Das ist es, worum es im Leben geht. Um Leidenschaft, Intensität, Rausch. Um Kampf, um Verbundenheit. Nicht um Parteizugehörigkeiten oder das blutleere Gewäsch irgendwelcher Politiker.«

Sie wendet sich ihm ganz zu, glühend. Ihre Pupillen sind riesig. »Dann verstehen Sie mich, Herr Schulze? Sie finden es nicht verwerflich, dass ich in die Partei eingetreten bin?«

»Durchaus nicht. Warum sollte ich? Ich war recht gut mit Otto Strasser bekannt, bevor Hitler den innerparteilichen Machtkampf für sich entschieden hat. Aber sehen Sie, das ist es genau, was mir an Parteien gleich welcher Richtung nicht passt. Die selbstischen Kämpfe um persönliche Macht. Die Enge, die Beschränktheit, die Ausrichtung auf Eigeninteressen statt auf die Sache. Nehmen Sie diesen sogenannten Röhm-Putsch vor zwei Wochen. Was war es denn wirklich? Ein Sieg der mit der Großindustrie verbündeten Reichswehr über die SA, den letzten Hoffnungsträger eventuell noch vorhandener sozialistischer Illusionen. Jetzt dürfte wohl jeder begriffen haben, dass dem Führer an nichts weniger gelegen ist als am Wohl der Arbeiterklasse. Immerhin hat er nicht nur den höchsten Rang seiner SA massakriert, sondern auch die letzten Mitglieder des konservativen Establishments, das ihn an die Macht gebracht hat. Dazu kann ich ihm gratulieren. Es ist eine Arbeit, die er der Zukunft abgenommen hat.«

Libs sieht Harro an. Sie sieht wieder weg. Der See, die Bäume, der Steg, ein Mann mit einem Eimer, ein hüpfender Spatz, alles ist scharf umrissen, traumklar, aufgeladen mit enormer Bedeutung. Sie denkt überhaupt nichts, wie beim Sprung von einem Felsen ins Wasser. Sie sagt, was sie fühlt: »Wie soll dies nun weitergehen?«

Er zuckt die Schultern. »Wir werden es alles hinter uns lassen. Wir werden gemeinsam in die Zukunft schreiten, Fräulein Haas-Heye, vereint über alle Parteigrenzen hinweg. Neulich nach einer Theateraufführung in Zehlendorf sah ich mich plötzlich von lauter Hitlerjungen umringt, prachtvolle Kerle, einer wie der andere. Und dann stellte es sich heraus, dass es früher alles Leser meiner Zeitschrift gewesen waren.«

»Ihrer Zeitschrift?« Sie zwinkert.

Er winkt ab. »Tempi passati. Ich erzähle es Ihnen ein andermal. Sagen wir es so: Ein starker Strom ändert nicht seinen Lauf, nur weil er auf ein Hindernis trifft, er verlässt nur vorübergehend sein Bett. Meine Zeit wird kommen. Vielleicht bin ich dann schon fünfunddreißig oder vierzig, aber was tut das, ich habe Geduld. Schreiben und kämpfen kann man zu jeder Zeit.«

»Schreiben und kämpfen.« Sie betrachtet ihn mit andächtigem Staunen. Sie sagt: »Kennen Sie ›Gustav Adolfs Page‹?«

»Die Novelle von Conrad Ferdinand Meyer?«

»Genau die. Über das Mädchen, das an der Seite des Schwedenkönigs in die Schlacht reitet, als Page verkleidet. Und niemand bemerkt, wer sie wirklich ist. Erst, als sie tot auf dem Schlachtfeld liegt, Seite an Seite mit ihrem geliebten König, wird ihre wahre Natur offenbar. Ihr Mut. Ihre Hochherzigkeit. ›*Courte et bonne*‹, das ist ihr Motto. Darüber habe ich sogar einmal ein Gedicht geschrieben.«

»Sie schreiben Gedichte?«

*Courte et bonne möchte ich das Leben*
*Stets voll heißem, großem Streben,*
*Aufwärts zur Vervollkommnung. –*
*Kämpfen, fallen, unterliegen –*
*Aber immer vorwärts gehen.*
*Todesmutig streitend, siegen –*

»Libs!«

Jemand ist hinter ihr aufgetaucht. Jemand hat ihren Namen gerufen, schiebt sich nun von der Seite in das Bild hinein. Sie wenden die Köpfe gleichzeitig, wie in einer Bewegung.

»Untreues Mädchen.« Der Sprecher hat einen russischen Akzent. »Wir haben dich gesucht. Richie will los, bist du so weit?«

Libs richtet sich auf, strafft sich, sie streckt die Hand aus, nennt Namen: »Das hier ist Wanja. Herr Wanja Morosow. Dort kommt Mucki von Bohlen und Halbach. Der neben ihm mit dem Hut ist Richard von Raffay. Wanja, warte noch einen Moment. Herr Schulze, wie steht es mit Ihnen? Wir sind mit Richies Automobil gekommen. Können wir Sie mit in die Stadt zurücknehmen? Ich bin sicher, Sie wären allen willkommen. Wir haben noch keine festen Pläne für den Abend.«

»Sehr freundlich«, sagt Harro. »Aber danke. Ich denke, ich werde heute auf dem Boot übernachten.«

»Auf dem Boot!«, sagt Libs. »Wie wunderbar. Ja, das erscheint freilich besser, als sich zwischen lauter steinerne Wände zu begeben, in einer so schönen warmen Nacht.«

»Wenn Sie Lust haben, dann bleiben Sie doch noch ein bisschen, Fräulein Haas-Heye«, sagt Harro. »Ich würde mich freuen.«

Kein Tusch, keine Fanfaren, kein Flammenzeichen. Nur in dem Moment, als sie Ja sagt, ein durchdringendes Bewusstsein von Gegenwart, sodass ihr Richies Geplänkel, Wanjas heitere Worte fast lästig fallen: *zu stark gepackt*, wie sie später schreiben wird, *von einem Leben, / das so das ihre war, dass es fast fremd.*

Am nächsten Morgen bei Sonnenaufgang, mit ihm auf dem Deck sitzend, in sein Handtuch gewickelt, fällt ihr etwas ein. »Gestern war der 14. Juli. Der Tag des Sturms auf die Bastille.«

Er ist amüsiert. »Wobei eine Erstürmung in Wirklichkeit gar nicht stattgefunden hat. Der Kommandant hat die Festung auf Aufforderung hin übergeben.«

»Aber er wurde trotzdem geköpft.«

Ihr Haar ist noch feucht vom Bad morgens um drei. Ihr Gesicht strahlt sanft gerötet im Widerschein der Sonne. Er reicht ihr seinen Becher: keinen Kaffee, sondern Kräutertee aus seiner Thermoskanne. Sie nippt, mit gespitzten Lippen. Er beobachtet sie.

»Katze«, sagt er. »Zeig mir deine Krallen.«

Sie krümmt die Finger, tätzelt, faucht. Es ist eine kleine Theaternummer, die sich bereits zwischen ihnen etabliert hat. Auch manch anderes weiß er schon. Er kann es anwenden, er gelangt zu Ergebnissen.

»Maunz, Katze. Maunz.«

*Herbst 1934,*
*Berlin*

Und nun ist eine Reise abzusagen: eine September-Zugfahrt mit der Mutter von Berlin nach Traben-Trarbach an der Mosel, wo ein Automobil Mutter und Tochter am Bahnhof erwarten, sie sicher hinauf zur Villa Sonora bringen würde, zum Weingut Dr. Melsheimer. Die Zimmer sind hergerichtet, die Betten aufgeschlagen, an Libs' Schrank hängt ein Cocktailkleid für die Party am Abend. Es würde passen. Der Erbe dieses komfortablen Betriebs kennt ihre Größe, er kennt Libs von klein auf, sie haben schon als Kinder miteinander Verlobung gespielt. Der Wein dieses Jahrgangs 1934 ist von hervorragender Qualität, eine Rekordernte. Libs könnte bei der Lese helfen. Sie könnte sich im Maischen und Keltern unterweisen lassen, ernsthaft zupackend oder operettenhaft schmückend, auch wären Wein-, Herbst- und Dorffeste zu besuchen –

»Wenn du wirklich schreiben willst«, sagt Harro, »dann musst du wissen, was du sagen willst. Du musst dich mit irgendetwas auskennen. Dann folgen die Worte von ganz allein.«

Sie liegen auf Libs' Bettsofa, in ihrem Zimmer am Hohenzollerndamm. Der Raum verschwimmt in der Herbstdämmerung. Eine Zigarette wechselt von Mund zu Mund.

»Aber was könnte das sein?«, sagt Libs. »Das Problem ist, ich weiß im Grunde gar nichts vom wirklichen Leben. Auf Liebenberg durften wir ja nicht einmal mit den Kindern der Hofleute spielen. Meine Schreibversuche laufen darauf hinaus, dass ich mich Stimmungen ergebe, aber eine richtige Geschichte fällt mir nicht ein.«

Harro setzt sich auf. Dies interessiert ihn.

»Du brauchst Material«, sagt er. »Ein fest umrissenes Thema. Einen Stoff.«

»Aber welchen?«, sagt Libs. »Ich habe schon überlegt, ob ich mich zum freiwilligen Arbeitsdienst melde.«

Sie hat nicht gewusst, dass sie das sagen wird. Harro ist sofort angetan.

»Großartig. Eine ausgezeichnete Idee. Das sollte genug Stoff liefern für ein ganzes Buch. Ich bin seit jeher für den Arbeitsdienst gewesen. Er integriert die Elite in die Arbeiterschaft, er bündelt alle gesellschaftlichen Kräfte in einer proletarisch-intellektuellen Gemeinschaft.«

»Hast du dich auch schon einmal gemeldet?«

»Nein. Wann denn? Ich hatte meine Zeitschrift.«

»Ich müsste allerdings meine Stelle bei MGM aufgeben. Aber das ist ohnehin eine Sackgasse. Du hast ja recht, zu mehr als zur Assistentin werde ich es dort kaum bringen.«

»Wenn du ernsthaft ein Buch schreiben willst, dann wirst du ohnehin mehr Zeit brauchen, als eine feste Anstellung dir lässt.«

*Sommer 1935,*
*Glindow bei Werder an der Havel, Berlin*

»Grundsätzlich sind wir sehr interessiert an einem Buch über den Reichsarbeitsdienst«, sagt Ernst von Salomon, der neuerdings Lektor bei Rowohlt ist. »Vor allem, da die Ableistung neuerdings Pflicht ist, jedenfalls für die männliche Jugend. Wie würden Sie sich Ihrem Thema denn nähern?«

»Ich würde zunächst den Alltag beschreiben«, sagt Libs. »Die Jugend soll ja in diesen Monaten zum freudigen Dienst an der Volksgemeinschaft hingeführt werden, zur Erkenntnis der Arbeit als sittlicher Pflicht. Diese Idee imponiert auch im Ausland. In den Eintragungen im Gästebuch haben unsere Besucher immer wieder auf unseren Wahlspruch hingewiesen. Bereit zum Dienen. Er prangt groß an der Wand im Speisezimmer. In Glindow sind die Mädel ja nicht etwa in einer Ansammlung von Holzbaracken untergebracht, sondern in einer Villa in wunderschöner Lage, im ehemaligen Herrenhaus des Guts Elisabethhöhe inmitten von acht Morgen Obst- und Ackerland.«

»Idyllisch«, sagt Salomon. »Aber ich frage mich – ist dieses Material ausreichend für ein Buch?«

»Es gibt natürlich noch mehr zu sagen. Auch Kritisches. Ich hatte mir zum Beispiel vorgestellt, im Zentrum unserer Aufgaben stünde die Entlastung der kleinbäuerlichen Familien, ein Zusammenfinden der Maiden mit diesen einfachen Menschen. Aber dazu bot sich kaum Gelegenheit, bei unserem straffen Programm. Morgens Frühappell, kalte Waschungen, Hissen der Fahne, dann Mithilfe bei der Bewirtschaftung des gutseigenen Landes. Am Nachmittag sportliche Übungen und Schulungen, und abends wird gebastelt und gesungen. Es war ein wenig wie früher bei den Pfadfindern.«

»Interessant.« Ernst Rowohlt, der bisher geschwiegen, aber Libertas mit erkennbarem Wohlwollen betrachtet hat, klopft mit seinem Stift auf den Tisch. »Sie wollen also sagen, im Vordergrund des Arbeitsdienstes steht mitnichten der praktische Nutzen, sondern die Absicht, junge Leute auf den Nationalsozialismus einzuschwören, mit den Mitteln und Methoden der verbotenen Bünde der Jugendbewegung?

Da könnte sich die Führung des Reichsarbeitsdienstes allerdings auf die Zehen getreten fühlen.«

»Zumindest sollte man sie vorab mit einem Konzept des Buches vertraut machen«, sagt Salomon.

»Ach woher«, sagt Rowohlt. »Wer fragt, geht irr. Junges Fräulein, schreiben Sie einfach munter drauflos. Schreiben Sie genau, was Sie denken.«

»Ich weiß nicht«, sagt Libs. »Vielleicht hätte ich doch lieber erst die Meinung der Arbeitsdienstführung eingeholt. Keinesfalls will ich ja alles in Bausch und Bogen verdammen. Im Lager finden sich Mädel aller Schichten zusammen, wie sie einander so nah sonst niemals begegnen, und auch unter den jungen Männern, die abends zum Singen zu uns heraufkamen, waren Studenten ebenso wie Industriearbeiter und Gutsknechte. Die grundsätzliche Idee, die auseinanderstrebenden gesellschaftlichen Kräfte zu bündeln und zu einer proletarisch-intellektuellen Gemeinschaft zusammenzuschmieden, diese Idee an sich befürworte ich voll und ganz.«

»So«, sagt Ernst Rowohlt, »das wird ja immer zauberhafter. Das schreiben Sie. Sie loben die Idee. Und dann nehmen Sie die nationalsozialistische Praxis auseinander.«

»Und, wie war es?«, sagt Harro. Er ist gerade eben aus dem Ministerium heimgekommen. »Was hat Rowohlt gesagt?«

»Er war ganz angetan«, sagt Libs. »Ich glaube, ich habe ihm gefallen. Er hat zugesagt, einmal mit uns hinaus nach Liebenberg zu kommen.«

»Was siehst du dann so niedergeschlagen aus?«

»Ich kann dieses Buch nicht schreiben, Harro. Nein, bitte, ich habe es mir überlegt. Es ist zu gefährlich. Nicht für mich, sondern für dich. Es würde womöglich die Aufmerksamkeit der Behörden wieder auf dich ziehen.«

»Das käme darauf an«, sagt Harro. »Man muss die Sache so appetitlich anrichten, dass die Zensur sie verdaulich findet, dann schlucken sie jede Kröte mit. So machen wir es bei ›Wille zum Reich‹.«

Harro schreibt neuerdings Artikel für eine Publikation der deutschen Glaubensbewegung, die für eine nichtchristliche germanische Spiritualität eintritt. Der Nationalbolschewist Karl Otto Paetel hat ihn zur Mitarbeit eingeladen: ein blonder Schlacks mit der Aura eines Leutnants, der in einem Zimmer voll alter Bücher lebt, sich von billigem Rotwein und Zigaretten ernährt und schon mehrfach verhaftet worden ist. Dies sind allerdings völlig andere Leute als Libs' reiche Freunde, mit denen sie bisher herumgezogen sind. Paetel hat Schreibverbot, aber unter dem Pseudonym Wolf Lerson sinniert er im ›Reich‹ munter weiter über ›Faschismus oder Preußentum‹ oder das ›Erbe von Langemarck‹.

»Wir posaunen die Wahrheit dermaßen laut heraus«, sagt Harro, »dass man vor lauter Krach die Subversivität überhört. Wir konstatieren begeistert die Unternehmerfreundlichkeit des Faschismus. Wir loben die Kraft des Nationalsozialismus, dem es gelingt, sich den Hass der gesamten Welt zuzuziehen. Hast du Paetels jüngsten Artikel gesehen? Er fordert, dass aus der Begeisterung des Volkes für Hitler eine totale Mobilmachung im Geistig-Seelischen zu folgen habe, eine Transformation nicht nur der sozialen, politischen, wirtschaftlichen Strukturen, sondern eine geistige Revolution.«

Harro marschiert in Libs' Zimmer umher, heiter, selbstgewiss, frei von allen Unsicherheiten und Zweifeln.

»Ich werde wieder engere Verbindung zu Alexandre Marc und dem L'Ordre Nouveau suchen. Mehr denn je stimme ich der personalistischen Philosophie des Ordre zu. Ich habe dir von Marc erzählt, Libs, du erinnerst dich? Er und ich, wir wollten die Jugend Europas zu einer gemeinsamen Front gegen das Morsche in unseren Ländern zusammenschmieden. Aber unsere heutigen Probleme sind keine Generationenfrage mehr. Freie Menschen, die sich selbst als tätige Mitglieder der Gemeinschaft entwerfen und nur darauf warten, zueinander zu finden, gibt es überall und in allen Ländern. Ich werde Marc schreiben. Natürlich nicht von hier, sondern aus Genf, von der Konferenz des Völkerbunds.«

»Du fährst? Es klappt?«

»Ich denke, ja. Nachdem das Auswärtige Amt mich für das französische Referat angefordert hat, wird das Ministerium sicher zustimmen. Morgen treffe ich den Führer der offiziellen SS-Delegation. De jure ist Deutschland ja immer noch Mitglied, bis Oktober, wenn unser Austritt im Herbst '33 zwei Jahre her ist. Ich muss mich allerdings bereiterklären, mir die Sache auf meinen Urlaub anrechnen zu lassen. Gut, dass du keine feste Stelle mehr hast, Libs. So kannst du mitkommen. Und danach schreibst du in Ruhe dein Buch.«

Aber es gelingt ihr nicht einmal, ein Dutzend Seiten zu dem Thema zu füllen. Die Monate in Glindow gerinnen ihr zu einer einzigen Szene, die einen Artikel über die Genfer Tage mit Harro beschließt. In dieser Szene sieht sie sich selbst, aus der Perspektive eines fiktiven jungen Engländers: ein junges Arbeitsdienstmädel, aufrecht, rein, schön, ein Sinnbild des Besten, was die deutsche Kultur der Welt zu geben hat, wie sie da stand unter den dunklen Kronen der Bäume, mit ihrer Ziehharmonika, vom Licht des Lagerfeuers erhellt, und die Lieder anstimmte, in die die anderen einfielen.

*Herbst 1935,*
*Berlin*

»Die ›Deutsche Zukunft‹ hat meinen Artikel über Genf angenommen. Ist das nicht großartig? Nun bin ich natürlich doppelt froh, dass ich durch Harro die Chance hatte zu fahren.«

Ingeborg von Engelhardt nickt. Cousine Ingi: Zusammen mit ihrem Mann bewohnt sie das Gutshaus von Häsen, ein Liebenberger Besitzteil hinter den Lankebergen. Libs ist heute Morgen vom Schloss herübergeritten, durch den Kiefernwald, am Modderfenn entlang, in den jetzt im Herbst große Schwärme von Wildgänsen und Bekassinen einfallen. Und vielleicht war der Ritt ja der beste Teil des Ausflugs. Libs greift nach der Teetasse, stellt sie wieder ab, unternimmt einen neuen Anlauf.

»Im Übrigen schreibe ich neuerdings auch Filmkritiken, für eine Zeitschrift namens ›Wille zum Reich‹.«

»Das macht dir sicher Freude. Aber reicht es zum Leben?«

»Vielleicht nicht ganz. Aber ich übersetze auch dies und das für Harros Amt, und das wird sehr passabel honoriert. Nein wirklich, wir kommen ganz gut zurecht. Habe ich dir gesagt, dass Harro für die ›Luftwehr‹ einen großen Artikel über Russland geschrieben hat, der überall nachgedruckt worden ist, sogar im ›Völkischen Beobachter‹?«

Ingi sitzt zurückgelehnt, die Hände locker im Schoß gefaltet. Die schöne Ingi, als die man sie seit jeher apostrophiert, mit ihren hellen Augen, dem weichen Haar, des Schlossherrn einzige Tochter: Nächstes Jahr wird sie dreißig. Hat Ingi sich ihren Lebensunterhalt jemals selbst verdienen müssen?

»Libs, ich muss dich etwas fragen. Ist es wahr, dass du dir

tausend Mark deiner Mitgift hast auszahlen lassen, um ein Auto zu kaufen?«

»Ja, das habe ich. Und zum Glück! Ohne Auto hätten wir uns nie so frei bewegen können. Wir sind durchs Wallis gefahren, die Rhône entlang. Mir ging es natürlich großartig. Die Höhenlagen bekommen mir so gut. Die klare Luft, die schroffen Gipfel – ich wünschte, ich könnte fotografieren. In Muzot standen wir lange an Rilkes Grab. Harro liebt Rilke sehr, genau wie du und ich. Natürlich hatte er in Genf den ganzen Tag lang Termine, aber wir hatten einen Freund mitgenommen, mit dem zusammen ich die Stadt unsicher gemacht habe.«

Ingi steht auf, um Tee nachzuschenken. »Ich freue mich, dass du es so schön gehabt hast.«

»Ja. Das hört man. Wirklich, Ingi, ich verstehe nicht, was Harro dir getan haben könnte. Du bist ihm doch nur ein einziges Mal begegnet.«

»Und das passenderweise im Kino. Wenn du mich fragst, der Mann ist selbst nichts als ein Schauspieler.«

»Wie kannst du so etwas Hässliches sagen? Ingi, wir sind zusammen mit der Zahnradbahn zum Jungfraujoch hinaufgefahren. Du hättest Harro sehen sollen, wie ehrlich ergriffen er war, wie ehrlich überwältigt angesichts der Gletscher und Gipfel, so majestätisch rein und weiß und glänzend.«

»Libs. Bitte. Hör dir doch einmal selber zu. Sieh dir zu, wie du so überaus eifrig darauf versessen bist, mich von Harro zu überzeugen, und mit welchen Argumenten? Warum hast du das nötig, wenn doch alles wunderbar ist? Ich sage dir, der Mann ist ein Blender und ein Schaumschläger, ein Mensch ohne eine Spur echter Herzenswärme. Du sagst, dass ich ihn nicht wirklich kenne. Das mag sein. Aber du, Libs? Du kennst ihn?«

»Immerhin scheint seine Familie ordentlich zu sein«, sagt Ingis Bruder Wend. »Innerhalb des Erwartbaren. Nicht von Stand, natürlich nicht, aber eine Linie führt anscheinend zu Tirpitz. Wenn dieser Schulze Libs überhaupt nimmt. Sie war doch immer schon, nun ja, recht bohème. Kein Wunder. Bereits ihre Mutter hat unter Stand geheiratet.«

Ingi schweigt. Sie sagt nicht: Ich beinahe auch.

Weshalb die Cousine Libs wirklich nur leidtun kann.

Der junge Mann, in den Ingi einst verliebt war, war sicher in nichts mit Harro vergleichbar. Libs hat ihn nicht gekannt. Aber sie weiß, dass Onkel Büdi seiner Tochter diese Verbindung untersagt hat, woraufhin Ingeborg von Eulenburg und Hertefeld Knall auf Fall und in blindem Trotz Baron von Engelhardt geheiratet hat, den damaligen Verwalter Liebenbergs, mit dem sie seitdem unglücklich ist. Die arme Ingi. Niemals wird sie solche Seligkeit erleben wie Libs am 2. September 1935, Harros sechsundzwanzigstem Geburtstag.

Sie hatten den Abend mit Kerzen, Kuchen, Wein begangen. Allein miteinander, verschmolzen im beinahe dunklen Zimmer, überkam Libs die Vorstellung, niemals im Leben so glücklich, so voll und so ganz gewesen zu sein. Es drängte sie, Harro etwas zurückzugeben, ihn an ihrem Überfluss teilhaben zu lassen.

Wusste er überhaupt, was er ihr bedeutete? Wusste er, dass sie sich ihr Leben, ja keinen einzigen Tag ihres Lebens mehr ohne ihn vorstellen konnte?

Harro wich zurück. Er schüttelte den Kopf: Was sagte sie da? Was gedachte sie ihm aufzuerlegen? Worauf wollte sie ihn verpflichten, auf ein Leben ohne Risiko? Sie wusste doch, wer er war, was er tat. Sie wusste, er lebte in steter Gefahr. Wenn sie sein wollte, die sie für ihn schon war: seine Vertraute, sein Kampfgefährte, sein engster Verbündeter in den kommenden Kriegen, dann musste sie sich darauf vorbereiten, nicht nur einen, sondern womöglich alle ihre Tage ohne ihn zu leben.

Er küsste ihre Augenlider, ihren Mund, ihre Stirn. Nie wird sie den Moment vergessen: den geheiligten Moment ihres wahren Anfangs, den sie Jahre später in einem Gedicht beschreiben wird. Sich überwindend, wird sie sagen, nahm er sie an, die schwere Bürde: ihr Herz, das sie in seine Hände gelegt.

Das hinterhältige Luder. Sie hat den armen Jungen umgarnt: Harro ist offiziell mit ihr zusammengezogen. Sie hausen in wilder Ehe in einer Lotterbude, die ihr einer ihrer reichen Freunde verschafft hat. Kann man nicht irgendwie dagegen vorgehen? Was ist mit dem Kuppeleiparagrafen? Nicht dass Marie Luise Schulze etwas gegen das Mädchen hat. Sie hat nicht das Geringste gegen sie, warum sollte sie? Aber Libertas hat einen jüdischen Mund. Marie Luise Schulze ist Vorsitzende des Duisburger Kolonialvereins. Sie wirkt seit vielen Jahren und mit hohem persönlichem Einsatz daran mit, den Deutschen draußen in den Kolonien das Eingehen artgerechter Eheverbindungen mit reinblütigen Germaninnen zu ermöglichen, um der Verwässerung des Erbguts durch Mischlingsheiraten zuvorzukommen. Und nun nennt ihr Ältester ein Mädchen seine Lebensgefährtin, dessen Großvater mütterlicherseits für seine perversen Neigungen bekannt war und dessen Vater jüdisches Blut haben soll.

Marie Luise ist keine fanatische Judenhasserin, ganz bestimmt nicht. Sie hat allein das Wohl ihres Sohnes im Auge. Sie sorgt sich um Harros Ruf, seine Position, sein berufliches Fortkommen, seine Sicherheit. Was, wenn der Affäre

Kinder entspringen? Harro muss diese Sache klären. Er muss sicherstellen, dass man ihm keine Mischlinge unterjubelt.

»Mama, sei nicht albern. Otto Haas-Heyes Vater war getauft, womit Libs nach den Nürnberger Gesetzen Arierin ist.«

»Aber seine Frau? Um die geht es. Um die Großmutter. Du sagst, sie war auch getauft, aber ihre Eltern? Ist sie womöglich noch als Jüdin geboren?«

»Mama. Soll ich ihr Grab öffnen und ihre Knochen befragen? Die werden mir kaum Antworten geben.«

Marie Luise ist gekränkt. Sieht der Junge nicht, in welche Zwickmühle er seine Mutter gebracht hat? Bringt er keine Spur Mitgefühl für sie auf? Marie Luise ist dazu verdammt, ihren Ältesten zur Hochzeit mit einem Mädchen zu drängen, das sie sich absolut nicht zur Schwiegertochter wünscht.

Wobei von Heirat gar nicht die Rede sein kann. Die Ehe ist ein veraltetes bürgerliches Konzept, ein Stein, an dem die anarchische Klinge der Leidenschaft notwendig schartig werden muss. Liebe muss frei sein, nicht gesetzlich geregelt. Und außerdem, möchte Libertas wirklich Schulze heißen? Aber Harro könnte den Mädchennamen seiner Mutter an den Familiennamen des Vaters anhängen, so wie damals Libertas' Vater, als der eine Fürstin von Eulenburg geehelicht hat. Schulze-Boysen hätte einen gewissen Klang. Dies muss nun in die Wege geleitet werden. Und schließlich sind auch die Schumachers inzwischen verheiratet.

Elisabeth Hohenemser und Kurt Schumacher haben 1934 geheiratet, gerade noch rechtzeitig vor Inkrafttreten der

Nürnberger Rassengesetze, die die staatliche Absegnung ihres Bundes so gut wie unmöglich gemacht hätten und nun ihre Ehe über alle Trivialität erheben. Fast könnte Harro die beiden beneiden: Jede Irrelevanz ihres Privatlebens, jede Umarmung des Kommunisten Kurt und des jüdischen Mischlings ersten Grades Elisabeth ist ein Akt des Widerstands, ihre bloße Existenz als Paar ein Angriff auf den Staat.

»Wobei wir vor allem praktische Gründe hatten«, sagt Elisabeth Schumacher. »Nachdem die Gestapo die Gebäude in der Prinz-Albrecht-Straße übernommen hatte, hatten wir das Atelier in der Kunstakademie verloren, also haben wir uns der Bigotterie der Vermieter gebeugt.«

»Die Prinz-Albrecht-Straße, dies schöne Gebäude«, sagt Libs. »Mein Vater hat die dortige Modeabteilung geleitet, als es noch das Museum für Angewandte Kunst war. Als Kinder sind wir immer auf den breiten Gängen Roller gefahren. Durch die Fenster sah man nichts als den Himmel, sie waren schräg geneigt und von der Straße her gar nicht einsehbar. Nun, wie auch immer. Ich werde wohl nie wieder Anlass haben, dort hinzugehen.«

»Wo arbeitest du denn jetzt?«, sagt Harro zu Kurt. »Doch wohl nicht in einer Mietswohnung?«

»Ich habe mir mein eigenes Studio gebaut, in einem Kleingarten an der Papestraße. Ich bin dort ziemlich ungestört. Die Parzelle liegt am äußersten Südrand der Anlage. Der einzige Nachbar verbirgt sich hinter einer Ligusterhecke. Auf der anderen Seite zieht sich Gestrüpp bis hinunter zu den Gleisen.«

In diesem Studio hält Kurt auch sein Gewehr versteckt. Er hat es vor Jahren besorgt, als sie alle noch auf die Revolution hofften. Manchmal in der ersten Morgendämmerung, wenn das Gras vom Tau grau ist und die Laubenpieper noch schlafen, holt er sein Gewehr aus seinem Versteck unter den Bodenbrettern hervor und durchstreift damit die Wildnis jenseits seines Zauns, das Ödland aus Brombeersträuchern, Haseltrieben und Unkraut. In der Hoffnung, einen Hasen zu schießen.

# 3

*März 1936,*
*Friedrichshagen*

Adam, wuchtig, Kinn in die Hand gestützt, Hemdsärmel hochgeschoben, hockt am Schreibtisch und starrt in den Regen hinaus, auf die Mauer des Nachbargrundstücks, die enge Zufahrt mit den Edelrosen, die im Regen dieses elenden Frühlings den Charme von Gestrüpp haben. Greta hat ihn etwas gefragt: irgendetwas über den Ofen, der nicht anständig zieht, aber es war nur ein Vorwand, um ihn dazu zu bringen, dass er sich umdreht und lächelt.

Was nicht geschieht. Adam verharrt, wo er ist. Greta steht am Esstisch. Nebenan in der Küche liegt der Umschlag mit dem Absender aus Aachen. Adams Mutter hat geschrieben: was den Sohn für den Rest des Tages zuverlässig daran hindern wird, selbst etwas zu Papier zu bringen. Die Mutter ist Witwe. Sie lebt in einer Neun-Zimmer-Villa, allein mit dem Hausmädchen. Wozu braucht eine alte Frau so viel Raum? Immerhin die Nadelfabrik ist mittlerweile verpachtet, aber die Pacht deckt nicht einmal die Hypothekenzinsen ab.

Die Frage ist, wie Greta jetzt weitermacht. Ob sie die verbrauchte alte Debatte noch einmal beginnt: Adam, ich verstehe es nicht, warum verkauft ihr nicht alles, werdet doch wenigstens das große Haus in Köln los.

Greta, das haben wir doch versucht, es hat sich kein Käufer gefunden, außerdem hängt meine Mutter an dem Haus, du musst das verstehen, es ist ihr Elternhaus.

Ja, sicher. Und die Villa kann nicht verkauft werden, weil den Springbrunnen eine Miniatur des Elbsandsteingebirges ziert und Adam sich bei jedem Besuch voll beglückter Melancholie an die zahmen Raben erinnert, die hier einst im Garten herumhüpften. Was soll Greta sagen? Deine Raben sind entfleucht, sei dankbar für den verflogenen Reichtum, wir unsererseits haben als Kinder nach Leinöl angestanden? Adam ist 1887 geboren, fünfzehn Jahre früher als sie, sein Lebensweg war vorgezeichnet, als einziger Sprössling seiner Eltern würde er die Firma übernehmen, eine Weltreise zu Kunden und Zulieferern war fest eingeplant, nach Südamerika, Osteuropa, aber Adam weigerte sich, sein Entschluss war gefasst.

Wenn man bei dergleichen von Entschluss reden kann. Brüllend wird man in die Welt gezwungen, man wird hierhin und dorthin gezerrt und gestoßen und findet sich schließlich auf einem Pfad, den man fortan entlangstolpert, trotzig behauptend, ihn frei gewählt zu haben. Was Greta über Adam weiß, ist das, was er erzählt: Adam hat Literatur studiert und über Schiller promoviert, er ist mit einem Wandertheater durchs Land gezogen, er hat eine Volksausgabe von Georg Büchners Werken herausgegeben und ist darüber zum Marxisten geworden, er hat Marie geheiratet, die ihn verlassen hat, und dann Maries Schwester Gertrud, die er verlassen hat.

Das ist das Gerüst, das von einer Vielzahl von Anekdoten bekleidet wird. In den sechs Jahren, die sie einander kennen, hat keine davon ihr Bild von ihm in neues, grelles Licht getaucht oder in Brand gesetzt, auch nicht der Tod seines Vaters. Kuckhoff senior ist 1929 gestorben, zu Beginn der Weltwirtschaftskrise. Die Prokuristen flehten um Hilfe, Adams Mutter beschwor den Sohn tränenreich, und Adam, verwirrt, betrübt, heillos überfordert, sah tatenlos zu, wie die Firma vor die Hunde ging.

Tja, Greta, meine Liebe, zweifellos wäre alles anders gekommen, wenn du dich damals um den Laden gekümmert hättest. Du bist es schließlich, die Wirtschaftswissenschaften studiert hat.

Adam, mein Studienfach taugt nicht als Beleidigung. Ich hätte eure Firma womöglich wirklich gerettet, wenn du mir 1930 nicht erklärt hättest, dass du leider verheiratet bist.

Aber diese Unterhaltung hat nie außerhalb von Gretas Kopf stattgefunden. Greta am Esstisch ordnet die Rosen in der Vase, die Adam ihr gestern geschenkt hat, anlasslos, aus Freude am Schenken. Adam am Fenster starrt noch immer auf ihre traurigen Winterverwandten draußen im Beet. Krähen fliegen über einen Himmel, der grau und zeichenlos ist wie Karton. Was nützen Was-wäre-wenn-Spiele? Greta ist nach seinem Geständnis für ein paar Jahre in die Schweiz gezogen, aber 1933 wieder zu ihm zurückgekehrt. Adam ist von seiner Frau getrennt, aber noch immer verheiratet. Die Fabrik erwirtschaftet noch immer kein Geld. Adams Mutter lebt noch immer in der Villa und schreibt ihre Briefe. Und wenn Adam etwas verdient, gibt er es sofort wieder aus, und sei es für Treibhausrosen im März.

Ihre Blüten korrespondieren wunderbar mit ihren Abbildern auf dem Rosenthal-Porzellan, das Adams Mutter dem Sohn zu einer seiner früheren Eheschließungen geschenkt hat. Wo bei Marx oder Engels steht, der Sozialismus hätte grau und hässlich zu sein? Sollte die Revolution nicht im Gegenteil die schönen und angenehmen Dinge der Reichen allen Menschen gleichermaßen zugänglich machen?

Denke wie ein Marxist, speise wie ein Franzose: Das ist Adams Devise. Befreie das Proletariat von Angst, Not und Erniedrigung, und es wird seinen Weg zur Philosophie und den schönen Künsten von ganz allein finden. Selbst der Katholizismus wurde im Haus Kuckhoff mit rheinischer Heiterkeit zelebriert, ohne eine Spur der preußischen Rigidität, die in Gretas Elternhaus in Frankfurt an der Oder herrschte. Dort in der Diaspora wäre es undenkbar gewesen, wie Adams Mutter immer ein paar Scheinchen in einer Kaffeedose versteckt zu halten, um mitten in der Fastenzeit heimlich mit ihrem Söhnchen Aachener Blutwurst oder Kalbskopf in Aspik zu essen.

Ein Schuft, der mehr leidet, als er leiden muss! Adam dichtet ein Couplet und begleitet sich dazu auf der Geige. Er weist Greta auf einen merkwürdig gewachsenen Baum hin oder auf ein Detail eines Gemäldes, das ihr ohne ihn nie aufgefallen wäre. Er führt sie in eine garantiert nazifreie Schenke oder in einen Wanderzirkus mit Feuerschluckern, den er auf einem Streifzug entdeckt hat. Marschiert man mit Adam um den Müggelsee, trifft man garantiert einen Dachs. Wozu sind wirtschaftliche Erwägungen gut? Sie belasten nur und vergällen die Laune. Verkauft Adam ein Artikelchen unter Pseudonym, erglüht ihm sogleich die Morgenröte: Dies ist das Zeichen, von nun an wird alles besser.

Aber seine beruflichen Kontakte, über Jahrzehnte aufgebaut und gepflegt, sind zum größten Teil abgerissen. Die Leute haben das Land verlassen oder längst ihren Einfluss verloren, so wie der preußische Kultusminister Adolf Grimme, der Adam gerade noch einen Posten als Dramaturg am

Schauspielhaus verschaffen konnte, bevor er selbst 1932 beim Preußenschlag sein Amt eingebüßt hat.

Und vorher war ich Herausgeber der ›Tat‹. Ich habe das verzopfte Ding von politischen Romantizismen entrümpelt, ihm eine neusachliche Aufmachung verpasst, von allen Seiten viel Lob eingeheimst und binnen einen Jahres die Auflage auf unter tausend gedrückt. Diederichs schmiss mich raus, was man ihm kaum verübeln kann, mein geschätzter Nachfolger Hans Zehrer machte die Zeitschrift zum Sprachrohr des rechten Bürgertums, und prompt stieg die Auflage auf dreißigtausend. So zensiert der Kapitalismus! Insofern hat sich unter den Nazis nicht allzu viel geändert. Freilich, schreiben zu können, was man will, ist erfreulich, aber was will man schreiben, wenn die wirtschaftlichen Gegebenheiten zwingend verlangen, für den Massengeschmack zu produzieren?

Aber ihr Marxisten seid doch immer aufseiten der Massen.

Liebste Greta, du musst unterscheiden zwischen dem Massengeschmack der bürgerlichen Mitte, den der Kapitalismus bedient, und den proletarischen Massen, denen überhaupt keine Teilhabe an der Kultur gewährt wird.

Uns auch nicht, wenn wir nicht bald eine Geldquelle auftun. Im Übrigen kann ich eure Massen nicht leiden. Die arbeitenden Massen. Es klingt wie Hefeteig in Gärung. In Wirklichkeit sind das doch lauter einzelne Menschen. Daran glaube ich, an das unabhängige Individuum.

So spricht ohne Zweifel das Mehlstäubchen in deinem Kuchenteig auch. Bevor dein Backenzahn es frohen Mutes zerreibt.

Immerhin hat er sich neulich dazu bereit erklärt, zusammen mit Greta einen Monatsplan aufzustellen: Einkünfte, Ausgaben, Ergebnis soundsoviel. Aber was, wenn dieser

Betrag im Minus liegt? Ist es dann nicht vernünftig, ihn zu ignorieren? Greta widerspricht. Also zaubert Adam.

Aber Adam. Du hast dieses Manuskript doch noch gar nicht verkauft.

Natürlich nicht. Es ist noch nicht fertig.

Aber dann kannst du doch nicht irgendeinen fiktiven Betrag dafür ansetzen.

Was meinst du damit? Willst du sagen, du hältst es für misslungen?

Wenn sie dann schweigend die Hände ringt, schlägt er ihr vor, die Heizkosten einzusparen.

Aber tatsächlich heizen wir doch. Du kannst die Realität nicht einfach ignorieren.

Unter keinen Umständen. Da gebe ich dir recht. Man muss Realist sein, heutzutage. Knallharter Realist, wie die Nazis. Nein bitte, so ein Obersturmbannführer ist gewiss kein Träumer. Ein Obersturmbannführer bejaht die Wirklichkeit, mag sie so blutig sein, wie sie will. Je blutiger, desto besser. Humanitätsduseleien weichlicher Schwärmer schwächen nur die Kampfkraft des Volkes.

Adams Schwager und besten Freund hat die SA schon 1933 ermordet. Hans Otto, Schauspieler des Berliner Staatstheaters, Gewerkschafter, Kommunist, Revolutionär, jugendlicher Liebhaber: Er hatte Max Reinhardts Angebot ausgeschlagen, mit ihm zusammen nach Wien zu wechseln. Er war nicht willens, die Bühne zu räumen, ausgerechnet jetzt die deutschen Arbeiter und ihre Sache zu verraten und ganz nebenbei auch noch Adam Kuckhoffs Familie auseinanderzureißen, ihn von seinem Sohn zu trennen, dessen Stiefvater Hans Otto war. Am 13. November 1933 wurde er in einem Café am Victoriaplatz von der SA verhaftet, tagelang misshandelt und dann aus einem Fenster im dritten Stock geworfen: Der Kommunist Otto, erklärter Feind unseres nationalsozialistischen Staates, beging Selbstmord, um sich dem polizeilichen Verhör zu entziehen.

Adam stand an seinem Grab auf dem Waldfriedhof Stahnsdorf, niedergedrückt von der Bürde des Verschonten. Neben ihm stand seine Frau Gertrud und neben Gertrud ihre Schwester Marie: Adams erste Frau, die Mutter seines Sohnes und Witwe Hans Ottos.

Adam wird sich nie von diesen beiden Frauen lossagen, nie, das ist Greta klar, so wenig wie von seinem Sohn oder von seiner aufwendigen Mutter: in die Greta sich nun wird verwandeln müssen. Ein geheimer Geldtopf wie einst in der Aachener Fastenzeit muss her, wenn auch vielleicht nicht ausgerechnet für Kalbskopf.

Also, was kann Greta? Womit den Topf füllen? Sie war ein paar Jahre lang Mitarbeiterin eines Aktienrechtlers, sie hat eine Weile Unterricht in Wirtschaftsenglisch erteilt. Die Chancen stünden gut, regelmäßige Übersetzungsaufträge zu ergattern, etwa von Anwaltskanzleien, die sich mit Wirtschaftsrecht befassen. Allerdings müsste man dafür nach Berlin zurückkehren, wo auch die Schwestern wieder in ihr Leben treten werden.

Nun, es ist nicht zu ändern. Wenn Greta Geld verdienen will, muss sie in unmittelbarer Nähe potenzieller Kunden leben.

»Einverstanden«, sagt Adam. »Vollkommen einverstanden.« Gretas Ankündigung hat ihn vom Fenster aufgescheucht. »Es ist natürlich absurd, dass wir diesen ganzen Winter über hier ausgeharrt haben, um jetzt kurz vor Sommerbeginn in die Stadt zu ziehen. Aber warum nicht? Credo, quia absurdum. Arvid wird es freuen. Vielleicht kann er uns helfen. Er muss doch eine Menge Leute kennen. Schließlich bekleidet er eine Position im Wirtschaftsministerium. Ja, ich weiß, du magst ihn nicht besonders.«

»Wie kommst du denn darauf?«

»So hast du es mir erzählt. Du hast gesagt, du fandest ihn herablassend.«

»Das war er auch, damals in Wisconsin. Ich kam neu an die Uni und kannte niemanden, er war verheiratet, hatte seinen ersten Doktortitel schon in der Tasche und gehörte zu Professor Commons' Friday Niters, die sich für die progressive intellektuelle Elite Wisconsins hielten. Aber rückblickend teilen wir dennoch eine Menge schöner Erinnerungen, Arvid, Mildred und ich. Und durch dich habe ich ihn auch noch einmal von einer ganz anderen Seite kennengelernt.«

»Sie sind beide aufrechte Menschen. Das ist es, was heutzutage zählt.«

»Ja. Natürlich. Auch wenn Mildred manchmal etwas sehr lehrerinnenhaft sein kann. Wie sie von ihrem Ausflug mit Martha Dodd zu Hans Fallada erzählt hat. Offenbar war sie erstaunt, dass Fallada nicht vor Freude über die Ehre ganz aus dem Häuschen geriet. Da hatte er Mildred Harnack-Fish zu Besuch, dazu die Tochter des amerikanischen Botschafters und ihren Geliebten von der russischen Handelsvertretung, und statt sich gebauchpinselt zu fühlen und brillant zu plaudern, war er einsilbig und muffig und trank vormittags schon Schnaps. Stell dir vor, Mildred hat ihm ins Gewissen geredet, er möge sich doch nicht in Carwitz vergraben, sondern in Berlin mutig Präsenz zeigen. Ohne irgendein Verständnis für Falladas Lage.«

»Sie sind eben Amerikanerinnen, Mildred und Martha. Sie können jederzeit gehen, während Fallada bleiben muss. Wie wir. Wir haben uns ja auch auf dem Land vergraben.

Ich werde Arvid morgen im Ministerium anrufen. Er soll uns helfen, schleunigst eine Wohnung in Berlin zu finden. – Aber schau, es hat aufgeklart. Wollen wir hinunter zum See gehen? Ich bilde mir ein, ich sehe einen Streifen Blau zwischen Wolkendecke und Horizont. Wenn wir uns beeilen, scheint noch einmal die Abendsonne hindurch.«

»Berliner Gasthäuser!« Adam sitzt vor einem Teller Kartoffelsuppe mit Speck. »Dazu ein kleines Helles, ein anheimelnder Senftopf. Während draußen die Stadtbahn vorbeirattert, die Autobusse hupen, und durch die Scheiben siehst du schöne Frauen in Stöckelschuhen. Ja, lieber Arvid, die Bukolik ist bezaubernd, aber doch nicht mehr die rechte Gattung dieser Zeit. Greta und ich wollen möglichst rasch wieder zurück in die Stadt. Diese kalten, feuchten Winter am See sind pures Gift für ihre Bronchien.«

»Ist ihr Asthma in Italien nicht besser geworden?«

»Es war wohl recht stürmisch am Meer. Und dann der kalte Steinboden italienischer Pensionen. Freilich hat sie in keiner Luxusherberge gehaust. Aber im Lokal wurde Kaffee aus Abessinien serviert. Der erste eigene Kaffee, wie die Wirtin anzumerken beliebte. Schade, dass der Führer keinen Kaffee mag. Seit dem Flottenabkommen mit Großbritannien trinkt er englischen Tee und sieht zu, wie die Briten mit Frankreich über Sanktionen gegen Italien streiten, während seine Truppen ungehindert ins Rheinland einmarschieren.«

»Immerhin hat der Völkerbund gehandelt«, sagt Arvid. »Nach dem Überfall auf Abessinien hat er unverzüglich den Handel mit Kamelen und Eseln untersagt. Selbstverständlich nicht den mit Stahl und Öl. Davon abgesehen, ich begrüße es sehr, wenn ihr in die Stadt und die Wirklichkeit zurückkehrt.«

»Lieber Arvid«, sagt Adam, »es gibt mehr als eine Art, in der Wirklichkeit zu leben. Ich arbeite an einem neuen Roman.« Adam wirft einen raschen Blick in den Raum, tupft den Mund mit der Serviette und senkt die Stimme. »Also höre. Der Kern ist folgender: Ein deutschstämmiger Landwirt auf französischem Boden, der französischer Bürger ist, französischer Patriot wie nur irgendeiner, gerät im Weltkrieg zwischen die Fronten. Er gewährt einer deutschen Patrouille Zuflucht auf seinem Hof und wird dafür von den Franzosen erschossen. Verstehst du? Vordergründig haben wir einen guten Deutschen, der von den bösen Franzosen erschossen wird. Aber in Wirklichkeit geht es gegen den Nationalismus. Die Nebenfiguren verdeutlichen das. Der Sohn des Landwirts ist Pazifist. Der Tagelöhner, der bei ihm arbeitet, stellt Begriffe wie Heimat und Vaterland grundsätzlich infrage. Aber die Hauptfigur widerspricht, also, ich denke, das Buch kommt durch die Zensur. Ernst Rowohlt hat Interesse bekundet.«

»Na dann: viel Glück«, sagt Arvid. »Die Druckplatten für mein Buch über die Sowjetunion hat Rowohlt '33 einstampfen lassen.«

Am Nebentisch hebt ein Esser den Kopf. Er sieht zu Arvid und Adam herüber. Arvid scheint nichts bemerkt zu haben. Er unterbricht seinen Redefluss nicht. »Natürlich war ich sehr froh darüber. Das Buch war voller unverzeihlicher ideologischer Irrtümer.«

»Schau, was ich aus der Stadt mitgebracht habe.« Adam ist zurück, gutgelaunt, gestenreich, mit einem kleinen Paket für Greta. »Ach, ich brenne darauf, wieder in der Stadt zu sein. Der Trubel, die Menschen. Ich habe Arvid noch zum Ministerium zurück begleitet. Er lässt dich natürlich vielmals grüßen. Seine Schulungsabende haben inzwischen wohl ganz nett Gestalt angenommen. Referatsthemen werden vergeben. Wer sich zum Mitmachen entscheidet, für den ist die Teilnahme verbindlich. Er nimmt die Sache wirklich ernst.«

»Er hätte eben doch Professor werden sollen«, sagt Greta. »Solche Debattierzirkel gab es schon vor 1933 überall.«

»Und was schlägst du vor? Dreinschlagen? Wenn man das einfach könnte! Aber auch so werden die Nazis sich nicht ewig halten. Und danach? Arvid hat vollkommen recht, wenn er sagt, dass dann Leute bereitstehen müssen, die wissen, was sie wollen. Die über das nötige wirtschaftliche, juristische, politische Wissen verfügen und die willens sind, in einem neuen Deutschland Verantwortung zu übernehmen. Sonst geht wieder alles im Chaos unter wie Weimar.«

»Und diese Leute seid ihr?«

»Wieso nicht? Arvids Gruppe wächst offenbar ständig. Mildred unterrichtet jetzt an der Volkshochschule, und immer hält sie die Augen offen, wen sie Arvids Zirkel noch zuführen kann. Eine ganze Reihe ihrer ehemaligen Schüler und Studenten gehören bereits dazu. Ich würde es durchaus begrüßen, wenn du auch für dich eine Rolle in dieser Sache finden könntest.«

Greta zündet eine Zigarette an. Sie raucht Chesterfield, nicht Eckstein oder Salem: teure Zigaretten, wie Adam gelegentlich rügt, und unnötig auffällig in Zeiten, in denen die Wahl einer Marke als politische Aussage gelten kann.

»Und wie geht es Mildred sonst?«, sagt sie.

»Nicht so besonders. Ihre Mutter ist wohl krank. Immerhin erscheint nächsten Monat ihre Übersetzung von Irving Stones Van Gogh-Biografie.«

»Ja. Sie hat sie umgeschrieben, ohne dem Autor ein Wort davon zu sagen.«

»Nun ja. Ich weiß. Gleich am Anfang kommt wohl ein sympathischer Jude vor, den musste sie natürlich streichen.«

»Sie hat zu mir gesagt, sie hätte sich bemüht herauszustellen, dass van Gogh ein Held der Arbeiterklasse war. Im Text sei das undeutlich angelegt gewesen, und ihre Eingriffe hätten das Buch besser gemacht. Ein starkes Stück, oder etwa nicht?«

Adam hüstelt, was seine Art ist, diplomatisch zu sein. »Du hast das Päckchen immer noch nicht aufgemacht«, sagt er. »Ich habe Arvid im Übrigen gebeten, die Augen nach einer günstigen Wohnung für uns offenzuhalten.« Er schüttelt den Kopf wie ein Hund, der etwas im Ohr hat. »Beziehungsweise nach zwei Wohnungen. Bitte versteh, ich werde ja immer und jede Nacht bei dir sein. Aber eine gemeinsame Wohnung, solange Gertrud und ich noch verheiratet sind – hier draußen war es etwas anderes. Aber mitten in der Stadt … Ich möchte sie nicht tiefer kränken, als ich es ohnehin schon tue.«

*Mai 1936,*
*Berlin*

Mildred sitzt am Schreibtisch, im Mantel. Es lohnt kaum, ihn abzulegen: Sie ist soeben von einer Besprechung im Verlagshaus von Rütten & Loening zurückgekehrt, und in einer Stunde muss sie in der Volkshochschule sein. Vor ihr liegt das Manuskript, an dem sie seit drei Jahren arbeitet, ohne voranzukommen. Es beginnt, womit alles beginnt: Ein Mann und eine Frau begegnen einander, werben umeinander, gewinnen einander. Wie lange ist das her, eine ganze Dekade?

Freilich ist das Jetzt substanzlos, ein Punkt ohne Ausdehnung, an dem die Zeit vorüberzieht. Aber die nahe und oft auch die fernere Vergangenheit bleibt dennoch Teil der Gegenwart, ihre lebendige Erweiterung, die keine Wehmut auslöst. Nostalgie entsteht erst nach einem Bruch. Ah, noch einmal einzutauchen in jene Zeit, sich zu verlieren in den Anfängen einer Liebe –

Aber jetzt, hier, an ihrem Schreibtisch, im Mantel, zwischen zwei Terminen lesend, was sie heute Morgen geschrieben hat, kommen ihr ihre eigenen Worte vor wie die einer Fremden, einer wenig sympathischen Fremden noch dazu. Warum? Woran liegt es? Ihr gelingt das Schreiben doch sonst.

Mildred schreibt für die ›Dame‹ Reportagen über die Landschaften des Mittleren Westens. Sie schreibt im ›Berliner Tageblatt‹ über Hölderlin und Whitman. Alle zwei Wochen lässt sie eine Platte mit hauchdünnen Sandwiches aus der Konditorei heraufbringen, für die Literati ihres kleinen Salons, zu denen Ernst Rowohlt, Rowohlts Sohn Heinrich Maria Ledig und Rowohlts Lektor Ernst von Salomon gehören. Rowohlt würde ihren Roman, gäbe es ihn denn, wohlwollend prüfen, er würde ihn höchstwahrscheinlich verlegen.

Schreib über etwas, das du kennst! Das ist der Rat, den man Anfängern gibt. Sollte man nicht meinen, dass Mildred Harnack-Fish hinlänglich mit dem Stoff ihres eigenen Lebens vertraut ist, den Details ihres Wegs von der Prärie nach Berlin? Sich zum Autor seiner eigenen Geschichte aufzuschwingen ist sicherlich Aufgabe eines jeden Menschen, und ganz besonders einer Frau. Wieso ist der Drang zu erzählen nicht ausreichend, um etwas Zufriedenstellendes zu erschaffen?

Vielleicht ist Mildreds erste Begegnung mit Arvid nicht der wahre Beginn. Jedes verliebte Paar hält sich für Adam und Eva, aber ihre Geschichte ist undenkbar ohne die der Vorfahren. Mildred hat sich mit ihrem Stammbaum beschäftigt, ihre Linie reicht zurück bis zur amerikanischen Revolution, aber ihr fällt zu diesen Leuten nichts ein. Wie haben sie gelebt, was haben sie gefühlt, womit ihre Zeit gefüllt, diese längst Verblichenen? Und müsste sie nicht auch Arvids Familie berücksichtigen?

Die vielfältig miteinander verwobenen Familien der Harnacks, Delbrücks, Bonhoeffers und Dohnanyis, deren Kinder im Grunewald aufgewachsen, vom selben Pastor konfirmiert, im selben Gymnasium erzogen worden sind: Erst haben sie miteinander Schlagball gespielt, dann miteinander Tanzunterricht erhalten, und schließlich haben sie einander geheiratet. Mildred ist nie sicher, ob sie ihre Insiderwitze, ihre kryptischen Bemerkungen wirklich versteht. Arvid lacht, er tut ihre Bedenken ab und verweist darauf, dass er selbst in Darmstadt geboren und in Baden-Württemberg zur Schule gegangen ist.

Aber er ist in den Zirkel dieser Professorenkinder hineingewachsen. Nach dem Tod seines Vaters hat er zeitweise bei Onkel Adolf und Tante Amalie gelebt, einer Cousine seiner Mutter, die den Bruder seines Vaters geheiratet hatte. Wie soll man im Gewirr der Beziehungen, aus denen ein Leben besteht, den entscheidenden roten Faden finden? Adolf von Harnack, protestantischer Theologe, Wirtschaftsorganisator in Preußen, Rektor der Berliner Universität, Präsident der Kaiser-Wilhelm-Gesellschaft, Generaldirektor der Staatsbibliothek, 1914 vom Kaiser geadelt und zeitweilig Berater des Reichskanzlers, ist kurz nach Mildreds Ankunft in Berlin gestorben. Sie hat ihn kaum gekannt: Aber er hat in ihr Leben eingegriffen wie kaum ein Zweiter. Er war es, der seinem Neffen das Rockefeller-Stipendium verschafft hat. Ohne Adolf von Harnack hätte es Mildreds Weg von der Prärie nach Berlin nicht gegeben. Mildred wäre noch immer in Amerika, daheim in Wisconsin, wo Mildreds Schwester Marion die schwerkranke Mutter pflegt.

Fahr, sagt Arvid. Fahr heim zu deiner Mutter.

Und wie? Die deutschen Devisenbestimmungen machen es unmöglich, mehr als zehn Reichsmark auszuführen.

Schreib an deinen alten Englischprofessor. Vielleicht kannst du nach Madison zurückkehren und wieder an der Hochschule arbeiten.

Erst war sie sprachlos: So leicht gab er sie frei? So leicht gab er sie für immer verloren? Dann folgte sie seinem Rat, mit singendem Herzen.

Natürlich würde sie nur einen befristeten Lehrauftrag akzeptieren. Natürlich würde sie sich längstens für ein Semester verpflichten. Wochenlang hing die Möglichkeit über ihnen, Professor William Ellery Leonard könnte enthusiastisch reagieren.

Dann, im Hochsommer, kam der Brief. Er war taktvoll. Mildred musste verstehen, die Verhältnisse waren angespannt. Die Depression dauerte an, die staatlichen Gelder flossen spärlich, zweifellos verfügte sie über großartige Qualifikationen, die nur leider dieser Tage in Madison keiner brauchte. Viel Glück, alles Gute. Mit den besten Wünschen.

Mildred, in ihrer Wohnung in Berlin, an diesem Frühsommerabend 1936, ist vom Schreibtisch aufgestanden. Sie schiebt die Fotografien auf der Anrichte hin und her, sie rückt das Bild der Kurischen Nehrung gerade. Aber vor Augen hat sie die Seen: Lake Mendota, Lake Monona, deren Wasser sich weich bei jedem Schwimmzug teilt, die kleinen hölzernen Uferhotels mit ihrem Harzgeruch frischer Bretter, in denen man zu Saxofonmusik tanzt, Lincolns Statue vor der Universität auf dem Hügel, wo einst die Indianer ihre Riten abhielten und man nun die Dampfboote über die Seen ziehen sieht, die Waldesstille und das Geräusch einer fallenden Nuss in der Stille und die Stimme ihrer Mutter, die darauf beharrt, dass letztlich immer das Gute siegt.

Das Böse hat keine letzte Gewalt. Die Geschichte beweist es: Hätten die Mächte der Finsternis je gewonnen, wäre keiner mehr da, um von ihrem Sieg zu berichten. Das ist der starke Geist der Christlichen Wissenschaft, in dem die Mutter, klein, zart und zäh, ihre Kinder erzogen hat.

Mama? Aber wenn das Böse lange die Oberhand behält, beginnen die Menschen zu verzagen. Sie finden sich ab, sie halten die Finsternis für dauerhaft und können sich schließlich das Licht nicht mehr vorstellen –

Mildred tritt ans Fenster. Es ist ein deutscher Frühlingstag, der Himmel blau, das Licht gleißend und hart. Man ahnt, wenn man seinem Liebsten in die Fremde folgt, dass dafür ein Preis zu entrichten sein könnte, aber man macht sich keine Vorstellung davon, wie tief man in die Tasche greifen muss.

Wobei es eine letzte Hoffnung gibt. Arvid hat noch einmal ein Rockefeller-Stipendium beantragt. Das Ministerium würde ihn freistellen, sie könnten zusammen ausreisen.

Und deine politische Arbeit, Arvid?

Die Treffen werden ab jetzt ohnehin bei Behrens stattfinden. Die Organisation wird dezentralisiert, kleine Gruppen sind schwerer zu unterwandern, ich werde nur noch mit einer Kerntruppe Kontakt halten.

Mit dem Schlosser Karl Behrens, dem Werkzeugmacher Wilhelm Utech, dem sprachbegabten und belesenen Bodo Schlösinger: alles ehemalige Schüler Mildreds vom Städtischen Abendgymnasium, die entschlossen sind, fortzuführen, was Arvid begonnen hat, auch wenn sich ohne ihn die Treffen verändern.

Wir sind nicht so streng, wie Arvid es war, hat Behrens gesagt. Wir lesen viel, Friedrich List, Keynes, das ›Kapital‹. Aber es gibt Tee, und die Frauen bringen Knabbereien mit.

In der Nacht, im Schutz der Dunkelheit, ergreift Mildred Arvids Hand.

Vielleicht bleiben wir, Arvid, flüstert sie. Oder? Wenn sich eine Möglichkeit bietet? Wir müssen das nicht jetzt entscheiden. Aber wenn wir eine Möglichkeit fänden –

Er hat nicht gleich geantwortet. Er hat nicht gesagt, was sie gehört hat: Und meine Mutter? Meine Schwestern? Mein kleiner Bruder? Ich soll einen Abschied vollziehen, nicht weniger endgültig als der, den mein Vater gewählt hat?

Du könntest auf jeden Fall drüben bleiben, Liebes, hat er schließlich gesagt. Auf jeden Fall du.

*Oktober 1936,*
*Berlin*

»Vielleicht könnten wir einen Moment lang ins Freie treten.«

Der Botschafter der Vereinigten Staaten William Edward Dodd hat die Türen zum Garten geöffnet. Der Herbst dieses Jahr ist kalt und feucht, im Kamin des Salons erwärmt ein Feuer die Atmosphäre, aber Dodd traut der Sicherheit seiner vier Wände nicht recht. Er fürchtet nichts für sich, aber für seinen Gast, von dem er manch Interessantes über die deutsche Währungs- und Wirtschaftspolitik, geheime Handelsabkommen, das Ausmaß deutscher Investitionen im Ausland erfährt.

»Wobei Sie nach wie vor in Verbindung mit der russischen Handelsvertretung stehen?«

»Allerdings. Ich mache im Übrigen keinerlei Geheimnis aus meinen russischen Kontakten, so wenig wie aus unseren Treffen. Schließlich gehört es zu meinen offiziellen Aufgaben im Ministerium, Beziehungen zu ausländischen Vertretern der Wirtschaft zu pflegen.«

»Durchaus. Aber bergen diese Begegnungen mit den Russen nicht doch eine gewisse Gefahr? In Anbetracht der öffentlichen Angriffe der deutschen Regierung auf die Sowjetunion?«

»Nennen Sie es ruhig Hetze. Ja, nach außen hin wird man immer ausfallender. Aber das hindert uns mitnichten, im Inneren engste wirtschaftliche Beziehungen zur Sowjetunion zu unterhalten. Tatsächlich haben sich diese Beziehungen soeben noch einmal intensiviert. Wir stehen schließlich mitten im Wiederbewaffnungsprozess, und da Deutschland wirtschaftlich nicht autark ist und aufgrund der natürlichen Gegebenheiten auch gar nicht sein kann, profitieren wir enorm vom erweiterten Zugang zu den russischen Märkten einerseits und zu russischen Rohstoffen andererseits. Vor allem importieren wir Metall und Öl.«

»Sie halten es also für ausgeschlossen, dass es zwischen Deutschland und Russland in absehbarer Zeit zu Feindseligkeiten kommen wird.«

»Ganz und gar nicht. Aber Russland befindet sich in der etwas absurden Position, aktiv Deutschlands Aufrüstung vorantreiben zu müssen, um sich in den Besitz dringend benötigter industriell gefertigter Güter für seinen eigenen wirtschaftlichen Aufbau zu bringen. Die Sache hat allerdings für die Russen noch eine weitere, eine durchaus positive außenpolitische Seite. Unsere Wiederbewaffnung stärkt unsere Position gegenüber dem Westen.«

»Und was hat Russland davon?«

»Ein starkes Deutschland hält Stalin den Westen vom Hals.«

»Sie meinen, die Russen fürchten den Westen mehr als Deutschland?«

»Unbedingt. So wie der Westen Stalin und den Kommunismus mehr fürchtet als die Nazis. Sie sehen, lieber Dodd, Deutschland befindet sich bereits jetzt gezwungenermaßen in der Mittlerrolle zwischen Ost und West, in der ich mein Land seit jeher und auch in Zukunft sehe.«

Sie schweigen einen Moment. Dann wendet sich Arvid dem Botschafter voll zu.

»Da ist noch etwas. Mein Antrag auf ein weiteres Rockefeller-Stipendium ist abgelehnt worden. Meine Frau wird also allein in die USA zurückreisen. Ihre Mutter ist letzte Woche gestorben.«

»Mein Gott. Das tut mir leid.«

Arvid nickt, er hebt die Hand. »Sie wird eine Vortragsreise unternehmen. Sie kennen die deutschen Devisenbestimmungen, Sie wissen, Mildred wird auf den Verdienst vor Ort angewiesen sein. Sicher würde es die Dinge außerordentlich erleichtern, wenn Sie das eine oder andere Empfehlungsschreiben vorausschicken würden. Sie müssten es ihr allerdings anbieten. Fragen wird sie Sie sicherlich nicht.«

»Das will ich gern tun«, sagt Dodd. »Lassen Sie mich ein, zwei Tage darüber nachdenken, wer die geeignetsten Adressaten wären.«

»Natürlich.« Arvid hat den Kopf gesenkt. Er hantiert mit seiner Pfeife. Er sagt: »Um ehrlich zu sein, ich hoffe, sie bleibt in Amerika. Hier wird es früher oder später doch wieder Krieg geben. Und dann hinterher, wenn das Regime beseitigt ist – «

»Sie setzen darauf, dass Deutschland einen Krieg verlieren würde?«

»Natürlich. Worauf sonst soll ich setzen?«

Dodd nickt. Er sagt: »Sicherheit gibt es in diesen Zeiten allerdings nirgends. Wenn Roosevelt mit dem New Deal scheitern sollte – ich halte das Aufkommen einer totalitären Diktatur nach europäischem Muster auch in Amerika für keineswegs ausgeschlossen.«

Arvid richtet sich auf. Er stopft Tabak und Pfeife in die Jackentasche zurück. Er sagt: »Ich weiß nicht, ob ich Ihnen in diesem Punkt gedanklich folgen will. Sehen Sie, ich habe Mildred in dieses Land geholt, und es gelingt mir noch nicht einmal, das von Herzen zu bereuen. Der Glaube, dass es einen Zufluchtsort für meine Frau gibt, ist mir persönlich unerlässlich.«

# 4

*Herbst 1936,*
*Berlin-Charlottenburg*

Oda Schottmüller sitzt auf dem Sofa in ihrem Atelier, mit untergeschlagenen Beinen, vor sich einen Teller mit belegten Broten. Der Raum nimmt einen Großteil des Dachgeschosses der Reichsstraße 106 ein. Erika Schönfeldt durchstreift ihn wie ein Museum. Tücher decken unfertige Skulpturen ab, an den Wänden hängen Kostüme und Masken für Odas Tänze.

»Ist die hier neu?«

Oda schüttelt den Kopf, kaut, gestikuliert: Moment, Moment.

»Entschuldige. Aber ich hatte solchen Hunger. Hunger ist großartig, jedenfalls, wenn etwas zu essen da ist. Als Kind habe ich meist irgendwelche komischen Suppen bekommen, weil die Anstalt meiner Mutter alles aufgezehrt hat. Magst du wirklich nichts? Diese Leberwurst ist ziemlich gut.«

»Bestimmt. Aber ich muss aufpassen. Der Fluch des pommerschen Landmädels.«

»Eri, du bist kokett. Ich sehe ein, du bist Modell, aber du wirst doch wohl eine Essiggurke vertragen?«

Erika betrachtet die Freundin. Oda ist Tänzerin, aber keine

Porzellanballerina, sondern eine Bildhauerin mit starken Händen, nackten Füßen und einem Körper so muskulös und straff wie dem eines Schwans: dem es auch fernläge, in Spitzenschuhen zu sterben. Sie beißt in ihr Brot wie ein gesunder Hund: mit Entschiedenheit, starken Zähnen, unlüsternem Appetit.

»Oda, du weißt sehr gut, ich bin inzwischen brave Stenotypistin. Und dir beim Essen zuzusehen macht allemal mehr Spaß, als selber zu essen. Ist das das Wesen darstellender Kunst? Aber gut, schieb den Teller rüber. Und nun erzähl von der Party gestern. Ist Kurt am Ende doch da gewesen?«

»Nein. Oder ja. Womit im Grunde unser gesamtes Verhältnis umschrieben wäre. Er kam, als ich ging. Aber lass mich der Reihe nach erzählen. Also, die Schulze-Boysens. Sie wohnen in zwei riesigen Räumen, ein wenig bohème, aber schon sehr nett, obwohl sie erst vor Kurzem geheiratet haben. Sofas, Weingläser, alles war vorhanden. Man kriegt zurzeit ja alles recht günstig, weil die Leute in Scharen außer Landes fliehen. An den Wänden ein paar kleine Bilder, das meiste entartet. Schmidt-Rottluff. Nolde. Es waren etwa dreißig oder vierzig Leute da. Als ich ankam, zeigte Frau Schulze-Boysen gerade Bilder von der Hochzeitsreise herum. Sie waren in Schweden. Natürlich hing die Frage im Raum, woher sie die Devisen hatten. Sie haben kein Hehl daraus gemacht, dass er sich das Ganze als dienstliche Sprachreise hatte genehmigen lassen. Auch hat sie in Schweden wohl adlige Familie. Also auf den Bildern ging es immer munter von Schloss zu Schloss. Dann trieb man uns ins Vorderzimmer, wo ein Dramaturg vom Schauspielhaus etwas von Ernst Jünger las. Anschließend Debatte. Zu essen gab es auch, aber nur, was die Gäste selbst mitgebracht hatten. Die Schulze-Boysens servieren ausschließlich den Tee. Weshalb sie ihre Partys Picknicks nennen. Dann wurden die Teppiche zurückgerollt und ein riesiger, ganz neuer Radioapparat angestellt, und die Tanzerei ging los.«

Oda springt auf. Erika lehnt sich zurück, bereit für eine von Odas Privatvorführungen: Jede Party ist Theater mit einem Dutzend Bühnen. Oda lehnt sich gegen ein unsichtbares Möbel, sie lächelt gewinnend in eine unsichtbare Runde: Harro inmitten von Zuhörern, mager, forsch, ein Mann klarer Worte, den Zeigefinger durch den Griff eines absurd dünnen Tässchens gefädelt. Libs schwebt durchs Zimmer wie durch ein Filmset, dann erwählt sie sich ein Fensterbrett zu ihrem Loreleyfelsen. Ihr Körper sinkt nieder, formbar wie Wachs, eine unfertige Statue, verlockend unvollendet, die auf die Hände eines Mannes wartet.

»Obwohl, nein, keine Lorely, eine Berliner Circe, umgeben von zahmen Wölfen und Löwen, die im Chor heulen, sobald sie ihr Schifferklavier hervorholt. Warum singen die Menschen so gern von unschuldigen Mädchen, die missbraucht und geschändet werden? ›Sabinchen war ein Frauenzimmer‹, ›Lenchen ging im Wald spazieren‹, ›Mariechen saß weinend im Garten‹. Ein Gassenhauer jagte den anderen. ›Benjamin, ich hab nichts anzuziehn‹, ›Ferdinand, du bist so ungalant‹. Auf Verlangen der Gäste mehrmals ›Das Lied von der Krummen Lanke‹. Und einen netten Witz habe ich gehört: Hitler und sein Chauffeur fahren an einem Metzgerladen vorbei. Das Auto überfährt den Hund des Metzgers. Hitler ist außer sich. Er befiehlt dem Chauffeur, hineinzugehen und den Metzger zu entschädigen. Der Chauffeur betritt den Laden und salutiert. Heil Hitler! Ich habe den Hund umgebracht. Der Metzger umschlingt ihn mit beiden Armen. Mein Bruder! Mein Freund! Hier, Schinken, Würste, Koteletts, nehmen Sie, nehmen Sie. Er ist tot! Adolf Hitler ist endlich tot!«

Oda streckt ein Bein aus, wackelt mit den Zehen, zieht es wieder an und betrachtet beifällig die lachende Erika.

»Ja, Eri, das ist das Schöne am Nationalsozialismus, dass er ein steter Quell der Heiterkeit ist. Was ist schon witzig an einer Demokratie? Aber alles hat einmal ein Ende. Mit einem Mal war die Party vorbei, Libertas kündigte das letzte Lied an, Harro stellte die Teetassen zusammen. Und wer kommt mir auf der Treppe nach unten entgegen? Das Ehepaar Schumacher.«

»Wie hast du dich verhalten?«

»Na, wie wohl. Die Hand gereicht habe ich ihr. Sie weiß ja von mir und Kurt. Aber sie weiß es doch auch wieder nicht, also nicht auf die Art, dass ich sagen könnte, Frau Schumacher, es tut mir leid, wenn ich von Anfang an von Ihnen gewusst hätte, hätte ich mich auf diese Affäre gar nicht eingelassen.«

»Hättest du nicht?«

»Ach, was weiß ich. Weißt du, wie Fritz Cremer ihn mir vorgestellt hat? Oda, das ist Kurt Schumacher. Störe ihn nicht, er schnitzt gerade die Türstöcke für Görings Carinhall. Ich stehe da und weiß nicht recht, was ich sagen soll. Kurt sieht auf – du weißt, wie er guckt, die Mundwinkel, die Faunsohren – und er sagt: Ich porträtiere Hermann Görings Löwen. – Seinen Löwen? – Ebenden. Ja, Fräulein Schottmüller, so stehen die Dinge. Der zweite Mann im deutschen Staate fläzt im germanischen Lederwams auf germanischen Fellen, in einer Halle, die doppelt so groß ist wie das Sudetenland, neben ihm brät ein germanischer Ochse am Spieß, und dann geht die Tür auf, und sein Löwe kommt rein. Original germanischer Löwe. Typisches altgermanisches Haustier.« Oda schüttelt den Kopf. »Ach Eri. Habe ich dir das schon hundertmal erzählt? Aber schön war die Zeit, nicht wahr?

Was haben wir in all diesen Ateliers herumgesessen und diskutiert, du und ich und Kurt und dein Cay und Fritz Cremer und all die anderen. Und unsere Ausflüge an die Havel. Und das bittere Warten auf Kurt, wenn er daheim bei Elisabeth war. Damals, möchte ich sagen, damals vor langer Zeit. Dabei war es erst letztes Jahr. Aber es ist eben eine entschwundene Epoche. Mit mir und Kurt ist es definitiv zu Ende.«

Am Spätnachmittag kommt Kurt die Treppe hinauf. Oda, lauschend, allein hier oben unter dem Dach, öffnet ihm die Tür, noch bevor er geklopft hat. Sie hat den Rhythmus seiner Schritte erkannt. Halb und halb hat sie ihn seit gestern Abend erwartet. Es geht mit ihr und Kurt wie mit Hase und Hund: Erspäht er sie auf offenem Felde, findet er keine Ruhe, bevor er sie nicht gefasst hat.

»Ich wollte«, sagt Kurt, »mit dir über die Arbeit reden.« Er berührt sie nicht, geht an ihr vorbei in den Raum. »Ich habe einen sehr schönen neuen Auftrag. Ich werde zwei Medaillons für das Geländer der Schleusenbrücke anfertigen. Zwei Stadtansichten der Spreeinsel, von 1650 und 1688.«

»Kurt, ich gratuliere! Wie schön! Die Spreeinsel, das Herz der Stadt. Aber was sagen mir die Jahreszahlen?«

»1650 ist der Große Kurfürst nach Berlin zurückgekehrt. 1688 ist er gestorben. Dazwischen liegen der Aufstieg Brandenburg-Preußens zu einer der Mittelmächte und die Verdreifachung der Einwohnerzahl Berlins. Ergo, Medaillon eins: Marschland mit Booten und armseligen Hütten. Medaillon zwei: die prachtvollen Gebäude einer florierenden Stadt.«

Oda sitzt auf dem Sofa. Kurt steht am offenen Fenster: ein Kapitän, dessen Schiff das Häusermeer von Berlin durchpflügt.

»Man fragt sich allerdings: Wo kamen all die Bewohner dieser zahlreichen Häuser auf einmal her? Waren es Nachkommen der frühen Heveller? Sind sie sämtlich den Lenden der emsig ihren ehelichen Pflichten genügenden Spreefischer entsprungen? Natürlich nicht. Das wäre selbst für einen Preußen eine zu gewaltige Aufgabe gewesen. Also, was hat Berlin groß gemacht? Einwanderer. Flüchtlinge. Schweizer, Niederländer, Böhmen, Hugenotten. Und die Wiener Juden natürlich. All diese heimatlosen Wanderer haben den Grundstein des preußischen Königreichs gelegt. Es folgten Friedrich der Große und Voltaire, Friedrich Wilhelm III. und die gute Luise, Wilhelm I. und Bismarck. Und nun, zu unserer Zeit, das diese Entwicklung krönende Paar. Hermann Göring und Emmy Sonnemann.«

Wie Kurt Schumacher widerstehen? Oda lacht und lacht. Kurt betrachtet sie mit zärtlicher Befriedigung. »Es freut mich, dass der Gedanke an den Reichsjägermeister dich heiter stimmt.« Er durchquert den Raum und wirft sich neben Oda aufs Sofa. »Wie stehen die Dinge bei dir? Geht alles gut voran?«

»Wie man es nimmt. Die Direktrice des Plaza war neulich auf einer meiner Proben. Ich habe ›Lied überm Land‹ getanzt, nicht etwa die ›Hexe‹ oder den ›Erdwächter‹. Es hat ihr auch alles recht gut gefallen, aber am Ende nahm sie mich beiseite und sagte: ›Meine Liebe. Es ist doch alles ein wenig entartet. Und da wir gehobenes Publikum bedienen –‹, aber die Nationalgalerie hat meine ›Nackte mit Tuch‹ gekauft.«

»Hervorragend!« Seine Freude ist ungeheuchelt. »Also ich folgere, du hast deinen Antrag auf Mitgliedschaft in der Reichskulturkammer endlich abgegeben. Wie hast du Frage tausendneunundvierzig Abschnitt P beantwortet? Ob du je eine Statue des Führers hergestellt hast?«

»Dass ich noch daran arbeite, aber immerhin eine Büste von Carin Göring vorweisen kann. Was stimmt. Das Droste-Gymnasium benennt sich nach Görings erster Frau um.«

»Richtig so. Was sollen heutige Mädels mit der Droste. Dieser Freiheitsdrang. All dies Zeug, dass sie lieber ein Mann wäre. Wie ging es noch mal?«

Oda zitiert. *»Nun muß ich sitzen so fein und klar, Gleich einem artigen Kinde, Und darf nur heimlich lösen mein Haar, Und lassen es flattern im Winde.«*

»Mach doch«, sagt Kurt. Er greift in ihr kurzes dunkles Haar und zaust es. »Löse dein Haar für mich. Lass es flattern.«

Sie landet mit ihm der Länge nach auf dem Sofa: wo sie sich eine Stunde später allein wiederfindet, mit nichts als dem warmen Abdruck seines Körpers.

*Herbst 1936,*
*Liebenberg*

Dies ist der richtige Augenblick. Der Oberbefehlshaber der deutschen Luftwaffe Hermann Göring steht allein im Schlosshof von Liebenberg, die Hände auf den massigen Hüften, zufrieden um sich blickend, während vor ihm das erlegte Wild waidgerecht zur Strecke gelegt wird: Hochwild, Niederwild, Federwild, säuberlich geordnet nach Rang und Stärke, jedes zehnte Stück der Art eine halbe Körperlänge vorgezogen, um das Zählen zu erleichtern. Der Schlossherr ist nirgends zu sehen: Onkel Büdi ist für einen Moment hineingegangen, vermutlich um hinsichtlich der Bequemlichkeit seines Gasts irgendwelche Anweisungen zu geben.

Libertas, die in der Nordischen Halle am Fenster gewartet hat, tritt ins Freie und geht auf Harros obersten Dienstherrn zu. Harro ist nach wie vor Referent für fremde Luftflotten. Das klingt freilich großartig, aber es ist Augenwischerei. Harro ist unterfordert, unterschätzt, unterbezahlt, seine Position ist eine Sackgasse, sein direkter Vorgesetzter hat ihn mehr als einmal zur Beförderung vorgeschlagen, aber das interessiert weiter oben keinen Menschen. Man hält seine Vergangenheit noch immer gegen ihn. Man hält ihn nicht für vertrauenswürdig.

»Ah, aha, die Nichte meines liebenswürdigen Gastgebers.«

Kein Heil Hitler. Ein Göring kann sich das Zackige sparen.

»Ich bitte Sie, von Belästigung kann doch überhaupt keine Rede sein. Also, nur immer frisch von der Leber weg.«

Ihr Text ist gut vorbereitet: Karriere des Mannes stockt, Ruf belastet durch Jugendsünde, begangen in prähistorischer Zeit vor dem Aufstieg des Führers. Göring, fett und wohlwollend, sieht aus, als stünde er kurz davor, Libertas in die Wange zu kneifen.

»Nun, wir werden sehen, wir werden sehen. Was schwebt ihm denn vor, Ihrem Mann? Möglichkeiten zum Aufstieg gibt es in unserem Deutschland für tüchtige junge Leute doch immer. Wenn man jeden wegen jedes lässlichen Fehlers – selbstverständlich braucht auch der Nationalsozialismus Gesetze. Aber die Zwänge einer starren Bürokratie, die elende Über-einen-Kamm-Schererei haben wir mit der Systemzeit erledigt – ah, Fürst. Da sind Sie ja wieder.«

Ein Diener offeriert ein Tablett mit Schnapsgläsern. In der Herbstdämmerung werden die Fackeln entzündet. Helfer schreiten von Tier zu Tier und legen frischen Bruch auf die Einschusslöcher. Onkel Büdi gibt das Signal zum Verblasen der Strecke. Die Hörner ertönen, um den aufgereihten Toten

Respekt zu erweisen. Libertas hat den Schlosshof verlassen. Es bleibt nur noch zu hoffen, dass Göring Harros Namen nicht vergisst.

»Im Ministerium hat man mir heute gratuliert.« Harro, noch im Mantel, zieht Libs vom Sessel und improvisiert einen Walzer. »Es ist tatsächlich eine Gehaltserhöhung zu erwarten. Wenn auch nur moderat. Und ich bin jetzt ganz offiziell Offiziersanwärter. Der Lehrgang ist genehmigt, das heißt, ich werde im nächsten Jahr einige Monate auf dem Seefliegerstützpunkt auf Sylt verbringen. Mindestens für einen Teil der Zeit könntest du vielleicht bei Zehrers wohnen. Hans Zehrer ist ein alter Freund von mir. Ein Zeitungsmensch, der ehemalige Leiter der ›Tat‹. Er hat damals das Bündnis zwischen Hitler und Papen aufgedeckt und Schleicher öffentlich geraten, die Reichswehr putschen zu lassen, da hat er sich während des Röhmputschs vorsichtshalber nach Sylt zurückgezogen. Außerdem ist seine Frau jüdisch. Wir fahren einfach mal hin, und du schaust es dir an. Vielleicht gefällt es dir ja.«

*Frühjahr 1937,*
*Madison, USA*

»Es ist mir ein Rätsel, warum der Kollege vom Haverford College dermaßen begeistert war.«

Professor William Ellery Leonard und seine dritte Frau Grace sind auf dem Heimweg. Sie haben soeben Mildred Harnack-Fishs Vortrag zur Rezeption amerikanischer Gegenwartsliteratur in Europa gelauscht.

»Formal war die Sache durchaus in Ordnung, methodisch sauber, meinetwegen sogar wissenschaftlich. Aber Gott, war es langweilig. Carl Sandburg, Theodore Dreiser, Jack London, Thomas Wolfe. Dazu kann einem doch etwas einfallen. Wolfe kennt sie angeblich persönlich, aus Berlin. Aber ich selbst hätte mehr zu dem Mann sagen können.«

»Gar so schlecht fand ich es nicht«, sagt Grace. »Gegen Ende war es doch recht interessant.«

»Gegen Ende. Ja. Die letzten zehn Minuten. Gut. Und bei der anschließenden Unterhaltung ist auch noch das eine oder andere herausgekommen. Aber ich bin einfach zu alt dafür, das bisschen mir noch verbleibende Zeit damit zu verbringen, dass ich auf jemandes letzte zehn Minuten warte. Ich sage dir, was schiefgelaufen ist: Vor lauter zwanghaftem Bemühen, intellektuell zu klingen, hat sie geschwollen dahergeredet, immer um den heißen Brei herum, statt geradlinig zu sagen, was die Leute interessiert. Und dann hat sie die Stirn, mich um ein Empfehlungsschreiben zu bitten.«

»Du hättest sie dennoch nicht so brüsk abweisen müssen. Vielleicht ist das Überkomplizierte, das unnötig Gedrechselte einfach die deutsche Art? Sie hat sich so offensichtlich gefreut, dich zu sehen.«

»Ja. Ich weiß. Sie war überglücklich. Zweifellos würde sie alles für mich tun. Aber ich kann nicht. Ich ertrage diese Manieriertheiten nicht. Dieses ganze großspurige Getue.«

»Ich verstehe ja, was du meinst. Aber was sie an intellektueller Ehrlichkeit vielleicht hat vermissen lassen, das war doch an menschlicher Echtheit da. Sie war so aufgeschlossen, auch mir gegenüber. So entgegenkommend.«

»Und wie auch nicht, sie wollte schließlich etwas von mir. Wie alle. Ständig geht man mich um irgendwelche Gefälligkeiten an. Verzeih, Grace, aber ich bin es müde, erlogene

Schmeicheleien zu Papier zu bringen oder den Leuten Freundlichkeiten ins Gesicht zu lügen. Ab jetzt sage ich es, wenn mir etwas nicht gefällt.«

Und nun ist Mildreds Reise auch schon wieder vorüber. Wo sie begonnen hat, endet sie: in New York, in der Wohnung ihrer alten Freundin Clara Leiser, die für sie eine Abschiedsparty plant.

»Kommst du?« Clara hat eine ehemalige Kommilitonin aufgesucht. »Freitag geht ihr Schiff. Sie kehrt nach Deutschland zurück, warum auch immer. Nicht dass ich ihr nachweine.«

»Das kann ich mir vorstellen. Wo du ihr die ganze Zeit hast finanziell unter die Arme greifen müssen.«

»Das Geld war es nicht. Wir kennen uns eben schon so lange. Aber es ist einfach keinerlei Nähe zwischen uns entstanden. Keinerlei freundschaftliche Wärme.«

»Ja. Sie wirkt nie natürlich, nicht wahr? Sie ist nie sie selbst. Es ist, als ob sie sich andauernd selbst beobachtet.«

»Sie hat sich ja schon immer ziemlich viel auf ihre nordische Schönheit eingebildet. Jeden Morgen hat sie eine große Turnerei veranstaltet, bei offenem Fenster, die ganze Wohnung kühlt aus.«

»Und ständig bekrittelt sie irgendetwas. Als wäre sie Europäerin. Als hätten wir nur darauf gewartet, dass sie kommt und uns ihre Vorträge hält, die in Wirklichkeit niemanden interessieren.«

»Ich habe mich wirklich bemüht«, sagt Clara. »Aber ehrlich – ich bin froh, wenn sie wieder weg ist.«

»Und, Bernie, wie fandest du sie?«

Dorothy und Bernie Meyer sind auf dem Heimweg von

Clara Leisers Abschiedsparty. In der Frühlingsnacht liegt die große Stadt im Glanz ihrer Lichter.

»Ich weiß nicht«, sagt Bernie Meyer. »Ich habe mich ja kaum mit ihr unterhalten.«

»Sie war schrecklich einsilbig, nicht wahr? Als wollte sie immer nur das Allernötigste sagen. Ein bisschen aufgetaut ist sie, als wir auf unseren Besuch damals in Berlin zu sprechen kamen. Aber die meiste Zeit hieß es nur: Reden wir nicht darüber.«

»Was mich befremdet, ist, dass sie überhaupt nach Deutschland zurückkehren will.«

»Nun ja, sie sagt, sie will heim zu ihrem Mann. Er hat eine Stelle im Ministerium. Er arbeitet für die Nazis, das ist mir unbegreiflich. Ich habe sie geradeheraus gefragt, ob Arvid womöglich in der Partei ist. Und stell dir vor, das ist er tatsächlich. Er ist in die NSDAP eingetreten. Ich habe sie gefragt, ob sie wirklich übergelaufen sind. Seid ihr jetzt beide Nazis?, habe ich gefragt. Die alte Mildred wäre mir ins Gesicht gesprungen. Aber sie hat nur geguckt, als hätte sie eine Gräte im Mund. Warum fragst du mich das?, hat sie gesagt. Was erwartest du für eine Antwort von mir? Als läge das nicht auf der Hand.«

Vor ihnen öffnet sich der Eingang zur Metro. Bevor sie hinab in den Tunnel steigen, sagt Dorothy: »Weißt du, was merkwürdig war? Beim Abschied hat sie sich bei mir bedankt, dass wir zu Claras Party gekommen sind. Es wäre so schön gewesen, uns zu sehen, hat sie gesagt. Aber warum hat sie sich dann die ganze Zeit nicht einmal bei uns blicken lassen? Ich habe sie eingeladen, wenigstens die letzten Tage noch bei uns zu wohnen. Du glaubst nicht, was sie mir geantwortet hat: ›Danke, Dorothy‹, hat sie gesagt, ›lieber nicht. Ich würde mich zu wohl bei euch fühlen.‹«

*Mai 1937,*
*Sylt*

Libs weiß, wo in der Küche der Zehrers der Tee steht, morgens gießt sie die englischen Fuchsien, ihr Dauerserviettenring liegt neben denen der Familie auf dem Esszimmertisch.

»Ihre Frau!«, sagt Margot Zehrer. »Wir sind ganz verliebt in Ihre Frau, Herr Schulze-Boysen. Diese Lebendigkeit, diese Lebensfreude. Wir haben durch sie Kampen ganz neu erfahren.«

»Können wir nicht einfach bleiben, Harro?«, sagt Libs. »Lass uns auf Sylt bleiben. Mir graut so vor Berlin und den steinernen Häusern.«

»Harro, du hast ja kaum Gelegenheit gehabt, unsere schöne Insel zu genießen«, sagt Hans Zehrer.

»Das will ich nicht sagen. Als Flieger sieht man die Dinge eben von oben. Die Sache ist mir jedenfalls hervorragend bekommen. Der Seewind, das körperliche Training, und endlich einmal jede Nacht genug Schlaf. Es war genau das Richtige für mich.«

»Und den Trubel Berlins hast du nicht vermisst? Das kann ich mir kaum vorstellen. Was sagst du zur Vernichtung Guernicas? Glaubst du die offizielle Version, dass die Republikaner die Stadt selbst in Brand gesetzt haben?«

»Aber selbstverständlich. Mein oberster Vorgesetzter hat schließlich klipp und klar erklärt, das böswillige Geraune über einen Einsatz der deutschen Luftwaffe sei nichts als eine perfide Erfindung der jüdischen Lügenpresse.«

»Die armen Menschen«, sagt Margot Zehrer. »Und niemand greift ein. Ich kann nicht verstehen, dass selbst ein solches Verbrechen wie die Vernichtung Guernicas England nicht dazu bewegt, endlich den republikanischen Streitkräften zu Hilfe zu eilen. Sie kämpfen doch für die rechtmäßig gewählte Regierung Spaniens.«

»Die City weiß eben sehr wohl, dass sie von Franco, Hitler und Mussolini nichts zu befürchten hat, aber sehr wohl von den Roten«, sagt Harro. »Also spielen sie weiter Nichteinmischung. Aber Guernica war nichts als ein erster Test für Görings Luftwaffe. Eine großangelegte Übung. Überhaupt ist Spanien nur der Auftakt. Wir steuern auf eine immense Katastrophe zu.«

»Du meinst, es gibt Krieg?«

»Unbedingt. Aber es wird kein Zusammenprall der Nationen, sondern der Überzeugungen sein. Hier und heute sage ich einen neuen Dreißigjährigen Krieg voraus, der ganz Europa ergreifen und verwüsten wird. Neutralität wird unmöglich sein. Jeder wird Partei ergreifen müssen. Keiner wird sich mehr auf die alten Automatismen verlassen können, auf seine Zugehörigkeit zu Staatsgebilden, Ländern, Regionen. Jeder wird selbst entscheiden müssen, wo er kämpfen will, unabhängig von seiner Nationalität. Der Riss wird mitten durch Städte, Dörfer, Familien gehen. Und es wird nicht eher enden, als bis alle Parteien vollständig geschlagen sind.«

»Und dann?«

»Dann wird aus dem Untergang eine neue Ordnung Europas erwachsen. Womöglich eine Neuordnung der Welt.«

*Herbst 1937,*
*Duisburg/Schwarzes Meer*

»Wie oft habe ich angeboten, Libertas die grundlegenden Fertigkeiten der Haushaltsführung beizubringen?«

Marie Luise Schulze steht einmal mehr vor dem Schreibtisch ihres Mannes. Sie hat eine Woche bei Harro und Libs in Berlin verbracht.

»Wie oft habe ich mich erboten, sie wenigstens die Zubereitung einiger einfacher Gerichte zu lehren? Aber dafür fehlt ihr die Zeit. Sie liegt lieber nackt am Strand von Sylt. Sie ist nicht einmal in der Lage, mittags ein warmes Essen für ihren Mann auf den Tisch zu bringen. Es ist doch auch eine Geldfrage. Das ewige Gaststättenessen. Aber Harro hält natürlich zu ihr. Immer hält er zu ihr, und wenn man etwas sagt, wird er sarkastisch. Ich habe lediglich eine Bemerkung gemacht, etwas in der Art, dass ich nur einmal wissen möchte, wo mein armer Junge sich jeden Mittag verköstigt, und was antwortet er mir? Gut, Mama. Ab sofort werde ich jeden Mittag den Namen des Lokals notieren, in dem ich speise, und ich werde Libs anweisen, das Gleiche zu tun.«

Erich Schulze unterdrückt ein Lächeln.

Aber Marie Luise hat endgültig genug. Sie kämpft an ihrer eigenen Front, sie wirft all ihre Legionen in die Schlacht.

»Ich habe heute nach Liebenberg geschrieben.«

Erich Schulze sieht von der Zeitung auf. »Du hast was?«

»Ich habe es der Familie dieses Flittchens mitgeteilt, dass sie sich mit einem Haufen Matrosen auf dem Meer herumtreibt, während ihr Mann allein daheimliegt und eine Nierenkolik erleidet.«

*Heutzutage ist zwar das Außerachtlassen der elemen-*

*tarsten menschlichen Nichteinmischungsprinzipien zur allgemeinen Gewohnheit geworden, aber es gibt auch Leute, die sich das nicht ohne Weiteres bieten lassen.*

Harros Gegenschlag hat nicht auf sich warten lassen.

*Was weißt du von den feinen, unendlich feinen Gesetzen, nach denen sich eine glückliche Ehe gestaltet? Tatsächlich wünsche ich, dass meine Frau sich daran gewöhnt, von mir getrennt zu sein und gerade auch dann als eigene Persönlichkeit bestehen zu können. Es war mein erklärter Wunsch und Wille, dass sie fährt.*

Weshalb Libs sich in diesem Oktober 1937 an Bord der Ilona Siemers wiederfindet, auf dem Weg nach Jalta.

»Jalta!« Harro war enthusiastisch. »Was für eine fantastische Gelegenheit.«

Sie saßen in Hamburg, in einem eleganten Lokal, in das Siemers sie eingeladen hatte, der Schiffseigner. Harro strahlte.

»Jalta am Schwarzen Meer. Die Fahrt mit einem Frachter. Eine Frau allein, mit – wie viele Matrosen sind es? Ein fantastischer Stoff. Genau das, worauf du gewartet hast, Libs.«

Siemers nickte gutmütig zu allem und füllte die Gläser nach. Frau Schulze-Boysen würde sich allerdings schnell entscheiden müssen, der Frachter lief in zwei Tagen aus. Hatte sie denn die nötigen Sachen?

»Was brauchst du schon.« Harro wedelte alle Bedenken beiseite. »Wir besorgen einen dicken Pullover. Eine Regenjacke hast du. Und schon kannst du los.«

»Harro, das sagst du so. Auf jeden Fall brauche ich ein blaues Halstuch. Und eine fesche Mütze natürlich. Dann lasse ich mir das Haar schneiden wie ein Junge und komme selbst als Matrose zurück.«

Sie warf den Kopf zurück, lachte. Die Gesichter der Männer spiegelten ihr Bild: eine junge Abenteurerin, die Wangen gerötet, im Auge kühner Glanz. Ein Rückzieher war nun nicht mehr möglich, nicht einmal, als sich am Tag ihrer Abreise eine von Harros Nierenkoliken ankündigte. Harro verbat sich ihre Sorge: Unmöglich konnte sie seinetwegen zu Hause bleiben. Sie musste fahren, so weh es auch tat. Schließlich hatten sie sogar schon entschieden, wann sie des Abends zum Großen Bären emporblicken wollten, damit sich wenigstens ihre Blicke am Himmel vereinten.

So ist sie nun also auf dem Weg zur Krim, mit Ausnahme der Schiffskatze das einzige weibliche Wesen auf diesem Frachter mit achtundzwanzig Seefahrern, die sie entweder ignorieren oder ihr als Frau schöntun. Auf der Höhe von Algier kann sie Skat spielen. Als sie Constanța erreichen, kann sie Zigaretten drehen und vier Bier heruntertrinken, als wäre es nichts. Aber was macht sie eigentlich hier?

Material sammeln. Schriftstellerin werden. Ihr Reisetagebuch füllt sie mit Einträgen über sternbestickte Nächte, gischtendes Wasser, die Einsamkeit der See bei Nacht. Stundenlang schlendert sie auf dem Deck auf und ab, sie flirtet mit dem Ersten Offizier und lässt Harro wissen, wie tapfer sie der salzverkrusteten Männlichkeit dieses Seebären widersteht, dem Klang seiner herrischen Schritte nachts über ihr auf dem Deck. Im nächsten Satz schreibt sie von ihrer tiefen Liebe zu ihm, Harro, die immer stärker und klarer wird. Vielleicht wird er eifersüchtig. Vielleicht bewegt ihn Sehnsucht dazu, nachzugeben und sie um ihre Heimkehr zu bitten.

Natürlich tut Harro nichts dergleichen. Das klingt ja alles großartig, schreibt er, viel Spaß weiterhin, tu immer genau das, was du dir vorgenommen hast.

Fast könnte man meinen, er genießt ihre Trennungen, die leidenschaftliche Wehmut der Abschiede nicht weniger als den Jubel des Wiedersehens. Nicht räumliche Distanz, sondern übermäßige Nähe bedroht eine große Liebe: So sieht es Harro. Der hässliche Zwillingsbruder der Befriedigung ist der Überdruss, Begier ist sein Gegenspieler, den die Routine tötet. Hat Libs Harro nicht anfangs ihren Piraten genannt? Also spielen sie weiter Freibeuter: bemannen jeder die eigenen Schiffe, hissen Flaggen, fuchteln mit Holzsäbeln, drohen scherzend mit Kaperung. Machen die Schotten dicht.

# 5

*Winter 1937/1938,*
*Berlin*

Günther Weisenborn hat Papier zurechtgelegt, Stifte, eine leere Seite in die Schreibmaschine gespannt. Nicht dass Harro Schulze-Boysen überprüfen würde, ob der Dramaturg, Schauspieler und Schriftsteller Günther Weisenborn Harros Frau tatsächlich in der Kunst des Drehbuchschreibens unterweist. Aber der Schein muss gewahrt bleiben, der Rahmen gemeinsamer Arbeit: Günthers Anziehungskraft auf Libs wurzelt ja wesentlich darin, dass Günther Bühne und Film nahesteht. Jedenfalls hier, in Berlin. In Amerika hat er keinen Fuß auf den Boden bekommen. In New York hat er sich als Koch verdingt, in Argentinien als Gaucho durchgeschlagen.

Anekdotentauglicher Stoff, zweifellos: wenn man erst einmal wieder daheim ist und bei der Premierenfeier seines neuen Stücks das Glas hebt. Deshalb ist Günther nach Deutschland zurückgekehrt.

»Ich muss weg!«

Libertas ist da. Sie steht in der Tür, blass, verschreckt, die Augen wild, auf unwiderstehliche Weise eines Retters bedürftig. Er zieht sie in seine Höhle, schließt die Tür. Sie bleibt stehen, wo er sie hingestellt hat.

»Die Gestapo war da. Günther, ich muss weg hier, nach Schweden, in die Schweiz, egal wohin. Sie haben unsere Wohnung durchsucht. Ich habe Angst, Günther, ich habe so schreckliche Angst.«

»Komm erst einmal. Hier herein. Beruhige dich. Weißt du denn, wonach die Gestapo gesucht hat? Haben sie etwas gefunden?«

Sie hört ihn nicht. »Mein Bruder ist in England. Bei United Press. Ganz sicher könnte er mir helfen. Meine Schwester ist in Schweden verheiratet, aber wie komme ich hin? Oder ich gehe in die Schweiz. Aber wie komme ich über die Grenze? Was, wenn sie mich an der Grenze verhaften?«

Er packt ihre Arme. »Libs, bitte. Komm zu dir. Ich helfe dir. Ich habe Freunde in Holland.« Er sagt: »Wir können zusammen weggehen.« Meint er, was er sagt? Er zieht sie an sich.

»Und Harro?«, sagt sie. »Was wird aus Harro?«

Fast sagt er: Lass das seine Sorge sein.

Sie löst sich aus seinen Armen, als hätte sie ihn gehört. Sie sagt: »Harro behauptet, er habe keine Angst. Er sagt, wir sind nicht wirklich in Gefahr, aber so denkt er nicht, er hat ja vor ein paar Tagen noch selbst überlegt, was wir mitnehmen müssten, wenn wir gingen. Wo wir überhaupt hingehen könnten. Das war, bevor die Gestapo kam. Nachdem sie Sella verhaftet hatten.«

»Sella?«

»Gisela von Poellnitz. Eine entfernte Cousine von mir. Kennst du sie nicht? Sie hatte das dritte Zimmer in unserer Wohnung gemietet.«

»Was wirft man dieser Sella denn vor?«

»Das wissen wir nicht. Zuerst dachten wir, es hätte mit der

Liste zu tun.« Libertas stockt. Sie sieht zu Günther auf. Sie sagt: »Du darfst es bestimmt wissen. Ich sage dir das jetzt, aber du musst es für dich behalten. Also, Harro hat im Ministerium Namen deutscher Agenten erfahren, die die republikanischen Linien in Spanien infiltrieren sollen. Und Sella hat die Liste mit diesen Namen in den Briefkasten der sowjetischen Handelsvertretung geworfen. Am nächsten Tag ist sie verhaftet worden, an ihrem Schreibtisch, im Büro von ›United Press‹. Aber Harro sagt, mit uns hätte das ganz sicher nichts zu tun. Er sagt, wenn sie von der Liste wüssten, hätten sie uns längst abgeholt.«

»Du bist auf keinen Fall in die Sache verwickelt«, sagt Günther. »Sie können dich doch nicht für die Handlungen deines Mannes und deiner Cousine zur Verantwortung ziehen.«

»Ach Günther. Das glaubst du. Du warst zu lange fort. Natürlich können sie das. Sie können alles. Sie halten sich nicht an irgendwelche Paragrafen. Außerdem bin ich Mitwisserin.« Sie geht durchs Zimmer und lässt sich in einen Sessel fallen. »Günther, ich habe solche Angst, dass ich sterbe. Mir stolpert das Herz. Mein Herz setzt aus, und wenn es wieder anfängt zu schlagen, verhaspelt es sich. Es ist nervös, sagt Elfriede Paul, unsere Ärztin. Sie behandelt auch Harro. Seine Nieren sind krank. Er sagt nichts, er will nicht schwach erscheinen, aber seine Nieren machen ihm schlimm zu schaffen. Und ich habe dieses nervöse Herz. Ich wusste gar nicht, dass es so etwas gibt.«

»Die Gestapo war da«, sagt Harro. »Zwei Mann.«

Harro, Kurt und Elisabeth sind bei Elfriede Paul in der Sächsischen Straße zusammengekommen, in Elfriedes Wohnzimmer, das ihr bei Tag als Sprechzimmer ihrer Praxis dient.

»Die Beamten haben sich recht gesittet benommen«, sagt Harro. »Tatsächlich waren sie ausgesucht höflich. Entschuldigen Sie die Störung, Herr Schulze-Boysen, es wird nicht lange dauern, es ist alles eine reine Routinesache. Im Grunde haben sie einen Spaziergang durch die Wohnung gemacht. Gefunden haben sie natürlich nichts.«

»Wir hätten Gisela nicht mit der Liste losschicken dürfen«, sagt Elisabeth Schumacher. »Wir hätten die Liste anonym mit der Post schicken sollen.«

»Und wenn der Brief abgefangen worden wäre?«, sagt Walter Küchenmeister, Elfriede Pauls Lebensgefährte. »Wenn er die Russen nie erreicht hätte?«

»Was uns fehlt«, sagt Harro, »ist ein direkter Zugang zu den russischen Stellen. Ein Kontakt zu Geheimdienstoffizieren, zur sowjetischen Handelsvertretung. Aber davon später. Es scheint, dass die Gestapo gar nicht Sellas wegen da war, sondern weil ihnen jemand gesteckt hat, in unserer Wohnung verkehrten dubiose Elemente. Getarnte Kommunisten. Ich denke, ich weiß inzwischen auch, wer es war. Meran. Kurt, erinnerst du dich? Karl Graf von Meran. Ein Österreicher. Wir waren ein paarmal zusammen mit ihm in der Jockeybar.«

»Ich erinnere mich genau«, sagt Kurt. »Deine Schwester war zu Besuch. Er hat wie doll mit ihr geflirtet. Oder es jedenfalls versucht.«

»Aber wie oft war er denn dabei?«, sagt Elisabeth. »Zweimal, dreimal? Was kann er groß herausgefunden haben?«

»Harro macht aus seiner Einstellung nicht gerade ein Geheimnis«, sagt Kurt. »Mein Lieber, du redest ziemlich frei von der Leber weg. Ich halte die Situation für nicht so ungefährlich wie du.«

»Ja, Libs ist auch ziemlich aus dem Häuschen. Am liebsten würde sie ins Ausland fliehen.«

»Was ist, wenn sie recht hat?«, sagt Elisabeth.

»Das kann ich mir nicht vorstellen. Im Übrigen halte ich nichts vom Davonrennen. Einem Emigranten vertraut keiner, und das zurecht. Wie will man je Ansprüche auf eine zukünftige formende Rolle rechtfertigen, wenn man sich jetzt dem Kampf entzieht?« Harro ist aufgestanden, er geht im Zimmer herum. »Unterdrückung und Verfolgung haben doch eine tiefe historische Bedeutung: die wertvollsten Kräfte der Gesellschaft zu extrahieren und zu destillieren. Der Emigrant weicht dieser Feuerprobe aus.«

»Man kann bestimmt darüber streiten, was erste Pflicht eines Revolutionärs ist«, sagt Elisabeth. »Aber wenn die wertvollsten Kräfte im Gefängnis oder im Konzentrationslager extrahiert werden, ist hinterher nicht mehr viel von ihnen übrig. Und Libs hat eine solche Angst, Harro. Vielleicht solltet ihr doch versuchen, in die Schweiz zu gelangen, wenigstens vorübergehend. Wenigstens ihr zuliebe. Wann war noch mal diese Geschichte mit Werner Dissel? Vor einem Jahr?«

»Ungefähr.« Harro winkt ab. »Sie hatten Dissel wegen bündischer Umtriebe auf dem Kieker«, sagt er zu Küchenmeister, »und waren darauf gekommen, dass wir uns von früher kannten. Also bekam ich eine Vorladung. Das war alles. Weiter war nichts. Wir haben immer in einer Art Code miteinander geredet, Dissel und ich, und das kam uns während des Verhörs sehr zustatten.«

»Dissel ist aber nach wie vor in Haft«, sagt Elisabeth.

»Tja«, sagt Harro. »Wir wissen alle, worauf wir uns einlassen. Aber ausweichen kann man seiner Zeit ohnehin nicht, man kann sich nur zu ihr verhalten. Und es macht ja auch Spaß, solange man nicht zu sehr in die Drecklinie gerät. Glücklicherweise hatte ich verhindert, dass Libs bereits begonnen hatte zu packen, als die Gestapo kam. Das hätte nicht gut ausgesehen.«

»Wo ist sie überhaupt heute Abend?«, sagt Walter Küchenmeister.

»Bei Günther Weisenborn«, sagt Elfriede Paul. »Nicht wahr, Harro? Harro sagt, dass die beiden arbeiten. Was immer sie bei ihm tut, es ist ihr wohl interessanter als wir.«

*Frühling 1938,*
*Berlin*

Und nun ist der Winter schon wieder vorüber, im Tiergarten grünt es, und die ganze Aufregung ist offenbar wirklich unbegründet gewesen. Libs reitet mit Günther im Grunewald aus. Günther sitzt gut im Sattel, wie kleine Männer es häufig tun. Er ist kaum größer als sie, aber muskulös, dabei drahtig. Er heitert sie auf, er bringt sie zum Lachen. Wenn er ihr zeigt, wie ihre neue Kamera funktioniert, steht er hinter ihr, legt seine Hände auf ihre, sein Gesicht berührt ihr Haar.

Ich bin froh, dass ihr euch so gut versteht, sagt Harro.

Ich bin auch nach mehrjähriger Ehe noch Mann genug, schreibt er seiner Mutter, um immer wieder das Bedürfnis zu haben, die Frau mir zu erkämpfen und die Liebe gegen Widerstände durchzusetzen.

Das ist ihm die Liebe: ein Fechtkampf. Das ist es, was er genießt: den Angriff, den Zwischenstoß, die Parade. Das Hin und Her der Klingen. Die attaque au fer.

Aber Günther Weisenborn hat versprochen, Libs bei ihrem Bericht über die Fahrt nach Jalta zu helfen. Ernst Rowohlt hat zugesagt, das Buch zu publizieren. Er hat noch nicht eine Zeile gelesen, aber er vertraut darauf, dass sie von dieser Reise mit einer Unzahl berichtenswerter Geschichten zurückgekehrt sein muss: Das sagt er und merkt nicht, dass er klingt wie Harro.

Sie klingen alle wie Harro. Sie zitieren ihn. Und wo ist Günther heute? Er trifft sich mit einer anderen. Libs sitzt an ihrem Schreibtisch. Sobald sie sich niedersetzt, überfällt sie die Unruhe. Tausend Dinge fallen ihr ein, unaufschiebbare Dinge, zum Beispiel müsste sie ein Glas Wasser trinken oder einen eingerissenen Nagel feilen. Ihr Text langweilt sie, wie die Reise sie gelangweilt hat: von der sie sich immer wieder erzählt, sie sei ein Abenteuer gewesen.

Dann, eines Nachmittags, findet sie plötzlich in eine Geschichte hinein. Der Steuermann hatte eine Fledermaus gefangen. Was tat das Tierchen hier, wie war es auf das Schiff gelangt? Vielleicht hatte die Fledermaus den Schiffsbauch mit ihrer Höhle verwechselt? Der Steuermann sah zu ihr hinüber. Die Sonne schien ihm in die Augen, die hell waren, wassergrau. Libs sagte: Was haben Sie mit ihr gemacht? Sie haben sie doch nicht etwa erschlagen? Er schüttelte lächelnd den Kopf. Dann hob er die Hände, als hielte er zwischen ihnen ein kleines Tier, öffnete sie zur Schale und blies sanft über sie hin. Sie spürte seinen Atem in ihrem Nacken, erschauernd entlang ihres eigenen Rückgrats. Ein Verlangen überkam sie, die Arme auszubreiten, ihr Gesicht dem Himmel entgegenzuwenden und zu laufen, zu laufen, zu laufen –

Aber natürlich muss sie dergleichen zensieren. Es ist irrelevant, zu gefühlsselig, und vor allem, was würde Harro denken? Die Episode erweckt ja beinahe den Eindruck, als hätte sie mit diesem Steuermann unbedingt ins Bett gehen wollen. Aber das war es nicht. Das war es überhaupt nicht gewesen.

»Selbstverständlich erwarte ich nicht, dass Libs mit Günthers Hilfe ein geniales Kunstwerk gelingt«, sagt Harro im Kreis der Freunde. »Es geht zunächst nur um Handwerkliches. Wobei Libs' Film-Treatment zu dem Robert-Koch-Drama, das Günther und sie zusammen geschrieben haben, ihr tatsächlich einiges eingebracht hat. Ein faszinierender Stoff. Koch war ja der Erste, der die ursächliche Beziehung zwischen einer Mikrobe und einer Krankheit festgestellt hat. Diese Macht winziger Wesen, den größeren Organismus, den sie bewohnen, zu zerstören, ohne selbst dabei zugrunde zu gehen. Geradezu ein Gleichnis für das Wesen revolutionärer Macht.«

»Du willst sagen, Revolution ist eine Krankheit?«, sagt Libs.

Aber keiner der Anwesenden geht darauf ein. Günther strahlt, als hätte man ihm einen Orden verliehen. Läuft es darauf hinaus? Wird Harro ihr auch noch Günther wegnehmen?

Aber man spricht längst über anderes. Harro redet über den Chinakrieg, dann über die Blomberg-Affäre. Man stelle sich vor: die frischgebackene Frau des Kriegsministers, wie sie die Bordsteinschwalben vom Tauentzien als ihre ehemaligen Kolleginnen zum Tee empfängt.

Die Lacher im Kreis um ihn schnauben, tröten, krähen, bellen: Harros Menagerie. Aber er winkt ab: Moralist ist er nicht. Er hätte den beiden ihren Spaß gegönnt, dem Dämchen den gesellschaftlichen Aufstieg und dem Alten das Frischfleisch. Interessant ist die Sache vor allem, weil sie symptomatisch ist für die Krise einer bestimmten Gesellschaftsschicht.

»So ist der Kriegsminister nun seiner Ämter enthoben,

sein Nachfolger als Oberbefehlshaber der Wehrmacht ist über erfundene Schwulitäten gestolpert, und Hitler selbst hat die Führung der Wehrmacht übernommen. Das schafft klare Verhältnisse, insofern ist es zu begrüßen. Ebenso wie die Süderweiterung des Reichs. Es ist doch praktisch, dass man von nun an keinen Pass mehr braucht, wenn man ein bisschen in Österreich herumgondeln will. Libs und ich wollen sobald wie möglich mal hin.«

Und sie fahren. Mit ihm allein, auf dem Weg gen Süden, Tag und Nacht im Besitz seiner körperlichen Gegenwart, vergisst sie die anderen. Von ihm erfüllt, von seinem Körper beschwert, wird ihr alles andere leicht.

Und dann wieder Berlin. Der Schreibtisch, die Unruhe, eine wortlose Sehnsucht. Libs möchte sich schreibend ihre eigene Welt erschaffen, einen Zufluchtsort, eine blühende Wildnis, in der sie sich verlieren könnte. Manchmal, mit geschlossenen Augen, meint sie den Eingang zu erkennen, die Umrisse des Zaubertors. Aber wenn sie die Augen wieder aufschlägt, ist nur das weiße Blatt da, glatt, abweisend, eine Wand ohne Zeichen.

*Juni 1938,*
*Darß, Ostsee*

Über Pfingsten fahren sie an die Ostsee, auf den Darß, wie schon vor zwei Jahren einmal. Die Schumachers sind dabei, die Ärztin Elfriede Paul, Walter Küchenmeister und Günther Weisenborn, der Marta Wolters mitgebracht hat: eine ehemalige Schauspielerin, die gerade aus dem KZ entlassen worden ist, in dem ihr Lebensgefährte noch immer einsitzt. Sie campieren zwischen Wasser und Wald. Die Klippen wimmeln von Seeschwalben. Das Wasser ist graublau, kalt, aber das Wetter heiß, jeder Tag voller Sonne mit langen, langsamen Dämmerungen. Stundenlang laufen sie am Wasser entlang, auf der Suche nach Fossilien, Bernstein und den Strandkieseln mit Loch, die die Einheimischen Hühnergötter nennen. Für das Lagerfeuer sammeln sie Treibholz, Anzündholz im Wald: eine Horde fröhlicher Barbaren, nackt mit salzstarrem Haar, die sich nur anziehen, um bei einem Bauern Kartoffeln zu kaufen oder am Hafen Räucherfisch, eingeschlagen in die fettgetränkten, unentzifferbaren Seiten des ›Völkischen Beobachters‹. Einige der Reetdachhäuser sind von Malern bewohnt, von Kunsthandwerkern, die den lokalen Ton verwenden. Könnten nicht auch Harro und Libs sich dort einmieten?

Harro erwägt es. Er verkündet es im Kreis der Freunde: Wenn sich nicht baldigst eine entscheidende berufliche Verbesserung ergibt, wirft er zu Weihnachten die Stelle im Ministerium hin.

»Ich habe es meinen Vorgesetzten bereits bekannt gegeben. Wir ziehen aufs Land, Libs und ich, bauen Gemüse an, kriegen vielleicht doch noch ein paar Kinder. Libs hat ja diesen Fotokurs bei Agfa gemacht, sie kann entwickeln, vergrößern, kopieren. Mit ihren Filmkritiken und meinen Aufträgen als Übersetzer und Schriftsteller könnten wir allemal so viel verdienen wie jetzt. Und vielleicht schreibt sie dann auch endlich ihr Buch.«

Wird das möglich sein? Wird sich Libs' Leben verwandeln, weil das Ministerium Harro die Aufstockung seines Gehalts auf mindestens vierhundert Mark verweigert? Aber man sagt ihm die Erhöhung zum 1. Januar 1939 zu. Die Beförderung zum Regierungsrat bleibt natürlich ausgeschlossen, solange Harro nicht in die Partei eintritt, was er aufs Entschiedenste verweigert: weshalb nicht Harro, sondern die Nazis gehen müssen.

Die Nazis müssen fallen, damit Harro zu dem politischen Führer werden kann, der er ist.

»Also Libs' Träume von einem Leben im ländlichen Idyll sind leider nicht zu verwirklichen. Sie sieht es selbst ein. Ganz abgesehen von dem wirtschaftlichen Risiko: Als geistiger Mensch kann man seiner Zeit nicht ausweichen, ohne zu sich selbst in Schieflage zu geraten, und das lässt mein Selbsterhaltungstrieb nicht zu. Man kann auch heute und hier ein gutes, kämpferisches Leben führen.«

Und Libs stimmt zu. In seinen Armen, seinen Bemühungen um sie mit ihrem ganzen Körper antwortend, stimmt sie immer zu. Nur dass diese Bemühungen immer nachlässiger und karger werden.

*September 1938,*
*Wilhelmshöher Straße Nr. 18, Berlin-Friedenau*

Die Russen sind fort. Auch Bessonow hat Deutschland verlassen. Vielleicht ist er tot. Womöglich sind alle tot, in Stalins Säuberungen verschwunden. Ist etwas Wahres an den Vorwürfen, die man gegen sie erhebt? Man weiß nicht, was man glauben, woran man gefälschte Nachrichten von der Wahrheit unterscheiden kann. Es ist ja nicht so, dass die offiziellen Medien lügen. Der Lügner weiß, dass er lügt, er kennt die Wahrheit und will sie verschleiern. Aber die Nationalsozialisten beten ihren Baal reinen Herzens an: Unrecht heißt ihnen Recht, Güte Verrat, Unmenschlichkeit höchste Tugend, ein anständiger Mensch ist ein Lump, ein Wort wie Heimat oder Treue wird zu einem Schleimbrocken, den man sich ekelt im Mund zu führen, weil diese ihn in ihren Mäulern gehabt haben, als schlimmsten Feind muss man das eigene Vaterland fürchten, und während sie ihre Lager bis zum Platzen füllen, singen sie von Freiheit: marschieren durch Not für Hitler, Freiheit und Brot, schau'n aufs Hakenkreuz für Freiheit und Brot, Volk ans Gewehr für Freiheit, Juda den Tod, Morgenrot Zeichen zur Freiheit, ob lebend, ob tot, so dass noch eine Himmelserscheinung Teil des grauen Gespinsts wird, das die Wirklichkeit überzieht.

Man muss noch einmal ganz von vorn anfangen: alle Fragen neu stellen, alle Antworten in Zweifel ziehen. Man muss Informationen beschaffen, wo man kann: Mildreds ehemaliger Schüler Karl Behrens ist inzwischen Konstrukteur bei der AEG-Turbinenfabrik, Dr. Tietjens aus dem Bund der Geistesarbeiter ist leitender Mitarbeiter bei Leiser Schuhe, Hans Rupp sitzt in der IG Farben, Baron Wohlzogen-Neuhaus in der Technikabteilung des Oberkommandos der Wehrmacht, Herbert Gollnow im Auswärtigen Amt.

John Sieg arbeitet bei der Reichsbahn. Der Deutschamerikaner, der jahrelang in den Autofabriken Detroits am Band stand: In Berlin ist er Kommunist geworden. Er hat für die ›Tat‹ geschrieben, als Adam Kuckhoff noch ihr Chefredakteur war, danach für das Feuilleton der ›Roten Fahne‹, nun versucht er, unter großer Gefahr, Informationen zu bündeln und wenigstens unregelmäßig in aufklärenden Blättern zu verbreiten. Vieles trägt ihm Arvid Harnack zu, versteckt in hochoffiziell aussehenden Mappen, unter Aktendeckeln, die aus dem Wirtschaftsministerium stammen oder aus dem

Propagandaministerium, für das Greta als Übersetzerin arbeitet.

Greta Kuckhoff, wie sie nun heißt: Im Sommer letzten Jahres haben Adam und sie geheiratet, kurz vor Adams 50. Geburtstag und der Geburt des kleinen Ule. Arvid und Adam stehen am Fenster und sehen hinaus in den Sprühregen, der auf die Dachterrasse der Wohnung in der Wilhelmshöher Straße Nr. 18 fällt.

»Was war der Sommer schön«, sagt Adam. »Wir haben so viele Nächte dort draußen geschlafen, Greta, Ule und ich.«

»Adam hat seinem Sohn die Sterne erklärt«, sagt Greta, die mit dem Fläschchen aus der Küche kommt. »Wenn man des Nachts daliegt und hinaufsieht, versteht man den Ausdruck Himmelszelt. Mildred, willst du Ule füttern? Aber nimm eine Windel. Er spuckt.« Greta lässt sich aufseufzend in einen Sessel fallen. »Die Versicherung hat es jetzt endgültig abgelehnt, die vollen Kosten für die Geburt zu übernehmen. Sie behaupten, die Komplikationen wären selbstverschuldet gewesen. Also die Notwendigkeit eines Kaiserschnitts. Nun müssen wir weiter die Schulden abstottern. Na, zum Glück erhalte ich neuerdings auch Aufträge vom Amt für Rassenpolitik. Es wird schon gehen.«

Adam hebt die Hände, als finge er einen Ball ab.

»Greta. Wir haben darüber geredet. Es ist unmöglich.«

Adam hat ein Angebot erhalten. Sein Roman soll verfilmt werden, ›Der Deutsche von Bayencourt‹.

»In dem ein Deutscher von den Franzosen erschossen wird, weil er eine deutsche Militärpatrouille beherbergt. Kannst du dir vorstellen, was sie daraus machen würden? Lupenreine Nazipropaganda.«

Mildred blickt von Greta zu Adam, von Adam zu Greta. Warum Arvid und sie ein Paar sind, liegt auf der Hand, aber was mag die Kuckhoffs füreinander eingenommen haben? Adam ist viel älter als Greta. Er ist massig, gedrungen, auf hemdsärmelige Weise gut aussehend, durchaus ein Frauentyp, während man Gretas schlichtes, längliches Gesicht mit viel Wohlwollen allenfalls als interessant bezeichnen kann. Allerdings hat sie etwas reizvoll Nonchalantes. Sie hat Schick, trotz ihres geringen Budgets, sie hat mit Künstlern in Genf gelebt, sie kennt sich mit alten Möbeln und Bildern aus und weiß, wie man Schnecken isst.

Adam seufzt. »Ich werde eben auf andere Weise mein Geld verdienen müssen. Vielleicht kann ich ja selbst ins Filmgeschäft einsteigen. Man müsste jemanden kennen, bei der UFA oder der Tobis.«

Er durchquert den Raum, setzt sich neben seine Frau und beginnt, ihren Arm zu streicheln, was er häufig tut, gewohnheitsmäßig, ganz anders als Arvid, der öffentliche Zurschaustellung von Gefühlen vermeidet.

»Und Greta hat euch noch nicht alles gesagt. Sie wird sich an einem Buchprojekt beteiligen. Sie wird einem Mann namens Murphy dabei helfen, ›Mein Kampf‹ ins Englische zu übersetzen.«

Mildred fährt empor. »Greta! Wie kannst du? Warum willst du mithelfen, dieses Gift in der Welt zu verbreiten?«

»Tatsächlich wollte ich dich fragen, ob du mir hilfst, Mildred. Ob du meinen Text Korrektur liest.«

»Ich wünschte, es gäbe deine Übersetzung bereits«, sagt Arvid. »England und Amerika müssen endlich begreifen, in welch immenser Gefahr die Welt schwebt. Die ›Times‹ hat heute in einem Leitartikel vorgeschlagen, die Tschechen sollten nachgeben und uns das Sudetenland abtreten. Wollen die Engländer ewig vor Hitler einknicken? Was schenken sie ihm als Nächstes, Polen vielleicht?«

»Nun ja«, sagt Adam. »Mindestens Danzig und den Korridor müssen die Polen an uns zurückgeben. Sie sind und bleiben nun einmal deutsch.«

»Selbstverständlich. Aber im Moment darf man uns nicht einmal das konzedieren. Jegliches Nachgeben ist fatal. Der Westen glaubt, dass es Hitler nur um territoriale Ansprüche in Osteuropa geht, aber sein Herrschaftswille verlangt weit mehr. Es muss ihm jetzt Einhalt geboten werden. Großbritannien hat die Initiative zur Lösung der Sudetenkrise übernommen, nun muss es sich entsprechend verhalten. Wer sonst springt für die Tschechen in die Bresche? Frankreich nicht, die Sowjetunion nicht, Polen nicht, Italien schon gar nicht. Nur England kann Hitler entgegentreten. Wenn England standhaft bleibt, dann muss Hitler in der Sudetenfrage nachgeben. Er muss einknicken, er wird zum ersten Mal der Verlierer sein. Der Prestigeverlust wäre unermesslich. Der Nimbus des strahlenden Siegers wäre zerstört. Womöglich wäre es der Anfang vom Ende.«

»Oder Hitler stürzt uns in einen neuen Krieg.«

»Niemand will Krieg. Nicht einmal die Generäle wollen Krieg, jedenfalls nicht zum gegenwärtigen Zeitpunkt. Wenn England standhaft bleibt und Hitler beginnt wegen des Sudetenlands einen Krieg, würden ihm die Massen nicht in blinder Gläubigkeit folgen. Es könnte zu einer regelrechten Revolte kommen.«

»Du hoffst immer noch auf einen Umsturz?«

Arvid zögert. Schließlich sagt er: »Wie heißt die banale Phrase? Die Hoffnung stirbt zuletzt.«

»Warum hast du es ihnen nicht gesagt?«, sagt Mildred. Sie sind auf dem Heimweg in die Woyrschstraße. »Du warst nahe daran. Was hat dich zurückgehalten?«

»Ach, ich weiß nicht. Es treibt mich natürlich um. Wenn Menschen, die du von klein auf kennst, die sozusagen zur erweiterten Familie gehören, in die Vorbereitung eines Staatsstreichs verwickelt sind – aber ich hätte besser den Mund gehalten. Diese ganze Sache ist eine Angelegenheit des Militärs und gehört im Grunde nicht hierher. Wenn die Generäle wirklich das Regime zu Fall bringen, haben wir eine neue Situation, der wir uns stellen müssen, aber auf den Verlauf der Dinge selbst haben wir keinen Einfluss. Und was mir Cousin Ernst offenbart hat, ist ja auch nicht allzu viel.«

*September 1938,*
*Berlin*

»England, Frankreich und die Tschechoslowakei haben der Abtretung des Sudetenlandes zugestimmt«, sagt Adam zu Greta. »Sie geben ihm wieder alles, was er will.«

»Hitler hat die Zustimmung als nicht weitreichend genug abgelehnt«, sagt Arvid zu Mildred. »Das britische Kabinett hat daraufhin alle weiteren Forderungen abgewiesen und der französischen Regierung für den Fall einer kriegerischen Verwicklung Unterstützung zugesagt. Ich habe heute Dohnanyi getroffen. Offenbar läuft alles nach Plan.«

»Hast du von Hitlers Rede im Sportpalast gehört?«, sagt Mildred. »Er hat geschworen, die Abtretung der sudetendeutschen Gebiete sei seine letzte territoriale Revisionsforderung. Angeblich hat die Menge noch lange nach seinem

Abgang einen neuen Slogan skandiert. ›Führer befiehl, wir folgen.‹ Es hat mich kalt überlaufen.«

»Mussolini ist um Vermittlung gebeten worden«, sagt Harro zu Kurt und Elisabeth. »Es kam gerade im Radio. Hitler hat ihn in Kufstein empfangen.«

»Hoffentlich trägt der Duce mein Medaillon.«

»Dein was?«

»Das Medaillon, das mir dreiunddreißig den Hauptpreis der Gesellschaft für Goldschmiedekunst eingebracht hat. Die Gesellschaft hat es Hitler zum Geburtstag geschenkt. Im Monat darauf bin ich mit Unterstützung der Gesellschaft zum Fachkongress der Goldschmiede nach Rom gereist. Hitler kam auch. Und was hatte er für den Duce als Gastgeschenk dabei?«

»Chamberlain, Daladier, Hitler und Mussolini konferieren im Münchner Führerbau«, sagt Hans von Dohnanyi zu seinem Schwiegervater Professor Karl Bonhoeffer. »Wieder ohne die Tschechoslowakei. Ich fürchte, die Engländer knicken wieder ein. Dann waren wieder alle Pläne vergeblich. Dann können wir nicht handeln. Hitler vom Siegertreppchen zu stoßen, wenn er aus dieser Sache als Gewinner hervorgeht – das würde einen Bürgerkrieg entfesseln.«

*Einmal mehr hat der Führer den Weltfrieden gerettet!*
*Jubelszenen im befreiten Sudetenland!*
*»Wie lange haben wir diesen Moment ersehnt!«*

Regierungsrat Dr. Arvid Harnack, an seinem Schreibtisch im Amerika-Ressort des Wirtschaftsministeriums, von dessen Fassade die leuchtend roten Fahnen strömen, überfliegt die Schlagzeilen etwas später als sonst. Er ist gerade von einer frühmorgendlichen Besprechung zurückgekehrt. In wenigen Wochen soll er in die USA fliegen, um dafür zu sorgen, dass der Nachschub an Kupfer- und Aluminiumlieferungen ins Reich sichergestellt ist, bevor der Krieg ausbricht, den Hitler und Chamberlain verhindert haben und von dem auf den Fluren und in den stillen Ecken des Ministeriums jedermann spricht.

*Oktober 1938,*
*Berlin*

»Bitte schaut euch an, was Küchenmeister und ich verzapft haben.« Harro wedelt in Richtung des Esstischs, auf dem ein kleiner Papierstapel liegt. »›Der Stoßtrupp‹. So heißt das Flugblatt. Ein Beitrag zur Volksaufklärung. Dreißig Exemplare vorerst. Dargelegt wird, dass es wundervoll ist, wenn es bei dem Frieden bleibt, den sich Herr Chamberlain wünscht, nur wünscht der Führer den Frieden eben nicht. Der Westen zwingt ihm Sieg nach Sieg auf, dabei will er gar nicht siegen, sondern endlich Krieg führen. Das Urteil der Geschichte über die Engländer wird entsprechend hart ausfallen. Wir hätten es besser sofort hinter uns bringen sollen. Wenn es in ein oder zwei Jahren doch losgeht, wird es zehnmal so viele Opfer geben, als wenn es jetzt gleich geknallt hätte.«

»Jedenfalls muss das Flugblatt jetzt verteilt werden«, sagt Walter Küchenmeister. »Also, wer kann wie viel Stück unterbringen?«

»An wen wollen wir es denn schicken?«, sagt Libs.

»An die höchsten Entscheidungsträger«, sagt Walter Küchenmeister.

»Warum nicht an eine möglichst breite Streuung von Volksgenossen?«, sagt Kurt Schumacher.

»Wir könnten es einfach in irgendwelche Briefkästen stecken«, sagt Libs. »Jeder nimmt immer ein paar Stück mit, schmal zusammengefaltet im Handschuh. Und dann, wenn man ohnehin in der Stadt unterwegs ist, geht man in ein beliebiges Haus.«

»Was sind das nur für sinnlos gefährliche Aktionen!« Marta Wolters' Lebensgefährte, der junge Kommunist Walter Husemann, ist gerade aus der Schutzhaft in Buchenwald entlassen worden. »Ich weiß, Marta, dir bedeutet dieser Kreis um die Schulze-Boysens viel. Der lockere Ton, der Schick, das Flair von Überlegenheit und Bildung …«

»Walter, bitte, fang nicht davon an. Libs ist eine eitle, dumme Pute, und Harro – aber mit Günther Weisenborn verbindet mich eine solch lange Freundschaft.«

»Ja. Ich weiß. Ihr Bühnen- und Filmleute. Nein, sag nichts, ich will dich nicht ärgern, ›Kuhle Wampe‹ war ein großartiger Film. Aber versteh, diese Leute sind keine Kommunisten. Sie haben keine Ahnung von Konspiration. Leute wie die Schulze-Boysens sind verwöhnt. Ihre Stellung lässt sie hochnäsigerweise darauf vertrauen, dass ihnen keiner etwas anhaben kann.«

»Harro war selbst einmal in Haft.«

»Umso schlimmer ist seine Naivität. Und Küchenmeister. Wer ist denn der? Aus der Partei ist er rausgeflogen, weil er aus der Kasse geklaut hat, als Eisendreher zu arbeiten kann er nicht über sich bringen, der feinfühlige Herr Dichter, aber als Schreiberling hat er es auch zu nichts gebracht. Seine wunderhübsche junge Frau hat jahrelang in der Fabrik geschuftet, um ihn und die drei Jungen über Wasser zu halten, aber er hat sie verlassen, und für wen? Für diese ältliche Frau Doktor, die zwar nicht hübsch ist, aber eine umso schönere Wohnung im vornehmen Wilmersdorf vorzuweisen hat.«

»Elfriede Paul kommt aus sehr ärmlichen Verhältnissen. Sie hat sich ganz allein ihr Studium verdient. Ich habe großen Respekt vor ihr.«

»Unbedingt. Und sie ist Mitglied in allen Naziorganisationen, denen man überhaupt beitreten kann. Nicht nur im Ärztebund, dem muss sie wohl angehören, aber auch in der Volkswohlfahrt und im BDM. Im *Bund Deutscher Mädel*, mit fast vierzig Jahren. Natürlich alles nur zur Tarnung.«

»Woher weißt du das?«

»Sie hat es mir erzählt. Wirklich, wir dürfen da nicht mehr hingehen. Wozu auch? Diese Leute werden nichts erreichen. Man weiß ja nicht einmal genau, wofür sie stehen.«

»Ich habe mich endlich durchgerungen«, sagt Eri zu ihrer Freundin Oda. Erika Gräfin von Brockdorff: Sie und Cay haben im letzten Jahr geheiratet, kurz vor der Geburt ihrer Tochter Saskia. »Ich habe das Kind jetzt zu meinen Eltern nach Kolberg gebracht. Es ging einfach nicht. Ich muss doch arbeiten. Cay verdient ja nichts mit seiner Bildhauerei. Und er wird so unwirsch, wenn das Kind nachts weint. Na ja. Ich sage mir, dass sie es bei meinen lieben Eltern in Pommern viel schöner hat als hier in der Großstadt. Und du?«

»Ich habe gestern endlich einmal wieder getanzt«, sagt Oda. »Auf einer Privatvorstellung. Ich kenne die Leute ein wenig, also bin ich ein kleines Risiko eingegangen. Na, ich werde ja sehen, ob einer der Gäste mich bei der Gestapo anschwärzt. Ich denke nicht. Ich war ein Erfolg.«

»Was hast du denn aufgeführt?«

»Etwas ganz Neues. Eine Verwandlung. Vom Täter zum Opfer, vom Richter zum Gerichteten. Vom Mörder zu dem, der am Ende büßt.«

»Oda – du liebe Güte. Wo nimmst du nur deine Eingebungen her. Und wie heißt dieser Tanz?«

»›*Der Henker/der Gehenkte*‹.«

*November 1938,*
*Berlin*

»Wer sich illegal in Deutschland aufhält, muss das Land verlassen. Das ist meine Meinung.«

»Diese Polacken. Unsere jüdischen Deutschen sind eine andere Sache, viele von ihnen haben brav und tapfer im Weltkrieg gekämpft. Aber warum dieses polnische Judenpack aufnehmen? Sollen die Polen sich doch selbst um sie kümmern.«

»Schmeißt sie raus. Das sage ich.«

»Na ja. Aber auf diese Art. Die Leute ohne Vorwarnung aus ihren Häusern zu zerren und abzuschieben. Ohne Zeit und Möglichkeit, sich vorzubereiten. Jetzt sitzen sie da fest, im Niemandsland zwischen der deutschen und der polnischen Grenze, in hastig zusammengeschusterten Lagern, bewacht wie Verbrecher, im strömenden Regen, ohne Essen und Wasser, und kommen nicht vor und nicht zurück.«

»Und wessen Schuld ist das? Etwa unsere? Die Polen wollen ihnen die Staatsbürgerschaft aberkennen. Sie wollen ihre mittellosen Juden loswerden und zwingen Deutschland die

Verantwortung für sie auf. Als hätten wir nicht selber Juden genug. Schmeißt sie raus, sage ich, bevor sie staatenlos werden und wir sie am Hals haben.«

Die Männer sind an der letzten Station zugestiegen. Sie sind offenbar angetrunken. Sie scheren sich nicht darum, wer sie hört, sie stehen im Bus, atmen Bierdunst aus, verkünden lautstark Meinungen. Elisabeth, auf dem Weg zu Onkel Richard und Tante Alice, kann gar nicht anders als zuhören.

»Immer geht es nur gegen Deutschland. Was ist mit den Deutschen, die von den Franzosen aus Elsass-Lothringen vertrieben worden sind? Mit der Vertreibung der Deutschen aus dem Memelland? Was ist mit den Hunderttausenden, die zwischen der Türkei, Bulgarien und Griechenland hin- und hergeschoben werden? Alles akzeptabel für die Siegermächte, alles in Verträgen geregelt und besiegelt, alles Selbstbestimmungsrecht der Völker. Aber wehe, wir nehmen dieses Recht für uns in Anspruch.«

»Sollen sich doch die Engländer und Franzosen um die Juden kümmern. Oder die Amis. Die nehmen sich ihr Schicksal doch dermaßen zu Herzen. Aber rein lassen sie sie trotzdem nicht. Schaut euch an, was in Évian passiert ist. Da sollten sie die Juden untereinander aufteilen, aber keiner wollte sie haben. Dabei würden wir ihnen die Juden ganz umsonst überstellen, zur Not sogar auf Luxusschiffen.«

»Delegierte aus 32 Nationen. Keiner will sie! So stand es im ›Völkischen Beobachter‹. Aber beschimpft wird wieder nur Deutschland.«

Elisabeth Schumacher steht vor Onkel Richards und Tante Alices Wohnungstür. Durch das schwere, dunkle Holz, die verhängten Glasscheiben sind die schlurfenden Schritte der

Tante mehr zu fühlen als zu hören. Elisabeth ruft leise. »Tante Alice? Ich bin es.«

Die Tür öffnet sich einen Spalt und dann weit. In die Wohnung eintretend, in den Lebenskreis der Hohenemsers, kehrt Elisabeth einmal mehr heim in die Welt ihres Vaters, die sie erst nach seinem Tod entdeckt hat.

Der Ingenieur Fritz Hohenemser, geboren in eine Frankfurter Bankiersfamilie und patriotisch benannt: Er besaß ein Automobil, hielt Pferde, spielte das Cello. Im August 1914 meldete er sich als einer der Ersten freiwillig an die Front. Im September verlieh man ihm das Eiserne Kreuz. Im Oktober war er für Deutschland gefallen. Im Dezember kehrte seine Frau mit den fünf Kindern in ihre Heimatstadt Meiningen zurück. 1921, siebzehn Jahre alt, zog Elisabeth nach Frankfurt, zu einem der Brüder des Vaters, um die Kunstgewerbeschule zu besuchen. Nach ihrem ersten Spaziergang schrieb sie nach Meiningen.

*Liebe Mama!*
*Es geht mir gut. Alle haben mich sehr lieb aufgenommen. Aber Frankfurt gefällt mir überhaupt nicht. Ein furchtbares Gedränge auf den Straßen. Und nie hätte ich gedacht, nicht einmal gefürchtet, dass es tatsächlich so viele Juden gibt. Es hat mich sehr niedergedrückt. In zweieinhalb Stunden nur zwei Fräuleins und ein Kutscher, die nicht jüdisch aussahen.*

Die Tanten in Frankfurt sahen Elisabeth mitleidig an. Man lächelte, jemand streichelte ihre Hand: Kind, mach dir nichts daraus. Man sieht dir nichts an, blond, wie du bist. Heile heile Segen, drei Tage Regen, schneid dich nicht zu tief, wenn du die Scherben aufsammelst.

Elisabeth, wenn sie zurückdenkt, nimmt an, dass es wohl in jedem Leben einen solchen Moment gibt: Der Lichtstrahl trifft, der Finger deutet, und siehe da, man selbst ist der Fremdling, der verhasste Feind.

Aber Kind!, sagte die Mutter. Das stimmt doch gar nicht. Dein Vater war doch gar kein Jude. Er war ein Deutscher und ein Christ, getauft, konfirmiert, in Flandern liegt er und ist christlich bestattet.

Onkel Richard sitzt in seinem Sessel am Ofen, eine Decke auf den Beinen. Die Tante rückt einen schweren Stuhl für Elisabeth heran. Alle Möbel hier sind gediegen, dunkel, Gründerzeitmobiliar, auf Dauer erworben und für die Ewigkeit gemacht. Die Tante ist winzig, kindlich.

»Setz dich hierhin, mein Kind«, sagt Tante Alice. »Nimm ein Stück Marmorkuchen. Möchtest du Kaffee? Denk nur, jetzt haben sie uns auch noch unsere Pässe weggenommen.«

»Wir könnten neue beantragen«, sagt Richard Hohenemser. »Aber darin würden diese Vornamen stehen, die wir ab jetzt tragen müssen. Sara und Israel. Und die Pässe wären zusätzlich als jüdisch gekennzeichnet.«

»Ihr müsst Pässe beantragen«, sagt Elisabeth. »Ihr müsst euch endlich bemühen, außer Landes zu kommen, ihr und Onkel Paul und alle Geschwister.«

»Ach Kind. Wie oft hast du das schon gesagt. Aber wo sollen wir denn hin? Ich bin 68 Jahre alt. Ich bin blind. Ich bin Musikwissenschaftler. Wovon sollten wir im Ausland leben?«

»Onkel Paul und seine Frau hätten nach Amerika gehen können«, sagt die Tante. »Aber die Amerikaner verlangen, dass man vierhundert Dollar hat. Offenbar wissen sie nicht, dass es in Deutschland verboten ist, Devisen zu besitzen. Und zu denken, dass Paul früher Bankier war.«

»Die jüdischen Hilfsorganisationen in Amerika«, sagt der Onkel, »unterstützen wohl viele Ausreisewillige. Aber eben nur ihre Glaubensbrüder. Und wir Hohenemsers sind doch alle getauft.«

»Aber jetzt sind wir doch aus der Landeskirche ausgeschlossen«, sagt die Tante. »Als Christen gelten jetzt nur noch die Arier. Wenn man das gewusst hätte! Da wäre es besser gewesen, auf alle Assimilation zu verzichten und beim alten Glauben zu bleiben. Nun können wir nirgendwohin.«

»Wir werden bleiben und vertrauen«, sagt der Onkel. »Deutschland ist unser Vaterland. Das Land Kants und Goethes wird diese Verbrechen nicht ewig dulden.«

»Hast du das gesehen?«, sagt Kurt Schumacher beim Frühstück zu Elisabeth. Mit dem Teelöffel tippt er auf den Leitartikel im ›Völkischen Beobachter‹.

*Es ist klar, dass das deutsche Volk aus dieser neuen Tat seine Folgerungen ziehen wird. Es ist ein unmöglicher Zustand, dass in unseren Grenzen Hunderttausende von Juden noch ganze Ladenstraßen beherrschen, Vergnügungsstätten bevölkern und als ›ausländische‹ Hausbesitzer das Geld deutscher Mieter einstecken, während ihre Rassegenossen draußen zum Krieg gegen Deutschland auffordern und deutsche Beamte niederschießen.*

*9. November 1938,*
*Paris*

»Und das am Jahrestag des Marsches auf die Feldherrnhalle. Welch schicksalhaftes Zusammentreffen.« Dr. Karl Brandt, mit einem Handtuch seine Hände reibend und reibend, ist hinaus auf den Flur des Pariser Krankenhauses getreten. Der Führer hat seinen persönlichen Leibarzt nach Paris entsandt, um das Leben des Legationssekretärs Ernst vom Rath zu retten, der von einem jüdischen Attentäter schwer verletzt worden ist. »Es ist nichts mehr zu tun. Um 17.30 Uhr ist Herr vom Rath seinen Wunden erlegen. Der Führer muss sofort benachrichtigt werden.«

»Der 9. November«, sagt Harro. »Der 20. Jahrestag der Novemberrevolution. Wusstest du übrigens, dass Küchenmeister am Kieler Matrosenaufstand beteiligt war?«

Libs schiebt den Ärmel ihrer Jacke hoch und betrachtet ihren Arm. Ein wenig jugoslawische Bräune hat sich gehalten. Sie sagt: »Jedenfalls erzählt er das gern. Und jedes Mal kommt ein Detail dazu.«

»Die Geschichten, die man sich über sich selbst erzählt, haben ihre eigene Wahrheit.«

Sie sind an Potsdam vorbei und steuern auf die Berliner Stadtgrenze zu, nach einer dreiwöchigen Reise, die sie erst nach Dubrovnik und dann über Split, Venedig, Mailand und Zürich wieder zurückgeführt hat. Es dämmert bereits. Libs richtet sich auf. »Schau mal, dort hinten. Der Qualm. Was ist denn da? Die Synagoge Grunewald? Es sieht aus, als ob es dort brennt.«

»Dieser Attentäter hat uns keinen Gefallen getan«, sagt Tante Alice zu Elisabeth. Ihre Augen sind verweint, ihre Lippen blass.

»Seine Familie soll unter den Leuten gewesen sein, die nach Polen deportiert worden sind«, sagt der Onkel. »Vielleicht wollte der Mann ein Zeichen setzen. Vielleicht wollte er die Welt auf die Ungerechtigkeiten aufmerksam machen, denen wir hier ausgesetzt sind.«

»Aber die Welt weiß doch längst davon«, sagt die Tante. »Sie haben doch überall im Ausland Zeitungen. Es interessiert nur niemanden, was aus uns wird.«

»Die anständigen Deutschen haben gar nicht mitgemacht«, sagt der Onkel. »Cohn sagt, es war alles SS.«

»Dagegen protestiert hat aber auch keiner«, sagt Tante Alice. »Und Cohn darf sein Geschäft nicht wieder eröffnen. So ein schöner, alteingesessener Laden. Den wird nun irgendein Nazi bekommen. Und die Juden sollen für die Zerstörungen ihres Eigentums sogar noch selber bezahlen. Eine Milliarde Reichsmark will Göring von uns haben.« Die Tante beugt sich zu Elisabeth vor. »Cohn hat uns auch einen Witz erzählt«, sagt sie. »Levy trifft Sternheim: Hast du schon gehört? Cohn hat sich umgebracht. Sternheim zuckt die Schultern: No, wenn er sich verbessern kann –« Zu Elisabeths Schreck beginnt die Tante, nervös zu kichern.

# 6

*Juli 1939,*
*Berlin*

»Göring, Göring, dicker fetter Hering –«

Fünf Kinder auf der Wiese im Kreis, ein kleiner Zeigefinger, der im Takt zielt, in die Luft sticht.

»– frisst 'ne Laus, und du bist –«

Aber Kinder haben nichts zu befürchten, oder nichts Schlimmeres als eine Tracht Prügel. Lotte Schleif, mit rasendem Herzen, steht vor dem winzigen turmähnlichen Häuschen der Schaeffers in Tiefwerder. Sie hat eine Hand aufs Geländer der Treppe gelegt, die zu Philipp Schaeffers Zimmer im ersten Stock führt. Das Zimmer ist leer. Vom Geländer hat eine wilde Ranke Besitz ergriffen. Lotte, im Schatten der Weiden, unter deren langen Ruten früher Philipp Schaeffers Ruderboot lag, sucht Atem und Herzschlag zu beruhigen. Es geht nicht an, dass sie in Ilse Schaeffers Atelier stürzt und losschießt. Die Welt wird zusammengehalten von Formeln: Wie geht es dir, deiner Mutter, den Kindern? Was macht dein Mann, gibt es Neuigkeiten von ihm?

Philipp Schaeffer sitzt seit vier Jahren im Zuchthaus Luckau ein, wegen kommunistischer Umtriebe, und froh und glücklich kann Ilse sich schätzen, wenn man ihn am Ende der Haftzeit nach Hause schickt und nicht in ein KZ überstellt.

*Aber der Mann, den ich liebe, ist frei, Ilse! Rudolf Bergtel ist entkommen, er ist aus dem KZ Aschendorfer Moor geflohen und hat sich nach Berlin durchgeschlagen, er ist da, bei mir in meiner Küche sitzt er am Tisch –*

»Und dort kann er unmöglich bleiben. Ilse, du weißt, wie es bei mir zugeht, meine Wohnung ist ein Taubenschlag. Wie kann ich Rudolfs Anwesenheit verheimlichen? Wie soll ich Freunden und Genossen erklären, dass sie auf einmal nicht mehr kommen dürfen?«

»Nein, Lotte, das darfst du zu niemandem sagen. Wir müssen einen anderen Ort für ihn finden. Warte, lass mich nachdenken. Ich habe einen Kollegen – auch ein Bildhauer, und ein Genosse. Sein Atelier liegt ziemlich verborgen, in einem Kleingarten an der Papestraße. Ich spreche gleich heute Abend mit ihm und seiner Frau.«

»Langfristig kann Bergtel auch in der Laube nicht bleiben«, sagt Elisabeth Schumacher zu Lotte Schleif. »Es ist einfach nicht sicher genug.«

Elisabeth sitzt in Lottes kleiner Küche. Lotte packt belegte Brötchen, Äpfel und Eier in den Korb, den Elisabeth zu Rudolf hinaustragen wird. Lotte darf ihn nicht zu häufig besuchen: Die Laubenpieper kennen einander, und ein Fremder fällt auf.

»Aber wo soll er denn hin?«, sagt Lotte. Sie schneidet kalten Braten auf, holt Sandkuchen aus dem Schrank. »Gibt es überhaupt einen sicheren Platz?«

»Ich weiß es auch nicht. Lotte, ich hoffe, die Eier sind gekocht. Wie soll er das alles essen? Aufheben kann er nichts. In der Laube wird es tagsüber zu heiß.«

»Aber er ist so furchtbar abgemagert. Ach, Elisabeth. Was war Rudolf Bergtel für ein kräftiger Mann.«

»Wenigstens sieht er so seinem eigenen Steckbrief nicht mehr allzu ähnlich. Das Bild ist offenbar zu Beginn der Haft aufgenommen. Inzwischen hängt die ganze Stadt voll davon.«

»Libs?«

Harro ruft quer durch die neue Wohnung. Sie sind gerade wieder einmal umgezogen, ins Westend, Altenburger Allee 19. Die Wohnung ist komfortabel, mit Aufzug und Elektroherd, zwar nicht ganz billig, aber sie sind übereingekommen, weiterhin das eine ihrer beiden Zimmer zu vermieten. Schlafzimmer sind Platzverschwendung, Harro und Libs schlafen seit jeher auf zwei einzelnen Bettsofas. Harro verzichtet gern auf den miefigen Komfort eines Ehebetts, auch muss er darauf achten, nicht zu häufig den Freuden der Liebe zuzusprechen. Der Sexualakt bringt seine Nierensteine ins Rutschen. Das Korrelat von körperlicher und seelischer Bewegung führt zu Nierenbluten und Blutleere im Gehirn, dagegen eine gewisse Askese ist gut für den Geist.

Der Kleiderschrank steht in der Nische neben der Küchentür. Libs an ihrem Schreibtisch hört Harro mit den Bügeln klappern: Der frischgebackene Leutnant der Reserve hängt die Mütze auf, tauscht die Uniform gegen Knickerbocker aus.

»Libs? Ich glaube, es hat geklingelt. Erwarten wir irgendwen?«

Es ist Elisabeth Schumacher.

»Ein entflohener Häftling.« Harros Augen leuchten. »Ein Flüchtling aus dem KZ. Und er sitzt in Kurts Laube? Seit einer ganzen Woche?« Harro marschiert durchs Zimmer, in großen Schritten. »Er muss dringend weg aus Berlin. Nicht nur aus Berlin. Aus Deutschland.« Harro beibt stehen. »Im Amt haben wir gerade in einem Report darauf hingewiesen, dass die Schlagkraft der französischen und englischen Luftwaffe der unseren bis zum Ende des Jahres weit überlegen sein wird«, sagt er zu Elisabeth. »Göring hat getobt. Defätismus! Verrat! Perfide Verleumdungen! Es war toll. Nun schreiben wir ihm einen neuen Report, der zweifelsfrei belegt, dass wir aus jeder Schlacht als Sieger hervorgehen. Ich denke, es geht noch in diesem Jahr los. Und wenn es Krieg gibt, dann wird sich die Überwachung der Zivilbevölkerung weiter verschärfen. Wir müssen diesen Mann dringend außer Landes bringen.«

»Kurt hat vorgeschlagen, Rudolf zu Fuß über die Alpen zu bringen«, sagt Elisabeth zu Lotte Schleif, die Butterbrote in Elisabeths Korb packt.

»In die Schweiz? Und dort würde er nicht den deutschen Behörden übergeben?«

»Ich glaube kaum. Die Schweizer Visumspflicht gilt nur für Juden. Ebendeswegen hat Deutschland ja begonnen, jüdische Pässe zu kennzeichnen: um zu verhindern, dass die Schweiz eine allgemeine Visumspflicht für Deutsche einführt.«

Kurt sitzt am Küchentisch, inmitten von Fahrplänen, ausgebreiteten Wanderkarten. »Ich denke, wir nehmen den Weg durch das Schweizer Tor. Das ist ein gigantischer Durchlass in der Schesaplana, der hinüber ins schweizerische Rätikon führt. Dahinter wird es ein bisschen brenzlig, man muss über eine Eisenleiter hinab und anschließend an einer Felskante entlang, auch kreuzt weiter unten ein Militärweg. Dennoch erscheint es mir als die beste Route.«

»Überspring nicht gedanklich den Aufstieg, als stündet ihr schon oben«, sagt Elisabeth. »Zunächst einmal müssen wir ihn zum Ausgangspunkt eurer Wanderung bringen.«

»Selbstverständlich fahre ich euch«, sagt Harro, der im Türrahmen lehnt. »Mit dem Auto. Ich nehme einen Tag frei. Oder wir fahren sonntags.«

»Klar«, sagt Kurt, ohne aufzusehen. »Und wenn uns Polizei anhält, dann tun wir überrascht. Hoppla, was ist das denn? Ein entflohener Häftling? Ja, wie kommt denn der bloß auf unseren Rücksitz? Nein, Harro, wir nehmen den Zug, Bergtel und ich. Und zwar fahren wir in getrennten Abteilen. Lass sehen. Vom Anhalter Bahnhof nach Bregenz dauert die Fahrt gut gerechnet zwölf Stunden. Der erste Zug geht frühmorgens um halb fünf. Anschlusszug nach Bludenz, von Bludenz nach Brand mit dem Omnibus. Dort Übernachtung. Der Brandner Pfarrer quartiert gern Bergsteiger in seinem Dienstgebäude ein.«

»Kann man das riskieren?«

»Ich denke schon. Tiefenthaler, ich kenne ihn. Oder vielleicht schaffen wir es auch noch hinauf bis zur Schattenlaganthütte, es bleibt ja jetzt abends lange hell … Am nächsten Morgen steigen wir jedenfalls zur Douglashütte hinauf. Das ist eine sehr beliebte Tour. Entsprechend voll wird die Hütte sein.«

Elisabeth, hinter Kurt stehend, eine Hand auf seine Schulter gelegt, beugt sich vor, als könnte sie in die Hütte hineinsehen: Holzbänke, sonnenrote Gesichter, Rauch, Lärm, Gesang. ›Im Frühtau zu Berge‹. ›Ade, du mein lieb Heimatland‹. ›Wir werden weiter marschieren, wenn alles in Scherben fällt, heute gehört uns Deutschland –‹

»Ich weiß nicht, Kurt. Solltet ihr die Hütte nicht besser umgehen?«

»Nein, warum? Je mehr Menschen, desto besser. Wir werden Bergsteiger unter Bergsteigern sein.«

»Hat Bergtel denn eine Ausrüstung?«, sagt Libs.

Alle wenden sich ihr zu.

»Wenn er echt aussehen will«, sagt Libs, »muss er eine Ausrüstung haben.«

»Meine Sachen passen ihm nicht, fürchte ich«, sagt Kurt.

»Dann muss man neue Sachen besorgen. Dazu kommen die Kosten für die Bahnfahrt, die Verpflegung, die Übernachtungen. Kurt hat auch alle Wanderkarten neu gekauft. Wie viel können wir beisteuern, Harro?«

»Wir sollten die Freunde um Unterstützung bitten«, sagt Elisabeth. »Wen, meint ihr, können wir um einen Beitrag bitten?«

»Alle, die wir kennen, sollte ich hoffen«, sagt Harro. »Wir müssen ja nicht sagen, wen wir ausstaffieren. Die nächste Frage ist, wann Bergtel die Sachen am besten anzieht. Ein Wanderstock verleiht ihm im Gebirge Glaubwürdigkeit, aber ein Tirolerhut am Anhalter Bahnhof? Andererseits ist das Auffällige manchmal die beste Camouflage.«

»Zunächst müssen wir ihn zum Anhalter Bahnhof bringen«, sagt Elisabeth. »Die öffentlichen Verkehrsmittel werden alle streng überwacht. Ich denke, ich werde mit ihm zu Fuß gehen.«

»Ich komme mit«, sagt Harro. »Ich begleite euch, in Uniform. Das sollte einen gewissen Schutz bieten.«

»Ihr solltet euch eine Geschichte zurechtlegen«, sagt Libs. »Für den Fall, dass man Bergtel erkennt.«

»Das ist einfach. Bergtel hat mich um Feuer für eine Zigarette gebeten, und dann hat er sich uns ungefragt angeschlossen. Der gesuchte Verbrecher hat darauf gesetzt, als Mitglied einer Gruppe weniger aufzufallen.«

»Und warum seid ihr so früh schon unterwegs, Elisabeth und du?«

»Harro und ich haben eine Affäre«, sagt Elisabeth. »Wir haben die Abwesenheit meines Mannes für ein Zusammentreffen in der Laube genutzt.«

»Dort mussten wir beizeiten verschwunden sein«, sagt Harro, »damit die Nachbarn nichts mitbekommen. Und ja, Herr Wachtmeister, wir sind selbstverständlich bereit, dies zu Protokoll zu geben. Aber wenn wir auf Ihre Diskretion zählen könnten. Frau Schumacher ist verheiratet, ebenso wie ich.«

»Ich grüble immer noch, ob der Weg zum Schweizer Tor wirklich der beste ist«, sagt Kurt. »Es gibt da eine Felsstufe, den Bösen Tritt, der kann bei Nässe sehr glitschig werden. Er ist allerdings mit Drahtseilen gesichert, und solange man trittsicher und schwindelfrei ist … Von der Douglashütte nach Schuders schafft man es in drei, vier Stunden. Früher musste man dann über Saumpfade in das Salginatobel hinab und auf der anderen Seite wieder hinaufklettern, aber seit dem Bau der Salginatobelbrücke fährt ein Postauto nach Schiers. Das liegt direkt an der Bahnlinie Landquart – Davos. Wenn man nur wüsste, ob das Wetter hält. Ohne Klettersteig ginge es jedenfalls auch auf der Route von Vandans aus nicht ab, nur wäre der Weg dann viel weiter.«

»Vor der Kletterei ist mir nicht bange.« Bergtel, in der dunkelsten Ecke der Gartenlaube, beugt sich vor, dem Streichholzflämmchen entgegen, das Kurt ihm hinhält. Er inhaliert mit Genuss. Er ist mit Zigaretten versorgt, aber er wagt nicht zu rauchen, solange er allein ist. »Auch gehe ich bei Tag nie ins Freie. Nachts wandle ich zwischen Elisabeths Gemüsebeeten herum und klaue ihre Himbeeren, aber sobald der Morgen dämmert, verkrieche ich mich, wie der ruhelose Geist eines Ackerbauern. Macht nichts. Ich hatte im Lager ausreichend Bewegung an frischer Luft. Also ich bin besser in Form, als es scheint. Entscheidend für mich ist, wie stark welcher Weg bewacht wird.«

»Von den Deutschen?«

»Das sowieso. Aber auch von den Schweizern. Jeden, den sie im Grenzgebiet erwischen, schieben sie sofort wieder ab. Ein Genosse im Lager hat es mir erzählt. Die Schweizer haben ihn im Zug nach Zürich festgenommen. Sie haben ihn der SS übergeben, zusammen mit einem jüdischen Ehepaar. Ob politisch Verfolgter oder Jude oder schlicht ein Verzweifelnder, das ist diesen Leuten egal. Sie haben Angst, die Flüchtlinge nehmen ihnen den Schweizer Käse vom Brot.«

»Willst du es lieber erst gar nicht versuchen?«, sagt Kurt.

Bergtel sieht ihn an. Er bleckt die Zähne. »Sondern was?«

Lotte Schleif hat die Naht von Bergtels Wanderjoppe aufgetrennt und die 20-Dollar-Note, die Harro wie auch immer besorgt hat, zwischen Stoff und Futter geschoben. Heute spätabends, wenn es in den Gärten still wird, wird sie noch einmal in die Laube gehen und Abschied nehmen. Dann heißt es warten bis zum Untergang der Nazis. Wie lange wird es dauern, drei Jahre, dreißig? Tausend? Ein Jahr länger als ein Menschenleben? Lotte hebt die Hände zum Licht. Um mit dem Faden das Nadelöhr zu finden.

Der Augustmorgen dämmert noch kaum. In der Küche der Schumachers brennt Licht. Elisabeth packt in ihre Handtasche, was man für eine Liebesnacht mitnähme: Kondome, Kamm, Zahnbürste. Kurt steht bereit, in Wanderstiefeln und

Kniebundhosen. Wie verabschiedet man sich voneinander, wenn man sich in große Gefahr begibt?

Frischen Mutes, Liebste mein: Das würde Kurt antworten, wenn sie ihn fragen würde. Sie küssen einander, leichthin, entschlossen beiläufig. Er sagt: »Wandle sicher, Liebste mein.«

Das sagt er oft. Sie lächelt. »Du auch. Berg heil, so heißt es doch?«

»Erst auf dem Gipfel. – Ich hoffe bloß, er macht mir nicht schlapp.«

Dann geht Elisabeth. Kurt lauscht ihr nach. Was er hört, sind die Vögel, die in der Kastanie draußen lärmen. Er tritt ans Fenster. Der Himmel ist hell. Jetzt radelt sie den Werner-Voß-Damm entlang. Jetzt biegt sie in die Papestraße ab – steigt vom Rad –, schiebt das Rad bei Parzelle 456 in den schmalen Weg zwischen den Zäunen.

Kurt spült die Kaffeetassen ab, überprüft ein letztes Mal den Rucksack. Mit einigem Glück wird er morgen früh um diese Zeit durchs Brandnertal wandern, hinauf zum Lünersee am Ostfuß des Schesaplanamassivs.

Er nimmt den Schlüssel vom Haken, öffnet die Haustür. Auf dem Weg zum Bahnhof pfeift er leise, irgendein albernes Kinderlied, singt dabei im Kopf den Text mit: Simsalabim bambasala dusala dim. Er freut sich auf die Bergtour, er kann nicht anders: Wobei ihm erst richtig wohl sein wird, wenn er Elisabeth am Bahnhof stehen sieht, allein, in Sicherheit, befreit von ihrer gefährlichen Begleitung. Ihre Aufgabe ist wahrlich die schwerere: daheim ausharren zu müssen, untätig und voll Sorge um ihn.

»Es war fabelhaft, Libs.« Harro ist vom Ministerium zurück. In der Altenburger Allee stehen die Fenster offen, der warme

Abendwind streicht herein. Harro geht, um sie zu schließen. »Also, alles verlief vollkommen glatt. Auf dem Weg zum Anhalter Bahnhof sind wir tatsächlich an ein paar Steckbriefen vorbeigekommen, sogar direkt im Bahnhofsgebäude hingen sie. Du kannst dir vorstellen, wie dem armen Kerl zumute war. Aber Elisabeth und ich hatten ihn in die Mitte genommen, wir haben ganz munter geplaudert, und keiner hat auch nur einen Blick auf uns geworfen. Wir sind bis zur Abfahrt des Zugs auf dem Bahnsteig geblieben. Auch Kurt haben wir noch gesehen, er saß drei Abteile hinter Bergtel.« Harro reibt sich die Hände, er wirft sich in einen Stuhl. »Da hat man doch einmal etwas getan. Da war man doch einmal wirklich aktiv.«

Elisabeth steht im Studio in der Papestraße. Sie hat aufgeräumt, gefegt, alle Spuren Bergtels entfernt. Jetzt pflückt sie Tomaten für Onkel Richard und Tante Alice: Nichts lenkt so zuverlässig von eigenen Sorgen ab wie die größeren Nöte anderer. Onkel und Tante gehen kaum noch aus dem Haus. Man sieht ihnen nicht an, dass sie Juden sind, aber all die Verbotsschilder machen ihnen Angst.

Wo sollten wir denn auch hin?, sagt die Tante. Von Konzert und Oper will ich gar nicht reden. Aber selbst Parks und Busse sind uns neuerdings verboten. Immerhin hat man uns noch nicht in ein Judenhaus gesteckt. Wenn dein Onkel auch noch seinen Flügel verlöre – das wäre schlimm. Wo er doch blind ist. Was soll er denn machen, den ganzen Tag, nur im Sessel sitzen und grübeln?

Dann kam der Onkel herein. Die Tante, klein, mager, Tag für Tag zäher, wischte die Augen, räusperte sich, sprach einen halben Ton höher. Aber es kann ja nicht endlos so weitergehen, sagte sie. Auch diese schreckliche Zeit wird ein Ende nehmen, und dann kommen wieder bessere Tage.

Elisabeth, zwischen den Tomaten- und Himbeerstauden, überlegt, wie leicht es ist, sich selbst etwas einzureden. Mit Bergtel unterwegs durch die frühmorgendlich leere Stadt hat sie keinerlei Angst empfunden, nur eine sanfte Erregung, die durchaus der von ihr und Harro erfundenen Geschichte entsprach. Harro ging es offenbar ähnlich. Beim Abschied draußen vor dem Bahnhof hätten sie einander um ein Haar geküsst.

»Bergtel war kaltschnäuziger, als ich dachte. Im Bus von Bludenz nach Brand ist der örtliche Gendarm mitgefahren, und Bergtel hat ganz wacker mit ihm über unsere Wanderpläne geplaudert.«

Kurt ist zurück. Er sitzt in Elisabeths Küche, massiv, wirklich, mit sonnengeröteter Nase, die sich sicherlich schälen wird. »Vorsichtshalber sind wir dennoch am nächsten Morgen lange vor Tau und Tag aufgebrochen. Alles ging so weit glatt, bis wir kurz vor dem Schweizer Tor ins Blickfeld eines Bunkers mit Schießscharten gerieten. Auf einmal ein gellender Pfiff. Dann gleich noch einer, von der anderen Seite. Bergtel wirft sich sofort zu Boden. Er boxt mich in die Wade, er zieht und zerrt an meiner Hose. Runter! Runter! Runter, zum Teufel! Ich gestehe, ich habe Tränen gelacht. Bergtel! Steh auf und schau, wer da pfeift! Es waren natürlich Murmeltiere. Ich hatte schlicht vergessen, ihn auf die Tierchen vorzubereiten.« Kurt lacht noch bei der Erinnerung auf. »Er war mir wirklich böse, glaube ich. Aber am Ende haben wir uns versöhnt. Ich bin bis kurz vor Schuders mitgekommen, dann habe ich ihn seinem Schicksal überlassen. Ich musste ja den ganzen Weg noch wieder zurück.«

Elisabeth betrachtet ihn. »Warst du in Versuchung?«

»Was meinst du?«

»Mitzugehen in die Schweiz. Drüben zu bleiben.«

Er sieht sie an, bass erstaunt. »Was soll ich in der Schweiz? Alles, woran mein Herz hängt, ist hier. Außerdem brenne ich darauf, Harro zu berichten, wie unsäglich er Bergtel irritiert hat.« Kurt schüttelt den Kopf, er beginnt wieder zu lachen. »Dieser uniformierte Arier! Und der soll ein Nazigegner sein? So ging es die ganze Zeit. Der sieht doch aus wie einer von denen. Bist du wirklich sicher, dass du dem vertraust?«

»Was hast du gesagt?«

»Na was wohl? Selbstverständlich, habe ich gesagt. Ohne jeden Vorbehalt.«

*August 1939,*
*Kurische Nehrung*

»Stell dir vor, Libs hat einen Freiflug auf die Kurische Nehrung.«

Harro, in Elfriede Pauls Sprechzimmer, das er abends als ihr Wohnzimmer kennt, setzt sich auf und knöpft sich das Hemd zu. Dem Drängen seiner Mutter und einer gewissen Hoffnung folgend, hat er diverse Spezialisten aufgesucht, aber die Nierensteine wegzaubern konnten sie alle nicht, also verlässt er sich nun wieder ganz auf Elfriede.

»Ja, Litauen kann der Welt zum Vorbild dienen. Sie haben das Memelland an uns retourniert, und prompt sind wir nicht einmarschiert. Nachdem die Reise nun also ohne Devisen möglich ist, wird Libs sich das Ganze einmal ansehen. Soweit sie dazu kommt. Sie arbeitet mit Hochdruck an ihrer Mittelmeernovelle.«

»Warum begleitet sie dich nicht nach Norderney?«

»Was sollte sie da? Die Seefliegerschulung würde mir kaum Zeit für sie lassen.« Harro bückt sich, um seine Schuhe anzuziehen. »Wie geht es Walter? Hast du Neuigkeiten? Schreitet seine Heilung weiter voran?«

»Unbedingt. Die Schweizer Luft bekommt ihm ausgezeichnet. Ich denke, er wird bald wieder gesund sein. Wenn nur Sella nicht ständig darauf drängen würde, dass Walter sie besucht. Ich habe ihm schärfstens abgeraten. Es belastet ihn seelisch, und sie stirbt ohnehin. Es war von Anfang an Unsinn, sie in die Schweiz zu bringen. Vor der Haft hätte vielleicht noch Aussicht auf Heilung bestanden, aber so, wie sich die Tuberkulose im Gefängnis verschlimmert hat – und du und ich, wir waren ja auch einer Meinung darin. Aber Libs hat nun einmal darauf bestanden und ebenso Kurt, also hast du nachgegeben, du guter Kerl. Ich habe ihr nur dir zuliebe den Platz verschafft. Obwohl es sich eigentlich nicht mehr gelohnt hat.«

Von den Künstlern, die vor dem Weltkrieg hier auf der Kurischen Nehrung gelebt haben sollen, ist keine Spur mehr zu finden. Vielleicht besser so. Libs hat sich ein tägliches Pensum gesetzt: In der Einsamkeit wird sie endlich ihren Roman über die Frachterfahrt zu Papier bringen, den sie inzwischen von Herzen hasst. Den Tisch hat sie ans Fenster ihrer Kate gerutscht. Sie spielt mit dem Stift, trinkt Kaffee, starrt aus dem Fenster. Ein Pferdefuhrwerk mit Heu zuckelt quälend langsam vorüber, ein Mann schiebt ein Rad, ein Mädel taucht auf mit einem Eimer voll Flundern, um sie zum Trocknen an die Leine zu hängen. Im Frühling und Herbst, so hat Libs gestern gelernt, fängt man hier die durchziehenden Krähen in Netzen. Dreißig Pfennige kostet das Stück.

Die Jungen töten sie, indem sie ihnen mit einem Biss die Hirnschale eindrücken, sodann werden sie geschmort oder für den Winter eingepökelt. Libs lässt den Stift fallen und geht zum Schwimmen, sie besteigt die Hohe Düne, sie wandert am Haff entlang. Alles ist still und zugleich in ständiger Bewegung: die Reiher und Kormorane im Schilf, die Elche im Erlenwald, die wandernden Dünen. Haffkähne fahren aufs Wasser hinaus, allabendlich ziehen die freilaufenden Pferde wieder heimwärts. Glückliche Pferde. Libs sollte ebenfalls nach Hause fahren.

Und zwar wohin genau?

In der Dämmerung, allein in ihrer Kate, zwingt sie sich an den Schreibtisch, aber die Leere wächst mit jeder Seite, die sie füllt. Was sie schreibt, langweilt sie, es widersteht ihr zu lesen, was sie am Vortag geschrieben hat. Manchmal kommt ihr das Undenkbare in den Sinn: dass sie Harro verlassen sollte. Er ist offenbar guter Dinge. Auf Norderney, inmitten von Kameraden, scheint er sich dem Weltenbrand geradezu entgegenzusehnen, den er prophezeit: Das Regime wird fallen, der Krieg wird es hinwegfegen, und dann bricht Harros Stunde an. Aber wird es auch Libertas' Stunde sein? Sie hat den Weg verloren, ihre Geradlinigkeit. Ihm kann sie nichts vorwerfen. Es muss alles an ihr liegen.

*Mein Wälterchen!*

Elfriede, gemütlich gelagert in die Kissen ihrer Schlafcouch, auf der bei Tag ihre wartenden Patienten sitzen, schreibt an Walter Küchenmeister in der Schweiz, der von seiner Tuberkulose beinahe genesen ist.

*Habe ich Dir erzählt, dass Libs einige Zeit auf der Kurischen Nehrung verbracht hat? Angeblich wollte sie ihr Buch fertig schreiben, von dem keiner mehr ein Wort hören mag. Sie hatte ein Zimmer in einem Fischerhäuschen gemietet, in der Nähe von Thomas Manns altem Ferienhaus, aber der literarische Funke ist wohl nicht übergesprungen, oder sie war zu beschäftigt mit anderen Dingen. Ich will Dir die Einzelheiten nicht schildern, aber sie hat solche Dummheiten gemacht, dass wir nun keinerlei Achtung mehr vor ihr haben. Uns alle hat diese schreckliche Geschichte furchtbar mitgenommen. Selbst Harro, der sie doch immer für so gut im innersten Kern gehalten hat, wird irre an ihr. Der arme dumme Kerl, er wird immer ein großes Kind bleiben. Natürlich braucht er jetzt seine ganze Kraft, um über die treulosen Eskapaden seiner Frau hinwegzukommen –*

»Dass man dir die Kamera abgenommen hat«, sagt Harro zu Libs, »ist wirklich zu und zu ärgerlich.« Er wendet sich zu den anderen und sagt: »Die Juden verlassen das Memelland und gehen über die Grenze nach Litauen. Libs hat einen ihrer Trecks fotografiert. Jemand hat sie gesehen und bei der Polizei angeschwärzt.«

»Spionageverdacht«, sagt Libs. »Ich musste auf die Staatspolizeistelle in Königsberg mitkommen. Sie waren eigentlich ganz freundlich, und die Anklage wurde ein paar Stunden später fallen gelassen. Aber mir war der Spaß an der Gegend verdorben. Der Schreck sitzt mir noch jetzt in den Gliedern.«

»Die Bilder«, sagt Harro, »sind nun freilich verloren. Vielleicht hätte man etwas damit anfangen können. Ja, in Litauen lassen sie ihre Juden in Frieden. Sie sind vollständig damit ausgelastet, die Polen zu hassen.«

»Die antijüdischen Ressentiments nehmen aber auch in Litauen zu«, sagt Elisabeth. »Mein Onkel hat Freunde mit Familie in Litauen. Sie sagen, die jüngere Generation von

Litauern ist sehr national. Offenbar sieht man es schon als Schmähung der Staatsnation an, dass die jüdische Bevölkerung noch immer überwiegend polnisch oder jiddisch spricht. Sogar mittelalterliche Gruselgeschichten machen wieder die Runde, wie die von Kindern als jüdischen Ritualopfern. Sicherheit gibt es für die Juden bald nirgendwo mehr.«

»Für niemanden mehr«, sagt Harro, »wenn der Krieg kommt.«

*28. August 1939,*
*Berlin*

»Harro?« Libs schließt die Haustür und hängt den Schlüssel an den Haken. »Harro! Ich habe die Lebensmittelkarten abgeholt.«

Keine Antwort. Er ist aber zu Hause. Das Paket, das Libs heute Morgen für ihn entgegengenommen hat, steht geöffnet auf dem Küchentisch. Paket- und Geschenkpapier sind sorgfältig gefaltet, Bindfaden und Geschenkband zu kleinen Knäueln aufgerollt. Harros kleiner Bruder hat es geschickt, sicher zu Harros dreißigstem Geburtstag in fünf Tagen.

»Ah, Libs.« Harro kommt aus dem Badezimmer. »Ja, das Geschenk. Der gute Hartmutbruder! Lauter liebevolle und brauchbare Sachen.« Er zieht die Jacke an, nimmt die Schlüssel vom Tisch. »Tut mir leid, aber ich muss gleich wieder weg. Ich wollte nur schnell die Uniform loswerden. Wir stehen einmal mehr im Dienst der braven Lotte Schleif, Kurt und ich. Allerdings sollen wir diesmal nicht das Leben, sondern nur die Lebensgeister einiger ihrer Freunde retten. Ein paar junge Leute, die als Kommunisten in Haft saßen und denen der Hitler-Stalin-Pakt jetzt vorkommt wie ein mieser Witz – was hast du da, die Lebensmittelkarten? Das ist gut. Hast du auch die Bezugsscheine für Benzin ausgehändigt bekommen? Ja, nun geht wohl auch dem Letzten auf, was die Stunde geschlagen hat. Das wird mir meine heutige Erklärerei leichtmachen. Hätte Stalin statt mit uns mit dem Westen paktiert, dann dürfte er für die Drückeberger in London die Kartoffeln aus dem Feuer holen, wenn wir in ein paar Tagen Polen angreifen. Nun hat er immerhin Zeit, sich auf den Moment vorzubereiten, wenn er uns notgedrungen von den Nazis befreien muss.«

*1./2. September 1939,*
*Grunewald*

»Dies ist die Geburtstagsparty des Jahrhunderts.«

In der Villa der Engelsings draußen in Grunewald werden Hände geschüttelt, Schultern geklopft, Arme umfasst.

»Keiner von uns wird diese Nacht je vergessen.«

Am Morgen hat die deutsche Wehrmacht Polen überfallen. Um Mitternacht ist Harro Schulze-Boysen 30, Herbert Engelsing 35 Jahre alt geworden.

»Dies ist der Anfang vom Ende des Tausendjährigen Reichs. Jetzt wird der Westen nicht länger zögern.«

Harro hebt das Glas, lächelt dem Sprecher grashalmfein zu. »Ah, was für ein Feuerwerk wir bekommen werden, Herbert Engelsing und ich.«

*Oktober 1939,*
*Grunewald*

In der Nacht hat es Frost gegeben. Die Sonne färbt das Oktoberlaub im Grunewald golden. Der amerikanische Botschaftsrat Donald Heath und seine Frau Louise unternehmen mit den Harnacks einen Sonntagsausflug. Die Männer marschieren straff voran. Sie haben über die Eröffnung einer neuen Teilstrecke der Wannseebahn geplaudert, über die Zusammenlegung von Sicherheitsdienst und Sicherheitspolizei im Reichssicherheitshauptamt und darüber, dass das Hören ausländischer Sender neuerdings unter Strafe gestellt ist. Womöglich hat Arvid auch Geschehnisse bei der Reichsbank erwähnt, die ihm im Ministerium zu Ohren gekommen sind. Vielleicht hat er ein paar Worte über die Außenhandelsbilanz der IG Farben verloren, die seinen Gesprächspartner enorm interessieren. Und schließlich kommt das Gespräch auf den Krieg.

»Den zu verhindern uns nicht möglich war«, sagt Arvid. »Wir konnten ins Innere des Staats vorzudringen suchen, ins Herz der Institutionen, und auf eine Gelegenheit hoffen, der Hitlerei ein Ende zu bereiten, aber spätestens seit der Sudetenkrise, im Grunde schon seit dem Röhmputsch, war an ein eigenmächtiges Handeln ohne starke ausländische Unterstützung nicht mehr zu denken. Diese Unterstützung ist ausgeblieben. Und nun feiert Deutschland seinen ersten Sieg, der darauf beruht, dass England und Frankreich Polen im Stich gelassen haben und Amerika weiter inständig hofft, möglichst lange neutral bleiben zu können.«

»Sie halten also nichts von dem Friedensangebot Hitlers an die Westmächte?«

»Das fragen Sie mich im Ernst? Auch jetzt noch? Donald, Hitler braucht diesen Krieg. Deutschlands Aufschwung seit dreiunddreißig war fast gänzlich der Aufrüstung zu verdanken, und die war auf Pump finanziert. Nur der Krieg wendet jetzt noch den Staatsbankrott ab, denn natürlich sind nun sämtliche Zahlungen ausgesetzt.«

Heath nickt. »Das heißt, man muss erst einmal abwarten. Man muss sehen, was geschieht, wenn sich die Verhältnisse in Polen konsolidieren.«

Arvid schüttelt langsam den Kopf. »Eine Konsolidierung der Verhältnisse in Polen ist nicht erwünscht. Ein Regime, das nicht auf internationale Kooperation setzt, sondern auf Abschottung und Konflikt, muss vor allem daran interessiert sein, für den Fall versiegender Importe die Versorgung der Bevölkerung aus eigenen Ressourcen sicherzustellen. Denken Sie an die Hunderttausende von Toten, die der britischen Seeblockade nicht nur während des Weltkriegs, sondern auch noch 1919 zum Opfer gefallen sind. Hitler hat deshalb von Anfang an ein deutsches Bedürfnis nach Lebensraum im Osten postuliert. Was das für Polen bedeutet, liegt auf der Hand. Polens Ressourcen werden nun gänzlich in den Dienst der deutschen Kriegswirtschaft gestellt. Riesige Umsiedlungsaktionen sind geplant. Die westlichen Gebiete mit ihrer gut entwickelten Stahl-, Steinkohle- und Getreideproduktion werden wir annektieren, im Ostteil wird ein entindustrialisiertes Reservoir billigster Arbeitskräfte entstehen, das Generalgouvernement. In militärischen Kreisen macht bereits das Wort vom Teufelswerk die Runde, das im Osten zu verrichten sei.«

»Und die Russen«, sagt Heath, »haben sich tatkräftig an der Zerschlagung der polnischen Republik beteiligt. Selbstverständlich nur, um die Russen, Ukrainer und Weißrussen vor den Deutschen zu schützen. Freilich haben die Polen selbst auch nicht gezögert, sich 1938 nach dem Münchner Abkommen einen Teil der Tschechoslowakei einzuverleiben.«

Louise Heath und Mildred folgen ihren Männern in einigem Abstand, wie es sich bei befreundeten Familien ganz natürlich ergeben kann. Donny junior ist bei ihnen, entsprechend drehen sich ihre Gespräche um leichte Themen: das schöne Spätherbstwetter, eine demnächst anstehende Veranstaltung des American Women's Club und die gespenstischen Namen, die die Berliner ihren landschaftlichen Sehenswürdigkeiten verleihen: Schlachtensee, Hundekehlensee, Teufelssee.

»Verzeihen Sie mir eine persönliche Frage«, sagt Louise Heath schließlich. »Aber haben Sie nie erwogen, nach Amerika zurückzukehren?«

»Nein«, sagt Mildred Harnack. »Wir hätten dort keinerlei wirtschaftliche Aussichten. Und Arvid würde niemals seine Mutter im Stich lassen.«

»Das ehrt ihn«, sagt Louise. »Und es stimmt, Amerika hat sich noch immer nicht ganz von der großen Krise erholt. Auch wegen der furchtbaren Dürre, die den Mittleren Westen getroffen hat. Es gibt viele großartige Ideen, viele Ansätze, aber alles geht recht langsam voran. In einer Demokratie kann man Maßnahmen eben nicht einfach anordnen, und das macht manche Leute ungeduldig. Aber wenigstens ist man als Amerikaner ein freier Mensch.«

»Ja«, sagt Mildred, »sicher. Obwohl. Bei meinem letzten Besuch in Amerika – Louise, ich bin ganz sicher, ich wurde überwacht. Ob von den Deutschen oder den Amerikanern, weiß ich bis heute nicht, aber da waren zwei Männer, die immer wieder auftauchten – und dann Fritz Kuhns Deutsch-

Amerikanischer Bund. Bei meinen Vorträgen standen regelmäßig Mitglieder dieser Vereinigung auf der Gästeliste. Sie wissen sicher, der Bund unterhält enge Verbindungen zur NSDAP. Liebe Louise, Arvid und ich werden niemals und nirgendwo mehr frei sein. Nicht, solange dieses schreckliche Hitlerreich existiert.«

# 7

*April 1940,*
*Berlin*

»Hochinteressant wieder, Ihre Vorlesung.« Harro Schulze-Boysen und Franz Alfred Six, Dekan der Auslandswissenschaftlichen Fakultät, sind noch auf einen Schoppen in den Niquetkeller gegangen. »Mir imponiert jedes Mal sehr, wie weit Sie ausholen. Die Errichtung der Markgrafschaften zum Schutz unserer Ostgrenzen, die erfolgreiche Abwehr der fortdauernden slawischen Überfälle durch die sächsischen Könige. Die historische Begründung unserer heutigen territorialen Ansprüche mit dem mittelalterlichen Reich unter Heinrich I., den ottonischen Kaisern, den Staufern. Die Vision eines geeinten Europas, eines vielsprachigen Reichs, unter Überwindung nationalstaatlicher Grenzziehungen.«

Six neigt sein erhobenes Glas leicht in Harros Richtung. »Und unter deutscher Führung, wie von jeher.«

Harro nickt. »Wir im Jungdeutschen Orden damals haben ja ebenfalls die starke Verpflichtung betont, die das Mittelalter für Deutschland darstellt.«

Six zieht die Brauen hoch. »Sie waren im Jungdo? Der

Orden ist ja 1933 sofort verboten worden ... Aber waren wir nicht alle Suchende damals. SS-Standartenführer Höhn, Direktor des Instituts für Staatsforschung und mein Kollege im Reichssicherheitshauptamt, ist ebenfalls ein ehemaliges Ordensmitglied. Sagen Sie, was hat Sie eigentlich bewogen, trotz Ihrer Tätigkeit im Ministerium bei uns an der Fakultät ein Studium zu beginnen?«

»Mein Studium wiederaufzunehmen, sollte man sagen. Ich habe weiland die Juristerei aufgegeben, aus Unzufriedenheit mit den Gegebenheiten der Systemzeit. Meine Ausbildung als Flieger schien mir den Zeitläuften eher zu entsprechen, wenn sie auch der Familientradition ein wenig zuwiderlief. Mein Vater ist Marineoffizier. Ein Neffe von Großadmiral Tirpitz.«

»Ah! Daher Ihr Interesse für Flottenrüstung. Hier läge doch ein schönes Trimesterthema für Sie. ›Flottenrüstung und Weltmachtstreben in der Zeit nach Bismarck‹.«

»Durchaus. Lästigerweise ist meine zeitliche Freistellung noch immer nicht abschließend mit dem Ministerium geklärt. Was absurd ist, da ich ja nicht etwa einer rein persönlichen Laune nachgebe, sondern dem ausdrücklichen Wunsch der Behörde nachkomme.«

»Wer ist denn Ihr direkter Vorgesetzter?« Six tastet in der Brusttasche nach einem Stift. »Ich denke, ich kann ihm zusichern, dass Ihre Studien Sie in Ihrer Tätigkeit nicht beeinträchtigen werden. Das wäre gar nicht im Sinne der Fakultät. Forschung heute kann nicht mehr bedeuten, für konkrete Entscheidungen bedeutungsloses Papier von einer Ecke in die andere zu schaufeln.« Six kneift die Augen zusammen, er beugt sich zu Schulze-Boysen vor. »Die Auslandswissenschaftliche Fakultät ist gegründet als zentrale Institution der nationalsozialistischen Außenpolitik. Sie will nicht weltenfern im Elfenbeinturm residierende Wissenschaftler heranbilden, sondern Diplomaten, intellektuelle und politische Führer. Eine nationalsozialistische Elite, geeignet für höchste Regierungsämter. Wobei natürlich unter allen Umständen sauber und nationalsozialistisch geforscht werden muss. Die Wissenschaft hat Primat, das steht außer Frage. Mit primitivem Gefühlsantisemitismus ist die rassische Neuordnung Europas nicht zu erreichen, sondern nur mit streng sachlichem, wissenschaftlichem Vorgehen.«

»Mir ist bereits aufgefallen, dass Rassenkunde gar nicht auf unserem Lehrplan steht.«

»In der Tat.« Six lehnt sich zurück, verschränkt die Hände hinter dem Kopf. »Ja, den physischen, schläfenlockengeschmückten ›Stürmer‹-Juden überlassen wir gern Fritzchen Unbedarft. Was im Zentrum eines wissenschaftlich fundierten Antisemitismus zu stehen hat, ist das erwiesene geistige Zersetzungspotenzial, das spirituelle Prinzip des Jüdischen. Wenn wir hier an der Fakultät historische antideutsche Komplotte überstaatlicher Mächte untersuchen, wird doch von ganz allein deutlich, wie sich Juden, Jesuiten, Freimaurer und Bolschewisten mit Christen und Liberalen von jeher zum Schaden des Reichs miteinander verschworen haben.«

Six greift nach dem Stift, der auf dem Tisch liegt, ohne etwas notiert zu haben, und klopft damit leicht gegen seine Lippen. Ihm ist soeben ein glänzender Einfall gekommen.

»Sagen Sie, Herr Schulze-Boysen. Ich werde im nächsten Trimester sehr in Anspruch genommen sein. Hätten Sie nicht Lust, das Kolloquium für mich zu halten?«

*Wie die klapprigen Teile der treuen Flugzeugveteranen aus dem Weltkrieg, wie die Erfahrungen und Opfer der*

*Kriegsjahre umgeschmolzen wurden in die stählerne Vollkommenheit unserer heutigen Maschinen –*

Libs, zu Hause an ihrem Schreibtisch in der Altenburger Allee, schreibt die Kritik zu einem italienischen Fliegerfilm, für die ›Essener National-Zeitung‹. Vor ihr liegen die Richtlinien für die Besprechung, die den Schriftleitern zu jedem Film ausgehändigt werden.

*– so formten Männer, denen die Erde zu eng geworden war, in harter Pionierarbeit jenen neuen Menschentypus, der heute in lächelnder Unbeschwertheit die Lüfte meistert, und der jetzt unter Einsatz des Lebens daran gegangen ist, Grenzen zu beseitigen, die gerade auch von oben her gesehen sinnlos geworden sind –*

Und da ist er, ihr höchsteigener Flieger. Sie hört den Schlüssel, die Tür.

»Libs? Bist du da? Ich komme gleich. Ich habe noch ein bisschen mit Six zusammengesessen.«

Libs hört ihn in der Küche mit dem Teekessel hantieren, Tassen auf ein Tablett stellen.

»Six scheint menschlich ganz in Ordnung zu sein. Ich habe das Gefühl, dass er mir wohl will. Es ist doch auch recht anständig von ihm, dass er Albrecht Haushofer mit seiner jüdischen Mutter in den Lehrkörper geholt hat und den jüdisch versippten Wilhelm Grewe.« Harro kommt herein. Die Atmosphäre verändert, belebt sich, wie immer, wenn er einen Raum betritt. »Und was meinst du, wer mit mir zusammen Schwedisch belegt hat? Die jüngste Tochter von Prinz Wied. Ich habe mir gedacht, sie könnte vielleicht mal mit ihrem Vater reden.«

Prinz Wied, deutscher Gesandter in Stockholm, hat sich bei Göring über deutschlandfeindliche Bemerkungen des schwedischen Grafen Douglas beklagt, der mit Libs' Schwester Ottora in Norwegen verheiratet ist. Onkel Büdi hat Carl Douglas daraufhin das Haus verboten.

»Und das jetzt, wo wir Oslo bombardieren«, sagt Libs. »Ottora kann dann doch auch nicht nach Liebenberg kommen. Mutter ist ganz verzweifelt.«

»Man muss aber auch Göring verstehen«, sagt Harro. »Er hat Ottora und Carl sehr großzügig zu ihrer Hochzeit beschenkt, da will er natürlich keinen Nazihasser auf Liebenberg vorfinden, wenn er zum Jagen herüberkommt. Na, wir werden sehen. Ich rede mal mit der kleinen Wied. Wegen der Bomben braucht ihr euch jedenfalls keine großen Sorgen zu machen. Nach allem, was ich weiß, gibt es in Norwegen bisher keine zivilen Opfer.«

Schulze-Boysen ist ein angenehmer Mann. Vielleicht ist er kein restlos überzeugter Nationalsozialist, aber darum darf es an der Fakultät ja gar nicht gehen. Jedenfalls sind sie einander gedanklich nicht völlig fremd, das empfindet Six deutlich.

SS-Standartenführer Franz Alfred Six, Vorgesetzter Adolf Eichmanns, einer der sieben ranghöchsten Führer im SD-Hauptamt: Unter ihm war der Sicherheitsdienst nie eine primitive Schlägertruppe, sondern maßgeblich an der Entwicklung wissenschaftlicher Lösungen der Judenfrage beteiligt. Auswanderungsfragen, ideologische Schulungen, Propagandakonzepte, die historische Erforschung des Weltjudentums: all diese Dinge müssen zentral behandelt werden. Jemand muss die Generalkompetenz innehaben, und die hat der SD mit Recht für sich beansprucht, bis er letztes Jahr hinter Six' Rücken mit der Sicherheitspolizei zum Reichssicherheitshauptamt zusammengelegt worden ist. Six war zu der Zeit beschäftigt. Er war gänzlich in Anspruch genommen von den staatspolizeilichen Aufgaben des Polenfeldzuges, vor allem von der Liquidierung der polnischen Führungsschicht. Diese Tatsache haben die anderen ausgenutzt. Schellenberg, Müller, Ohlendorf: Sie wollen Six an die Wand spielen, seine Handlungsspielräume einschränken.

Six hat sich nun als Freiwilliger zur Waffen-SS gemeldet. Er will am Aufbau der neuen Zeit teilhaben, unmittelbar mitwirken an der Großraumgestaltung Europas, der Einigung Europas, gegen die die Uneinsichtigen in den besetzten Ländern nach wie vor Bürgerkriege führen. Als schlichter, bescheidener SS-Mann wird er in den Krieg ziehen. Zu Beginn waren die Einsatzgruppen von SS, SD und Polizei ja noch der Wehrmacht nachgeordnet, zumindest nominell. Aber inzwischen ist die SS längst selbstständig handelnde Kraft.

Und gerade heute, an diesem 19. April, hat Six Nachricht von Werner Best erhalten, Heydrichs Stellvertreter und erbittertem Gegner, dass der Leiter des Reichssicherheitshauptamts sie beide zum Wehrdienst freigegeben hat.

Six' Aufgaben in der Fakultät müssen nun eben aufgeteilt werden. Six sieht sich auch hier ständigen Anfeindungen ausgesetzt, obgleich die Fakultät Hervorragendes leistet: was ihm Schulze-Boysen bestätigt hat. Es hat Six gefreut. Six empfindet, mitten in seinem Ärger über die ständigen Missverständnisse und Herabsetzungen, denen er sich ausgesetzt sieht, jedes Mal etwas wie Genugtuung, wenn er an Schulze-Boysen denkt.

*Mai 1940,*
*Berlin*

»Also, nächste Woche geht es los.« Heinrich Scheel, fünfundzwanzig Jahre alt, mager, jungenhaft, sich sichtlich unbehaglich fühlend in der brandneuen Ausgehuniform, sitzt Harro Schulze-Boysen gegenüber in der Altenburger Allee. »Nächste Woche fange ich als Wetterdienstinspektor bei der Fliegerhorstkommandantur in Märkisch-Friedland an.«

»Rechtzeitig zu Beginn der Westoffensive«, sagt Harro. »Aber als Wetterdienstinspektor werden Sie ja nicht gerade vor Paris zu kämpfen haben.«

»Ich habe einfach Glück gehabt. Letztes Jahr wäre ich um ein Haar zu einem Infanterieregiment einberufen worden, aber ein günstig positionierter Schulfreund ist mir gerade noch zu Hilfe gekommen.«

»Sie sind in Berlin zur Schule gegangen?«

»Ja. Ich habe die Schulfarm Scharfenberg besucht. Ein Internat, auf einer Insel im Tegeler See. Heute ist es ein Musterinstitut der Nazis, aber damals war es eine Reformschule, auf die vor allem Arbeiterkinder gingen. Entsprechend waren wir dort alle gestandene Linke.«

Harro hat sich vorgebeugt. »Wie interessant. Und diese Kontakte bestehen bis heute fort?«

»Jedenfalls die meisten. Scharfenberg hat uns ziemlich zusammengeschweißt. Wir sind ja nicht nur miteinander zum Unterricht gegangen. Wir haben unser Essen selbst gekocht, unsere Felder bestellt, die Ställe ausgemistet, Enten und Gänse großgezogen, sogar Seidenraupen haben wir gehalten. Nur so konnte das Schulgeld erschwinglich gehalten werden. Die Verantwortung, die man zu tragen gewohnt war, für sich selbst, für die übernommenen Tätigkeiten, die ganze Idee und Praxis der Schülerselbstverwaltung – «

»Guten Abend, Herr Scheel.«

Die Tür hat sich geöffnet, und da ist sie: Libertas Schulze-Boysen, das Haar noch feucht, die Haut rosa überhaucht.

»Verzeihen Sie den Aufzug, aber ich habe ein Bad genommen und bin schon im Hauskleid.«

Heinrich Scheel erhebt sich, ergreift die dargebotene Hand, verflucht sich für das in die Wangen drängende Blut.

»Und Sie, in der neuen Uniform! Sie steht Ihnen aber ganz ausgezeichnet.«

Dies Strahlen, dieses Schmetterlingshafte, jeder ihrer Blicke eine flatternde Berührung. Wie schafft Schulze-Boysen es bloß, irgendetwas Vernünftiges zu tun, mit dieser berückenden Frau im Haus? Da lehnt er in der Sofaecke, unbeeindruckt, die Beine lässig übereinandergeschlagen.

»Libs, Herr Scheel ist hier, um sich zu verabschieden. Er ist nach Märkisch-Friedland abkommandiert.«

»Wie ärgerlich! Aber Sie gehen uns doch nicht völlig verloren. Sie kommen uns doch besuchen, wenn Sie in Berlin sind?«

Er wünschte, das Sentiment der Bemerkung wäre nicht nur Floskel. Aber was täte er dann?

»Verlorengehen«, sagt Harro, »dürfen Sie keinesfalls. In unserer Bekanntschaft steckt zu viel Potenzial. Allein die Kontakte zu Ihrem politischen Hinterland – wer käme denn infrage, um die Verbindung zwischen uns aufrechtzuerhalten?«

»Dazu habe ich dich vorgeschlagen«, sagt Heinrich Scheel zu Hans Coppi.

Es ist ein milder Abend, und Heinrich, Fridel und Ina Lautenschläger sind zusammen hinaus nach Tegel geradelt, zur Laube in der Kleingartensiedlung Waldessaum, wo Hans Coppi mit seiner Hilde wohnt.

»Was will dieser Schulze-Boysen denn überhaupt?« Fridel ist aufgebracht. »Warum will er unbedingt mit dir in Kontakt bleiben?«

Heinrich hebt die Brauen. »Vielleicht findet er, dass ich ein intelligenter und liebenswürdiger Gesprächspartner bin.«

»Sei nicht albern. Wenn du so ein Gesicht ziehst, siehst du aus wie ein Fuchs.« Fridel wendet sich den anderen zu. »Diese Leute«, sagt sie, »sind nicht unsere Leute. Heinrich hat mich einmal zu ihnen mitgeschleppt. Einmal und nie wieder. Dieser Ton, diese Wohnung, das ganze Getue. Sehr erfreut, darf ich vorstellen, bitte nehmen Sie Platz. Im Flur an der Garderobe hing ein Damenpelzmantel. Wieso ist so einer überhaupt gegen die Nazis?«

»Liebe Fridel«, sagt Heinrich, »zum Glück kann man keinem seine Gesinnung an der Nasenspitze ansehen. Dann wären wir nämlich schon alle verhaftet. Schulze-Boysen ist ein aufrechter Mensch. Er ist gleich dreiunddreißig in Haft genommen worden, genau wie so viele der Genossen. Ina, dein Mann war doch letztes Jahr auch mit dabei, bei Lotte Schleif, als wir alle mit Schulze-Boysen über den deutsch-sowjetischen Freundschaftsvertrag diskutiert haben.«

»Hans war nach dem Treffen völlig begeistert«, sagt Ina Lautenschläger. Die schöne Ina, Vorführdame im exklusiven Modesalon von Annemarie Heise, wo Marika Rökk und Magda Goebbels arbeiten lassen: Sie sitzt auf einem Kissen im Gras und windet ein Ringlein aus Grashalmen und Gänseblümchen. Auf der Schulfarm Scharfenberg war sie das einzige Mädchen, und sie hat einen Scharfenberger geheiratet. »Wochenlang ging es Schulze-Boysen dies, Schulze-

Boysen das. Schulze-Boysen hat den Überfall auf Polen vorausgesagt, den Sitzkrieg, er wusste, der Westen würde Polen nicht verteidigen, Schulze-Boysen hat für alles eine Erklärung.«

»Du musst nicht so sarkastisch sein«, sagt Heinrich Scheel. »Schulze-Boysen ist kein Hellseher. Er hat allerdings Zugang zu Informationen, die uns Normalsterblichen verborgen bleiben. Und er verströmt Zuversicht. Einen Optimismus, der auf Einsichten beruht. Ich habe damals nach diesem ersten Treffen gedacht: So einen wie den hätte man gern zum Freund. Und das ist er geworden. Ein Freund. Was ist falsch daran, wenn man sich bemüht, in Fühlung zu bleiben? Heutzutage, wo alles unterwegs ist und kaum einer mehr sein Leben dort verbringt, wo er geboren ist, verliert man sich andernfalls für immer aus den Augen. Was kann es schaden, mit ihm in Kontakt zu bleiben?«

»Und warum hast du dafür gerade mich vorgeschlagen?« Hans Coppi, den langen Körper auf einem Hocker balancierend, rückt an seiner Brille.

»Ach Schlacks. Das liegt doch auf der Hand. Du bist wehrunwürdig, also bleibst du auf jeden Fall in Berlin. Das habe ich auch Schulze-Boysen erklärt. Dass du als Schüler im KZ Oranienburg und in Plötzensee gesessen hast, wegen dieser Klebezettelaktion. Es hat ihn enorm interessiert. Alles interessiert ihn. Triff dich einfach einmal mit ihm, dann wirst du ja sehen.«

»Aber ist das nicht sehr gefährlich?«, sagt Hilde Coppi. Sie legt die Hand auf Hans' Arm. »Man weiß doch gar nicht, wen dieser Schulze-Boysen alles kennt. Mit wem man durch ihn in Berührung kommt.«

Hans Coppi ergreift Hildes Hand und drückt sie, wortlos beruhigend. Heinrich Scheel betrachtet die beiden: den dreiundzwanzigjährigen Hans und seine sanfte Hilde, die sieben Jahre älter ist als ihr Mann.

»Liebe Hilde«, sagt er. »Ich glaube wirklich, ein Besuch bei Harro Schulze-Boysen ist nicht gefährlicher als einer bei euch. Ich glaube, es ist fast noch ungefährlicher als eine Rodelpartie im Volkspark Rehberge.«

Alles lacht, auch Hilde: die letzten Winter erst nach längerer Ermutigung bereit war, das Wagnis einer solchen Belustigung einzugehen.

»Leuten wie diesem Schulze-Boysen passiert sowieso nichts«, sagt Fridel. »Wie die schon sitzen, auf ihren breiten Sofas. Denen passiert nichts, und darauf vertrauen sie.«

»Ich könnte ihn am nächsten Wochenende treffen«, sagt Hans. »Unter der Woche muss ich ja immer noch zur Abendschule. Vielleicht könnte man sich irgendwo draußen verabreden.«

Ina Lautenschläger legt den Kopf zurück und sieht in den Abendhimmel auf.

»Wie schön ihr es habt«, sagt sie zu Hilde. »Und jetzt, wo der Sommer kommt. Euer erster Sommer in eurer Laube.«

»Ja, Hans und sein Vater waren sehr fleißig«, sagt Hilde. »Und an das Gefängnis gewöhnt man sich auch. Mit der Zeit.«

Alle drehen sich um und blicken hinüber zu dem mächtigen Bau des Strafgefängnisses Tegel, das gegenüber der Kleingartenkolonie über die Baumwipfel hinausragt.

»Am Anfang«, sagt Hilde, »hat mich der Anblick ein wenig bedrückt. Aber inzwischen nehmen wir das Gebäude fast gar nicht mehr wahr. Nicht wahr, Hans?«

*30. August 1940,*
*Berlin*

»Ah. Ich sehe, du hast bereits gepackt.«

Arvid ist im Spiegel hinter Mildred erschienen, die vor dem Frisiertisch sitzt, den Mund voller Haarnadeln. Er deutet mit dem Kinn hinüber zum Bett, an dessen Fußende der Koffer steht: Mildred fährt morgen früh nach Marienbad, zur Kur, wie Arvid und sie beide es nennen. Sie wirft ihm einen raschen Blick zu. Er hat das Hemd zugeknöpft, schlingt die Krawatte um den Hals. Sie sagt: »Ich weiß, es wäre dir lieber, ich führe nicht.«

»Es ist nicht, dass ich dir die Tage nicht gönne.«

Seiner Ansicht nach wäre es ihrem Seelenfrieden zuträglicher, wenn sie sich mit der Kinderlosigkeit abfände. Was sich nicht ändern lässt, muss man akzeptieren: Aber Mildred ist noch keine vierzig, und ihre Sterilität ist medizinisch nicht begründbar. Vielleicht lässt sich der Kampf doch noch gewinnen.

Arvid legt den Kopf zurück, zieht die Krawatte unter dem Hemdkragen durch, schlingt mit gerunzelter Stirn, zusammengekniffenen Augen den Knoten. Er ist auf dem rechten Auge blind. Tut man seinem Kind etwas Gutes, wenn man es zu einem anständigen Menschen erzieht? Tritt für Schwächere ein, sei tapfer, miss persönlichen Belangen nicht so viel Wichtigkeit bei! Auf dem Heimweg von der Schule kam Arvid dazu, wie ein älterer Junge einen kleineren mit einem Stock drangsalierte, er warf sich dazwischen, im Gerangel ging seine Brille zu Bruch, die Splitter wurden im Krankenhaus entfernt, aber die Sehkraft des Auges war dahin. Viel Aufhebens machte darum keiner, außer seiner Mutter vielleicht. Selbst schuld, der Bengel, was hatte er sich auf dem Schulhof zu prügeln? Auch damals herrschte Krieg in Europa. Anderer Leute Söhne verloren Gliedmaßen und Leben an der Front.

»Ich habe übrigens noch ein Geschenk für Adam«, sagt Mildred. »Ich habe ein so schönes Blatt Papier in meinem Schreibtisch gefunden, cremefarben und dick, wie man es gar nicht mehr bekommt. Also habe ich Matthias Claudius' Kriegslied abgeschrieben. Ich habe mir gedacht, wir könnten beginnen, solche Gedichte weiterzureichen, sie von Hand zu Hand gehen zu lassen. Es könnte die Menschen ermutigen, ihren Herzen zu folgen, ihrer eigenen Einsicht, statt sich einreden zu lassen, der Krieg wäre unvermeidlich. Und gegen Matthias Claudius kann selbst die Gestapo nichts sagen.«

»Die Gestapo«, sagt Arvid, »kann gegen alles und jedes etwas sagen. Aber die Idee ist schön. Adam wird ein solches Geschenk sicher zu schätzen wissen.«

»Ob wohl die Schulze-Boysens etwas mitbringen?«

»Das werden sie sicher. Von ihr bist du ja ganz angetan gewesen.«

»Was heißt angetan. Ich habe sie nur einmal bei den Kuckhoffs getroffen und fand sie lebhaft und liebenswürdig. Du wirst ja sehen. Sie ist durchaus eine femme à hommes, denke ich.«

Als würden sich die Leute nicht nach wie vor nach ihr selbst umdrehen. Arvid betrachtet sie im Spiegel, seine Frau, wie sie die letzten Strähnen ihres lockeren Knotens ordnet. Ihr Haar ist nicht mehr strohblond, sondern golden: als hätte zwischenzeitlich Rumpelstilzchen zur Spindel gegriffen.

Eine wunderliche Geschichte, im Übrigen. Warum sollte die Heldin überglücklich sein, den gefühllosen, geldgierigen König heiraten zu dürfen, der sie bis gerade eben noch mit dem Tod bedroht hat? Es ist die Zwickmühle so mancher Märchenprinzessin: Verweigern kann sie sich nicht, wenn der Mann ihren Körper verlangt, sie kann lediglich hoffen, dass es um ihre Hand geht und nicht um ihren Kopf.

Arvid knöpft seine Jacke zu. Mildred glättet ihren Kragen. Dem Stil, den ihr früher die Armut aufgezwungen hat, ist sie treu geblieben: Das Kleid ist ein abgelegtes Stück ihrer ältesten Schwester. Mildred hat es mit neuen Knöpfen versehen, mit einem edlen Spitzenkragen. Aber der entscheidende Kunstgriff besteht darin, die Notwendigkeit zur freien Wahl zu erheben: das Haar auf absichtlich altmodische Weise hochzustecken, unzeitgemäße Schuhe zu tragen, altertümliche Handtaschen. Dieses modische Amor fati bringt ihr inzwischen häufig Bewunderung ein, wenn auch nicht immer ohne einen gewissen Unterton.

*Meine Liebe, so etwas können wirklich nur Sie tragen.*

*An mir würde dieses Kleid unmöglich aussehen.*

»Bist du fertig? Wunderbar siehst du aus.«

Arvid legt seiner Frau die Hand auf die Schulter. Einen Moment lang erscheinen sie im Spiegel wie auf einer Fotografie: ein kinderloses Paar von fast vierzig, im Begriff, zu einer Abendeinladung zu gehen.

»Die Schulze-Boysens sind noch nicht da?«, sagt Mildred.

»Sie werden sicher gleich kommen«, sagt Greta. Sie geht Arvid und Mildred voraus ins Wohnzimmer. Durch die geöffnete Tür sieht man Adam draußen auf der Dachterrasse hantieren. »Er versucht, die Stühle trocken zu bekommen«, sagt Greta. »Ich habe ihm gesagt, wenn uns der Regen nicht in die Quere kommt, dann die Engländer, aber er meint, die Bomberei der letzten paar Nächte war nur Episode, und es bleibt jetzt mal wieder eine Weile ruhig.«

Adam, den Lappen in der Hand, richtet sich auf. »Bitte nicht noch mehr Glückwünsche«, sagt er. »Hier ist es den ganzen Tag lang rundgegangen. Wie Greta es geschafft hat, in all dem Chaos ein Festessen vorzubereiten, ist mir ein Rätsel. Aber ich freue mich sehr auf den heutigen Abend mit euch. Und mit den Schulze-Boysens. Ich bin sehr gespannt.«

»Tatsächlich sind wir einander schon einmal begegnet«, sagt Arvid. »Hat Mildred es erwähnt? Vor fünf oder sechs Jahren muss es gewesen sein.«

»Und, Arvid, wie fandest du ihn?«

»Nun ja. Er war sehr offen. Vielleicht ein wenig zu sehr. Auch schienen mir seine politischen Ansichten etwas wirr.«

»Aber so war doch damals die Zeit«, sagt Adam. »Unsere endlosen Diskussionen! Gegen Amerika, gegen Russland, gegen die Macht von Banken und Konzernen, gegen den Kapitalismus, den Kommunismus, den Liberalismus, radikal, rational, national, lieber Himmel, hatten wir einen Spaß. Und dann eines Morgens wacht man auf, die Bösen haben gewonnen, und man sitzt mit Leuten im selben Boot, die man zuvor nicht auf Sichtweite an sich herangelassen hätte. Nicht dass ich Schulze-Boysen damit meine. Offen ist er, sagst du, ja, das ist wahr. Das ist er. Aber verdammt, Arvid – hast du die ewige Geheimniskrämerei nicht auch manchmal satt? Diese vertrackten Tänze, die man aufführt. Andauernd hüpft man von einem Bein aufs andere im Versuch herauszufinden, wo der andere steht. Und dann dieser Abend draußen im Grunewald bei den Engelsings.«

»Engelsing ist Produktionsleiter der Tobis«, sagt Greta. »Adam hofft auf eine Beschäftigung beim Film.«

»Es war eine großartige Einladung«, sagt Adam. »Ein freier und heiterer Ton, vom ersten Satz an, den Schulze-Boysen gesagt hat. Ja, ich weiß, Arvid. Tollkühnheit ist auch eine

Form von Verrat. Gut und schön. Aber Schulze-Boysen sitzt in Görings Ministerium, Abteilung fremde Luftmächte. Seine Frau hat Kontakte bis in die höchsten Kreise. Das ist die Sorte Nazigegner, die wir brauchen.«

»Allerdings kennen wir uns!«

Die Schulze-Boysens sind da. Libertas' dünner Mantel ist von ihren Schultern in Adams Arme geglitten, ein Hauch von Parfüm umweht sie, Harro schüttelt Hände, neigt sich den anderen entgegen, weist jedem Bedeutung und Einzigartigkeit zu.

»Wir laufen uns doch regelmäßig an der Auslandswissenschaftlichen Fakultät über den Weg. Frau Harnack, ich hätte längst eine Ihrer Lehrveranstaltungen besucht, bin aber leider noch nicht dazu gekommen.«

»Sie studieren an der Fakultät?«

»Wenn ich dazu komme. Im letzten Sommer habe ich im Wesentlichen Dekan Six' Kolloquium geleitet. Gerüchten zufolge ist er ja als Befehlshaber von London vorgesehen.«

»Bevor die Invasion Englands beginnt«, sagt Greta, »müssen wir zu Abend essen. Mein Huhn fällt sonst von den Knochen.«

Die Teller sind abgeräumt. Adam füllt die Gläser nach, Arvid zündet seine Pfeife an. Greta reicht ihre Chesterfields herum. Harro lehnt ab.

»Sie rauchen nicht, Herr Schulze-Boysen?«

»Höchst selten. Es bekommt mir nicht. Und im Amt ist es ohnehin verboten. Der Führer hat verfügt, dass es die Juden waren, die den Tabakkonsum eingeführt haben, um die nordische Rasse auszurotten.«

Arvid zieht an seiner Pfeife. »Stalin raucht, Churchill

raucht, Roosevelt raucht. Tabak ist ein Laster der freien Welt. Das sollte uns helfen, den Krieg zu gewinnen, jedenfalls, wenn die Behauptungen der Antitabak-Bewegung richtig sind und es tatsächlich einen Zusammenhang zwischen Lungenkrebs, Herzkrankheiten und Tabak gibt.«

Libs am anderen Ende des Tisches zeigt Bilder von Liebenberg herum.

»Wir waren erst letztes Wochenende wieder dort«, sagt Harro. »Vorrangig, um zu baden. Überall sieht man französische und polnische Kriegsgefangene bei der Arbeit. Das könnte interessant werden. Verbote hin oder her, eine Verbrüderung miteinander ebenso wie mit den Eingeborenen wird sich kaum verhindern lassen. Womöglich werden sich demnächst auch noch englische Stimmen in den Chor einmischen.«

»Halten Sie das wirklich für möglich?«, sagt Mildred.

»Warum nicht?«, sagt Harro. »Natürlich hängt alles davon ab, ob uns die Russen weiter den Rücken frei halten. Aber die Engländer würden es jedenfalls verdienen.«

In diesem Moment beginnt der Alarm tief zu grollen, um sich gleich darauf zu schrillen Höhen emporzuschwingen wie eine Goebbelsrede. Adam erhebt seine Stimme über den Lärm.

»Wie nett. Die Engländer wollen mir zum Geburtstag gratulieren.«

»Das kommt von unserer totalen Kontrolle des britischen Luftraums«, sagt Harro.

»Könnten wir nicht für einen Moment nach draußen gehen?«, sagt Libertas. »Die Aussicht von hier oben muss doch atemberaubend sein. Die Leuchtkugeln, die Flak, die Suchscheinwerfer. Es hat seine eigene unheimliche Schönheit, finden Sie nicht?«

»Danke bestens«, sagt Arvid. »Vier Stunden sind mir zu viel unheimliche Schönheit. Man muss ja auch einmal schlafen. Aber freilich, seit Jahren mahnt man uns, Dachböden und Keller zu entrümpeln, man erlässt Anweisungen zum Schutz der Fensterscheiben, Verdunkelungsregelungen für den Fall eines Luftangriffs, Vorschriften für Werbung in Luftschutzanlagen und standardisierte Normen für Feuerlöscher. Wenn die Party so vorbereitet wird, muss sie schließlich auch stattfinden.«

Sie treten auf die Terrasse hinaus. Es ist windstill und trocken, aber der Himmel ist bedeckt, mondlos über der verdunkelten Stadt.

»Vielleicht fliegen sie wieder nach Hause«, sagt Greta, »wenn sie nichts sehen können.«

»Oder sie werfen ihre Bomben einfach irgendwo ab«, sagt Libs.

»Das könnte eine echte Katastrophe werden«, sagt Adam. »Wo Geschick nicht ausreicht, ist das Glück eine Schlampe. Sie könnten rein aus Versehen etwas treffen.«

»Im Westen scheinen sie ja recht erfolgreich zu sein«, sagt Harro. »Meine Eltern berichten aus Duisburg, es ginge ziemlich lebhaft zu. Ja, mein alter Vater mit seinen sechzig Jahren hat nun tatsächlich noch einmal den Waffenrock angelegt und plant eifrig die Invasion Englands mit. Natürlich tut es ihm gut, es verjüngt ihn geistig wie körperlich. Aber ist es nicht seltsam, unser Leben auf diesem kleinen Stern? Da ziehen sie nun beherzt in den Kampf, diese alten Männer, um ihre eigene Welt zu zerstören, die Lebensform, an die sie gewöhnt waren und die sie erhält. Vor uns liegt ja die größte Schlacht, die die Menschheit je geführt hat. Ein wahres Ragnarök. Das alte Europa wird es danach nicht mehr geben. Kein Stein wird auf dem anderen bleiben.«

Die Sirenen heulen erneut, in einem langgezogenen Ton.

»Für heute Entwarnung«, sagt Greta. »Gehen wir hinein, es ist kühl.«

Sie sitzen um den Tisch, nahe beieinander.

»Im Übrigen bin ich davon überzeugt, dass wir nächstes Jahr die Sowjetunion angreifen«, sagt Harro.

»Ganz meine Meinung«, sagt Arvid. »Mit der man aber ziemlich allein dasteht. Keiner scheint es für möglich zu halten, dass Hitler uns in einen Zweifrontenkrieg stürzt. Alles vertraut auf den Pakt mit Stalin, auf das bilaterale Handelsabkommen. Keiner kann sich vorstellen, dass wir Maschinen und Waffen für die Rote Armee liefern, während wir zugleich planen, gegen ebendiese Armee ins Feld zu ziehen.«

»So funktioniert der Kapitalismus«, sagt Harro. »Staaten nehmen die Stärkung der Kampfkraft des Feindes in Kauf, weil sie hoffen, mehr zu profitieren als der Gegner.«

»Was für die deutsche Seite auch gilt. Das Material, das wir nach Osten liefern, ist weitgehend veraltet, während die Russen regelmäßig ihr Soll übererfüllen, um nur ja das deutsche Regime zufriedenzustellen. Aber es wird ihnen nichts helfen. Erstes Ziel wird es meines Erachtens sein, das westeuropäische Russland von Leningrad bis hinunter zum Schwarzen Meer zu besetzen, dann wird es darum gehen, Baku einzunehmen, um unsere Ölversorgung zu sichern.«

Der Abend schreitet weiter voran.

»Ich bin überzeugter Anhänger der Planwirtschaft«, sagt Arvid. »Oberste Aufgabe eines Staates muss sein, Freiheit und Wohl des Einzelnen zu garantieren. Daraus ergibt sich die Aufgabe, zum einen die riesigen Rohstoffressourcen des Ostens für Deutschland zu erschließen, in einem Wirtschaftsraum, der bis China reicht, zum anderen die geistige

Tradition des Westens zu wahren, die auf individueller Freiheit besteht.«

»Sie reden von der Zeit nach Hitler«, sagt Harro. »Womit sich die Frage stellt, welche Macht imstande ist, uns von Hitler zu befreien. Allein die Russen kommen dafür infrage.«

»Würden Sie sich als Kommunisten bezeichnen?«

»Wenn Sie damit meinen, ob ich Deutschland als zukünftigen Sklavenstaat unter Stalins Herrschaft sehe, dann ist die Antwort Nein. Wir werden unsere eigene Art des Sozialismus entwickeln, unabhängig von den Sowjets, allerdings unter ihrem Schutz, als Teil eines vereinten Europas. Und ich beabsichtige, Teil dieses Prozesses zu sein.«

»Herr Schulze-Boysen«, sagt Arvid, »wir müssen in Verbindung bleiben.«

»Unbedingt«, sagt Adam Kuckhoff. »Auf jeden Fall. Harro, Arvid. Ich bin sehr froh. Ich halte den heutigen Abend für ein schicksalhaftes Treffen.«

# 8

*September 1940,*
*Berlin*

Jede Heimkehr ist merkwürdig, ein gefährliches Unternehmen, das misslingen kann. Der Zug fährt in Berlin ein, Arvid erwartet Mildred wie einst an der Mole in Bremerhaven, im Stadtbahnwaggon beschränkt sich ihre Unterhaltung auf Banales, das Treppenhaus riecht vertraut, aber die Wohnung sträubt sich gegen sie. Die Gegenstände haben sich mit ihrer Abwesenheit arrangiert, subtil die Lücke gefüllt, ohne dass ein einziger Stuhl verrückt worden wäre. Mildred, in der Mitte ihres Wohnraums stehend, erwartet fast, dass irgendeiner sie auffordert, Platz zu nehmen wie ein Gast.

Dann kocht das Teewasser, der Koffer macht sich im Schlafzimmer unsichtbar, und Mildred ist angekommen. Sie fügt sich wieder ein, ein Puzzleteil, das das Gesamtbild komplettiert.

»Und ein Glück auch«, sagt Arvid, »dass du wieder daheim bist.« Er lehnt am Schreibtisch und stopft seine Pfeife. »Ich muss dir etwas erzählen. Während du in Marienbad warst, hat uns jemand von der Sowjetbotschaft besucht.«

»Ach! Nach all den Jahren! Aber wohl kaum jemand, den wir kennen?«

»Nein. Natürlich nicht. Er nennt sich Alexander Erdberg. Aber er hat Grüße von Hirschfeld ausgerichtet, in makellosem Deutsch übrigens. Du erinnerst dich an Hirschfeld, aus den Zeiten der Arplan?«

»Natürlich.«

»Es geht Hirschfeld offenbar gut. Das ist doch erfreulich, nach allem, was sich in der Sowjetunion in den vergangenen Jahren ereignet zu haben scheint. Mildred – ich habe Erdberg meine Bereitschaft zur Zusammenarbeit signalisiert.«

Sie nickt. Einen Moment lang weiß sie nicht einmal, was außergewöhnlich daran sein sollte, mit einem Russen ein vertrauensvolles Verhältnis zu pflegen.

»Und was, wenn dieser Erdberg ein Lockspitzel ist?«, sagt Greta.

Sie stehen draußen auf der Dachterrasse, die Harnacks und die Kuckhoffs, rauchend in Herbstmänteln, in den Wind sprechend.

»Das habe ich ihn auch gefragt«, sagt Arvid. »Woraufhin er zu unserem zweiten Treffen einen Wagen geschickt hat, der mich direkt in die Sowjetbotschaft gebracht hat.«

»Schön und gut«, sagt Greta. »Aber macht man sich nicht erpressbar? Dieser Erdberg, wer immer er ist, kann dich jederzeit anonym bei der Gestapo anzeigen, Arvid.«

»Und warum sollte er das tun?«, sagt Adam. »Wem würde das nützen?«

»Ihr wollt die Gefahr nicht sehen«, sagt Greta. »Aber Adam, bitte bedenke. Was vor ein, zwei Jahren vielleicht noch vergleichsweise milde als Abweichung abgeurteilt wurde, ist heute im Krieg ein Verbrechen.«

»So ist es«, sagt Arvid. »Und die Lage wird sich noch einmal verschärfen, wenn wir die Sowjetunion angreifen.

Das ist die große Zeitenwende, vor der wir stehen. Die Russen werden Deutschland besiegen, sie werden das Regime hinwegfegen. Also tun wir gut daran, mit ihnen zusammenzuarbeiten. Zu Stalin mag man dabei stehen, wie man will, aber er ist nun einmal der Führer der Sowjetunion. Und wer bleibt uns sonst? Frankreich ist gefallen. Die Engländer haben wir über den Kanal gejagt. Und Amerika rührt keinen Finger für uns.«

»Endlich«, sagt Harro. Er durchschreitet den Raum in der Altenburger Allee mit großen Schritten. »Ein direkter Kontakt zur Sowjetunion. Endlich kann man wirksam aktiv werden.«

»Natürlich vertritt Erdberg in erster Linie sowjetische Interessen«, sagt Arvid. »Ich habe ihm aber klipp und klar gesagt, dass ich mich nicht zum Spion einer ausländischen Macht herabwürdigen lasse. Ich habe ihm erklärt, uns geht es darum, das Hitlerregime zu beenden und danach ein neues Deutschland aufzubauen. Nur innerhalb dieses Rahmens sind wir zur Partnerschaft mit den Russen bereit.«

»Wir werden uns den Sowjets als vertrauenswürdige Partner präsentieren«, sagt Harro. »Wir helfen ihnen dabei, uns von den Nazis zu befreien, und sie unterstützen uns beim Aufbau einer neuen europäischen Nachkriegsordnung.« Harro steht mitten im Raum, die Hände zusammengelegt wie zum Applaus. »Arvid, das ist großartig. Großartig ist das.«

»Erdberg ist jedenfalls äußerst vorsichtig«, sagt Mildred zu Greta. »Das hat mich persönlich sehr beruhigt. Er hat unsere Wohnung genauestens untersucht. Sehr gut, dass wir im obersten Stock wohnen, hervorragend, dass uns eine Brandschutzmauer vom Nachbarhaus trennt, ausgezeichnet, dass wir auf ein Telefon verzichten.«

Und warum sagt sie das, während sie innerlich verzagt? Warum spricht sie Ermutigendes, Überzeugendes, während sie sich zusammenziehen möchte zu einem glühenden Punkt, einem Glühwürmchen, das sein Licht erlöschen lässt und in der Nacht verschwindet?

»Das ist unsere Aufgabe«, sagt Mildred. »Die Aufgabe unserer Generation: diesen Krieg beendigen zu helfen und mitzuwirken beim Aufbau einer besseren Welt.«

Sie hört sich sprechen, sie stimmt sich selbst zu, während sie sich zugleich die Ohren zuhalten möchte, um ihre eigenen Worte nicht zu hören. Wie ist das möglich? Es ist unerträglich. Mildred ist nicht mehr eins mit sich. Als Mädchen, als junge Frau hat sie sich vorgestellt, sie würde im Lauf der Jahre immer mehr sie selbst, sie würde immer klarer hineinwachsen in die simple, schöne Form, die ihr vorgegeben zu sein schien: Aber nun ist sie zerrissen. Sie ist in zwei gleichermaßen unfertigen Teilen vorhanden, mit zwei Nationalitäten, zwei Seelen, zwei Namen, Mildred Fish, Mildred Harnack, und welche ist es, die zu Greta spricht? Nicht einmal das könnte sie sagen.

»Greta«, sagt Adam. »Du musst vor allem für unser Kind da sein. Von dir wird weiter nichts verlangt als Toleranz. Die Bereitschaft, eine gewisse Gefahr zu ertragen. Eine Aufgabe, die schwer genug sein mag für eine Mutter in Kriegszeiten.«

»Ule verbringt die Nächte ja neuerdings in dem Kellerraum, den wir uns mit dem Nachbarhaus teilen«, sagt Greta. »Wir haben ihn alle zusammen eingerichtet, damit der Alarm die Kinder nicht immer aus den Betten reißt. Es gibt auch eine Kinderschwester. Das schafft mir natürlich gewisse Freiräume.«

»Vielleicht ist mit den Bomben ohnehin demnächst Schluss«, sagt Arvid. »Die Operation gegen England wird wohl zurückgestellt. Alles konzentriert sich auf den Überfall der Sowjetunion. Ich habe Erdberg bereits davon in Kenntnis gesetzt. Ich habe ihm gesagt, dass wir zuerst Rumänien besetzen werden. Die Vorbereitungen werden Anfang des nächsten Jahres abgeschlossen sein.«

»Immer hat Hans mich gedrängt, in die Partei einzutreten«, sagt Adam. »Hans Otto, mein ermordeter Schwager. Immer habe ich mich verweigert und darauf hingewiesen, ich sei ein freier Geist, ein Sozialist, aber kein Parteitier. Und nun dies. Nun diese Unmittelbarkeit des Kontakts.« Adam schüttelt den Kopf, er hat Tränen in den Augen. »Arvid, ich bin bereit. Mit allen Kräften, mit allen mir verfügbaren Kräften – «

*Camerado, I give you my hand!*

Etwas in Mildred regt sich: eine Erinnerung. Ein Echo von Worten. Mildred Fishs jugendliche Stimme: die sich mit Walt Whitman unhörbar aufschwingt, sich erhebt über den Rauch der Stadtbahn, die Sirenen, das Geklapper der Sammeldosen fürs Winterhilfswerk.

*My call is the call of battle, I nourish active rebellion!*
*Allons! the road is before us!*
*Allons! through struggles and wars!*
*Will you give me yourself? will you come travel with me?*
*Shall we stick by each other as long as we live?*

»Schaut doch, die Stare am Himmel«, sagt Greta.

Über der Dachterrasse der Kuckhoffs ballt sich ein wirbelnder Schwarm, eine unübersehbare Menge kleiner Vögel, die emporschießen, niederfallen, strudelnd die Richtung ändern wie im Bann eines einzigen Willens vereint.

*Winter 1940/1941,*
*Berlin*

Und das hat sie geschworen. Das hat sie zugesagt: Libs reitet an Harros Seite, sie folgt ihm in die Schlacht und so weiter und weiter.

»Aber ich habe Angst! Harro, ich habe solche Angst. Du nicht? Hast du überhaupt keine Angst?«

Als sähe sie nicht die Spuren der Erschöpfung in seinem Gesicht. Ende Januar 1941 ist er in die Attachégruppe versetzt worden, ins Hauptquartier der Luftwaffe in Wildpark-West bei Potsdam. Er ist überarbeitet. Er isst zu wenig, er verträgt das Kommissbrot in Wildpark-West nicht, und Weißbrot ist kaum noch zu haben. Sie tritt auf ihn zu, streckt die Hände nach ihm aus: als hätte sie immer noch Hoffnung, ihn erreichen zu können, indem sie seinen Körper berührt. Er klopft ihr auf die Schulter, wie man ein Haustier tätschelt.

»Ach Libs. Angst? Nein. Wovor denn? Dem Tod nahe zu sein, ist in diesen Zeiten ja selbstverständlich und für einen Mann von Rasse nicht schwer. Wenn es ums Leben geht, auf der falschen Seite zu stehen, das wäre übermenschlich schwer, und die Aussicht darauf würde die ganze Existenz verdunkeln. Aber ich habe meine Wahl getroffen. Und ich muss sagen, ich bin durchaus optimistisch. Natürlich nicht in dem Sinne, dass ich einem wirren Traum von Glück nachhänge. Ich glaube nicht an einen guten oder friedlichen Ausgang der Dinge, darum geht es auch gar nicht. Veritas necesse est, vivere non necesse. Man kann doch trotz allem ein sauberes, kämpferisches Leben führen. Und man kann so ein Leben von Herzen bejahen. Soll es uns verzehren, es ist doch schön gewesen, sag ich.«

»Mildred? Am Dienstagvormittag unterrichtest du doch Donny junior?«

»Ja. Warum? Du weißt, Louise Heath hat sich nur an mich gewandt, weil sie wirklich händeringend nach Tutoren gesucht haben, nachdem die englische Schule geschlossen hat.«

»Ja, Liebes. Die armen Angelsachsen haben nichts als Ärger davon, dass sie Hitler von Sieg zu Sieg haben rennen lassen. Aber es geht um etwas anderes. Libs wird sich Dienstagmittag mit dir im Tiergarten treffen.«

»Libs? Wieso?«

»Harro ist in Wildpark-West. Ich kann mich kaum regelmäßig mit seiner Frau verabreden, das würde auffallen. Also musst du gehen. Und wenn du einen Jungen wie Donny dabeihast, dann ist so ein Spaziergang noch unverdächtiger.«

»Die Köchin hat das Tagebuch meiner Mutter fotografiert.«

Und warum ist er einfach so herausgeplatzt? Den ganzen Weg hat Donny sich darauf gefreut, Mrs. Harnack mit seiner großen Neuigkeit zu erschrecken und sie gleich anschließend beruhigen zu können, und nun stehen sie im Flur, er noch in der Jacke, und der Effekt ist verpufft. Sie betrachtet ihn mit ihren klaren Augen, als wüsste sie genau, dass er sie lediglich beeindrucken wollte.

»Donny, mein Lieber«, sagt sie. »Wie unangenehm. Was mag wohl darin gestanden haben? Hoffentlich nichts allzu Persönliches.«

»Ich weiß es nicht. Ich glaube nicht. Es ist nichts Schlimmes passiert, Mama hat sie erwischt und ihr die Kamera abgenommen.«

Sie nickt. »Na dann. Komm, gib mir deinen Mantel.«

Drinnen stellt er seine Mappe auf den Esstisch und entnimmt ihr die Orange.

»Für Sie. Mit einem Gruß von meiner Mutter.«

»Danke. Wie lieb von ihr.« Sie umfasst die Frucht mit beiden Händen, wendet sie hin und her, hebt sie empor und inhaliert ihr Aroma. »Dieser Duft! Man möchte eine solch wundervolle Frucht am liebsten gar nicht essen. Aber damit täte man ihr unrecht.«

Donny packt seine Bücher auf den Tisch. ›Beowulf‹, ›Gullivers Reisen‹, John Donne, Shakespeare stehen auf der Liste, die sie seiner Mutter übergeben hat. Auch ›Die Geschichte der amerikanischen Arbeiterbewegung‹. Zweimal in der Woche fährt er mit der Bahn zum Nollendorfplatz, dann geht er zu Fuß in die Woyrschstraße. Wenn die Mutter ihm für Mildred kein Geschenk mitgegeben hat, kauft er von seinem Taschengeld heiße Kastanien. Ihre Stimme ist sanft, zwingend, ihre Bewegungen sind weich, sie hält sich sehr aufrecht, Fragen beantwortet sie präzise, sie redet nicht um die Dinge herum. Manchmal stehen sie am Fenster und werfen dem Leierkastenmann Pfennige hinunter, wobei sich ihre Arme berühren.

»Donny, heute nach der Stunde machen wir noch einen Spaziergang. Hast du Zeit?«

Er hat Zeit, er hat Zeit, er hat alle Zeit der Welt für einen Spaziergang mit ihr, auch in diesem Winter 40/41 mit seinem aprikosenfarbenen Kältedunst am Horizont.

Mildred nimmt ihren Mantel, sie wickelt sich den Schal um.

»Also, Donny. Wir werden jemanden treffen, eine nette junge Dame. Sie wird dir gefallen.«

»Und wer war diese Frau?«

Nach den Stunden bei Mildred wird Donny jedes Mal von den Eltern vernommen. Vor den Stunden wird ihm eingeschärft, genau hinzusehen, zu beobachten, aufzupassen, ob ihm jemand folgt, mit Fremden nicht zu reden, keine Fragen zu beantworten.

»Wer sollte mir denn folgen?«

»Jemand, den es interessiert, dass du bei Harnacks ein- und ausgehst. Also, wen hat sie getroffen?«

»Was weiß denn ich? Eine Dame im Pelzmantel. Sie hat sie mir nicht vorgestellt. Wir haben ein paar Sätze Englisch miteinander geredet, über das Wetter, über den Unterricht, dann haben Mildred und sie Deutsch miteinander gesprochen. Ach so, und einmal sind sie stehengeblieben. Sie haben ihre Taschen auf eine Bank gestellt, und als sie weitergegangen sind, hatten sie die Taschen ausgetauscht.«

»Was war das für eine Aktion, Arvid?«

Die Harnacks und die Heaths sind mit den Skiern im Grunewald unterwegs.

»Was befand sich in diesen Taschen? Wer war diese Frau? Was spielen Sie für ein gefährliches Spiel?«

»Wollen Sie mich zur Rede stellen, Donald?«

»Ich rede als Ihr Freund!«

Arvid ist stehengeblieben, er hackt den Stock in den Schnee, zieht den Handschuh aus.

»Freundschaft! Was Sie Freundschaft nennen, ist eine ziemliche Einbahnstraße. Ein Rohr, durch das Informationen von mir zu Ihnen fließen. Und was kommt zurück? Sie wissen es, Heath, es ist ein offenes Geheimnis, dass sich die konservative deutsche Opposition immer wieder um die Unterstützung des Westens bemüht hat, während der Sudetenkrise, vor dem Polenfeldzug. Vergeblich. Immer vergeblich.«

»Diese Opposition«, sagt Heath, »müsste zu handeln beginnen. Sie müsste irgendeinen Beweis ihrer Existenz erbringen.«

»Und worin sollte dieser Beweis Ihrer Meinung nach bestehen? Sollen wir Hitler beseitigen? Mitten im Krieg einen Staatsstreich wagen, einen Bürgerkrieg entfesseln, den der Westen ausnutzen könnte, um ein zweites Versailles zu schaffen, damit alles noch einmal von vorn losgeht? Nein, Donald. Ich will Ihnen etwas sagen. Ich finde es nachgerade ergiebiger, mit den Russen zu verhandeln.«

Mildred, mit Louise Heath den Männern folgend, erschrickt. Es ist nicht das erste Mal, dass diese beiden streiten, aber es ist gefährlich. Mehr als einmal hat Arvid, der unbedingt Vorsichtige, sich schon hinreißen lassen.

»Die deutsche Opposition«, sagt Arvid, »beweist ihr Vorhandensein wieder und wieder. Nur ignorieren die Westmächte sie. Wussten Sie, Heath, dass die Niederlande vor dem deutschen Überfall gewarnt waren? Können Sie sich erklären, warum man die Warnungen in den Wind geschlagen hat?«

Dies sind Informationen, die er im Familienkreis erhalten haben muss, von seinem Cousin Ernst oder von Klaus Bonhoeffer.

Donald Heath sagt: »Nun ja. Aber Arvid. Warum sollte man einem Verräter auch glauben? Einem Mann, der sich gegen sein eigenes Land wendet? Wer weiß, was für Hintergedanken so einer hat?«

»Dann sehen Sie mich vielleicht auch als Verräter. Habe ich Hintergedanken? Und welche sind das? Was habe ich Ihrer Meinung nach für Hintergedanken?«

»Lieber Arvid! Nehmen Sie meine Worte um Himmels willen nicht persönlich! Sie müssen verstehen, neuerdings tritt man von allen Seiten an uns heran. Die deutsche Generalität sucht den Kontakt zu uns, Nazigeneräle versuchen, mit Amerika zu weiterreichenden Abmachungen zu gelangen.«

»Er ist geschickt, Ihr lieber Mann«, sagt Louise Heath leise zu Mildred. »Je mehr er Donald in die Ecke treibt, umso mehr erfährt er von ihm.«

*März bis Mai 1941, Potsdam*

»Wenn du Libs schreibst, sag ihr einen schönen Gruß, bei euch in der Wohnung ist alles in Ordnung.«

Elisabeth Schumacher hat Harro in Marquardt bei Potsdam an der Mole getroffen. Der Himmel ist stahlblau, der Wind beißt auf den Wangen, der schneelose Frost hält den Frühling fern.

»Hier ist die Post der letzten drei Tage. Für Libs war diesmal nichts dabei. Wie geht es ihr denn?«

»So weit gut«, sagt Harro. »Man könnte sie durchaus beneiden um die Möglichkeit, Berlin gegen den Schwarzwald einzutauschen. Bleibt zu hoffen, dass ihre Anwesenheit in St. Blasien die Genesungschancen meines Bruders erhöht. Meine Mutter stand kurz vor dem Zusammenbruch. Sie meint es gut, aber sie glaubt an diese vorgebliche Knochentuberkulose, die ich für eine Fehldiagnose halte. Schmerzen zwischen den Rippen, in den Schenkeln, im Beckenbereich, alles deutet darauf hin, dass Hartmut genau wie ich Nierensteine hat. Na, jedenfalls seine Zimmerkameraden werden es zweifelsohne begrüßen, wenn nun Libs den pflegenden Engel gibt.«

»Und ihre Filmbesprechungen?«

»Mache ich, unter ihrem Namen. Hoffentlich sperrt man sie nicht dafür ein. Ich habe letzte Woche ziemlich vom Leder gezogen.«

»Harro, lass uns etwas schneller gehen. Es ist fürchterlich kalt.«

»Das ist wahr. Geradezu sibirisch. Ja, also was gibt es noch zu sagen? Zu Görings engstem Mitarbeiterkreis gehören neuerdings Russlandexperten. Die Luftwaffe fliegt Aufklärungsflüge über Russland, die Maschinen starten von Bukarest, Königsberg und Kirkenes. Hier, ich habe alles für Harnack zusammengestellt.«

Heute ein Brief von Harro. Der neunzehnjährige Hartmut, in seinem Hospitalbett in St. Blasien, hat abgewartet, bis Mutter und Libs zum Mittagessen gegangen sind, obwohl sie ihn natürlich gedrängt haben, den Brief sofort zu öffnen. Aber er hat Müdigkeit vorgeschoben. Verliebt wie als kleiner Junge ist er nicht mehr in Libs, aber Kränkungen möchte er ihr ersparen. Auch möchte er Debatten mit seiner Mutter vermeiden, die bezweifelt, dass Harro recht hat, wenn er behauptet, dass sein kleiner Bruder keine tödliche Krankheit hat.

*Sondern nichts anderes als Nierensteine. Also keine eigentliche Krankheit, sondern eine körperliche Veranlagung, die der Persönlichkeitsentwicklung nicht zu schaden braucht. Ein besonderes Problem ist dabei die Liebe. Die Steine machen im doppelten Sinne empfindlich. Man hat natürlich eine viel feinere Antenne als die anderen Menschen, empfindet feiner, empfängt feiner, als hätte man einen Radio-Kristall in sich. Hellseher, Hypnotiseure, Don Juans sind ohne Nierensteine nicht denkbar. Napoleon hat es um die ganze*

*Welt gejagt … Goethe trieben sie von einer Frau zur anderen … unsere Eltern banden mir früher als Kind die Hände an der Bettdecke fest, dabei waren die Hände ganz harmlos und gar nicht an der Reizung schuld. Heiraten ist schlecht, wenn ich mirs überlege. Mit Nierensteinen taugt man nicht für eheliche Pflichten. Man bezahlt die Freuden der Liebe teurer als andere, also muss es sich schon sehr lohnen. Zusehen, dass man bei leichten, mühelosen Frauen bleibt! Libs ist z. B. für mich zu schwer.*

Libs, zurück aus dem Schwarzwald, in Liebenberg, an diesem eisigen Frühlingstag vor dem Kamin in der Halle im Seehaus, schreibt an ihre Schwiegermutter.

*Ich denke so viel zu euch hin, Mutti, du weißt, wie ich voll Sorge und Ungewissheit bin … wie soll es weitergehen mit mir, mit meiner Arbeit, mit allem? Was, wenn sie wirklich die Frauen einziehen, wie sie drohen?*

Sie setzt ab.

*Der Sonnabend, als ich in Berlin ankam, war lieb und schön mit Harro –*

Harros Mutter war empört wie erwartet, von Frau zu Frau mit Libs einig über die Männer, als Libs ihr erzählt hat, dass Harro sie neuerdings mit Stella Mahlberg betrügt. Wenn auch vielleicht nicht ganz so empört wie erhofft. Und hätte Libs besser geschwiegen? Aber Harro hat aus seiner Einstellung zu Liebe und Ehe nie ein Hehl gemacht, es war ihm ein Vergnügen, seine Mutter zu schockieren: die sich am Ende natürlich immer auf seine Seite stellt.

*Der Sonnabend, als ich in Berlin ankam, war lieb und schön mit Harro.*

Er war aus Wildpark-West nach Berlin gekommen, um sie abzuholen, und stand pünktlich am Bahnhof, lächelnd mit

Blumen. Draußen ging ein Frühlingsschauer nieder. Er hielt die Jacke seiner Uniform über sie. Sie wehrte ab, aber er bestand darauf: Libs, sei vernünftig. Katzen dürfen nicht im Regen stehen.

Libs, den Füllfederhalter in der Hand, starrt hinaus in den flaumgrauen Himmel, die noch kahlen Bäume am Ufer der Lanke, ohne etwas zu sehen.

»Libs, geht es dir gut? Du siehst angestrengt aus.«

Ingeborg ist hereingekommen.

Cousine Ingi: Sie hat einen Flügel des Seehauses bezogen, mit ihrem zweiten Mann Carl-August von Schoenebeck, der zurzeit als Luftwaffenattaché in Bulgarien weilt. Was treibt Ingi nur den ganzen Tag? Sie hat keinen Beruf, keine Pflichten, keinen Ehemann, sie unterliegt nicht der Notwendigkeit, Geld zu verdienen. Geborgen in Liebenberg, schreibt sie Briefe, reitet aus, sitzt auf der Terrasse und blickt über den See: während Libs morgen nach Berlin zurückkehren muss.

»Libs, du Arme. Hast du wieder nicht schlafen können?«

Aber Libs wird schweigen. Sie wird Harro nicht verraten, nicht gegen ihn aussagen. Sie könnte Ingis Reaktion nicht ertragen: Da siehst du, du musst dich von ihm trennen, ich sage es doch, ich habe es immer gesagt, aber es ist nicht das Ende der Welt, du bist erst 27, du findest einen anderen –

»Es ist doch hoffentlich nichts Gesundheitliches? Nein, ich weiß schon, du vermisst Harro. Ja, der Krieg. Aber Harro ist wenigstens nur in Potsdam, nicht ganz so weit fort wie Carl-August.«

Ingi, bei Menschen ist Nähe keine Frage von Kilometern. Jemand streicht dir über den Rücken, wie man einen Tisch wischt. Jemand hebt mit äußerster Geduld den Blick von der Zeitung. Jemand brütet über einer Schachpartie, die er gegen sich selbst spielt, und du wendest dich ab, du verlässt den

Raum, du lachst mit deiner neuen besten Freundin, der du ein Zimmer in deiner Wohnung gegeben hast, einen Stuhl an deinem Küchentisch, einen Platz dir gegenüber am bequemeren Ende der Badewanne, und dann verlierst du sie an Günther Weisenborn.

Günther hat Margarethe Schnabel geheiratet. Joy: So nennt er sie. Er hat sie durch Libs kennengelernt, er verdankt sie niemand anderem als ihr.

*Und wie kommst du dazu, Joy vor mir zu warnen? Warum erzählst du ihr, ich würde ihr nicht treu sein? Wie kommst du darauf, ich würde sie um Geld angehen und es dann mit einer anderen durchbringen?*

*Weil du so bist, Günther! Streitest du das ab? Willst du leugnen, dass du dergleichen schon getan hast?*

*Aber nicht mit ihr! Niemals täte ich so etwas mit ihr!*

»Libs! Du weinst ja, Libs.« Ingi sinkt neben Libs nieder, ergreift Libs' Hände. »Komm, du Arme, sag mir, was ist es?«

Eine Viertelstunde später hat Libs alles gestanden. Wäre sie nur ihren Vorsätzen treu geblieben. Hätte sie den Mund gehalten. Wie erwartet, hat Ingi ihr zur Scheidung geraten. Dann hat sie ihr eines ihrer Taschentücher geholt. In das Taschentuch war das Eulenburgwappen eingestickt.

Wann ist Mildred das letzte Mal freien Schrittes durch eine Stadt gegangen? Wann hat sie das letzte Mal unbekümmert die Haustür aufgestoßen, frohen Mutes den Briefkastenschlüssel hervorgekramt, ohne eine andere Befürchtung als die, eine lästige Rechnung vorzufinden?

Mildreds Hand ist feucht. Bevor sie den Schlüssel dreht, blickt sie hastig um sich. Der Briefkasten springt auf, ihr Herz macht einen Satz puren Terrors, dabei ist dem Umschlag nichts anzusehen. Er enthält nichts, nur ein Blatt mit ein paar unverbindlichen Grußformeln. Entscheidend ist das Datum des Poststempels. Exakt eine Woche später steht morgens um acht Uhr Alexander Erdberg an einem vorher festgelegten Treffpunkt, zum Beispiel vor der Telefonzelle am Fasanenplatz. Wenn Arvid verhindert ist, geht Mildred. Erdberg nähert sich ihr, er sagt höflich: Entschuldigen Sie, können Sie mir sagen, wie ich zur Woyrschstraße komme? Sie antwortet: Oh, die Woyrschstraße. Welch ein Zufall. Dort wohne ich. Kommen Sie einfach mit.

Dann, miteinander weiterschreitend, verabreden sie ein Treffen: in einem Auto, einem Park, einem stark frequentierten Café oder zur Not auch in der Wohnung der Harnacks, wo Erdberg mit einer Flasche Starka, einem warmen Schal für Mildred, einem Störrücken als Gastgeschenk erscheint.

»Egmont Zechlin hat mich heute in der Auslandswissenschaftlichen Fakultät beiseitegenommen«, sagt Mildred zu Arvid. »Ein Feldmarschall hat ihm gegenüber erwähnt, dass der Angriff noch im Frühling geplant ist. Man will losschlagen, solange das Korn noch grün ist, damit die Russen es nicht in Brand setzen können wie bei Napoleons Russlandfeldzug.«

»Plausibel. Es ist ja vorgesehen, dass sich die Wehrmacht weitgehend aus den eroberten Gebieten verpflegt.«

»Also entweder Feuer oder die Deutschen verzehren die russische Ernte. Aber wovon soll dann die Bevölkerung leben?«

»Deutschland wird zuerst die Ukraine besetzen, um die Sowjets ihrer industriellen Basis zu berauben«, sagt Arvid zu Erdberg. »Nächstes Ziel ist die Abspaltung des Kaukasus. Am 25. Tag des Angriffs plant man, am Ural zu stehen.«

»Und die Russen werden natürlich laufen wie die Hasen«, sagt Erdberg und lächelt.

»So wird es im Reich verbreitet, ja.«

»Ich könnte mir denken, dass es anders kommt. Aber wie auch immer. Sie und ich, wir müssen jedenfalls in Kontakt bleiben. Darüber sollten wir uns Gedanken machen.«

»Ein enorm gebildeter Mann, dieser Erdberg«, sagt Greta zu Mildred. »Denk nur, er hatte vor seinem Besuch extra Adams ›Till Eulenspiegel‹ gelesen. Wusstest du, dass er lange in Paris gelebt hat? Er hat vorgeschlagen, wir sollten nach dem Krieg einmal für eine Weile unsere Wohnungen tauschen. Eine herrlich verrückte Idee, nicht wahr?«

»Und mit eurer Wohnung war er zufrieden?«

»Durchaus. Wir sind ja ziemlich abhörsicher. Allerdings hat ihm missfallen, dass wir Marx und Engels so offen herumstehen haben. Aber ich habe ihm gesagt, wenn wir die Bücher verstecken würden, wäre das doch viel auffälliger. So kann ich immer darauf verweisen, dass ich für Regierungsstellen übersetze und darum in der Lage sein muss, auch divergente Begriffe nachschlagen und erhellen zu können.«

»Greta, du redest, als rechnetest du fest mit einem Besuch der Gestapo.«

»Ja freilich. Das muss man wohl. Wenn wir weiter Nachrichten übermitteln.«

*Die erste Angriffswelle der deutschen Luftwaffe wird sich auf die Eisenbahnknotenpunkte der westlichen Sowjetunion, die Elektrizitätswerke in Donezk und die Kohlenfelder der Ukraine konzentrieren. Geplant ist das Bombardement der Schienenstrecken Orjol – Kursk – Charkow und Kiev – Gomel.*

*Deutschlands vertragsmäßige Lieferungen von Wirtschaftsgütern an die Sowjetunion werden demnächst eingestellt.*

*Alle Soldaten, die einen sogenannten Arbeitsurlaub erhalten hatten, sind wieder in die Armee zurückgekehrt. Man hofft, die fehlenden Arbeitskräfte durch Arbeiter auszugleichen, die aus den Balkanländern ins Reich geschickt werden.*

*Der Angriff steht unmittelbar bevor.*

»Sollte er nicht längst erfolgt sein?«, sagt Adam.

Harro, aus Wildpark-West zu Besuch, hebt die Schultern. »Die meisten Offiziere sind nach wie vor gegen den Überfall auf Russland. Sogar in Parteikreisen regt sich Widerstand. Außerdem gab es ein Riesentheater zwischen Ribbentrop und Göring, der am liebsten einen Friedensvertrag mit England und womöglich Amerika schließen würde.«

»Das dürfte Stalins Alptraum sein«, sagt Adam, »vor allem nach dem Englandflug von Heß: dass deutsche Oppositionelle mit westlicher Unterstützung das Naziregime stürzen und dann alle gemeinsam gegen die Russen ziehen.«

»Diese Gefahr besteht aber nicht«, sagt Arvid. »Die konservative Opposition um Goerdeler ist jedenfalls nicht sehr erfolgreich darin, Offiziere der Wehrmacht zu einem Staatsstreich zu bewegen. Auch wenn sich hier und da kritische Stimmen regen – insgesamt sind und bleiben die Herren hitlertreu.«

»Für einen Regimewechsel ist es ohnehin zu früh«, sagt Harro. »Zu dieser Einsicht bin ich letzthin gelangt. Wir haben noch keine revolutionäre Situation. Das Schlimmste wäre doch, wenn nach allem, was war, nun doch wieder die alten Mächte der City die Oberhand bekämen. Aber das kann ja gar nicht passieren. Das Neue muss sich zwingend Bahn brechen. Es zu befördern, das ist unsere Aufgabe.«

*Die Militärbasen in Polen sind auf die Aufnahme von Flugzeugen vorbereitet. Das deutsche Oberkommando plant, die Sowjetunion in einer Zangenbewegung von Westpreußen und dem Baltikum nach Süden und von Rumänien nach Norden anzugreifen.*

*Mir liegt eine Liste der Generalstabsoffiziere vor, die die besetzten Gebiete der Sowjetunion verwalten sollen.*

Heinrich Scheel ist zur Fliegerhorstkommandantur in Rangsdorf verlegt. Dort hat er von der Verlegung ganzer Flugstaffeln nach Osten erfahren.

»Ich gehe morgen in die Altenburger Allee«, sagt Hans Coppi. »Ich sage es Libertas.«

*Juni 1941,*
*Berlin*

*Was ich dir sagen könnte, wird etwas anderes sein, als ich der übrigen Welt sage. Es werden Gespräche mit mir selber sein können.*

Libs hört Harros Stimme. Sie weiß, wie diese Worte klingen, und warum? Weil sie sie einst selbst aus seinem Mund gehört hat. Der Brief ist vom 6. April. Er ist aber nicht für Libs.

Er ist für Stella Mahlberg. Und warum liegt er hier herum? Warum hat Harro ihn nicht abgeschickt?

Am 6. April war Libs bei Harros Bruder in St. Blasien. Der Balkanfeldzug hat am 6. April begonnen, der Auftakt des großen Krieges im Osten, von dem Harro ausschließlich spricht: Aber sieh an, was für private Worte er für Stella Mahlberg gefunden hat.

*Du gefällst mir so gut und du tust mir so gut, wie du bist.*

*Ich bin dir zu nah, um dir gegenüber zu stehen –*

Wollte er Libs diesen Brief finden lassen? Hat er ihn womöglich abgeschickt, und dies ist eine Kopie? Die folgenden Zeilen, mit einem anderen Stift geschrieben, sind vielleicht erst später hinzugefügt worden. Was soll das? Genügt es ihm nicht mehr, für die Freunde historisch zu werden, eine allegorische Napoleon-Biografie zu verfassen mit den durchsichtigsten Parallelen zu Leben und Werk des Führers? Kapriziert er sich neuerdings auf einen Liebesroman in Briefen?

*Die Aufgabe, die du meinem Herzen stellst, ist so groß und schön – und schwer, dass jedes Wort dazu meinerseits mir allzu billig erscheinen würde. Ich will tun, mehr noch: ich will sein, was ich kann – Sender der Bedingungslosigkeit, der Ausschließlichkeit, der Rückhaltlosigkeit, Antenne für dich! Aber vergiss nie, dass Sender und Antenne des Stromes benötigen. Wenn der Ton einmal schwächer wird, dann vergiss nie, dass am schlechten Empfang auch das Wetter, die Zeiten, die Atmosphäre schuld sein kann.*

Ja, das ist Harro. Da baut er bereits vor, entschuldigt sich prophylaktisch, wäscht sich vorab rein, versieht sich mit einem Warnhinweis wie ein gesundheitlich bedenkliches Produkt. Wobei dieser letzte Eintrag offenbar wirklich neu ist. Denn hier bricht sich Bahn, was sein Herz in Wahrheit mit Leidenschaft erfüllt, was alles andere überlagert und sich mit seiner Untreue zu einer Säure verbindet, die Libs' Fundamente, den Kern ihres Lebensmuts zerfrisst: Die Russen haben ihnen ein Funkgerät angeboten.

»Alexander Erdberg«, sagt Adam zu Greta, »wird am Thielplatz auf dich warten und dir ein Köfferchen übergeben. Wärst du bereit, es nach Hause zu tragen?«

»Ist es schwer?«

»Ungefähr vier Kilo.«

»Was ist darin?«

»Ein Funkgerät.«

Greta lacht auf vor Schreck. »Und damit möchtest du mich durch die Stadt laufen lassen?«

»Ein Treffen von Mann und Frau ist immer unauffälliger. Außerdem traut man Frauen in diesem Land generell weniger Unternehmungsgeist zu.«

Damit hat er sie natürlich.

»Gut. Ich gehe. Aber zuerst will ich wissen, ob die Sache überhaupt einen praktischen Sinn hat. Wer soll denn so ein Gerät bedienen?«

»Das ist noch nicht entschieden. Das Problem ist, dass Funksprüche innerhalb bestimmter Zeitfenster gesendet werden müssen. Harro weiß nicht, ob er jedes Mal rechtzeitig von Wildpark-West herkommen kann. Und Arvid will nicht. Es ist ihm zu gefährlich.«

»Aha. Aber uns ist es nicht zu gefährlich.«

»Greta. Arvid macht mit, er ist dabei. Wenn du es unbedingt erfahren musst, er wird die Funksprüche verschlüsseln. Aber er will eben das Gerät nicht im Haus.«

»Was ist mit Kurt? Kurt Schumacher?«

»Ja. Der war eigentlich als Funker vorgesehen. Aber nun

ist er zum Landes-Schützen-Bataillon in Posen abkommandiert.«

»Also ihr habt keinen Funker. Aber ich soll ein Funkgerät holen.«

»Genau. – Greta, wir werden jemanden finden. Oder jemanden ausbilden. Erdberg hat verboten, den Kreis zu erweitern, wir hätten uns sonst an einen alten Parteigenossen gewandt … aber das Funken ist eine Fertigkeit, die man sich aneignen kann. Es wird sich schon jemand bereiterklären.«

»Warum haben sie gerade dich gefragt, Hans?«

»Ich weiß es nicht. Vielleicht, weil ich wehrunwürdig bin. Weil sie wissen, dass ich nicht eingezogen werde. Das Dumme ist, ich kann gar nicht funken.«

Hilde, in der Dunkelheit der Schlafkammer in ihrer kleinen Laube in Tegel, greift nach Hans Coppis Hand. »Du hast also Nein gesagt.«

»Ja. Nein. Hilde, sie haben keinen anderen. Harro meint, ich müsste nur das Morsealphabet lernen und, nun ja, die Funktionsweise eines solchen Geräts.«

Eine Weile liegen sie schweigend. Dann sagt Hans: »Wenn man nur sicher sein könnte, dass dieses Gerücht nicht stimmt. Die Sache, die Bommel Böhme erzählt hat. Dass die Sowjetunion deutsche Antifaschisten an Hitler ausliefert.«

Sie weiß, wie sehr der Gedanke ihn quält.

»Wozu wäre ich dann im KZ gewesen? Wozu hätte ich im Gefängnis gesessen? Und all unsere Toten.«

Aber du lebst! Das möchte sie sagen.

»Das Leben hätte dann keinen Sinn mehr«, sagt er. »Wenn man sich um nichts schert als die eigene Existenz? Man würde dann nur noch von Tag zu Tag existieren, wie ein Wurm, den man ja auch gefahrlos halbieren kann.«

Sie sagt: »Sicher stimmt dieses Gerücht gar nicht. Sicher ist es nichts als eine geschickt lancierte Lüge der Nazis.«

Aber wenn er der Lüge glaubt, geht er kein Risiko ein. Noch kann sie zurück.

»Wenn ich es täte«, sagt Hans. »Wenn ich das Funken lernen würde. Wenn ich damit auch nur ein Quäntchen beitragen könnte zum Fall der Nazis, dann wäre alles gerechtfertigt.«

Er will es tun. Er war so stolz und glücklich darüber, dass Herr Schulze-Boysen ausgerechnet ihn gefragt hat.

»Es wären dann meine Jahre in der Haft nicht verlorene Jahre gewesen. Alles erhielte einen Sinn. Alles wäre Vorbereitung und Prüfung gewesen.«

»So war es bestimmt«, sagt Hilde. Sie sagt: »Und es geht bei alledem ja nicht nur um Stalin. Es geht nicht nur um Politik, sondern vor allem um die Menschen. Um die armen Menschen in der Sowjetunion, die wir hinterrücks überfallen wollen.«

»Musst du dich wirklich so herausputzen?«

»Verzeih, aber was meinst du, Adam?« Greta wendet sich um, sie sieht Adam großäugig an, aber sie weiß es genau.

»Dieser Mantel. Musst du wirklich einen knallgelben Regenmantel anziehen?«

»Bitte, Adam, werde jetzt nicht nervös. Was ich anziehe, ist wohl meine Sache.«

»Das ist es nicht. Dies ist ein viel zu auffälliges Kleidungsstück!«

»Es ist modisch. Alle tragen im Moment solche Mäntel. Ich gehe also in der Masse unter. Wenn Giraffenfelle modern sind, dann fällt man als graue Maus aus dem Rahmen.«

An der U-Bahn Thielplatz steht Erdberg mit dem Koffer. Sie gehen in Richtung Breitenbachplatz. Sie plaudern. Worüber? Greta hört sich nicht zu. Ihr Herz rast, ihr Puls pocht, sie fühlt sich beschwingt, lebendig wie bei einem Liebesabenteuer. Erdberg beginnt ein Gespräch über moderne Architektur, die zunehmende Verwendung von Glas bei Fassaden: ein wundersames Material, das es erlaubt, von der Straße aus bis in den hintersten Winkel einer jeden Wohnung zu sehen. Die Stadt wimmelt von SS wie niemals zuvor.

»Nun geben Sie schon den Koffer«, sagt sie.

»Lassen Sie. Der Koffer ist für eine Dame zu schwer. Was haben Sie im Übrigen damit vor?«

»Wir wollen ihn zu Freunden bringen.«

»Das wird sich kaum lohnen. Der Koffer wird demnächst abgeholt.«

»Vom wem?«

»Das werden Sie sehen.«

Aber keiner kommt.

Der Koffer steht in der Wohnung der Kuckhoffs, erst ganz hinten in der Speisekammer, dann im Flur bei ihrem Luftschutzgepäck. Schließlich bringt sie ihn doch weg, nach Spandau zu Freunden. Am nächsten Tag sagt Adam: »Der Koffer wird gebraucht. Das Gerät darin ist kaputt. Es muss repariert werden.«

»Wie, es ist kaputt? Wer hat es denn kaputt gemacht?«

»Es ging von Anfang an nicht.«

»Woher weißt du das? Warum hat mir das keiner gesagt? Und dafür bin ich das Risiko eingegangen?«

Dort, wo der Koffer stand, in der Speisekammer, steht nun Greta und heult. Ein Teil von ihr steht ganz ruhig daneben und kann sich nicht genug wundern über diese nervenschwache, auseinanderfließende Person, die sich schier nicht beruhigen will.

Über Pfingsten fahren sie zum Zelten auf die Mole in Marquardt, alle zusammen wie einst, bei Tag in der Sonne und nachts am Feuer, ein letztes Trüpplein Wildbeuter, das sich den Beilen der siegreichen Ackerbauern entzieht: Elfriede Paul, Walter Küchenmeister mit seinen Söhnen, Elisabeth Schumacher, Joy und Günther Weisenborn. Harro schiebt lachend das Boot in den See, er sieht zu Libs hin, wenn er im Wasser mit den Küchenmeister-Jungen tobt, er singt mit den anderen zu ihrem Akkordeon und fächelt die Glut des Lagerfeuers noch einmal zur Flamme auf wie am 14. Juli 1934 am Wannsee.

Vor sieben Jahren. Sieben Jahre dient Hans im Glück, sieben Jahre sitzt der Tod auf einem Baum, sieben Jahre muss die Königstochter schweigen, denn verrät sie auch nur ein einziges Wort, müssen ihre zwölf Brüder sterben. Aber am Ende der sieben Jahre steht die Erlösung. Am Ende wird die Treue belohnt.

Und dann wieder Berlin. Harro ist zurückgekehrt nach Wildpark-West. Folgende Fluchtwege bieten sich Libs: eine Fronttournee, organisiert von der Deutschen Konzertgemeinde. Paris, als Sekretärin der von Deutschland aufgekauften Agentur Havas. Lissabon, als Büroleiterin der neu gegründeten Nachrichtenagentur Radio Mondial. Lissabon! Harro ermutigt sie. Hofft er, sie auf bequeme Weise loszuwerden? Beim Vorstellungsgespräch fällt sie durch: Angeblich war ihr Englisch nicht ausreichend. Es ist Libs' Bruder, der die Stellung erhält. Also vielleicht doch die Fronttournee. Joy Weisenborn war schon einmal dabei. Sie sagt, sie könnten bis

Nordafrika mit den Truppen reisen, wer weiß. Oder vielleicht bis Jalta, Herrgott noch mal. Wenn es denn im Osten tatsächlich mal losgeht.

*Alle militärischen Maßnahmen der Deutschen zur Vorbereitung eines bewaffneten Angriffs auf die Sowjetunion sind vollständig abgeschlossen, sodass dieser Angriff jeden Augenblick erfolgen kann. Die Informanten arbeiten im deutschen Wirtschaftsministerium sowie im Luftfahrtministerium –*

Am 16. Juni hat Harro Erdberg den Angriffsbefehl der Luftwaffe gezeigt. Korotkow, wie Erdberg in Wirklichkeit heißt: Er hat die Information sofort weitergeleitet. Pawel Fitin, Chef der Auslandsaufklärung, und Merkulow, Leiter des NKGB, werden zu Stalin zitiert.

»Was ist das?« Die georgische Pranke fällt dumpf auf das Schreiben.

»Der Agentenbericht der Berliner Residentur.«

»Wer sind die Quellen? Wer sind diese Leute?«

Merkulow sieht Fitin an. Der murmelt etwas: »Es gibt weitere Nachrichten, Genosse Stalin, die alle dasselbe besagen. Hunderteinundneunzig Divisionen sollen an der Grenze zusammengezogen sein.«

»Und haben wir nicht auch einen Report erhalten, dass es Auseinandersetzungen und Zerwürfnisse zwischen der politischen und der militärischen Führung des Reiches gibt?«

»Ja. Durchaus.«

»Und hat das Vierjahresplan-Komitee nicht die Lage dahingehend beurteilt, dass Deutschland vom Handel mit uns weit mehr profitiert als von einer Besetzung?«

»Das ist richtig, Genosse Stalin.«

»Und hat nicht die deutsche Presse gerade in den letzten Monaten mehrfach die enge wirtschaftliche Verflechtung unserer beiden Volkswirtschaften betont, die den Krieg zu einer technischen Unmöglichkeit macht?«

»Das ist wahr.«

»Also. Wir werden die deutsche Führung nicht provozieren. Wir erhöhen die Quoten der Rohstofflieferungen. Zweitausend Tonnen Rohgummi extra. Und dieser Informant von der deutschen Luftwaffe«, ein weiteres Mal fällt Stalins Hand flach auf das Papier, »schicken Sie den Hurensohn zu seiner Hurenmutter zurück. Das ist kein Informant, sondern ein Desinformant. Seinen verlogenen Report kann er sich in den Arsch schieben.«

*Zur Abwehr der drohenden Gefahr aus dem Osten ist die deutsche Wehrmacht heute, am 22. Juni 1941, um drei Uhr früh mitten in den gewaltigen Aufmarsch der feindlichen Kräfte hineingestoßen.*

Adam steht über das Radio gebeugt, als Greta aus dem Badezimmer kommt. Der Angriff hat begonnen. SS hat die Sowjetbotschaft Unter den Linden besetzt.

»Aber warum war dort überhaupt noch Personal? Warum haben die Russen ihre Leute nicht rechtzeitig in Sicherheit gebracht? Sie waren gewarnt. Wir hatten ihnen den Angriffstermin mitgeteilt.«

In der Wohnung der Kuckhoffs klingelt das Telefon.

»Erdberg. Ich möchte bitte meine Verlobte sprechen.«

Adam steht starr. Dann sagt er: »Greta. Für dich.«

Es ist eine Zeitschleife. Erdberg schleppt den Koffer, Greta geht neben ihm her, im Koffer befindet sich ein angeblich funktionstüchtiges Funkgerät, ein Exemplar des ›Kurier aus Spanien‹, das als Codebuch dienen soll, sowie achttausend Mark, um die Ausgaben der Gruppe zu decken.

»Wie haben Sie es aus der Botschaft hinausgeschafft?«, sagt Greta.

»Ich habe einen SS-Mann betrunken gemacht. Dann habe ich ihm von meiner deutschen Verlobten vorgeweint, die ich nun niemals wiedersehen werde. Er hatte ein Einsehen. Wahrscheinlich war er sentimental. Na gut, ich habe ihn natürlich auch bestochen.«

»Und jetzt? Was werden Sie tun, Herr Erdberg?«

»Sobald ich das Ding hier los bin«, sagt Korotkow, »kehre ich in die Botschaft zurück.« Er wirft Greta einen schrägen Blick zu. Er sagt: »Genosse Stalin wird uns schon heim ins Reich holen.«

Das Gerät steht auf dem Küchentisch in Elisabeth Schumachers Wohnung. Harro und Hans Coppi stehen davor. Sie haben gefunkt: einen Probefunkspruch, den Harro vorgeschlagen hat. *1000 Grüße allen Freunden.* Und dann geschieht es. Das Gerät erwacht zum Leben. Der Moment ist da. Moskau antwortet.

»Sie haben geantwortet. Sie haben uns gehört, und sie haben geantwortet.«

Sie umarmen einander, schlagen einander auf die Schultern, lachen.

»Aber das Gerät muss sofort weggebracht werden. Es darf nirgends lange bleiben, das wäre zu unvorsichtig. Von wo aus senden wir das nächste Mal?«

»Entschuldigen Sie bitte, Frau Kuckhoff.«

Greta dreht sich um. Sie hat den kleinen Ule in sein Bettchen im Kinderkeller gelegt und die Decke um ihn festgestopft. Hinter ihr steht eine Nachbarin: Erika Gräfin von Brockdorff, mit einem kleinen pummeligen Mädchen an der Hand, das Greta noch nie gesehen hat.

»Der Keller ist ja wirklich sehr hübsch geworden«, sagt die Gräfin. »Die blau-weißen und rosa-weißen Bettchen, und die Bilder an den Wänden.«

»Ja«, sagt Greta. »In der Nachbarschaft leben eben viele Künstler.«

Die Gräfin Brockdorff nickt. »Meinen Sie, ich könnte meine Tochter vielleicht auch in eines dieser Bettchen legen? Sie heißt Saskia. Sie lebt normalerweise bei meinen Eltern auf dem Land.«

»Die Betten gehören den Familien«, sagt Greta. »Aber lassen Sie Saskia doch heute Nacht bei Ule mit im Bett schlafen. Morgen können wir herausfinden, ob eines der Betten zurzeit nicht gebraucht wird.«

»Und dann habe ich den Koffer gesehen«, sagt Greta zu Adam. »Den Koffer der Gräfin. Du wirst es nicht glauben, aber er sah genau aus wie der Koffer von Erdberg. Der, in dem das Funkgerät war.«

»Wie hast du das Ding denn hierhergebracht?«, sagt Hans Coppi zu Erika Brockdorff.

»Im Kinderwagen«, sagt Erika. »Das ging anfangs ganz gut, aber dann fing Saskia an zu heulen und wollte gefahren werden. Es ist ja ziemlich weit, und die Bahn konnten wir natürlich nicht nehmen. Von Polizeikontrollen abgesehen, was hätte ich gesagt, wenn irgendein hilfsbereiter Volksgenosse mich gefragt hätte, warum der Wagen so schwer ist?«

Erika sitzt auf dem Bett. Hans Coppi kniet vor dem Funkgerät. Er wird gleich funken. Er hat Eri erklärt, dass man nicht funken kann, wann man will: Man erhält einen komplizierten Schlüssel, nach dem man die jeweils passende Zeit errechnen muss. Erika hat Hans den Funkspruch übergeben, den ihr eine unbekannte junge Frau vorhin an der Wohnungstür ausgehändigt hat.

»Und was machst du bei Alarm mit dem Ding?«, sagt Hans.

»Ich schleppe es mit in den Keller. Ich kann es doch nicht hierlassen. Was, wenn der Luftschutzwart schnüffelt?«

Hans Coppi fingert an dem Gerät herum. Dann richtet er sich auf und sieht auf die Uhr.

»Es ist so weit«, sagt er.

»Du, Hans«, sagt Erika. »Der Stecker ist noch nicht drin.«

»Danke«, sagt Hans.

Er steckt den Stecker in die Steckdose. Es knallt. Es zischt. Dann ist alles still.

»Was war das?«, flüstert Hans.

»Puff, knall, kaputt«, sagt Erika. Sie beginnt zu lachen. Sie kann nicht anders: Hans ist zu komisch, wie er dasitzt. Er hebt das Gesicht zu ihr empor. Seine Züge sind verzweifelt.

»Was ist passiert? Was in drei Teufels Namen ist passiert?«

»Gleichstrom«, sagt Harro. »In Friedenau haben sie Gleichstrom, Hans. Das Gerät braucht offenbar Wechselstrom. Daran haben wir nicht gedacht. Halb so schlimm, es gibt noch eins. Das ist batteriebetrieben.«

»Was mich wundert, ist der Fall von Riga und Minsk«, sagt Hans Coppi zu seiner Hilde. »Ich hatte die Sowjetunion doch gewarnt! Warum haben sie keine Vorkehrungen getroffen? Wir siegen und siegen und siegen. Ich verstehe es nicht. Was ist da drüben im Osten eigentlich los?«

»Kein einziger Spruch ist durchgegangen.«

Mildred am Schreibtisch hebt den Kopf. Arvid ist gerade nach Hause gekommen. Er hat die Tür zu laut geschlossen, er ist grußlos in den Raum getreten. Seine Augen schwimmen riesig hinter der Brille.

»Kein – einziger – Spruch. Harro hat es mir gerade gesagt. Es war alles für nichts. Ich habe nur mit Mühe – ich musste an mich halten. Es gibt immerhin Leute, die haben etwas riskiert. Es gibt Leute, die haben Texte verschlüsselt, Nachrichten hin und her getragen, es gibt Leute, die –« Arvid nimmt die Brille ab, reibt sich die Augen, das Gesicht. »Und Harro sagt, es tut ihm sehr leid. Es tut ihm leid. Er sagt, er hat es auch gerade erst erfahren. Er sagt, er hat gedacht, das batteriebetriebene Gerät würde funktionieren, aber die Reichweite war zu gering. Und jetzt sind auch bei diesem zweiten Gerät die Anoden ausgefallen.«

*August 1941,*
*Brüssel*

»Da. Sehen Sie sich das an. Der jüngste Funkspruch der Moskauer Zentrale.«

Es ist der 26. August 1941. Sophia Poznańska steht in Anatoli Gurewitschs Wohnzimmer. Zosia Poznańska, wie Freunde sie nennen: Aber hier in Brüssel hat sie solche Freunde nicht. Hier heißt sie Anna Verlinden. »Dies habe ich vor einer halben Stunde dechiffriert. Was sagen Sie dazu?«

Gurewitsch entfaltet den winzigen Zettel. Er lässt sich Zeit. Zosia wartet, mit wachsender Ungeduld. Gurewitsch ist ein charmanter junger Mann, gutaussehend. Man munkelt, er sei in den Dienst gepresst worden, mit Drohungen gegen Frau und Kind.

»Was, wenn die Deutschen diesen Funkspruch abgefangen haben?«

Gurewitsch seufzt.

»Dann bräuchten sie immer noch den Code.«

»Darum geht es doch nicht. Es ist, Verzeihung, eine Sauerei. Der Schutz unserer Informanten hat an allererster Stelle zu stehen, alles andere ist ein Verrat an der Sache.«

Gurewitsch zieht die Mundwinkel nach unten, schiebt die Unterlippe vor. »Lassen Sie das niemanden in Moskau hören.« Er nimmt den Zettel, überfliegt ihn noch einmal.

*Suchen Sie in Berlin Adam Kuckhoff oder seine Frau in der Wilhelmstraße 18, Tel 83 62 61, zweite Treppe links, obere Etage auf und erklären Sie, dass Sie von einem Freund Arvids und Harros geschickt werden, den Arvid als Alexander Erdberg kennt. Schlagen Sie Kuckhoff vor, für Sie, KENT, ein Zusammentreffen mit Arvid und Harro zu arrangieren. Klären Sie, warum die Funkverbindung nicht funktioniert, und bereiten Sie Unterbringungsmöglichkeiten für die Aufnahme von Personen vor. Falls Kuckhoff nicht anzutreffen ist, wenden Sie sich an Harro Schulze-Boysens Frau Libertas, Altenburger Allee 19, Tel 99 58 47.*

# 9

*August 1941,*
*Stahnsdorf*

Wenn man der Wahrheit auf die Spur kommen will, muss man sich Zeit nehmen. Die Leute kommen freiwillig, sie sind im Grunde zu reden bereit, aber oft nicht in der Lage dazu. Sie wissen selbst nicht, was in ihnen vorgeht: Darum kommen sie ja zu Annie Krauss, in Annies kleines Häuschen draußen in Stahnsdorf, in ihr Beratungszimmer, wo hinter zugezogenen Vorhängen der Tisch mit den Tarotkarten steht.

»Herr Karbe hat mich an Sie empfohlen. Heinrich Karbe von der ›Essener Nationalzeitung‹.«

Annie Krauss betrachtet die junge Frau: Libertas Schulze-Boysen, gut gekleidet, gewinnend, feste Mitarbeiterin der ›Nationalzeitung‹, mit einem Mann im Ministerium, also nicht an der Front.

Ein geheimer Kummer?

Das Problem benennen zu können ist oft die halbe Lösung. Annie hat Tee serviert, Kerzen entzündet, Frau Schulze-Boysen in einem der breiten, bequemen Fauteuils in der Ecke Platz nehmen lassen. Sie lehnt sich Annie entgegen, bewusst bezaubernd, Blickkontakt suchend. Nein, keinerlei benennbare Sorgen. Sie wüsste nur gern, was die Zukunft bereithält. Sie ist voll Unruhe, aber wer ist das nicht, mitten im Krieg?

Nun freilich, Frau Schulze-Boysen ist Skorpion. Ein Wasserzeichen, tiefgründig, verlangend. Zwiespältig. Während ihr Mann –

»Was ist Ihr Mann, Jungfrau? Ein Vernunftmensch. Oder? Ja. Dabei gewinnend. Aber mit Scheu vor einem Übermaß an Hingabe. Könnte man das so sagen? Leidenschaftlich bei der Arbeit – von keuscher Vorsicht in Dingen der Liebe. Ja? Und als Offizier in diesen Tagen natürlich beruflich stark in Anspruch genommen.«

Frau Schulze-Boysen seufzt auf, sie nickt, ein gewisser Eifer blüht auf, eine Bereitschaft zur Zusammenarbeit.

»Und im September«, sagt sie, »hat er nun zwei ganze Wochen Urlaub bekommen. Jahrelang haben wir auf eine solche Gelegenheit gewartet. Und nun fährt er in die Niederlande, allein, zu seinem Vater, der dort aus militärischen Gründen weilt. Er sagt, er muss einmal vollkommen ausspannen. Er muss inneren Raum für Neues gewinnen. Nein, schon gut, ich verstehe das, ich gönne es ihm, was wäre ich sonst für eine schlechte Ehefrau? Sehen Sie, mein Mann ist ein besonderer Mensch, ein Mann von großen Gaben und zurzeit stark mitgenommen –«

Aber auch Frau Schulze-Boysen will im Leben noch einmal etwas leisten. Auch ihr soll doch einmal etwas gelingen, das sie auf seine Höhe emporhebt und im Kreis der Freunde leuchten lässt, in dem er sie nicht nur überstrahlt, sondern an den Rand drängt, sie aus dem bunten Bild hinausschiebt, in das, je länger Frau Schulze-Boysen spricht, mehr und mehr das Dunkel einsickert.

Annie spürt es: Frau Schulze-Boysen hat Angst. Freilich, im Krieg ist die Angst nicht wählerisch, sondern eine Bordsteinschwalbe, die sich an jeden hängt. Aber Frau Schulze-Boysens Angst ist spezifisch. Sie ist gerichtet, sie ist persönlich: Große Gefahr droht.

Am Tisch, über den Karten lehnend, verstärkt und verdeutlicht sich Annie die Vermutung. Unter dem lauernden Mond kriecht Gewürm aus dem Wasser, Unrettbare stürzen aus dem brennenden Turm, gekreuzt von der fürchterlichen Neun der Schwerter, und im Zentrum thront der Teufel: das unabwendbare Schicksal. Geschehnisse von großer Gewaltsamkeit kündigen sich an. Annie Krauss rät zu äußerster Vorsicht: wobei es ihre Einsicht in den Charakter der Dinge befördern würde, wenn Frau Schulze-Boysens Ehemann nächstes Mal mitkommen könnte.

Und hier steht er nun: Harro Schulze-Boysen, blass, eckig, mager, offenbar blutarm, dabei federnd, von unruhiger Energie besessen. Er wendet sich hierhin und dahin, hüstelt, lässt den Blick durch den Raum schweifen, während seine Frau sich bereits in ihrem Eckchen in den Sessel schmiegt.

»Schön, dass Sie den Weg zu mir gefunden haben, Herr Schulze-Boysen«, sagt Annie Krauss. »Wenn Sie bitte Platz nehmen wollen.«

»Eine ganz erstaunliche Frau, diese Annie Krauss«, sagt Harro.

Johnny Graudenz nickt. »Das kann man sagen. Die Prominenz rennt ihr das Haus ein.« Er lehnt sich im Gartenstuhl zurück und wedelt mit der Serviette zum Nachbarhaus hinüber. »Alle naselang sehen wir ein berühmtes Gesicht durch ihren Vorgarten streben. Heinz Rühmann, Hans Albers, Ida Wüst. Wenn sie sich anständig honorieren lassen würde, wäre sie reich. Aber dazu ist ihr Herz zu weit und ihr Geist zu entwickelt.«

»Sei nicht so sarkastisch«, sagt Toni Graudenz. »Du moserst über den Kapitalismus, aber wenn jemand seine Leistungen nicht zur Ware macht, fällt dir nichts anderes ein, als ihn zu bespötteln. Sie nimmt kein Geld, weil sie Angst hat, dann ihre Gabe zu verlieren.«

»Wobei Annie Krauss eine recht begabte Kapitalistin ist«, sagt Johnny Graudenz. »Sie führt ziemlich erfolgreich eine Farben- und Lackgroßhandlung, und das Kistchen im Flur für die freiwilligen Spenden wird auch nicht immer leer bleiben.«

»Sie ist eine starke und herzliche Frau«, sagt Antonie Graudenz. »Und sie hat es nicht leicht gehabt. 1914 ist ihr Mann gefallen, und vor zehn Jahren hat sie ihren einzigen Sohn verloren. Er war erst achtzehn. Sie ist nie darüber hinweggekommen.«

»Alles ist mit allem verbunden«, sagt Annie Krauss zu Harro und Libs. »Das habe ich auf meinen Reisen durch Indien verstanden. Alles ist von einer einzigen Kraft, von einer unpersönlichen Schwingung durchzogen. Deshalb gibt es auch kein endgültiges Ende. Was wir Tod nennen, ist nur ein Übergang. Man steigt aus seinem alten Ich aus wie aus einem verschlissenen Kleid, um dann, nach einer gewissen Zeit der Reinigung und Klärung, ein neues Kleid zu erhalten. Der Tod ist eine große Gnade. Wer würde nicht jederzeit den Winter gegen einen neuen Frühling tauschen wollen?«

Harro, im Dämmer des Zimmers, beugt sich vor. »Das heißt, Sie glauben an die Wiedergeburt?«

»Selbstverständlich. Es ist doch nur logisch. Wie sonst lässt sich unser Bedürfnis erklären, uns hier auf der Erde zu vervollkommnen, uns zu entwickeln und zu entfalten? Wozu die Mühe, wenn mit dem Tod ja doch alles vorüber wäre?« Annie Krauss deutet auf das Bild, das auf der Anrichte steht. Es zeigt einen ernsten jungen Mann mit feinem Mund, hellen Augen. »Mein Sohn und ich«, sagt sie, »stehen noch immer im Kontakt. Er hat sich noch nicht reinkarniert. Er war immer ein besonderes Kind, scheu, empfänglich, offen für das Feinstoffliche. Er schreckt davor zurück, in unsere heutige Welt zurückzukehren. Aber früher oder später wird es ihm nicht erspart bleiben.«

»Sie meinen«, sagt Harro, »dass man der Zukunft auch durch den Tod nicht entkommt.«

»So ist es. In diesem Leben legen wir die Samen, deren Früchte wir im nächsten ernten werden.«

»Sie wollen sagen, dass man für gute Taten belohnt und für schlechte bestraft wird?«

»Nein, keinesfalls, liebe Frau Schulze-Boysen. Es ist keine Frage von Lohn oder Strafe, sondern von Ursache und Wirkung. Es ist alles ganz wissenschaftlich. Wer sich im Morast wälzt, wird ja nicht aus moralischen Gründen schmutzig. Wer seine Seele verdüstern lässt, lebt in Dunkelheit, bis er sich wieder dem Licht öffnet. Und früher oder später tut das jede Seele. Die Menschen entwickeln sich immer weiter, auch heute, auch jetzt, mit jeder neuen Inkarnation. Die Menschheit befindet sich im Aufstieg, auch im heutigen Deutschland, wo Kampf und Krieg diese Einsicht verschleiern. Im Übrigen ist das alles nicht neu. Schon die alten Griechen und die frühen Christen wussten, dass die Seele so oft wiederkehrt, wie sie neue Kenntnisse, neue Fertigkeiten zu erlangen geschickt ist.«

»Aber das Wissen ist vergessen worden«, sagt Libertas.

»Die Kirchen, liebe Frau Schulze-Boysen, haben alles getan, um diese Wahrheit zu unterdrücken. Jahrhundertelang hat die Kirche über die Menschen geherrscht, indem sie ihnen Angst vor einem letzten Weltgericht und ewiger Verdammnis eingeredet hat. Wer etwas anderes behauptete, wurde verfolgt und vernichtet. Aber das alte Wissen hat überdauert. Es kann niemals ganz in Vergessenheit geraten.«

»Und Sie halten es am Leben«, sagt Libertas.

Annie Krauss lächelt. Sie lehnt sich zurück und nimmt einen Schluck Kräutertee. Libertas tut es ihr nach.

»Dieser Tee«, sagt sie. »Er hat ein Aroma, wie ich es noch nie gekostet habe.«

»Die Zutaten wachsen in meinem Garten«, sagt Annie Krauss. »Minze, Salbei, Himbeerblätter. Lavendel für geistige Klärung. Wenn Sie mögen, können Sie sich gern ein Sträußchen pflücken.«

»Was für ein netter Nachmittag«, sagt Johnny Graudenz. »Merkwürdig, dass wir einander nicht viel früher begegnet sind, Schulze-Boysen und ich. Wo er doch damals Franz Jungs ›Gegner‹ fortgeführt hat.«

»Aber wir«, sagt Antonie Graudenz, »haben damals in Irland gelebt. Im Übrigen ist Schulze-Boysen ein Vierteljahrhundert jünger als du. Als wir geheiratet haben, war er noch ein Schuljunge.«

»Das ist wahr.« Johnny lehnt sich zurück, verschränkt die Arme hinter dem Kopf und blinzelt in die Spätnachmittagssonne. »Ich weiß noch, wie wir uns kennengelernt haben, du und ich«, sagt er. »Ich war gerade aus der Sowjetunion ausgewiesen worden, wegen meiner Berichterstattung für

›United Press‹. Die alten Zeiten! Diese Fahrt auf der Wolga, mit all den Journalisten! Aber die Russen wollten natürlich unbedingt vertuschen, wie dreckig es den Sowjetmenschen ging. Immerhin kann ich mich damit schmücken, als Erster Lenins Tod nach Amerika gemeldet zu haben. Freilich, das ist alles nichts im Vergleich mit Franz Jung, der ein Schiff gekapert und nach Murmansk entführt hat. Und dann hat er eine Zündholzfabrik in Tschudowo aufgebaut.«

Johnny lacht leise. Antonie Graudenz steht auf und stellt die Teller zusammen. Angeblich lebt Jung inzwischen in Budapest, wo er als Agent für eine Schweizer Versicherung tätig ist.

»Und ich bin ein spießiger Handelsvertreter«, sagt John Graudenz, »ein Familienvater und Hausbesitzer, und zufriedener, als ich es jemals war. Und du hast zu mir gehalten, Toni, durch alles Auf und Ab.«

Sie nickt ihm zu. »Du hast einen Kaffeefleck auf dem Hemd.«

Johnny lacht. »Wenn der Bauch nicht mehr flach ist, fungiert er als Tropfenfänger.« Er zündet eine neue Zigarette an, bläst einen Ring, sieht ihm befriedigt nach. »Weißt du, ich bin richtig froh, dass wir Schulze-Boysens kennengelernt haben. Auch die anderen. Helmut Himpel, Mimi Terwiel … Es ist fast wie früher. Als öffnete man ein Fenster für einen frischen Wind.«

*September 1941,*
*Berlin*

*Seit einigen Monaten hören wir Berichte, dass aus Heil- und Pflegeanstalten für Geisteskranke auf Anordnung von Berlin Pfleglinge, die schon länger krank sind und vielleicht unheilbar erscheinen, zwangsweise abgeführt werden.*

Der Stapel eng beschriebener Flugblätter liegt auf dem Tisch in der Altenburger Allee. Harro hat ihn mitgebracht.

*Regelmäßig erhalten dann die Angehörigen nach kurzer Zeit die Mitteilung, der Kranke sei verstorben, die Leiche sei verbrannt, die Asche könne abgeliefert werden. Allgemein herrscht der an Sicherheit grenzende Verdacht, dass diese zahlreichen unerwarteten Todesfälle von Geisteskranken nicht von selbst eintreten, sondern absichtlich herbeigeführt werden, dass man dabei jener Lehre folgt, die behauptet, man dürfe unschuldige Menschen töten, wenn man meint, ihr Leben sei für Volk und Staat nichts wert …*

Libertas sieht auf. »Wer hat das geschrieben?«

»Bischof Galen. Dies sind die Predigten, die im Sommer für so viel Aufsehen gesorgt haben. Abgetippt hat sie Maria Terwiel.«

»Sie tippt all diese Blätter mit der Schreibmaschine? Das ist ja eine unerhörte Mühe.«

»In der Tat. Ich habe ihr zugesagt, dass wir ihr wenigstens Papier besorgen können. Elisabeth und du, ihr könnt von euren Sonderzuteilungen sicher etwas abzweigen.«

*Es ist mir versichert worden, dass man im Reichsministerium des Innern und auf der Dienststelle des Reichs-*

*ärzteführers Dr. Conti gar keinen Hehl daraus mache, dass tatsächlich schon eine große Zahl von Geisteskranken in Deutschland vorsätzlich getötet worden ist und in Zukunft getötet werden soll.*

»Aber das heißt ja«, sagt Libs, »sie verbreitet mit großer Mühe ein Wissen, über das im Grunde jeder verfügen kann?«

»So ist es. Die Regierung hält ihre Untaten ja mitnichten geheim. Im Gegenteil, sie prahlt damit.«

*Wenn man aber den Grundsatz aufstellt und anwendet, dass man den unproduktiven Mitmenschen töten darf, dann wehe uns allen. Dann ist der Mord an uns allen freigegeben.*

*Aber lieber sterben als sündigen.*

*Oktober bis November 1941,*
*Berlin*

»Adam, ich halte das nicht aus. Ich kann mit dem Jungen nicht mehr auf die Straße gehen.«

»Hat er es wieder getan?«

Greta nickt. »Ich fange seine Hand ein. Ich schließe die Faust um seine Hand, ich sage, wir deuten nicht mit dem Finger auf Menschen. Es hilft alles nichts. Sein Fingerchen fliegt hoch, und es geht los. Da, Mama, der Mann da hat auch so ein schönes Sternchen. Ich möchte auch so ein Sternchen haben, Mama. Warum willst du mir bloß kein Sternchen schenken?«

Adam Kuckhoff nickt schwer. »Recht hat das Kind«, sagt er. »Er sollte sein goldenes Sternchen haben. Und auch wir.

Ganz Berlin. Alle Menschen Europas sollten sich den verdammten Stern auf die Jacke nähen.«

Aber das sagt sich so einfach hin. Das Problem ist, dass nicht dieser oder jener, sondern alle gleichzeitig damit beginnen müssten, und das ist nicht möglich, denn wie sich mit so vielen Fremden verbinden, wie sie alle gleichzeitig erreichen, wie die Massen mobilisieren? Die Nazis sind die Einzigen, denen das gelingt. Ihre Gegner bleiben für immer Einzelne.

*Heeresgruppe Timoschenko eingeschlossen*
*Heeresgruppe Budjenny in Auflösung*
*Neuer Kessel bei Brjansk! Noch 25 km bis Moskau*
*Die große Stunde hat geschlagen! Der Feldzug im Osten ist entschieden*

»Ach, Elisabethchen«, sagt Tante Alice. »Wie kommen einem jetzt die früheren Zeiten golden vor. Wie sehnt man sich nach ihnen zurück.«

»Ja«, sagt Elisabeth. »Unsere schönen Ausflüge, nicht? Die Fahrt in den Spreewald, wann war das, 1933?«

Die Tante starrt sie einen Moment lang an.

»Ich weiß nicht«, sagt sie. »Der Spreewald? Ja. Aber ich meine, wie wir uns damals aufgeregt haben, als Onkel Pauls Artikel nicht in der ›Frankfurter Zeitung‹ erscheinen durfte. Als die ersten kleinen Einschränkungen kamen. Weißt du noch? Damals waren wir noch fast frei. Damals hat es uns nicht an Essen gefehlt.«

Es ist der 26. Oktober 1941. Seit drei Tagen ist den Juden im Reich die Auswanderung verboten.

»Pro Woche gibt es nur noch ein halbes Pfund Brot, 100 Gramm Fleisch und 60 Gramm Fett«, sagt Onkel Richard.

»Zum Glück steckt uns Frau Lenau von oben gelegentlich etwas zu«, sagt Tante Alice. »Und du, liebes Kind! Aber du darfst uns nur noch ganz kleine Portionen bringen, hörst du? Mengen, die man sofort aufessen kann. Die Gestapo macht jetzt dauernd Durchsuchungen.«

»Bei Weilers haben sie ein Päckchen Tabak gefunden«, sagt Onkel Richard. »Und er ist dafür ins KZ gekommen.«

»Und Hettchen soll durch den Tiergarten gegangen sein«, sagt Tante Alice. »Was aber gar nicht stimmt. Sie ist außenherum gegangen, wo es erlaubt ist. Aber sie haben sie trotzdem mitgenommen. Ich denke immer, was soll ich machen, wenn sie jetzt kommen?«

»Das Essen verstecken wir«, sagt der Onkel. »Aber wenn sie kommen, während ich mich rasiere? Was mache ich dann mit der Rasierseife?«

»Du kannst ruhig sagen, dass sie von Kurt ist«, sagt Elisabeth. »Ich glaube nicht, dass sie ihm in Posen etwas tun.«

»Nein. Ihm nicht. Aber mir. Ach Kind. Sie waren bei deinem Onkel Paul. Sie sind einfach mitten durch die Wohnung hindurchgegangen, neun Mann. Was soll das heißen? Wird Paul evakuiert? Sie leben doch schon in einem Judenhaus.«

»Immerhin zusammen«, sagt die Tante. »Das Furchtbarste ist doch, dass sie die Familien auseinanderreißen.«

»Wir werden das nicht mit uns machen lassen«, sagt der Onkel. »Wir lassen uns nicht evakuieren. Eher nehmen wir uns das Leben.«

»Rede doch nicht so, ich bitte dich, Onkel«, sagt Elisabeth. »Kranke und Menschen über fünfundsechzig werden doch gar nicht evakuiert.«

»Der alte Schönhaus ist letzte Woche evakuiert worden«, sagt der Onkel. »Nach Theresienstadt. Er hat ein Merkblatt bekommen, von der Reichsvereinigung der Juden, mit den

Bedingungen für die Umsiedlung speziell der Alten und Gebrechlichen.«

»Die Bedingungen sind besonders großzügig«, sagt die Tante. »Er durfte Bettzeug mitnehmen, Essgeschirr, einen Koffer und sogar seine Nähmaschine. Ich habe ihm extra Gurte genäht, damit er seinen Koffer auf dem Rücken schleppen kann.«

»Ich könnte das nicht«, sagt der Onkel. »Ich kann nicht mein Haus herumtragen wie eine Schnecke. Und mein Flügel ist auch keine Nähmaschine. Ich lasse mich nicht evakuieren. Ich will nicht mehr leben, wenn ich hier fortmuss.«

»Wenn es dazu kommt, dann verstecken wir euch«, sagt Elisabeth.

»Das kommt überhaupt nicht infrage«, sagt die Tante. »Ich lebe doch nicht wie ein gehetztes Tier. Und am Ende kämt ihr noch selbst ins KZ.«

»Es soll neuerdings einen Ort in der Nähe von Königshütte geben«, sagt der Onkel. »Auschwitz oder so ähnlich. Da müssen die Leute im Bergwerk arbeiten. Sie fallen schon nach ein paar Tagen tot um.«

»Aber Paul Glaser ist dort nicht hingekommen«, sagt Elisabeth. »Er ist nur nach Buchenwald gekommen. Er hat euch geschrieben, oder nicht?«

»Ja. Er darf alle zwei Wochen schreiben.«

»Da siehst du es, Tante. Man darf nicht aufgeben.« Elisabeth wirft einen Blick auf die Uhr. Sie steht auf. »Ich muss los«, sagt sie. »Ich bin verabredet. Aber ich komme Ende der Woche wieder. Ich bringe dir dann das Nähgarn, Tantchen. Und Gummiband und Nadeln finde ich auch. Bitte versucht, euch nicht mit Sorgen verrückt zu machen. Nehmt das Leben von Tag zu Tag.«

»Magda Goebbels lässt sich eine ganz neue Garderobe bei uns schneidern.« Ina Lautenschläger, Vorführdame in Annemarie Heises Modesalon, ist draußen in Tegel bei Coppis zu Besuch. »Sie lassen sich alle neue Toiletten machen, für die Siegesfeier in Moskau. Marika Rökk. Zarah Leander. Es herrscht große Aufregung wegen der Unwägbarkeiten des Wetters. Wird es womöglich regnen? Oder, Himmel behüte, am Ende gar schneien?«

In der Wohnung der Schumachers schlägt der Regen gegen die Fenster. Kurt Schumachers Brief liegt auf dem Küchentisch. Kurt ist in Posen, wo er französische Kriegsgefangene bewacht.

*Und in den langen Nächten der Wachen muss ich immer wieder daran denken, und tausendmal lege ich mir die Frage vor, ob es recht war, dass wir jetzt nicht zwei Kinder um uns haben, es ist mir zu einer richtigen Gewissenslast geworden, und manchmal habe ich tiefen Kummer deinetwegen und meinetwegen darüber. Und dann denke ich wieder an die Fliegerangriffe und das, was noch kommen wird mit all seinen Furchtbarkeiten –*

Neben Kurts Brief stehen zwei Kaffeetassen. Im Schlafzimmer sind die Vorhänge zugezogen. Elisabeth Schumacher liegt auf dem Bett. Neben ihr, den Arm um sie geschlungen, den mageren Körper halb von Kurts Bettdecke verhüllt, liegt Philipp Schaeffer.

Sie haben einander im letzten Sommer kennengelernt, an der Havel, bei einem Ausflug mit Freunden. Philipp war mit Ilse gekommen. Er war gerade erst aus dem Zuchthaus Luckau entlassen worden. Wie oft sind sie einander danach begegnet, viermal, fünfmal, zehnmal? Was weiß man über sich, seine eigenen Absichten und Antriebskräfte? Elisabeths

Küchenlampe war defekt, Kurt war in Posen, sie bat Philipp Schaeffer, ihr die Lampe zu reparieren. Er stand auf dem Küchenstuhl, hantierte mit der Zange. Sie kochte Kaffee, um nicht tatenlos herumzustehen, auch hatte er mindestens eine Erfrischung verdient. Dann brannte die Lampe. Er stieg vom Stuhl herunter. Elisabeth dankte, er winkte ab: Rufen Sie mich, wenn Sie mich brauchen. Jederzeit.

Dabei war ihm das Handwerkliche nicht in die Wiege gelegt. Philipp Schaeffer war in St. Petersburg aufgewachsen, als Sohn eines königlich-preußischen Offiziers, in herrschaftlicher Umgebung mit rechtlosem Personal. Sein Vater, das hatte schon Ilse früher einmal erzählt, war regelmäßig statt mit Philipps Mutter mit einem der russischen Dienstmädchen in Urlaub gefahren, bis ihm klar wurde, dass auch sein sechzehnjähriger Sohn mit dem Mädel ins Bett stieg. Dann kam der Weltkrieg, und Vater und Sohn wurden nach Nordrussland deportiert, in ein Nest in der Nähe von Archangelsk.

Dort gab es viel Nützliches und Praktisches zu lernen für einen verwöhnten Knaben. Fischen, Holz schlagen, Netze knüpfen. In Deutschland habe ich dann in einem Steinbruch gearbeitet. Unser Zaster war ja weg, und ich war froh, wenn ich mich irgendwo satt essen konnte.

Und so bist du Kommunist geworden?

Am Küchentisch, über seiner langsam erkaltenden Tasse Kaffee, stützte er den Kopf auf die Hand.

Nun ja, die Gespräche mit László Radványi haben das Ihre beigetragen. Und Netty Reilings Bratkartoffeln. Wir drei haben zusammen in Heidelberg studiert. Anna Seghers, so nennt sie sich heute. Sie hat mir sogar noch aus Paris ein chinesisches Wörterbuch in meine Zelle in Luckau geschickt, für mein eigenes chinesisch-deutsches Projekt.

Elisabeth, auf dem Bett neben ihm, dreht sich zu Philipp Schaeffer hin. Sein Körper ist blass, sein Kopf schmal und haarlos. Er ist 46 Jahre alt, aber sein Gesicht hat nichts Müdes. Seine leuchtend dunklen Augen lächeln, seine Züge sind beweglich, voll Leben selbst jetzt, in der Entspannung.

»Philipp? Warum seid ihr getrennt, Ilse und du?«

»Sind wir getrennt? Wir wohnen nicht mehr zusammen. Weißt du, die Haft –« Philipp richtet sich auf. Er angelt nach den Zigaretten auf dem Nachttisch, den Streichhölzern, tut einen Zug, hält ihr die Zigarette hin. »Sie hatten mich ja schon 1933 einmal kurz in der Mangel, gleich nach dem Reichstagsbrand. Dann noch einmal, Ende 1934. Aber mit fünf Jahren Zuchthaus muss man sich anders arrangieren. Ich konnte mich nicht fünf Jahre lang in Sehnsucht verzehren. Ich musste lernen, die Situation ohne Hader zu akzeptieren. Als wäre dies nun mein Leben. Als käme ich nie mehr dort heraus. Ich hatte einen Zellengenossen, Paul Guddorf, mit dem habe ich um die Wette Sprachen gelernt. Er Finnisch, ich Türkisch. Er Bulgarisch, ich Persisch. Nicht zu vergessen mein chinesisch-deutsches Wörterbuch. Ganz entschieden taten wir nichts, womit man im Kapitalismus nationalsozialistischer Prägung etwas anfangen kann.« Auf dem Bett liegend, rauchend, lacht er leise auf. »Also expediere ich nun Kühlschränke für die Berliner Frigidaire GmbH. Und von aller politischen Tätigkeit halte ich mich fern. Ich wäre ohnehin nur eine Gefährdung für die Genossen. Aber in der Haft habe ich mich wieder sehr auf meine Anfänge besonnen. Auf die östlichen Lehren, die ich studiert habe.«

»Und die besagen?«

Er sieht sie an, streckt die Hand aus, zieht mit dem Daumen die Linie ihrer Oberlippe nach.

»Nichts ist wahr, was man glaubt oder zu wissen meint. Kein Phänomen hat eine Eigennatur. Es gibt kein Sein, nur ein ständiges Werden, in Abhängigkeit vom Werden alles anderen. Das sagt der Buddha: Klammere dich an nichts, hafte nicht an der leidenden Welt, werde frei von Meinungen. Begegne jedem Wesen mit vollkommenem Erbarmen.«

»Kind, es geht uns allein um dein Wohl, deiner Mutter und mir.«

Wie klein der Vater aussieht, wie müde und grau. Eva-Maria Buch greift es ans Herz. Aber sie wird nicht wankend werden.

»Du bist doch unser einziges Kind. Dieser Mann ist vierzig Jahre alt, doppelt so alt wie du, und wie viele Jahre davon hat er im Zuchthaus gesessen?«

»Fünf. Aber er hat doch nichts Böses getan. Papa, überlege. Gott selbst war im Gefängnis.«

»Kind. Versündige dich nicht. Dieser Mann ist Kommunist, er ist nicht einmal gläubig.«

»Das ist nicht wahr. Er ist gläubiger Katholik. Er hat sogar früher einmal erwogen, Priester zu werden. Und nenn ihn nicht immer ›diesen Mann‹. Du weißt genau, er heißt Paul.«

»So heißt er eben nicht. Er heißt Wilhelm Guddorf. Paul ist ein Deckname. Welcher aufrechte Mensch braucht einen Decknamen? Und Priester wollte er werden? Dieser Mann ist verheiratet, seine Tochter steht dir im Alter näher als er.«

»Aber er wird sich ja scheiden lassen. Soll ich ihn bis dahin nicht mehr ansehen? In diesen Zeiten? Ich glaube nicht, dass Gott das von uns verlangt. Der Glaube kann doch keine Decke aus starren Regeln sein, unter denen das Leben erstickt.« Sie zögert, dann sagt sie: »Glaube, Liebe, Hoffnung, Papa. Aber die Liebe ist die stärkste unter ihnen.«

»Ja«, sagt der Vater bitter. »Aber nicht deine Liebe zu uns. Deine Liebe zu einem verheirateten Staatsfeind.«

»Aber das sind wir doch auch. Staatsfeinde. Papa, die Kommunisten wollen dasselbe wie wir. Sie wollen die Menschen zum Guten hin befreien. Sie wollen den Krieg und die Gewalt beenden. Sie stellen sich an die Seite der Schwachen, um die große Ungerechtigkeit zu beenden und den Armen aufzuhelfen.«

Der Vater schweigt einen Moment. Er sieht aus dem Fenster, einen bitteren Zug um den Mund. »Ich wünschte nur, wir wären etwas betuchter«, sagt er. »Ich wünschte, du könntest dich auf dein Studium beschränken und müsstest nicht nebenher arbeiten. Dann hättest du diesen Mann nie kennengelernt.«

Paul und Eva-Maria sind einander in der Gsellius'schen Buchhandlung begegnet, wo Paul fest angestellt ist und Eva-Maria ein wenig zum Unterhalt der Familie beiträgt. Sie studiert Sprach- und Dolmetscherwesen an der Auslandswissenschaftlichen Fakultät. Sie spricht schon ziemlich perfekt Französisch, seit letztem Jahr unterrichtet sie sogar gelegentlich selbst. Natürlich ist das nichts im Vergleich zu Paul. Paul spricht nicht nur Englisch, Französisch, Spanisch, Italienisch, sondern auch Finnisch, Ungarisch und Bulgarisch. Er spricht Dialekte dieser Sprachen, ihre Frühformen. Natürlich wusste sie das nicht, als sie ihn kennengelernt hat.

Es war ihr zweiter Tag in der Buchhandlung. Eva-Maria beriet eine Dame, die ihrem Bruder ein Werk über Mozart zum Geburtstag schenken wollte: Paumgartners Mozart, Kolbs Mozart, Valentins ›Wege zu Mozart‹, vielleicht Schiedermairs Mozart –

»Das ist doch keine Literatur!«

Weiter hinten im Laden stand eine ältere Frau, klein, rund, mit riesiger Einkaufstasche und einem komischen grünen Hütchen auf der zerrauften Frisur. Ihre Stimme schrillte.

»Was ist das denn alles? Was soll das? Warum sind Sie so schlecht sortiert? Goethe, Schiller, Hölderlin, na gut. Das versteht sich ja wohl von selbst. Aber sonst? Ganghofer. Rosenberg. Löns. Bücher über Blumen. Über Vögel. Bücher über den Harz, Bücher über Radieschenzucht. Und alles steht schön eng im Regal. Als gäbe es überhaupt keine Lücken. Ihr solltet wenigstens so ehrlich sein und die Lücken leer lassen, wo sie die Bücher rausgezogen und verbrannt haben.«

Und dann trat ein Mann an die Dame heran.

»Gestapo. Bitte weisen Sie sich aus.«

Es war, als wäre ein Stein ins Wasser gefallen. Alles strebte auseinander, von der Mitte weg, in deren Zentrum der Mann in Zivil stand. Eva-Marias und Pauls Blicke trafen sich. Er nickte ihr fast unmerklich zu.

»Ich muss Ihren Ausweis mitnehmen«, sagte der Gestapo-Mann zu der Dame mit Hütchen. »Bitte melden Sie sich heute Abend um sechs in der Dienststelle der Prinz-Albrecht-Straße 8.«

Dann ging er. Die Dame mit dem Hütchen stand noch einen Moment im Laden, dann stürzte sie hinaus, und Eva-Maria wandte sich mit klopfendem Herzen wieder Mozart und ihrer Kundin zu. Später, als sie den Laden verließ, wartete Paul draußen auf sie. Herr Guddorf, wie er damals noch für sie hieß: Er und Fräulein Buch wechselten ein paar belanglose Worte: Wo müssen Sie hin, nehmen Sie die U-Bahn, darf ich Sie begleiten.

»Ist es nicht komisch, wie leise auf einmal alles war?«, hat Eva-Maria schließlich gesagt. »Die Dame mit dem Hütchen.

Der Mann von der Polizei. Ist es nicht erstaunlich, wie leise er gesprochen hat.«

Ihr Begleiter hat aufgelacht.

»In der Tat. Aber die müssen nicht schreien. Die können hauchen wie ein Lüftchen. Kaum dass ein Farnwedel im Unterholz erzittert: Aber schon stieben die Kaninchen auseinander, und die Vögel fliegen auf.«

Sie sah ihn von der Seite an. Sein Gesicht war zerfurcht. Sein Kopf schien zu groß für seinen Körper.

»Alle haben vor der Gestapo Angst«, sagte sie.

»Nein«, sagte er. »Nein, sie haben nicht alle Angst. Die meisten gehen davon aus, dass irgendwie schon alles seine Ordnung hat, selbst wenn das Unrecht bereits durch ihr Fenster hereinstarrt. Und auch wenn man sich von der Macht bedroht fühlt, gibt es ja mehr als eine Weise, damit fertigzuwerden. Manche wehren sich gegen die Bedrohung. Und manche schließen sich den Bedrohern an.«

*Wenn es dem internationalen Finanzjudentum in- und außerhalb Europas gelingen sollte, die Völker noch einmal in einen Weltkrieg zu stürzen, so wird das Ergebnis nicht die Bolschewisierung der Erde und damit der Sieg des Judentums sein, sondern die Vernichtung der jüdischen Rasse in Europa.*

Der ›Völkische Beobachter‹ zitiert wieder einmal Hitlers Reichstagsrede vom 30. Januar 1939. Es ist November 41. Die deutschen Truppen stecken im russischen Matsch fest, und nun hat es begonnen zu frieren, mit außergewöhnlicher Heftigkeit. Libertas Schulze-Boysen sitzt in der Küche am Tisch und starrt auf die Zeitung, ohne das Papier zu berühren, ohne zu lesen. Sie ist noch im Mantel. Sie kommt von einer Beerdigung: Der beliebte Schauspieler Joachim Gottschalk hat sich das Leben genommen. Seine Frau und sein Sohn sollten nach Theresienstadt deportiert werden, er hatte gebeten, sie begleiten zu dürfen, das ist ihm verweigert worden.

Also ist die ganze Familie in den Tod gegangen. Goebbels hat die Teilnahme an der Beerdigung untersagt, aber ein paar Freunde hatten sich dennoch auf dem Friedhof in Stahnsdorf eingefunden: Günther Weisenborn und Joy, Brigitte Horney, auch Gustav Knuth, Gottschalks Partner in der Verfilmung von Günther Weisenborns ›Mädchen von Fanö‹.

Das Teewasser kocht. Luftblasen platzen, Dampf steigt auf. Libs bleibt sitzen. Was treibt den Menschen morgens aus dem Bett und durch den Tag? Bittere Notwendigkeit, Hoffnung, Zorn, Einsicht: die Forderungen der weißen und der schwarzen Mächte, die die schwere Decke der Erschöpfung ohne Unterschied erstickt. Das Teewasser auf der heißen Platte brodelt. Der Wasserspiegel im Topf sinkt. Libs schließt die Augen, sinkt tiefer in die warme Stumpfheit ihres Mantels.

Das Telefon schrillt. Libs fährt zusammen. Der Apparat steht im Flur. Libs rafft sich hoch und stellt die Herdplatte ab. Am anderen Ende der Leitung eine fremde Stimme.

»Ist Choro zu sprechen?«

Wer?

»Choro, Choro.«

Der Mann ist Russe. Ein russischer Akzent. Choro … Libs begreift. Harro. Der Russe will Harro sprechen. Harro ist in Wildpark-West. Was soll sie nun tun? Was würde Harro von ihr erwarten?

»Herzliche Glückwünsche, hochverehrte Frau Doktor!«

Was auch immer die Umstände: Adam Kuckhoff vergisst nicht, was sich gehört. Er freut sich ehrlich: Mildred ist soeben von Gießen zurückgekehrt, wo sie endlich zum Dr. phil. promoviert worden ist.

»›Die Entwicklung der amerikanischen Literatur der Gegenwart in einigen Hauptvertretern des Romans und der Kurzgeschichte‹. Du wirst angemessen erleichtert sein, liebe Mildred, und ich freue mich darauf, deine Arbeit zu lesen. Ich wollte auch nicht in eure Feierlichkeiten hereinplatzen. Aber es ist etwas vorgefallen.«

Der Russe ist in Berlin. Er nennt sich Kent. Libs hat sich mit ihm am Zoo verabredet, dann hat sie Harro in Wildpark-West angerufen. Sie hat ihm gesagt, sein Onkel sei urplötzlich in Berlin aufgetaucht. Er hat gestutzt.

»Dein Lieblingsonkel, Harro. Er kann nicht lange bleiben. Du wirst ihn unbedingt sehen wollen. Also, wann und wo kannst du dich mit ihm treffen?«

»Und dieser Russe hat einfach so angerufen?«, sagt Arvid zu Adam. »Woher hatte er denn die Nummer?«

»Was weiß ich. Aus dem Telefonbuch. Es scheint so weit auch alles glattgegangen zu sein. Die Russen haben ihn geschickt, um nachzuforschen, warum nie ein einziger Funkspruch durchgegangen ist. Ja, Arvid, so ist es anscheinend. Es ist nichts in Moskau angekommen, auch nicht, als die Geräte noch intakt waren. Kent nimmt an, dass der Funker den Funkschlüssel falsch verstanden oder ihn falsch angewendet hat.«

Arvid stöhnt auf.

»Harro hat Kent nun die wichtigsten Inhalte der letzten Funksprüche zusammengestellt und ihn gleich noch mit weiteren Neuigkeiten versorgt«, sagt Adam. »Dass die Deutschen die englischen Spionageorganisationen auf dem Balkan aufgedeckt haben. Dass ihnen bei der Einnahme von

Petsamo ein russischer Funkschlüssel in die Hände gefallen ist. Kent wird das alles jetzt direkt aus Brüssel funken.«

»Und wo sind die dreimal verfluchten Funkgeräte jetzt?«

»Das eine steht bei Elisabeth. Da kann es vielleicht repariert werden. Das andere ist nun wieder bei uns, und da kann es nicht bleiben. Greta muss es irgendwo hinbringen.«

Maria Terwiel erwartet Besuch. Sie weiß nicht, wann es klingeln, sie weiß nicht, wer kommen wird. Helmut ist noch nicht zu Hause: Herr Dr. Himpel behandelt abends nach Ende der Sprechstunde seine jüdischen Patienten, was neuerdings ausdrücklich verboten ist, wie jede Art von Verkehr mit Juden. Aber Helmuts Schwiegermutter ist Jüdin.

Oder eigentlich nicht. In Wirklichkeit ist Mimis Mutter lange vor Mimis Geburt konvertiert. Mimi ist also Katholikin, keine Halbjüdin. Auch ist sie eigentlich nicht Stenotypistin und Telefonfräulein, sondern Juristin, nur ist ihr die Berufsausübung verboten. Und obgleich sie Helmuts Ring trägt, ist sie nicht mit Helmut verheiratet. Sie haben keine Sondergenehmigung erhalten, auch Mimis Vater, ein hoher Verwaltungsbeamter, hat nichts ausrichten können. Also leben Maria Terwiel und Helmut Himpel unverheiratet zusammen, was sich für sie als gläubige Katholiken eigentlich verbietet.

So liegen die Dinge heutzutage: Man gilt dem Staat als einer, der man nicht ist, aber man ist auch nicht, der man selbst behauptet zu sein. Nichts, was man glaubt oder zu wissen meint, ist hieb- und stichfest, nichts hält der Überprüfung stand. Wie soll man wissen, wie man sich zu verhalten hat? Wie soll man Gut von Böse und Richtig von Falsch unterscheiden?

Mimi, während sie wartet, spielt Klavier: Chopins ›Nocturne‹. Das Spiel erhebt und beflügelt sie: Chopin darf nicht mehr öffentlich aufgeführt werden. Mimi bettet seine Stücke zwischen Erlaubtes ein wie ein Flugblatt zwischen zwei Aktendeckel. Zugleich lauscht sie auf die Türklingel. Harro hat gesagt, dass man ihr einen Koffer bringen wird. In diesem Koffer wird ein russisches Funkgerät sein. Nicht dass Mimi Terwiel und Helmut Himpel Kommunisten wären oder Bewunderer Stalins. Das sind sie eigentlich nicht, ganz und gar nicht. Aber eigentlich ist der Himmel schwarz. Er sieht nur blau aus, weil unsichtbare Moleküle das Licht streuen.

Es ist eine Razzia. Über den S-Bahnhof schwärmt schwarz SS wie über ein totes Tier die Fliegen: Jemand hat die Bahnhofswände vollgeschmiert. Greta geht weiter, mechanisch, Schritt für Schritt, vorwärts in den Untergang. Es ist ja klar, was jetzt geschehen wird: Halt! Sie da. Machen Sie mal den Koffer auf. Ach. Was haben wir denn da –

Gretas Blick fliegt von einem Feind zum anderen. Sie sucht den Ranghöchsten. Da. Der. Groß, dick, massig, Haare ringsum geschoren bis auf den Putzschwamm über der Stirn. Sie geht auf ihn zu. Nun hat er sie gesehen. Nun richtet er seine Aufmerksamkeit auf sie, dramatisch lässt sie den Koffer niedersinken, ringt die Hände, hebt den Blick zu ihm empor.

»Bitte. Ach bitte, wenn Sie mir helfen könnten.«

Der Schweiß rinnt ihr über den Rücken, von den Achseln an den Seiten herunter. Er steht in Machtvollkommenheit. Sie bleibt, wo sie ist.

»Nur bis zur nächsten Straßenbahnhaltestelle. Ich verstehe es gar nicht. Was mich überkommen hat. Diese plötzliche Schwäche«, jetzt laufen ihre Tränen, ungespielt. »Der Koffer ist eigentlich nicht sonderlich schwer. Aber ich bin eben im vierten Monat.«

Sein Gesicht zieht sich zusammen, als kaute er Sauerampfer. Schwanger. Arische Mutter, Volksgenossin. Schwarzer Orden, Ehre, Einsatz. Zwei höchste Formen der Opferbereitschaft: Soldatentum und Mutterschaft.

»Es ist ein Geschenk für meinen Mann. Das Grimm'sche Wörterbuch. So günstig ergattert. Und jetzt kann ich einfach nicht mehr weiter.«

»Hermann! Kommen Sie rüber!«

Hermann kommt. Er ist lang, schlaksig, mit Mühe zwanzig. Wässrige Augen wie ein Goldfisch im Glas.

»Nehmen Sie den Koffer und begleiten Sie die Dame nach Hause.«

»Aber nein! Nicht doch. Nicht bis nach Hause, das ist doch nicht nötig.«

»Na, nu lassen Sie man. Hermann. Bis nach Hause. Ich erwarte Bericht.«

Hermann bückt sich, nimmt den Koffer auf. Er nickt Greta zu.

»Na, denn wollen wir mal.«

Kein Wort mehr. Dankbarkeit jetzt, Lächeln durch Tränen. Vor ihnen liegt der Ausgang. Das Licht des hellen Tags. Ihr kann nichts geschehen: Hermann ist bei ihr. Sie entschwebt durch den Ausgang, beschützt von ihrem Goldfisch.

»Nun sagen Sie mal, wo wohnen Sie denn.«

Und das muss sie jetzt sagen. Die Wahrheit muss heraus.

»Wilhelmshöher Straße, in Friedenau. Da vorn ist eine Straßenbahnhaltestelle. Wenn Sie mir den Koffer nur bis dahin –«

»Neeneenee. Kommt gar nicht infrage. Ich bringe Sie heim. Bis in Ihre Wohnung. Wir lassen Sie nicht im Stich, mit dem Ding.«

»Aber so kommen Sie doch herein.«

Libs hat geöffnet, und vor der Tür steht Horst Heilmann in Uniform. Der junge Heilmann, wie Harro ihn nennt: Sommersprossen, Segelohren, ein Kindergesicht mit ausdrucksvollen Augenbrauen, vielversprechender Kinnpartie. Wie alt ist er genau, 18, 19, 20? Letztes Jahr saß er in Harros Kolloquium im Auslandswissenschaftlichen Seminar. Nun ist er in einer Dienststelle des OKH mit der Entschlüsselung von Funksprüchen befasst.

»So legen Sie doch ab. Kommen Sie, setzen Sie sich. Mein Mann ist noch nicht von Wildpark-West zurück, aber er wird sicher gleich da sein.«

Während sie in die Küche geht, um Tee zu kochen, versucht er sich auf irgendein Thema zu besinnen, über das er mit dieser Frau reden könnte. Der Krieg, das Wetter, Frau Schulze-Boysens Mann? Aber hat Schulze-Boysen nicht erwähnt, seine Frau hätte gerade eine neue Stelle angetreten?

Allerdings. Sie ist jetzt Chefdramaturgin der Reichskulturfilmzentrale. Lächelnd reicht sie ihm die gefüllte Tasse. Zucker? Zitrone? Oder Milch, wie die Engländer? Sie beugt sich über ihn, drückt eigenhändig einen Tropfen für ihn aus der Frucht. Über ihren Beruf spricht sie mit strahlendem Ernst. Kulturfilme sollten nicht nur Kultur vermitteln, nicht nur im Stil der ›Wochenschau‹ die Wirklichkeit wiedergeben, sondern selbst Kulturprodukt sein, also schöpferisch, poetisch: nicht nur wirklich, sondern wahr. So sieht sie ihre Rolle als Dramaturgin: Sie will Förderin sein, selbstlose Unterstützerin von Regisseuren wie Wolf Hart, von Filmen, die das Leben einfacher Leute in all seiner Mühe und Würde nicht nur darstellen, sondern adeln: den Alltag eines Fischers im Watt, eines Bergbauern, eines alten Torfstechers im Moor.

»Ja«, sagt Horst Heilmann, »ja. Es ist so fesselnd, was Sie

sagen, Frau Schulze-Boysen. Das Leben einfacher Menschen, das ist es, was im Mittelpunkt der Kunst stehen muss. Und der Nationalsozialismus bietet nun die Chance, eine ganz neue, eine wahrhaft deutsche filmische Sprache zu entwickeln.«

Ihre Lider heben sich, ihre Wimpern flattern. Sie beugt sich vor, senkt ihren Blick in den seinen, manikürte Finger streichen eine Locke zurück.

»Wissen Sie, was ich einmal vorhatte? Nach dem verlorenen Weltkrieg? Ich war natürlich noch ein Kind. Damals habe ich mir vorgestellt, ich würde ein Schiff bis oben mit deutschen Kulturgütern beladen und es dann aufs Meer hinausschicken, um der Welt zu zeigen, was unser Land den anderen zu bieten hat. Und nun ist der Kulturfilm dieses Schiff. Wir sollten uns darauf vorbereiten. Auf die Zeit, wenn auch dieser Krieg verloren ist und wir frei sein werden, neue, unerhörte Filme zu machen. Filme, die zeigen, dass nicht alle Deutschen Nazis waren.«

Er öffnet den Mund, überlegt es sich anders. Er sagt: »Ihr Mann zweifelt auch an unserem Sieg.«

Und da ist Harro: der Schlüssel in der Tür, dann die Schritte im Flur.

»Libs, guten Abend. – Heilmann, mein Lieber. Entschuldigen Sie die Verspätung.«

Horst Heilmann hält noch immer seine Tasse. Sie springt auf, nimmt sie ihm aus der Hand.

»Ihr Tee ist ja ganz kalt geworden. Warten Sie, ich gieße ihn weg.«

Heilmann verändert zum ersten Mal wieder seine Körperhaltung, streckt Arme und Beine, erhebt sich, setzt sich wieder hin, diesmal bequem.

Libs, im Flur, bleibt einen Moment stehen. Sie hört Harros Stimme: den animierten Tonfall, in dem er mit Heilmann spricht. Und wenn sie nun nicht ins Zimmer zurückkehren würde? Würde er sie rufen, fragen, wo sie steckt?

Sie wird sich aber mindestens verabschieden. Dass sie heute Abend noch auszugehen gedenkt, weiß er. Sie hat ihm gesagt, dass sie mit Freunden verabredet ist: ihren Freunden, die nicht die seinen sind.

Wolf Hart schickt ihr Gedichte. Ihr Mitarbeiter Alexander Spoerl hält sie mit schrulligem Humor, melancholischer Ironie, herzlichen Bissigkeiten bei Laune. Spoerl fühlt sich zu ihr hingezogen, es verlangt ihn nach Libs, nicht weniger als den kleinen Heilmann: und warum nicht nachgeben? Wozu widerstehen? Sie hat ein eigenes Leben, ein eigenes Einkommen, sie ist niemandem Rechenschaft schuldig. Tatsächlich verdient sie mehr als Harro.

*November 1941,*
*Brüssel*

»Wie spät ist es?«, sagt Sarah Goldberg. »Müssten wir nicht anfangen?«

»Noch nicht. Noch zweiundzwanzig Minuten.«

In Brüssel, in der Rue des Atrebates 101, sitzen Sophia Poznańska und Sarah Goldberg am Tisch und warten darauf, dass es Zeit ist, nach Moskau zu funken. Sie funken jede Nacht, immer vom selben Ort. Immer aus Sophia Poznańskas Wohnung. Sarah spielt mit einem Bleistift herum. Sie kritzelt Blumen, Vögel, einen Schwarm kleiner Männchen.

»Zosia?«, sagt sie. »Wo hast du eigentlich das Funken gelernt?«

»In Moskau. Anfang '39.«

»Hattest du dort einen russischen Geliebten?«

»Was?« Zosia lacht. »Warum fragst du das?«

»Weil du so hübsch bist. Weil Anatoli Gurewitsch sagt, du hattest viele Geliebte.«

»Das sagt er? Und woher will er das wissen?«

Sarah hebt die Schultern. »Es ist mir auch egal. Eigentlich wollte ich dich etwas ganz anderes fragen.« Sarah legt den Stift weg. Sie hebt den Kopf und sieht Sophia an. »Zosia. Sag. Warum bist du hier? Warum bist du nicht in Palästina geblieben?«

»Hat Anatoli Gurewitsch dafür etwa keine Erklärung parat?«

Aber Sarah lacht nicht. Sie ist jung, noch kaum zwanzig: gerade so alt, wie Sophia Poznańska war, als sie 1925 das schöne, geräumige Haus ihres Vaters in Kalisch verließ, um mit einer Gruppe der jüdischen Jugendbewegung Hashomer Hatzair nach Palästina auszuwandern.

»Du könntest in Sicherheit sein«, sagt Sarah. »Du warst raus aus Europa, frei und in Sicherheit. Also, warum bist du zurückgekommen?«

Zosia wendet den Kopf ab. Sie könnte es kurz machen und sagen: aus Kampfeswillen. Aus Liebe: zum Sozialismus, zur Utopie, womöglich zu Shmuel Cinnamon. Sie sagt: »Warum ist Johann Wenzel hier? Warum funkt er für uns nach Moskau, statt bei Krupp in Essen zu malochen und bei den Nazis mitzumachen? Man tut, was dem eigenen Wesen entspricht und einem deswegen richtig erscheint.«

Und dann verliebt man sich in einen, von dem man annimmt, dass er denkt wie man selbst, er folgt einem in Fragen der Ideologie, und man folgt ihm von Tel Aviv nach Paris. Aber bereits damals in Paris hat Zosia begonnen, für einen sowjetischen Spionagering zu arbeiten, zusammen mit Laibe Trepper: Und Shmuel Cinnamon wusste nichts davon.

»Ich bin 1930 hierhergekommen«, sagt Sarah. »An Polen erinnere ich mich kaum. Wir waren schrecklich arm, das weiß ich, aber besonderen Hass habe ich in Polen nicht erfahren. Freilich war ich damals noch ein kleines Kind. Meine Eltern erzählen etwas anderes.«

»Die Juden können nichts richtig machen«, sagt Zosia. »Sind sie arm, verachtet man sie, sind sie reich und gebildet, verfolgt man sie aus Neid. Bleiben sie unter sich, wirft man ihnen mangelnden Assimilierungswillen vor, suchen sie sich zu assimilieren, weist man sie als die Fremden ab. Der Judenhass der Deutschen unterscheidet sich von dem der Polen vor allem darin, dass er gründlicher ist. So sind die Deutschen, sachlich, konsequent. Nicht so schludrig und gefühlsbetont wie die Polen.«

»Die Franzosen mögen die Juden auch nicht«, sagt Sarah. »1940 bei Kriegsbeginn bin ich vor den Deutschen nach Paris geflohen. Aber dann kamen die Deutschen auch dahin, und ich bin heimlich wieder hierher zurückgekehrt.«

Draußen vor den Fenstern verdunkelt sich der Novembernachmittag. Ein Windstoß fährt ins kahle Geäst eines Baums, reißt ein letztes Blatt ab und klebt es für einen Moment an die Scheibe.

»Wie es in Palästina wird, weiß heute auch niemand«, sagt Zosia. »Werden die Araber die Juden totschlagen, die Juden die Araber? Dass Menschen jeder Herkunft und Religion friedlich und brüderlich zusammenleben, ist unter den Bedingungen des Nationalstaats und des Kapitalismus jedenfalls nicht möglich. Darum sind wir ja Kommunisten.«

»Bist du deswegen wieder hierhergekommen? Wegen der Araber?«

Zosia seufzt. Dann sagt sie: »Also gut. Hör zu. Wir waren sechzig Männer und Frauen, alle aus Polen. Am Westrand der Jesreelebene haben wir Steine geklopft und Straßen gebaut. Nachts saßen wir im Kibbuz rund ums Lagerfeuer beisammen und haben debattiert. Worüber? Über die Art, wie wir leben wollten, was für eine Gesellschaft wir aufbauen wollten. Ah, diese Diskussionen! Sozialisten waren wir natürlich alle und auch einig darin, dass man das jüdische Problem nicht lösen kann, indem man die Araber von ihrem Land vertreibt. Wir stellten uns einen binationalen, laizistischen Staat vor, in dem es keine Rolle spielen würde, ob ein Mensch Araber oder Jude ist. So war die Theorie. Die Praxis im Kibbuz war eine andere. Ja, wenn die ganze Welt sich in Nationalstaaten organisiert, müssen vielleicht auch die Juden auf einem Nationalstaat bestehen. Aber Laibe Trepper und ich wollten nicht englische Imperialisten durch jüdische ersetzen und die Rechte eines Menschen von seiner Abstammung abhängig machen. Also sind wir nach Tel Aviv gezogen, mitten hinein in ein jemenitisches Viertel, Kerem Hateimanim. Und wir sind in die Kommunistische Partei eingetreten. Ab 1929 verstärkten dann die Engländer ihre Kommunistenjagd. Trepper wurde festgenommen, zusammen mit einem Mann namens Shmuel Cinnamon, mit dem ich damals in einer Hütte am Strand von Tel Aviv lebte. Sie wurden beide von den Briten des Landes verwiesen. Und ich bin ihnen nach Paris gefolgt.« Zosia drückt ihre Zigarette aus, schiebt den Ärmel ihrer Bluse zurück und wirft einen Blick auf die Uhr. »So. Und jetzt ist es auch Zeit für uns.«

»Zosia? Ist es nicht eigentlich gefährlich? Dass wir immer

von hier aus funken? Meinst du nicht, man könnte unseren Sender allzu leicht orten?«

»Und wo sonst sollten wir deiner Meinung nach hin? Sicher wäre es noch gefährlicher, das Gerät ständig quer durch die Stadt zu schleifen.«

»Natürlich bin ich froh, dass du zu Weihnachten aus Wildpark-West zurückkommst«, sagt Libs zu Harro. »Aber es bedeutet auch eine Umstellung für mich, wenn du wieder dauerhaft in Berlin wohnst. Was hältst du davon, wenn ich mir ein Mädchen aus Liebenberg besorge? Sie könnte auch kochen. Das wäre sogar preiswerter, als in der Stadt zu essen.«

»Allerdings bekäme so ein Mädchen unter Umständen zu viel mit«, sagt Harro.

»Ohne Personal den Haushalt wie bisher weiterzuführen ist unmöglich«, sagt Libs. »Ich habe einfach zu viel zu tun. Gleich nach Weihnachten wird ja auch das Vervielfältigungsgerät kommen. Es ist gestern genehmigt worden.«

In der Bildstelle der Kulturfilmzentrale geht ständig Film- und Fotomaterial von der Front ein. Es zeigt die Heldentaten deutscher Soldaten und Polizisten: Massenerschießungen, Erhängungen, Nackte, die ihr eigenes Grab schaufeln, Erschossene vor einer Mauer, Frauen kniend im Dreck, Stürzende, die Hände vom Aufprall der Kugeln in die Luft gerissen, denen im Sterben das Kind aus den Armen fällt. Oft sind auch die Täter zu sehen. Viele bitten um Abzüge für den Privatgebrauch.

Aber gern doch: Name? Adresse? Militärischer Rang? Was zeigt das Bild genau: Ort, Zeit, genauere Umstände? Libs hat begonnen, ein Archiv aufzubauen, für die Prozesse, die nach dem Krieg folgen müssen.

»Übrigens habe ich mir überlegt«, sagt Libs, »dass wir nicht mehr untervermieten müssten. Was meinst du? Ich verdiene jetzt doch eigentlich genug. In das freie Zimmer könnten wir ein Bett stellen, dann müssten wir mit dem Schlafengehen nicht mehr aufeinander warten. Wenn der andere noch zu arbeiten hat oder später heimkommt.«

»Das ist eine gute Idee«, sagt Harro. Er hebt die Arme über den Kopf und streckt sich. »Und dann verheimlichen wir allen anderen, dass ich wieder hier in Berlin bin. Ich habe es satt, ständig belagert zu werden. 1942 wollen wir wieder ein bisschen mehr voneinander haben, du und ich.«

Annie Krauss sagt, quälenden Dingen müsse man sich stellen. Durch Flucht und Betäubung werde man sie nicht los. Aber was, wenn die Qual einem die Ruhe raubt und den Schlaf? Libs leidet unter einem merkwürdigen Ausschlag. Schuppende Stellen haben sich entwickelt, juckende rote Quaddeln, zuerst an den Armen, dann am Rücken. Der Arzt hat Nesselfieber diagnostiziert und die Mangelernährung dafür verantwortlich gemacht: Zwar muss keiner hungern, aber frisches Gemüse fehlt, Fleisch, Fett. Die Blutgefäße weiten sich, Nervenfasern reagieren gereizt, Entzündungen stellen sich als Folge von Überempfindlichkeitsreaktionen ein. Alexander Spoerl, Wolf Hart und Libs gehen beinahe jede Nacht aus. Sie feiern, sie trinken, dann übernachtet Libs manchmal bei Alexander. Oder der kleine Heilmann kommt abends vorbei.

*Dezember 1941,*
*Berlin*

»Mildred, Sie sollten nach Amerika zurückkehren.«

Donald Heath ist ins Zimmer seiner Frau getreten, wo Mildred und Louise über Büchern sitzen, um eine literarische Veranstaltung des American Women's Club vorzubereiten.

»Der Blitzkrieg gegen die Sowjetunion ist gescheitert«, sagt Heath. »Die sowjetische Gegenoffensive hat eingesetzt. Große Schrecken kommen auf Deutschland zu.«

»Das hat Ihnen Arvid gesagt, nicht wahr?«, sagt Mildred. »Dass Sie mit mir reden sollen. Dass Sie mich zum Gehen bewegen sollen. Aber können Sie mir garantieren, dass ich die Überfahrt überlebe?«

»Es gibt keine Garantien, natürlich nicht. Aber falls Amerika offen in den Krieg eintritt – Mildred, ich bitte Sie. Arvid hat recht. Kehren Sie nach Amerika zurück, solange das noch möglich ist.«

»Aber es ist eben nicht möglich.« Mildred ist aufgestanden. Sie steht vor Heath mit geweiteten Augen, zusammengepressten Händen wie eine Bühnentragödin. »Verstehen Sie das nicht? Ich liebe meinen Mann. Wenn ich nach Amerika ginge, würden Arvid und ich einander nie wiedersehen.«

»Das ist nicht gesagt. Nach Friedensschluss könnten Sie – «

Heath bricht ab. Mildred dreht sich zum Fenster. Als sie sich wieder Heath zuwendet, ist ihr Gesicht blass.

»Schön, dass Sie die Absurdität selbst bemerken«, sagt sie. »Im Übrigen sind Sie selbst doch auch immer noch hier.«

»Unsere Situation«, sagt Heath, »ist eine andere.«

So ist es. Es ist der 12. Dezember 1941. Seit gestern ist die ganze Welt im Krieg. Die Heaths sind mit den anderen amerikanischen Botschaftsangehörigen in einem Hotel in Bad Nauheim interniert. Mildred nicht. Sie ist frei. Sie ist eine Deutsche: eine Gefangene dieses Reichs. Alle Türen sind nun verriegelt.

Die Haustür in der Rue des Atrébates 101 in Brüssel fliegt auf. Männer stürmen durch den Flur ins Zimmer, reißen Sophia Poznańska empor, drehen ihr die Arme nach hinten. Der Schmerz lässt sie aufschreien.

*Still, Zosia!*

Die kleine selbstironische Stimme, die immer zu spät ihr Leben kommentiert.

*Zosia! Nach diesem Schmerz wirst du dich noch zurücksehnen wie nach einer sanften Hand –*

Warum hat sie kein Gift? Dann stürbe sie jetzt. Warum hat sie die Männer nicht kommen hören? Dann hätte sie noch alles in den Flammen des Kamins verbrennen können.

»Also los. Wo sind die anderen?«

Da steht er vor ihr, die Fresse der Macht, mit Wollsocken über den Stiefeln, die Fäuste für den Moment noch in die Hüften gestemmt. Von welchen anderen spricht er? Anatoli Gurewitsch ist nicht da. Sarah auch nicht. Wo mag Trepper sein? Wo Johann Wenzel? Vielleicht kommen sie davon. Einige werden davonkommen, das ist immer so.

*Nicht du.*

Es ist eine Woche vor Weihnachten. Die Rote Armee stößt auf einer tausend Kilometer breiten Front nach Westen vor. Hitler hat Oberbefehlshaber des Heeres von Brauchitsch, drei Generalfeldmarschälle und an die vierzig Generäle ihres Kommandos enthoben, selbst den Oberbefehl übernommen und jegliche weitere Rückwärtsbewegung an der Front untersagt. Die Einheiten sollen sich zertrümmern lassen, wo sie stehen. Sie sollen fanatisch und bis zum Letzten kämpfen: Goebbels' Propaganda behauptet, dass die Rote Armee alle Kriegsgefangenen umbringt.

Hilde Coppi sitzt in ihrem Häuschen draußen in der Laubenkolonie Waldessaum und hört ›Radio Moskau‹. Der Sender übermittelt Grüße der deutschen Kriegsgefangenen in Russland und ruft dazu auf, ihre Namen an ihre Angehörigen in der Heimat weiterzuleiten. Das tut Hilde Coppi. Sie schreibt den Müttern, dass ihre Söhne noch am Leben sind, dass es ihnen gut geht.

> *Das hat Ihr Sohn Sie wissen lassen über Radio Moskau im Wellenbereich 42, 38, 31, 24, 25 m. Hören Sie Radio Moskau um 17.45, 18.45, 19.45, 20.15, 21.15 und nach 22 Uhr, um die Wahrheit über die Lage an der Ostfront zu erfahren.*

Hilde schreibt mal in Druckbuchstaben, mal in Schreibschrift, mit der linken Hand. Sie berührt das Papier nur mit Handschuhen. Sie schickt die Briefe von verschiedenen Stadtteilen ab. Sie fertigt Listen mit Namen und Adressen an, die Hans zur Bearbeitung an Heinrich Scheel weitergibt, an Ina Lautenschläger.

»Und irgendetwas klappt nach wie vor nicht mit der Funkerei«, sagt Harro. »Ein Gerät ist schon wieder defekt, aber auch auf dem anderen hören wir nichts von den Russen. Trotzdem müsste es mal wieder den Standort wechseln.«

»Bringt es zu mir«, sagt Erika Brockdorff.

»Dort war es schon zu oft.«

»Was ist mit Oda?«, sagt Erika. »Sie ist noch immer in Frankreich auf Tour, und ich habe ihren Schlüssel.«

»Müsste man sie nicht erst fragen?«, sagt Elisabeth Schumacher.

»Wieso? Sie würde es doch ohnehin erlauben.«

»Tatsächlich ist es sicherer für sie, wenn sie von nichts weiß«, sagt Harro. »Sie könnte sich dann darauf berufen, nachweisbar gar nicht in Berlin gewesen zu sein.«

»Wer ist das schon, über Weihnachten«, sagt Erika. »Ich fahre zu meinen Eltern und meiner Tochter. Cay bekommt keinen Fronturlaub.«

»Kurt muss auch in Posen bleiben«, sagt Elisabeth.

»Und ich sitze in Berlin fest«, sagt Harro. »Ich habe Bereitschaftsdienst. Aber Libs wird an die Mosel fahren, auf das Weingut von Freunden. Hoffentlich kriegt sie dort endlich ihr Nesselfieber los.«

*Weihnachten 1941,*
*Paris/Rotterdam*

So also ist es, ein Sieger zu sein. So tanzen Sieger: in Kasernen, in beschlagnahmten kalten, halbleeren Sälen, unter den steinernen Blicken des offenbar herbeibefohlenen Publikums. Oda Schottmüller ist auf Tournee durch Holland und Frankreich. Durch die Ruinen von Rotterdam rattern deutsche Wehrmachtswagen. Niemand versteht hier mehr Deutsch. Die Cafés in Paris sind voll deutscher Soldaten. Sie flanieren, sie lachen unter deutschen Fahnen. Im flachen, grauen Dezemberlicht ist Paris konturlos, ohne Schatten oder Höhungen, tot. Oda hat erste Schritte für einen neuen Tanz. Es sind beinerne Schritte, ungelenk, staksend. Ein

Militärcape ist das Kostüm. In einem Brief an Erika hat Oda erklärt, wer für diesen Tanz zu ihr gekommen ist:

*Der Letzte, den ich anerkenne,*
*heilloser Schmerz im leiblichen Geweb –*

Aber nicht Rilke hat den Tanz inspiriert, sondern Kurt Schumachers großes Werk vom Sommer 1940: der ›Totentanz‹, den er vor seiner Einberufung nach Posen gerade noch vollendet hat.

# 10

*Januar bis März 1942,*
*Berlin*

»Wer ist es wert, bewahrt zu werden? Das ist die Frage, um die es geht.«

Der ehemalige preußische Regierungspräsident Ernst von Harnack, einst wohnhaft im Merseburger Schloss, hat zum Mittagessen in sein kleines Häuschen in der Siedlung am Fischtalgrund geladen. Nach unsicheren und schweren Jahren ist er zum Gräberkommissar der Stadt Berlin ernannt worden.

»Die Toten auf den zweihundert Berliner Friedhöfen stören bei der Errichtung von Speers Welthauptstadt Germania. Also wirft man sie weg. Aber manches Mannes Gebeine haben auch heute noch einen Ort ehrenvoller Ruhe verdient. Generaloberst Beck berät mich in dieser Frage. Und beim Umbetten berühmter Frauen berät mich Elly Heuß. Sie und Theodor wollten heute auch kommen, aber offenbar sind sie nun doch verhindert.«

Die Gäste sitzen dicht gedrängt. Sie haben Eingemachtes aus ihren Kellern beigesteuert, diskret Lebensmittelkarten unter die Schale auf der Anrichte geschoben.

»Wisst ihr noch, früher, in unseren Elternhäusern im Grunewald? Jeden Sonntagmittag haben wir zusammen gespeist, die Delbrücks bei den Harnacks und umgekehrt.«

»Und danach sind wir zum Schlagballspielen auf die Straße gerannt, bis uns Onkel Adolf zum Kricket in den Garten gerufen hat«, sagt Emmi Bonhoeffer. »Obwohl, nicht bei diesem Wetter. Warum ist das Wetter in Kindheitserinnerungen immer schön? Seit Silvester nichts als Regen, und nun diese Flocken sind so nass und grau, als würde aus Kriegssparsamkeit der Matsch vom Vorjahr noch einmal verwendet.«

»Es ist zu mild«, sagt Klaus. »Jedenfalls hier. Und im Osten der Frost.«

»Als wäre Krieg an sich nicht grauenhaft genug, auch ohne solch zusätzliche Nöte. Es sollen sogar Soldaten schon im Schnee erblindet sein.« Ernst schaudert, körperlich ergriffen. Im Ersten Weltkrieg stand er neunzehn Monate im Feld, dann ist er seelisch zusammengebrochen.

»Wir haben unserem Helmut Socken an die Front geschickt, einen Schal, Handschuhe«, sagt Änne von Harnack. »Was man eben ergattern kann. Aber ob die Sachen überhaupt ankommen? Stalin wird so wenig aufgeben wie Hitler. Soll es weitergehen, bis alle kampfunfähig oder tot sind?«

»Eine Frage, die sich mancher in der Wehrmachtsspitze stellt«, sagt Ernst.

»Mag sein«, sagt Änne. »Aber gehandelt wird nicht.«

»Wie denn, ohne eine Friedenszusage des Westens?«, sagt Hans von Dohnanyi. »Soll man riskieren, dass die Russen eine bürgerkriegsähnliche Situation im Reich ausnutzen und ungehindert vom Westen durchmarschieren bis an den Rhein?«

Arvid Harnack nimmt die Pfeife aus dem Mund. »Was so oder so womöglich das Ende der Sache sein wird. Aber für eine Aktion von innen ist es ohnehin zu spät. Man hätte handeln müssen, bevor Hitler den Oberbefehl über das Heer übernommen hat. Nun können wir nur noch hoffen, dass möglichst bald alles vorbei ist, und uns bereithalten, danach mit den Siegern ein neues Deutschland aufzubauen.«

»Nein, Arvid«, sagt Harro. »Dann ist es zu spät. Wenn wir weiter zuwarten, verlieren wir jede Verhandlungsbasis. Dann wird man Deutschland einfach vernichten. Dann wird der Zusammenbruch ein Ausmaß annehmen, mit dem verglichen der November 1918 eine Lächerlichkeit war.«

»Pech«, sagt Arvid. »Die Hoffnung auf die Beseitigung des Regimes von unten ist müßig. Unter heutigen Bedingungen lässt sich kein Volksaufstand anzetteln.«

»Unsinn. Die Leute haben den Krieg gründlich satt, ebenso wie das Regime. Aufrechte, kämpferische Menschen gibt es genügend. Man muss sie nur erreichen. Man muss sie ermutigen, sich zusammenzuschließen.«

»Mit einem Flugblatt? Lächerlich. Wer bitte liest denn diese Dinger? Man wirft sie weg oder trägt sie zur Gestapo. Die sind die Einzigen, die sich noch dafür interessieren.«

»Ja, Arvid. Ich weiß. Für gewisse feudale Kreise, in denen du dich bewegst, kommt nur ein Putsch von oben infrage. Die Herren sind auf eine Restaurierung der alten Verhältnisse aus, was aber absolut inakzeptabel ist. Wozu dies alles, wozu die Opfer, wenn hinterher alles wieder von vorn losgeht? Nein, mein Lieber, es sind eben nicht alle Hitlergegner gleich. Mir geht es darum, ein sozialistisches Deutschland zu erkämpfen. Das ist der Weg, den die Geschichte zwingend nehmen wird, und sich der Geschichte entgegenzustellen heißt, sich dem Leben entgegenzustellen. Es ist an der Zeit zu handeln.«

*Wohl dem Manne, dem ein blühend Vaterland das Herz erfreut und stärkt!*

Harro wird heute aus Hölderlins ›Hyperion‹ lesen. Die Schulze-Boysens veranstalten eines ihrer Picknicks, zum ersten Mal seit Langem.

»Und heute sind einmal wieder einige neue Freunde dabei. Darf ich bekanntmachen: Dr. John F. Rittmeister, Leiter der Poliklinik des Deutschen Instituts für psychologische Forschung und Psychotherapie, und seine Frau. Und dies sind Cato Bontjes van Beek und ihr Freund Heinz Strehlow.«

»Sie sind angehende Schauspielerin?«, sagt Cato zu Eva Rittmeister. »Wie haben Sie das gemacht? Ich würde auch so gern Schauspielerin werden. Aber das geht ja nicht. Man kann froh sein, wenn man nicht in eine Munitionsfabrik verpflichtet wird. Ich mache jetzt eine Keramikerlehre bei meinem Vater.«

»Cato ist Segelfliegerin«, sagt Harro zu Rittmeister. »Libs ist ihr auf der Leipziger Mustermesse begegnet. Sie erwägt, einen Dokumentarfilm über Catos Vater zu produzieren. Jan Bontjes van Beek, seine Arbeiten stehen bereits heute in Museen. Ihre Mutter ist Malerin, aus dem Kreis der Worpsweder Künstler. Sozusagen eine weitläufige Verwandte von Rilke.«

»Zu schade, dass Libs heute nicht dabei ist«, sagt Cato zu Heinz Strehlow. »Sie hätte dir bestimmt gefallen. Wir haben eine Menge miteinander gemein, sie und ich. Sie ist sieben Jahre älter als ich, aber wir sind beide im November geboren, unsere Eltern sind geschieden, sie ist in der Schweiz zur Schule gegangen, so wie ich in den Niederlanden, und immer sehnt sie sich nach Liebenberg, so wie ich nach Fischerhude.«

*Wohl dem Manne, dem ein blühend Vaterland das Herz erfreut und stärkt!*

*Mir ist, als würd ich in den Sumpf geworfen, als schlüge man den Sargdeckel über mir zu, wenn einer an das meinige mich mahnt, als schnürt' er mit dem Halsband eines Hundes mir die Kehle zu. Und siehe, mein Bellarmin! wenn manchmal mir so ein Wort entfuhr, so kamen dann die weisen Herren, die unter Deutschen so gerne spuken, die Elenden, denen ein leidend Gemüt so gerade recht ist, ihre Sprüche anzubringen, die ließen sich beigehn, mir zu sagen: klage nicht, handle!*

»Handeln«, sagt Dr. Rittmeister. »Richtig handeln, also handeln im Sinne des Gemeinwohls. Sein Leben handelnd zu erneuern – ja, Herr Schulze-Boysen, wer wünscht sich das nicht. Psychotherapie mag zunächst als eine individualtherapeutische Sache erscheinen, aber darüber hinaus kommt ihr meines Erachtens die Aufgabe zu, sich in den Dienst der Schutzlosen zu stellen und ihre Erkenntnisse praktisch zur Behebung gesellschaftlicher Missstände zu verwenden.«

»Sie haben von sich als von einem Marxisten gesprochen.«

»Marxistisch in philosophischem Sinn. Marxistisch, humanistisch, pazifistisch. Wirtschaftliche Zusammenhänge interessieren mich nicht. Mein Vater war ein typischer Hamburger Patrizier, ein Mann kühler, praktischer Vernunft. Meine ganze Kindheit lang hat er mir die Vorrangigkeit ökonomischer Interessen einzubläuen versucht, was mich unsäglich abgestoßen hat.« Rittmeister wendet Harro sein langes Gesicht zu. »Herr Schulze-Boysen. Ich muss sagen, Sie haben einen befreienden Effekt auf mich, in dem einfachen Sinn, dass ich in Ihrer Gegenwart von mir absehe, dem Gefängnis persönlicher Nöte entfliehe und meinen Blick wieder der Welt öffne.«

»Darum geht es«, sagt Harro. »Den Einzelnen aus der Starre zu reißen, ihm seine Verantwortung bewusst zu machen, seine Macht, die Verhältnisse zu verändern. Am einzelnen Menschen vollzieht sich die Geschichte. Wir sollten gemeinsam einen Aufsatz verfassen, Sie und ich.«

*Die Sorge um Deutschlands Zukunft geht durch das Volk!*
*Niemand kann noch länger die Augen verschließen vor der uns alle bedrohenden Katastrophe der nationalsozialistischen Politik. In fast jedem deutschen Haus herrscht Trauer. In allen Ländern werden täglich Hunderte, oft Tausende von Menschen willkürlich erschossen und gehenkt. Hat Hitler kein anderes Mittel zur Behebung der Arbeitslosigkeit gewusst als die Ausrottung von Millionen durch einen neuen Krieg?*

Es sind sechs Seiten geworden, einzeilig getippt.

*Das deutsche Volk braucht eine sozialistische Regierung der Arbeiter, der Soldaten und der werktätigen Intelligenz. Seine Freunde findet es nicht unter denjenigen, die ein Interesse an der Wiederherstellung des europäischen Zustandes von 1918 bis 1939 haben, sondern unter den fortschrittlichen Kräften Europas und in der UdSSR. Auf dieser Basis wäre ein Friede möglich, bei dem die Unversehrtheit des Deutschen Reiches in den Grenzen vom Frühjahr 1939 gewahrt bleiben könnte. Das deutsche Volk muss verlangen, dass es in umfassenden Handelsverträgen und Abkommen an den Gütern der Erde beteiligt wird.*

»Verlangen?« Cato Bontjes van Beek sieht von dem Blatt auf. Ihr rundes junges Gesicht ist indigniert. »Was können wir denn noch verlangen, nach allem, was wir getan haben? Der Hass der gequälten Menschheit belastet das ganze deutsche Volk.«

»Aber tragen wir etwa eine Mitschuld an den Taten des Regimes?«, sagt Harro. »Natürlich, die Verbrechen im Osten werden im Namen des Reichs begangen, also in unserem Namen. Aber bevor man Europa in Ketten gelegt hat, hat man zuerst Deutschland versklavt.«

»Allerdings haben wir es zugelassen«, sagt Cato. »Und wir lassen es weiterhin zu. Die Leute jammern und meckern, sie reißen Witze über Hitler, Goebbels und Göring, sie hassen den Krieg, aber am Ende denken sie nur an sich selbst. Nimm die Evakuierungen der Juden, Harro. Angeblich werden sie im Osten angesiedelt, und die Leute glauben das. Aber zugleich glauben sie es nicht. Sie sagen: Opfer bringt jeder. Und zumindest sind die Juden im Osten nicht den Bomben ausgesetzt wie wir hier. Aber was heißt das, dieses ›zumindest‹? Dass sie genau wissen: Dort, wo man die Juden hinbringt, wird es ihnen nicht gut gehen. Und dann die Fremdarbeiter. Die Juden verschwinden mehr und mehr aus unserem Blickfeld, aber die Fremdarbeiter sieht jeder. Ihre Lager sind ja in der ganzen Stadt, in Fabriken, Werkhallen, Speichern, Tanzsälen. In jedem freien Winkel schießen Fichtenholz-Baracken empor und werden mit neuen Sklaven aus dem Osten vollgestopft. Die Ukrainerinnen im Hof hinter der Werkstatt meines Vaters sind so elend und angsterfüllt. Aber bekümmert sich irgendeiner um sie?«

»Du«, sagt Heinz Strehlow. Er wendet sich zu Harro. »Cato steckt den Ukrainerinnen heimlich Brot zu, auch Garnröllchen und Monatshygiene. Sie schreibt aufmunternde Briefe an französische Kriegsgefangene. Sie versorgt die Polen mit Zigaretten, für die man in den Lagern ja alles kriegt.«

»Heinz will es nicht«, sagt Cato. »Er sagt, für einen Kommunisten sind solch gute Taten nur Tropfen auf den heißen

Stein. Aber viele Tropfen ergeben eine Flut. Ich bin ja gar kein politischer Mensch, ich will mich nur nicht mehr mit Meckereien verausgaben. Ich finde, man soll sich so verhalten, wie man sich wünschte, dass alle es täten.«

»Grundsätzlich etwas ändern«, sagt Harro, »kann dennoch nur die Politik. Wenn der Krieg beendet und das Regime beseitigt ist, kommt ja der Rest automatisch in Ordnung.«

Cato betrachtet ihn zweifelnd. »Mag sein. Aber bis dahin? Und wie soll man das Regime beseitigen?«

»Wir dürfen uns nicht mit Meckereien verausgaben«, sagt Harro. »Da haben Sie völlig recht. Wir müssen uns verhalten, wie alle sich verhalten sollten. Wir sind ein Tropfen in der großen Flut.« Er tippt auf das Flugblatt.

*Straft die SS mit Verachtung! Hört endlich auf mit dem Unfug, Winterhilfsabzeichen zu sammeln. Jeder Groschen verlängert den Krieg. Schluss mit Gedankenlosigkeit und Gefühlsduselei! Gebt diesen Brief weiter! Ihr seid nicht allein! Kämpft zunächst auf eigene Faust, dann gruppenweise. MORGEN GEHÖRT UNS DEUTSCHLAND!*

*– AGIS –*

»Agis?«, sagt John Graudenz. »Was heißt das?«

»Handle. Es ist französisch. Klage nicht, handle, sagt Hölderlin. Agis ist auch der Name eines Königs von Sparta, der einen Aufstand gegen Alexander den Großen entfachte.«

»Allerdings verlor er und kam um«, sagt Rittmeister.

»Nun ja. Die Gefahr besteht in der Tat.«

Cato Bontjes van Beek ist den Tränen nah. Sie sind in Stahnsdorf, im Keller des Nachbarhauses von Johnny Graudenz. Eine unbekannte Frau hat sie eingelassen. Sie hat ihnen den Vervielfältigungsapparat und die Schreibmaschine gezeigt, dann ist sie weggegangen. Cato hat noch nie eine Matrize beschrieben, geschweige denn damit Abzüge gemacht.

»Und du auch nicht, Heinz? Aber wieso hast du das nicht gesagt? Wieso hast du so getan, als wenn du das alles gelernt hättest?«

»Ich habe doch gedacht, es bleibt jemand bei uns. Jemand, der uns zeigt, wie es geht. Aber komm, es kann ja nicht so schwer sein. Wenn man hier an der Kurbel dreht –«

»Pass auf! Die Druckerschwärze ist doch noch nass. Wo soll man denn mit den Blättern zum Trocknen hin?«

»Himmel. Du hast einen Fingerabdruck auf das Papier gemacht. Da freuen sich die Behörden.«

»Wir müssen das Blatt verbrennen. Ach, Heinz, ich habe Angst ... Warte. Da auf dem Tisch liegen Handschuhe. Wieso haben wir die nicht gleich gesehen? – So dreh doch nicht immer weiter, es klebt ja alles zusammen!«

»Jetzt geht es nicht mehr. Ich glaube, wir haben etwas kaputt gemacht.«

Heinz ist außer sich. Catos Tränen laufen nun wirklich. Und was tun sie hier überhaupt? Warum sind sie hier?

»Dies ist doch alles ganz überflüssig. Es kommt wegen eines Stücks Papier doch nicht zu einer Revolution. Und wollen wir überhaupt eine Revolution? Würde die Armee nicht auf die Menschen schießen? Ach Heinz. Was sollen wir denn jetzt machen?«

»Sei ruhig, Cato. Sei ganz ruhig. Wir gehen heim. Wir lassen das alles hier liegen.«

»Ach Heinz, ist das nicht feige? Dürfen wir das? Libs hat so viel für uns getan. Ohne die Schreibarbeiten, die sie mir gegeben hat, hätten wir uns nie eine gemeinsame Wohnung leisten können.«

»Könntest du bitte aufhören, mich immer wieder daran zu

erinnern, dass ich kein Geld habe. Und Libs – wo ist sie denn bitte, deine Libs?«

Der Juckreiz ist besser geworden, die widerlichen Quaddeln beginnen zu verschwinden. Das Klima an der Mosel ist viel milder als in Berlin. Auf dem Weingut der Melsheimers gibt es Wildbret, frische Eier, Vollmilch, Moselfische. Aber im Haus herrscht Trauer. Ein Sohn ist im Osten gefallen.

Libs bemüht sich, ihre Gastgeber aufzuheitern, ihnen den Schmerz ein wenig zu erleichtern. Aber wie? Wie soll man ertragen, was in der Welt tagtäglich geschieht? Jeden Tag jagt sie durch die liebliche Landschaft, auf einem Pferd, das ihr allein zur Verfügung steht. Abends schreibt sie lange Briefe, nach Berlin, auch an Harros Mutter in Freiburg.

*Es muss ja nun bald ein Ende haben. Ich glaube fest daran.*

»Der Vervielfältigungsapparat funktioniert noch«, sagt John Graudenz zu Annie Krauss. »Zweihundertdreißig Exemplare hat die Matrize hergegeben, wobei die letzten schon etwas blass sind. Man kann sie aber noch lesen.«

»Elisabeth hat Umschläge besorgt«, sagt Harro zu Maria Terwiel. »Die Beschriftung und das Heraussuchen der Adressen wird uns nun noch einiges abfordern. Vielleicht könntest du helfen, Mimi.«

»An wen wollen wir diesen Brief denn versenden?«

»An die Führung«, sagt Harro. »An die Intelligenz. An Ärzte, Ingenieure, hochrangige Beamte, Offiziere, NSDAP-Funktionäre, Hochschullehrer, Geistliche. Auslandskorrespondenten. Wehrkreiskommandos.«

*An Ministerialdirektor Alfred Berndt*
*Reichsministerium für Volksaufklärung*
*und Propaganda*

Eva-Maria Buch tippt. Neben ihr liegt ein aufgeschlagenes Adressbuch, das Harro mitgebracht hat. Harro hat ihr empfohlen, die Rolle der Schreibmaschine mit einem Gummilappen zu schützen, damit sich die Anschläge nicht durchdrücken und Spuren hinterlassen. Paul Guddorf hat ihr gezeigt, wie man mit Schlitten, Rücktaste, Umschalter künstlich Unregelmäßigkeiten des Schriftbilds produziert, die nicht denen entsprechen, die jede Schreibmaschine natürlicherweise hervorbringt.

*An Staatssekretär Roland Freisler*
*Reichsjustizministerium*
*1 Berlin*
*Wilhelmstraße 65*

»Wir dürfen die Briefe nicht alle in denselben Kasten werfen«, sagt Paul Guddorf. »Wir müssen sie über die ganze Stadt verteilen, damit man nicht rückverfolgen kann, aus welchem Viertel sie kommen.«

»Außerdem sollte keiner mehr als drei oder vier Briefe auf einmal einwerfen«, sagt der Romanist Werner Krauss, ein Freund John Rittmeisters, dessen Lebensgefährtin Ursula Goetze sich zusammen mit Eva Rittmeister an der Vorbereitungsanstalt des Dr. Heil in Schöneberg für das Abitur präpariert hat und nun an der Auslandswissenschaftlichen Fakultät studiert.

»Wir waren an der Heil'schen Schule fast alle Kommunisten«, sagt Ursula. »Wir halten immer noch fest zusammen. Die anderen würden sicher auch bei der Verteilung der Flugblätter helfen.«

»Kommunisten«, sagt Werner Krauss. »Nun ja. Wie alt ist die Kleine, die von Fritz Thiel schwanger ist und beim Lachen immer die Hand vor den Mund hält? Er hat sie ja geheiratet, aber man zögert, sie eine Ehefrau zu nennen.«

»Du meinst Hannelore«, sagt Ursula Goetze. »Siebzehn ist sie jetzt. Aber Fritz Thiel ist fünfundzwanzig. Er war als Funker beim Polenfeldzug dabei.«

Harro fährt empor. »Er war was?«

Fritz Thiel ist in Berlin. Er ist uk-gestellt, auf Antrag seines Arbeitgebers Zeiss-Ikon. Sein Zimmer ist vorschriftsmäßig verdunkelt. Auf dem Tisch in der Mitte stehen ein Plattenspieler, ein Radioapparat und eine Reihe von Scheinwerfern inmitten eines Knäuels von Kabeln. Dann geht es los. Das Licht erlischt. Goebbels keift, zugleich singt eine hohe Frauenstimme den König von Thule, ein Motor summt, Farbenkegel schwirren über die Wände, wechseln von rot zu blau zu grün, Wagner übertönt Goebbels, ein Hahn kräht. Die Farben wechseln im Takt der Musik, Goebbels klingt wie ein Tier, Tierstimmen scheinen Worte zu artikulieren, dann mit einem Schlag ist alles vorüber. Der Raum ist pechschwarz. Das Licht geht an. Libertas steht da mit dem Kabel in der Hand.

»Sind Sie verrückt? Haben Sie den Verstand verloren? Mag sein, Sie sind ein großer technischer Bastler. Aber auf dem Tisch liegen Briefe, die uns alle ins Zuchthaus bringen können. Und Sie veranstalten einen solchen Zirkus? Der Lärm! Die Maschinerie! Sie wollen zum Widerstand gegen das Regime aufrufen und veranstalten solchen Kinderkram? Was, wenn jemand hier hereinschneit und sieht diesen Aufbau?«

Harro applaudiert lautlos, hochamüsiert.

Dann sind die Flugblätter verteilt, sie sind fortgeflogen, und wer weiß, vielleicht bis nach Afrika. Jedenfalls erfolgt keine Reaktion. Nichts in der Presse, keine Fahndungsaufrufe, kein Getuschel in der Stadtbahn.

»Die Deutschen fluchen auf den Krieg«, sagt Elisabeth, die mit Harro und Libs nach Liebenberg hinausgeradelt ist. »Aber sie glauben weiter an den Sieg. Ich war gerade in Meiningen bei der Familie meiner Mutter. Da hörst du Volkes Stimme. Meine Tanten wussten zu berichten, dass die Amerikaner mit Sprengstoff gefülltes Kinderspielzeug über Italien abgeworfen haben und über Deutschland kleine Bomben in Damenhandtaschen. Aber wir werden siegen. Schon weil sonst die Rache des Weltjudentums fürchterlich würde und Gott dergleichen nicht wollen kann.«

»Die Frage ist im Grunde«, sagt Harro, »wo finden sich Menschen ohne falsch verstandene Vaterlandsliebe?«

*Ouvriers français! Arbeiter aller Länder! Boycottez*
*la production d'armes allemandes! Faites des erreurs,*
*błędy, ошибка, travaillez lentement, powoli powoli!*
*Denkt daran, gardez à l'esprit, wer es ist, den eure*
*Bomben zerreißen –*

Paul Guddorf und Eva-Maria Buch haben schon mehrfach die Fremdarbeiter in ihren Muttersprachen zum Boykott der deutschen Waffen- und Industrieproduktion aufgerufen.

»Die Polen und die Ostarbeiter sitzen in ihren Lagern fest«, sagt Guddorf zu Harro. »Man kann versuchen, eine Kolonne abzupassen und einem davon einen Zettel zuzustecken, aber die meisten wehren ab, aus reiner Angst. Die Arbeiter der anderen Nationen verfügen über mehr Freiheiten. Die frequentieren ziemlich unbehelligt bestimmte Kneipen, die Bärenschenke in der Friedrichstraße zum Beispiel.«

Das könnte es sein: der erste Schritt, der Fußtritt, der die Lawine auslöst. Ein Aufstand der Fremdarbeiter. Eine Erhebung der Völker Europas, im Einklang mit ihren versklavten Landsleuten. Die Unterdrückten überall, die deutschen Arbeiter würden sich der Rebellion anschließen, und dann wäre er da, der Volksaufstand, die internationale Einheitsfront gegen den Nationalsozialismus.

In der Bärenschenke steht dick der Qualm. Der Lärm ist enorm, das Stimmengewirr, die Rufe und Gespräche in allen europäischen Sprachen. An der Theke drängen sich Franzosen, Belgier, Niederländer, Tschechen, Serben, Slowaken, Rumänen, Kroaten, Dänen, Balten, Ungarn, Italiener. Der Wirt versenkt Bier- und Schnapsgläser im trüben Wasser der Spüle, zieht sie wieder heraus, schenkt nach. Guddorf hat Harro modisch beraten: keine Uniform, aber auch keine Knickerbocker. Eine getragene Joppe. Hemd ohne Kragen oder Krawatte. Dennoch hält man Abstand zu ihnen. Harro ist zu germanisch. Sein schon etwas schütteres Haar ist zu straff nach hinten gekämmt, seine Nägel sind sauber, immerhin spricht er die eine oder andere Sprache. Guddorf drückt ihm ein Bier in die Hand. Harro strafft sich, holt Luft.

*Non, merci, wir wollen keinen Ärger.*

*Hauen Sie ab. Ich riskiere doch nicht meinen Kopf für die Boches!*

*Was geht mich Deutschland an? Macht euren Aufstand gefälligst allein.*

*Ich warte nur, dass das hier endlich alles vorbei ist.*

*Scuza? Ich habe mich freiwillig zum Arbeitseinsatz in Deutschland verpflichtet.*

*Ich auch, ich bin Belgier.*

*Ich aus Bratislava. Hitler gut! Nazis sehr gut.*

*April 1942,*
*Berlin*

»Also diese Menschen haben kein ausgeprägtes politisches Bewusstsein«, sagt Harro zu Kurt Schumacher, der aus Posen zurückversetzt ist, um ein Relief für das Heeresneubauamt fertigzustellen. Nebenher schiebt er Wachdienst am Reichskriegsgericht. Harro hat ihn abgeholt. Sie sitzen auf einer Bank am Lietzensee in der Frühlingssonne. »Zweifelsohne liegt das an ihren verrohenden und verdummenden Arbeitsbedingungen. Mehrheitlich begreifen sie noch nicht die Notwendigkeit des Sozialismus auch für ihre eigenen Länder.«

Kurt Schumacher kaut auf einem Grashalm. Dann sagt er: »Wie geht es übrigens Philipp Schaeffer?«

Harro wirft ihm einen Blick zu. »Er ist wieder bei Bewusstsein. Aber sein Rückenmark ist verletzt. Er wird nie wieder laufen können.«

»Warum musste er sich auf eine solche Verrücktheit einlassen?« Paul Guddorf schüttelt den Kopf, er stöhnt, er wirft die Hände in die Luft. »Aber so ist Philipp. So war er schon immer. Alles für die anderen, für das hohe Ideal. Und je aussichtsloser die Lage – Harro, ich würde ihn so gern im Krankenhaus besuchen. Aber ich wage es nicht. Nachdem wir zusammen in Haft saßen – du weißt, man muss bei der Entlassung unterschreiben, sich von allen alten Genossen fernzuhalten.«

Harro nickt. Guddorf zögert. Er sagt: »War denn Elisabeth bei ihm?«

»Einmal, soweit ich weiß. Aber Kurt ist zurück. Um Philipp kümmert sich jetzt wieder seine Frau.«

Elisabeth Schumacher geht an dem Haus vorbei, wo bis Anfang dieses Monats Onkel Richard und Tante Alice gewohnt haben. Sie sieht nicht hin. Sie geht weiter. Dann dreht Elisabeth um, geht zurück, stößt die Haustür auf und steigt die Treppen zu Onkel Richards und Tante Alices Wohnung hinauf.

Der gelbe Stern an der Tür ist natürlich entfernt. Elisabeth versucht, kein Geräusch zu machen. Wie sollte sie ihre Anwesenheit dem Hauswart erklären? Sie könnte behaupten, Frau Lenau besuchen zu wollen. Was sie tun sollte. Sie sollte sie um Verzeihung bitten. Die arme Frau schrie und flehte: Bitte, Frau Schumacher, so halten Sie doch Ihren Freund zurück. Lassen Sie dies bitte nicht zu.

Philipp Schaeffer stand außen auf Frau Lenaus Balkon, im Begriff, zu den Hohenemsers hinabzusteigen. Von unten brüllte der Hauswart durchs Treppenhaus.

Die sind doch längst tot, die da drin! Riechen Sie das nicht? Das Gas? Die sollten evakuiert werden. Heute Mittag sollten sie sich in der Synagoge Levetzowstraße einfinden. Wer weiß, was denen erspart geblieben ist. Wer weiß, ob das Gas nicht der leichtere Tod war.

Elisabeth steigt weiter die Treppe hinauf. Philipp Schaeffer, auf dem Balkon, lächelte. Er ging in die Hocke, hielt sich am Geländer fest.

Geh voraus, Liebste. Geh hinunter. Ich mache dir von innen die Tür auf.

Elisabeth stürmte aus der Wohnung, durchs Treppenhaus hinab. Jetzt, hier, genau an der Stelle, wo Frau Lenaus Schrei sie erreicht hat, hört sie, was sie damals nicht gehört hat und seitdem in allen stillen Stunden hört: den Aufprall von Philipps Körper im Hof.

*Mai 1942,*
*Berlin*

Es ist Sonntag, der 10. Mai. Sie sind nach Stahnsdorf hinausgeradelt, um im großen Garten der Graudenzens in der Sonne zu liegen. Gestern hat im Lustgarten die große Propagandaausstellung ›Das Sowjetparadies‹ eröffnet.

»Ein russisches Dorf und ein Stadtteil von Minsk sind nachgebildet«, sagt Fritz Thiel. »Angeblich originalgetreu. Demnach leben die Russen in Erdlöchern und in Verschlägen aus Stroh, alles ist verdreckt, überall liegen leere Schnapsflaschen. Zwischen den Katen lauern Gipsnachbildungen mordlustiger Sowjetsoldaten mit Äxten und Sicheln. Aber in den Pavillons zeigen Fotografien, wie unsere Soldaten diese vertierten Untermenschen samt ihrer Flintenweiber unschädlich machen.«

Liane Berkowitz springt auf. Ihr achtzehnjähriges Gesicht glüht. »Wisst ihr, wie ich mich fühle, wenn ich so etwas höre? Kann sich das überhaupt jemand vorstellen? Meine Eltern haben in Russland nicht in Erdlöchern gelebt. Mein Vater war Kapellmeister. Meine Mama ist Gesangslehrerin. Wir haben daheim einen Flügel. Meine Mutter will mir einreden, mich beträfe das alles nicht, ich sei ja eine Deutsche. Aber ich bin nur hier geboren. Mein Körper ist russisch, meine Seele ist russisch. Ich will überhaupt keine Deutsche sein. In diesem Land zu leben bedeutet eine fortwährende Demütigung.«

»Mag übrigens sein, dass manche Russen wirklich in Erdlöchern leben«, sagt Rittmeisters Freund, der Romanist Werner Krauss, »nämlich weil wir ihre Häuser verbrannt haben. Aber ist Armut ein zureichender Grund, unschuldige Menschen umzubringen?«

Lianes Freund Remus lacht. Der zwanzigjährige Friedrich Rehmer, Aushilfslehrer für Erdkunde an der Heil'schen Abendschule: Abends findet er sich immer noch im Lazarett in Britz ein. Den rechten Fuß hat man ihm an der Ostfront zerschossen.

»Gerade die Unschuldigen muss man umbringen«, sagt Remus. »Was ist ein unschuldiger Russe? Einer, der noch keinen Deutschen getötet hat. Und was ist ein toter Russe? Einer, der niemals einen Deutschen töten wird. Also, bringt sie um, damit sie unschuldig bleiben. Das Sowjetparadies? Hier leben wir im Naziparadies. Warum nicht überhaupt alle umbringen, die vom Naziparadies nicht beseligt sind?«

»Das Naziparadies«, sagt Harro zu John Rittmeister und Werner Krauss. »Das ist doch sehr gut. Ich habe eine Klebezettelaktion vorgeschlagen. Hans Coppi hat 1933 so eine Sache gemacht.«

»Und ist prompt dafür eingelocht worden«, sagt Werner Krauss. »Warum so viel riskieren für eine Sache, die keinerlei Chance auf Veränderung bietet?«

»Was bietet schon Chance auf schnelle Veränderung? Die Jungen wollen handeln. Sie sagen, wir leben jetzt. Wir müssen uns vorwagen, Position beziehen. Wie wollen wir etwas erreichen, wenn keiner weiß, dass es uns gibt?«

»Das Letzte, was wir wollen«, sagt Werner Krauss, »ist, dass man weiß, dass es uns gibt.«

»Ich bin auf jeden Fall dabei«, sagt die junge Ursula Goetze, Krauss' Lebensgefährtin. »Die Deutschen müssen sehen, dass Alternativen existieren.«

»Feinde der Nazis«, sagt Fritz Thiel, »die sich unter ihnen bewegen, unter den Nazis, wie Fische im Wasser.«

»Und was schreiben wir auf die Zettel?«, sagt Liane.

»Vollkommen egal!«, sagt Krauss. »Am nächsten Morgen schrubbt sie die Polizei ohnehin wieder ab.«

»Sie müssen ja nicht dabei sein, Professor.«

»Hören Sie, Schulze-Boysen. Wenn alle auf der Aktion bestehen, wenn Ursula mitmacht, bin ich auch dabei. Aber ich halte die Sache nach wie vor für falsch. Eine sinnlose Waghalsigkeit.«

Hans Coppi rückt seine Brille zurecht. »Das war damals zur Reichstagswahl im Herbst '33«, sagt er zu seiner Hilde. »Diese Klebezettelaktion. Wir haben uns einem Grüppchen katholischer Pfadfinder angeschlossen, von denen einer in unsere Klasse ging. Ich weiß noch, was auf den Zetteln stand. Die einzige Bibelstelle, die ich auswendig weiß. Jesaja 41, Vers 24. *Siehe, ihr seid aus nichts, und euer Tun ist auch aus nichts. Und euch zu wählen ist ein Gräuel.*«

Es ist Sonntag, der 17. Mai, kurz vor Mitternacht. Fritz Thiel und John Graudenz haben über tausend Zettel hergestellt.

*Ständige Ausstellung*
*DAS NAZIPARADIES*
*Krieg, Hunger, Lüge, Gestapo – wie lange noch?*

Die Coppis werden im Wedding und in Moabit kleben. Ursula Goetze wird mit Werner Krauss gehen, Fritz Thiel mit Mimi Terwiel, auch Mitglieder anderer Gruppen und Freundeskreise sind dabei: Bommel Böhme, Helmut Marquart, Wolfgang Thiess, Remus' Schwester Gerda. Sie gehen paarweise, eng umschlungen wie Liebespaare. Liane Berkowitz und Otto Gollnow sind in Charlottenburg unterwegs. Der Beutel mit den Zetteln, die Flasche mit Leim baumelt zwischen ihnen. Die Straßen sind still. Am Anfang müssen sie sich noch verständigen. Dann, nach einer Weile, finden sie einen

Rhythmus: Liane stellt sich vor die Wand, auf die Otto den Leim wischt, sie reicht Otto den Zettel, Otto klebt ihn an. Sie gehen weiter. Liane bleibt wieder stehen. Otto klebt. Sie biegen in eine Seitenstraße ein, als hätten sie es abgesprochen.

Ursula Goetze und Werner Krauss haben schon eine Weile am Sachsendamm geklebt, als die erste Patrouille kommt. Werner presst Ursula gegen die Wand. Gegen den Zettel. Sie hören die Stiefeltritte, näher. Näher. Werner presst sich an sie, als wollte er sich mit ihr zusammen in die Wand hineindrängen. Er küsst sie. Sie umklammern einander. Gleich ist alles aus. Das Licht der Blendlaternen trifft die Lider, durchdringt sie.

*Küss mich. Küss mich.*

Die Blendlaternen fahren über sie hin. Gleiten weiter. Vorbei.

Liane lehnt in einem Hauseingang. Otto hält sie umfasst. Liane hört die Reifen der Patrouille, das Zischen der Fahrradreifen auf dem Asphalt. Sie hört Ottos Keuchen. Sie riecht seinen Schweiß. Sie werden ihn kontrollieren. Otto ist so jung, er sieht aus wie ein Deserteur. Sie werden die Zettel finden. Sie sind da.

Sie sind vorüber. Einen Moment stehen sie noch aneinandergelehnt, schwer atmend. Dann gehen sie weiter, langsam, eng umschlungen. Sie dürfen nicht rennen. Nicht rennen! Schlendern.

»Komm. Wir haben hier noch gar nicht geklebt.«

»Was? Liane, du willst weitermachen?«

»Wir müssen doch die Zettel loswerden.«

Sie kleben. Zettel, kleben. Zettel, kleben.

»Da vorn.«

»Patrouille?«

»Ich glaube. Verdammt.«

Und die ganze Straße hängt voll. Niemand ist auf der Straße außer ihnen. Otto packt Lianes Hand. Er zieht sie durch einen Torbogen. Sie stolpert hinter ihm her, in einen Hof, weiter an einer Mauer entlang, um eine Ecke, sie halten inne. Sie stehen zwischen Trümmern. Es ist nichts zu hören. Sie lehnt sich an ihn. Ihre Knochen werden weich, biegsam. Etwas durchströmt sie, warm und süß wie Kakao. Otto hält sie fester. Sie kann ihn immer noch riechen: seinen Schweiß, die Bitternis des Haars.

»Küss mich.«

Er küsst sie.

»Sag es nicht Remus.«

»Nein.«

Die restlichen Zettel stopfen sie in einen Gully.

Mimi hat anfangs Angst gehabt. Als die erste Patrouille an ihnen vorbeiging, konnte sie sich kaum auf den Beinen halten. Aber direkt danach ist etwas über sie gekommen: ein Rausch, Energie, eine sprudelnde Freude.

»Los, wir kleben weiter. Los, wir haben noch Zettel. Wir kleben weiter, wir geben nicht auf.«

Sie gehen und kleben, gehen und kleben, bis sie keine Zettel mehr haben. Dann bringt Fritz Thiel Mimi Terwiel nach Hause. Auf Zehenspitzen schleichen sie durchs Treppenhaus, die Treppe hinauf in Mimis und Helmut Himpels Wohnung. Sie schließen die Tür. Das Licht flammt auf in den verdunkelten Räumen.

»Wir haben es geschafft!«

Sie jubeln, heiser und unterdrückt.

»Du. Wir haben es geschafft. Wir haben es wirklich geschafft.«

»Ich brauche einen Cognac. Willst du einen Cognac? Meine Güte, als die Patrouille kam.«

»Als die an uns vorbeigegangen sind. Ich dachte, mir bleibt das Herz stehen.«

»Gib mir noch einen Cognac. Das war großartig. Das war ganz großartig, und wir haben alles verklebt.«

»Mama?«

»Ja, Kind?«

Liane steht da. Sie steht in der Küche. Es ist sehr früh am Morgen. Die Mutter hat gerade Teewasser aufgesetzt. Liane sieht aus, als hätte sie nicht geschlafen. Sie sagt: »Ich wünschte, mein Vater wäre noch am Leben.«

Sie hat das noch nie gesagt, noch niemals. Liane hat ihren Vater nie kennengelernt. Er ist kurz nach der Ankunft in Deutschland gestorben. Henri Berkowitz hat sie adoptiert, ihr jüdischer Stiefvater: den sie sehr geliebt hat und der längst von den Nazis ins Exil gejagt worden ist.

*31. Mai 1942,*
*Berlin*

»Köln ist vernichtet«, sagt Greta zu Adam, der gerade heimgekommen ist. »Es ist im Rundfunk gekommen. Gestern Nacht haben tausend Bomber die Stadt angegriffen. Es gab Hunderte von Toten, an die fünftausend Verletzte.«

»Ich habe es in der Stadt gehört«, sagt Adam. »Das ist die Zukunft aller deutschen Städte, fürchte ich.«

»Und das sagst du so gelassen?«

»Wie sonst, meine Liebe? Werden die Dinge besser, wenn ich mich echauffiere?« Adam geht zum Wasserhahn, um sich ein Glas zu füllen. »Ich habe heute mit Libs zusammengesessen. Sie hat mir Bilder aus ihrem Archiv gezeigt. Weißt du – früher haben wir einmal geglaubt, es gäbe anständige Menschen in allen politischen Lagern. Aber niemand kann heute noch reinen Herzens ein Nazi sein. Nicht, wenn er sieht, was ich gesehen habe. Wir werden einen Aufruf verfassen. Einen fingierten Brief an die Einsatzgruppen im Osten.«

*Juni bis Juli 1942,*
*Berlin*

*Offene Briefe an die Ostfront*
*An einen Polizeihauptmann*
*Sie sind im Osten Hauptmann geworden, wie ich hörte. Haben Sie am Ende in Ihrem Polizeiverband, der Partisanen bekämpft, sich irgendwie hervorgetan? Ich kann es nicht glauben. Sie gehörten doch wirklich nicht zu den brutalen Polizeibütteln –*

Greta sieht auf. »Von dir?«

»Nicht alles. John Sieg und ich haben zusammengearbeitet, fast wie früher, als er noch zu meinen Autoren bei der ›Tat‹ gehört hat. Und heute ist er Fahrdienstleiter am S-Bahnhof Papestraße. Warum kommt einem manches vor, als wäre es gerade eben erst gewesen und zugleich hundert Jahre her? Aber lies bitte weiter.«

*Im Staatskrankenhaus habe ich neulich einige Kameraden von der Polizei besucht, die aus dem Osten einge-*

*liefert worden sind, wegen Nervenzusammenbruchs, alle. Sie kennen ja die Krankenhausatmosphäre, diese Ruhe besonderer Art; man hatte zudem den Raum mit Blumen belebt, die Kranken durften Musik hören … Übrigens gibt es dort eine Abteilung, von der mir die Kameraden mit beinah scheuer Erleichterung berichteten, dort lägen die noch schlimmeren Nervenzusammenbrüche: kraftstrotzende Revierbeamte von früher bewegen sich fortgesetzt nur hopsend weiter, wie Känguruhs, wissen Sie, und andere wiederum kriechen auf allen vieren, schütteln dabei bedächtig den Kopf, und ihr Blick ist, wiederholte jemand beschwörend, »wie bei einem Bernhardinerhund«… Eine dieser Kreaturen wird das Bild einer kleinen, aus Lumpen gefertigten Puppe nicht los. Er berichtete, er musste die Erschießungen mit dem Revolver vornehmen. Die Opfer hatten hinzuknien, er ging dann in ihrem Rücken die Reihen entlang und knallte seine Schüsse in ihren Hinterkopf. Einmal habe er eine junge Frau, Bäuerin mit ihren drei Kindern, zu erledigen gehabt. Die Frau hielt einen Säugling im Arm. Es war bitterkalt, und sie versuchte, für die Minuten, die ihr Leben noch dauern würde, das weinende Kind mit Fetzen warm einzuhüllen. Rechts neben der Frau kniete ihr sechsjähriges Söhnchen, links ein etwa zwei Jahre altes Mädel, das noch in letzter Minute, ehe es ans Hinknien ging, zurücktappelte, um ihre Puppe zu holen. Nun ja – »Puppe auch mit« –*

»Du willst das an die Ostfront bringen?«, sagt Greta. »Aber Adam, wozu? Die Soldaten sind doch vor Ort. Sie müssen diese Dinge doch wissen. Willst du versuchen, sie zu rühren? Mehr, als ihr eigenes Erleben das vermag? Wozu willst du das Risiko eingehen?«

Adams Gesicht rötet sich. »Was du sagst, kommt einer Verurteilung jeglicher Literatur gleich. Der Schriftsteller legt den Finger in die Wunde, die alle sehen, er entdeckt Bemerkenswertes, wo die anderen weitergehen, er erkennt die Spuren des Grauens und macht sie sichtbar, wie ein Detektiv. Wenn die Schilderung des Offensichtlichen überflüssig ist, wozu dann überhaupt schreiben? Aber lies freundlicherweise wenigstens noch die letzte Seite.«

*Wenn wir uns besonderer nationaler Leistungen im Kriegswesen rühmen wollen, so dieser: den Partisanenkampf als einzigartige heroische Waffe einer Nation entdeckt und legalisiert zu haben. Denken Sie an Clausewitz. Denken Sie an Gneisenau, diesen Theoretiker des Freischärlertums, und sein Ideal des Volkswiderstandes. Mag zu den »Bernhardinerhunden« gelangen, wer hinzugehört, aus Entschlusslosigkeit, aus purer Feigheit. Ich an Ihrer Stelle ginge zu den Partisanen über, Hauptmann, ohne alle Bedenken. Und ich hoffe zutiefst, dass ich Ihnen damit nur sage, was Sie selber denken.*

»Wem soll ich das denn bitte mitgeben?«, sagt Arvid zu Adam. »Die meisten meiner Kontakte sind uk-gestellt. Und wer jetzt zurück in den Osten muss, ist in Todesgefahr auch ohne solch ein Flugblatt.«

»Du hast also aufgegeben.«

»Ich erkenne keinen Sinn mehr in traditionellen Formen des Widerstands. Wir sollten den Nationalsozialismus als historische Phase begreifen, die analytisch zu begleiten und so vielleicht für die Geschichte fruchtbar zu machen ist. Totlaufen muss er sich nun allein.«

Vor Arvid auf dem Tisch liegt die Schrift, an der er zurzeit arbeitet, um sie seinerseits an Leute weiterzureichen: ›Das nationalsozialistische Studium des Monopolkapitalismus‹.

*August 1942,*
*Berlin*

»Harro. Ein Illegaler aus der Sowjetunion ist da.« Elisabeth steht im Flur der Schulze-Boysens.

Albert Hößler. Er ist am 5. August bei Gomel mit dem Fallschirm aus einem sowjetischen Langstreckenbomber abgesprungen. Als Fronturlauber getarnt hat er sich nach Berlin durchgeschlagen. Seine Auftraggeber wollen den Funkkontakt mit Berlin wiederaufnehmen.

»Ich habe ihn wissen lassen, dass beide Geräte defekt sind. Aber wo soll er nun hin? Bei uns kann er nicht lange bleiben.«

»Was ist mit Odas Wohnung?«

»Erika sagt, Oda ist in Italien«, sagt Elisabeth. »Auf Fronttournee. Ich kann sie fragen, ob sie nach wie vor einen Schlüssel hat. Aber ich glaube nicht.«

»Was sollen wir tun, Remus?« Liane Berkowitz weint. »Nein, ich bin sicher, ich bin ganz sicher. Ich hätte schon vor vier Wochen – es war sonst immer pünktlich. Was soll ich denn nur meiner Mutter sagen? Die arme Mamotschka. Ich bin doch gerade erst neunzehn geworden. Ein uneheliches Kind mit neunzehn. Das ist doch das Schlimmste, was einem passieren kann.«

Hans Coppi ist gelöst, er ist heiter, im Reinen mit der Welt wie nie zuvor. Er arbeitet jeden Tag in der Fabrik. Er besucht die Abendschule, er lernt von Fritz Thiel, wie man funkt, obgleich keines der Geräte einsatzfähig ist. Abends geht er heim zu seiner Frau. Hilde Coppi arbeitet als Sachbearbeiterin bei der Reichsversicherungskammer. Sie wartet in den Schlangen vor den Geschäften, hackt die Kartoffelbeete im Garten, wäscht Wäsche, geht ihre Mutter besuchen, erstellt ihre Listen mit den Namen kriegsgefangener Soldaten und schreibt Briefe an Frauen und Mütter, deren Sorge und Angst ihr nähergehen denn je: Hilde ist schwanger.

Die Deutschen haben die Krim eingenommen, Tobruk in Nordafrika, Rostow am Don. Die Heeresgruppe A hat mit dem Vormarsch in Richtung Kaukasus begonnen. Die Heeresgruppe B marschiert Richtung Stalingrad. Am 4. August fällt Stawropol, am 9. fallen Krasnodar und Maikop, am 21. August wird das Elbrusmassiv besetzt.

Aber Hilde Coppi lässt sich nicht täuschen. Der Koloss dieses dunklen Reichs wankt. Wenn er stürzt, wird er vieles mit sich in den Staub reißen. Alles. Hildes Kind soll im November zur Welt kommen: ein Winterkind, klein und schutzlos. Darin, im Wissen, dass das Kind da ist und Hilde für das Kind da ist, liegt inmitten der kommenden großen Gefahren alle Sicherheit. Hilde vertraut auf die Zukunft, auf die verstreichende, alles zerstörende Zeit: die auch das Böse nicht verschont.

Es ist Sonntag, der 30. August 1942. Sie fliegen in Harros Segelboot Duschinka über den Wannsee. Horst Heilmann fiebert dem Moment entgegen, wenn die anderen endlich von Bord gehen und er mit Harro allein sprechen kann. Harro hat vorhin angedeutet, illegalen Kontakt zu Stellen in der Sowjetunion zu unterhalten. Heilmann war über die Maßen bestürzt. Er arbeitet in der Dechiffrierabteilung im Oberkommando des Heeres. Das Wasser glitzert und gleißt, blendend, unerträglich.

»Harro. Ich muss dich unbedingt sprechen, Harro, allein.«

# 11

*31. August 1942*

»Auf dein Wohl, mein Lieber! Auch wenn dein Jubeltag schon gestern war.«

Bei Kuckhoffs wird Adams Geburtstag nachgefeiert.

»Was soll man wünschen – Gesundheit vor allem.«

Das Klirren der Gläser, Adams strahlendes Gesicht. Als Greta ins Zimmer zurückkehrt, wendet er sich um, sieht an ihr vorbei in den Flur.

»Nanu? Wo ist er denn? War das eben nicht Arvid? Warum kommt er nicht herein?«

Was soll sie antworten? Aber die Gäste achten gar nicht auf die Unterhaltung des Ehepaars. Wie bei allen gelungenen Feiern genügen sie einander.

»Ich muss dich sprechen«, sagt Greta.

»Was gibt es denn?«

Manchmal könnte man verzweifeln an der Begriffsstutzigkeit gutgelaunter Männer. Aber einen Moment später fällt der Groschen. Er folgt ihr in den Flur.

»Es war Arvid. Libertas hat ihn im Amt angerufen. Harro ist verhaftet.«

»Wir müssen weg. Über die Alpen, wie Bergtel.« Libs in der Küche der Schumachers ist auf beherrschte, händeringende Weise vollkommen aufgelöst. »Ich habe im Ministerium angerufen. Erst hat Harros Sekretärin gesagt, er sei weggefahren. Aber dann ist sie mit der Wahrheit herausgerückt. Man hat ihn ins Foyer gebeten, und er ist nicht zurückgekommen. Er hat das Zimmer ohne Mütze verlassen. Die Mütze liegt immer noch da. Kurt, wir dürfen nicht zuwarten. Wir fliehen über die Alpen wie Bergtel.«

»Unmöglich. Sie würden mich unterwegs schon als Deserteur verhaften. Sie würden nach mir suchen, wenn ich nicht zum Wachdienst am Reichskriegsgericht erscheine. Libs, es war gut gemeint, aber ungeheuer leichtsinnig, dass du hergekommen bist. Es war ein Riesenfehler. Du wirst mit Sicherheit überwacht. Du darfst niemanden mehr aufsuchen. Bei wem warst du noch?«

»Bei niemandem sonst. Ich war mit Horst Heilmann zusammen, und meinen Bruder habe ich angerufen. Und Arvid.«

»Du hast im Ministerium angerufen?«

»Ich habe nichts verraten. Ich habe gesagt, Harro habe plötzlich verreisen müssen, vielleicht für sehr lange Zeit.« Libertas verschluckt sich, ringt um Luft. »Harro wird uns nicht verraten, oder? Nein, nicht wahr? Sie hatten ihn mehr als einmal in der Mangel, und er hat nie –« Wieder das Schluchzen, wie bei einem Kind, das gleich weint. Sie sagt: »Er hat morgen Geburtstag. Er wird morgen dreiunddreißig.«

»Libs. Euer Telefon wird natürlich auch überwacht. Du darfst niemanden mehr anrufen und niemanden besuchen.«

»Aber Elisabeth! Es ist egal! Es ist zu spät. Sie wissen doch schon, wer wir sind. Horst Heilmann hat es mir gesagt. In seiner Dienststelle im OKH ist ein Funkspruch der Russen entziffert worden, mit unseren Namen und unseren Adressen.«

Kurt springt auf. »Und Heilmann hat Harro nicht gewarnt?«

»Er wusste es ja erst am Montag. Sonntagabend hat er Harro nur sagen können, dass offenbar ein russischer Code geknackt worden ist. Dann am Montag war klar, dass sie unsere Namen haben. Horst hat Harro sofort angerufen, aber Harro war nicht am Platz. Als er etwas später zurückgerufen hat, hat Horsts Vorgesetzter abgenommen. Vauck. Der hat sofort alles begriffen.«

»Setz dich hin, Libs«, sagt Elisabeth. »Setz dich, bevor du umfällst.«

Libs sackt auf einem Stuhl zusammen. Sie starrt Elisabeth an, ohne sie zu sehen.

»Wir haben uns nicht einmal mehr verabschieden können«, sagt sie. »Sonntagabend bin ich zu spät aus Wien zurückgekommen, er hat schon geschlafen. Und montagmorgens habe ich ihn verpasst. Deswegen habe ich ihn ja angerufen.«

»Libs«, sagt Kurt. »Hast du die Wohnung durchsucht? Nicht dass Harro noch irgendetwas herumliegen hat, ein altes Flugblatt, irgendwelche Schriften. Was ist mit deinem Archiv?«

»Es ist alles verbrannt. Es ist nichts mehr da. Kurt, wir sind nicht in Gefahr, oder? Harro ist geschickt, er ist rhetorisch gewandt. Er wird ihnen klarmachen, dass alles ein Versehen ist, eine Verwechslung. Oder können wir in den Wald? Nicht in den Grunewald. In einen richtigen, wilden Wald. Aber dann? Beeren und Wurzeln. So heißt es in den Märchen. Sieben Jahre lang nährte sich das Mädchen von Beeren und Wurzeln. Von welchen Wurzeln? Das habe ich mich schon als Kind gefragt.«

»Kurt«, sagt Elisabeth. »Meinst du, dass ich noch zu Onkel Pauls und Tante Hannas Beerdigung fahren kann, bevor sie uns verhaften? Der Termin steht allerdings noch immer nicht fest, aber lange kann es ja nicht mehr sein.«

Libertas starrt sie an. »Was?«

»Mein Onkel und meine Tante haben sich in Frankfurt das Leben genommen. Bei Onkel Richard und Tante Alice hat es bis zur Beerdigung zwei Wochen gedauert. Aber inzwischen wartet man manchmal einen ganzen Monat. Die vielen jüdischen Selbstmorde überlasten die Behörden. Meint ihr, ich habe noch so viel Zeit?«

*7. September 1942*

Das Wasser der Ostsee schäumt um ihre Knie, der Badeanzug gleißt nass in der Morgensonne, sie hat die Arme erhoben und wringt ihr langes Haar aus. Sie könnte ein junges Mädchen sein: Mildred Fish in Amerika, der ein frischverliebter, ein jungverheirateter Arvid das Handtuch hinhält.

Es ist ihr dritter Ferientag auf der Kurischen Nehrung. Die Zechlins schlafen noch: Sie sind gestern spät angekommen. Egmont Zechlin hatte gute Nachrichten: Ab Herbst wird auch Arvid an der Auslandswissenschaftlichen Fakultät unterrichten. Arvid wird endlich sein, der er immer sein wollte: ein Lehrender an der Universität. Vielleicht beginnt nun die Zeit der Erfüllung, wenn lang aufgeschobene Träume sich verwirklichen lassen. Vielleicht sind sie in ihrer kleinen bunten Kate am Rande von Preil gerettet, so wie die Fischer, die einst sich und ihre Habe hier in Sicherheit gebracht haben: Gestern haben die Harnacks die Wanderdünen bestiegen, deren Bild schon so lange an ihrer Wand hängt.

Arvid hielt es für richtig, an ihren Urlaubsplänen festzuhalten, nicht in Panik zu verfallen. Wahrscheinlich sind alle Sorgen substanzlos. Sie waren an keiner von Schulze-Boysens dubiosen Aktionen beteiligt, sie haben sich weitgehend von ihm zurückgezogen. Wenn Harro sie nicht verrät, wer sollte auf ihre Namen kommen? Sie sind sicher hier, im Bruchwald, durch den grün und dämmrig das Morgenlicht sickert: Und da vor ihnen steht der Elch.

Er hebt den Kopf. Er steht still. Er sieht sie an, dieses mächtige Tier, mit großer, selbstgewisser Ruhe, dann setzt er sich langsam in schaukelnde Bewegung. Sein gewaltiger Leib gleitet und schwankt zwischen den dünnen Stämmen hin, die sein Fortkommen nicht behindern. Er ist hier zu Hause wie alles, was im Unterholz raschelt und in den Baumkronen ruft. Alles außer Mildred und Arvid. Sie sind nicht mehr als Gäste einer Welt, die sie nicht aufnimmt. Als sie aus dem Wald treten, sehen sie es: Zwei schwarze Wagen stehen vor dem Fischerhäuschen.

Egmont Zechlin eilt ihnen entgegen.

»Fremdenpolizei. Reine Routinesache. Sie kämmen routinemäßig den Ort durch. Ich hole mal eben unsere Papiere.«

Einer der Männer tritt an Arvid heran. »Herr Dr. Harnack?«

»Ja, der bin ich.«

»Ich habe noch einen weiteren Auftrag. Sie sollen sofort nach Berlin zurückkehren. Sie werden dringend im Ministerium gebraucht.«

»Und dafür hat man die Polizei eingeschaltet?«, sagt Anneliese Zechlin. Ihre Schwangerschaft wölbt sich sanft sichtbar unter der weiten Bluse. »Hätte man Herrn Dr. Harnack nicht einfach mit einem Telegramm benachrichtigen können?«

»Tatsächlich bin ich damit betraut, Herrn Dr. Harnack zurückzubegleiten.«

»Aber das wäre doch nicht nötig gewesen«, sagt Egmont Zechlin. »Eine Nachricht, und er wäre zurückgereist. Wir wären alle zurückgereist. Wir fahren am besten alle zusammen. Anneliese, wir packen sofort.«

Das Gesicht des Beamten zeigt erste Zeichen des Unwillens. »Herr Professor Zechlin. Ich habe meine Befehle. Herr Dr. Harnack. Wenn Sie so liebenswürdig wären. Und natürlich auch die gnädige Frau.«

»Natürlich«, sagt Arvid. »Aber Sie gestatten sicher, dass wir uns umziehen. Ich kann nicht in kurzen Hosen reisen.«

»Selbstverständlich. Vielleicht möchten auch Sie noch Vorbereitungen treffen, gnädige Frau.«

Ihre Höflichkeit ist beängstigend. Es ist die Höflichkeit der Macht: die fürchterliche Korrektheit der Willkür, die es sich leisten kann, von Moment zu Moment neu darüber zu befinden, ob ein Orden angemessen erscheint oder ein Genickschuss. Und so betreten sie nun wieder ihre Kate. So kehren Arvid und Mildred in ihr Häuschen zurück, das ihnen in den zwei Tagen schon heimelig und vertraut geworden ist, mit seinen bunten Vorhängen, der groben Bettwäsche, dem Holztisch, für den Mildred einen Strauß Wiesenblumen gepflückt hat. Nun ist alles fremd, gleichgültig. Arvid packt. Mildred zieht das Bett glatt. Sie streicht über die Tischdecke, rückt die Blumen zurecht.

»Kommen Sie jetzt bitte.«

Sie lassen die Tür offen stehen. Draußen eilt Egmont Zechlin mit einer Kanne Kaffee heran.

»Aber es ist ja noch gar nicht gefrühstückt worden. Weder wir noch die Harnacks haben bisher den kleinsten Bissen gegessen. Und auch Sie, meine Herren. Sie können doch nicht mit leerem Magen die lange Strecke zurück nach Berlin fahren. Wir setzen uns jetzt schnell an den Gartentisch, und dann frühstücken wir alle zusammen.«

Der Polizeikommissar seufzt. »Herr Professor Zechlin. Ich bin sicher, Sie sind nicht so naiv, wie Sie zu sein vorgeben. Ich bin ganz sicher, Sie haben längst begriffen, worum es in dieser Sache geht. Wir würden Sie deshalb herzlichst ersuchen, nun nicht länger lästig zu fallen.«

»Es ist jedenfalls alles ein Missverständnis«, sagt Egmont Zechlin. »Ich fahre sofort nach Berlin zurück. Herr Dr. Harnack und seine Frau sind nebenamtliche Mitglieder unserer Fakultät. Dekan Six wird sich unverzüglich einschalten.«

»Sie werden gar nichts tun, Zechlin, Sie werden den Mund halten. Ebenso Ihre verehrte Frau Gemahlin. Verstanden? Na bitte. Herr Dr. Harnack. Wenn Sie so freundlich wären.«

»Lieber Egmont.« Arvid hält Zechlin seine Hand hin: seinem Freund, den er in all den Jahren ihrer Freundschaft nie beim Vornamen genannt hat. »Lieber Egmont. Ich danke dir.«

»Frau Dr. Harnack, bitte in diesen Wagen. Und Sie in den anderen, Herr Dr. Harnack.«

»Wir fahren nicht zusammen? Sie trennen mich von meinem Mann?«

Sie haben sofort zu fragen begonnen. Jetzt sind sie still. Mildred weiß nicht, was sie gefragt worden ist. Sie weiß nicht, was sie geantwortet hat. Mildred ist fassungslos, während die Fragen in ihrem Kopf durcheinanderpurzeln wie gestapelte Bücher, deren unterstes man herausgezogen hat.

Was tun Sie in Deutschland? Was treibt Ihr Mann? Kennen Sie Schulze-Boysen? Seit wann? Wo haben Sie ihn kennengelernt?

Was hat Mildred gesagt? Mildreds Haar ist noch feucht von ihrem Bad. Sie weiß nicht, was sie gesagt hat. Sie konnte kaum abstreiten, Harro zu kennen. Das mussten sie doch sicher schon wissen. Mildred müsste wissen, was Harro ihnen gesagt hat. Hat er die Kuckhoffs erwähnt? Sicher nicht. Mildred hat etwas von der Auslandswissenschaftlichen Fakultät gesagt, wo Harro Schulze-Boysen letztes Jahr Dekan Six vertreten hat. Dann ist ihr Arvid eingefallen. Was wird Arvid über Harro sagen? Sie haben das Thema aber nicht weiter vertieft. Sie haben sie plötzlich ganz andere Dinge gefragt: ob sie vor dem Krieg enge Kontakte zu Amerikanern unterhalten hat, zu Russen?

Jetzt sind sie verstummt. Mildred sollte diese Zeit nutzen. Sie sollte überlegen, was man sie noch fragen könnte. Sie sieht aus dem Fenster. Ihr Kopf ist jetzt vollkommen leer. Die Landschaft draußen ist flach, öde. Der Himmel hat sich bezogen. Mildred sieht nach vorn. Im Auto vor ihnen sitzt Arvid. Sie erkennt seinen Hinterkopf.

*8. September 1942*

»Libs, mein Kind. Mein liebes Kind. Wenn du mir nur sagen würdest, was passiert ist. Was ihr getan habt.«

»Nichts Böses, Mama. Das schwöre ich. Aber es ist jetzt auch egal.«

Sie flüstern. Sie stehen eng umschlungen auf dem Bahnsteig, ein Hindernis, eine Insel, vor der der Menschenstrom sich teilt, um sich dahinter wieder zu schließen: HJ-Jungen, BDM-Mädchen, Soldaten auf Heimaturlaub, ein Trupp junger Frauen in der Uniform des Reichsarbeitsdiensts.

»Es wird alles gut gehen«, flüstert Victoria Fürstin von Eulenburg und Hertefeld. »Bei Melsheimers bist du sicher. In Traben-Trarbach werden sie dich nicht suchen. Und dann, wenn dies alles vorbei ist, dann fahren wir zusammen zu deiner Schwester nach Schweden. Göring hat zugesichert, sich für unsere Reiseerlaubnis einzusetzen. Wenn erst dein Mann wieder frei ist –«

»Mama, nein. Mama, sei still, ich bitte dich, es ist nicht nur Harro. Horst ist auch verhaftet worden. Vor drei Tagen. Horst Heilmann, den ich einmal nach Liebenberg mitgebracht habe. Mama, ich habe so furchtbare Angst. Ich habe solche Angst, ins Gefängnis zu kommen.«

Man hat Mildred ins Reichssicherheitshauptamt in der Prinz-Albrecht-Straße 8 gebracht. Dies ist das Zentrum des Schreckens. Man erklärt ihr nichts. Man benimmt sich, als gäbe es nichts zu erklären. Mehr als alles andere zeigt diese Wortlosigkeit, dass das selbstverständliche Einvernehmen aufgekündigt ist, Mensch unter Menschen zu sein und entsprechend behandelt zu werden. Man hat sie in den Keller geführt und ihre Fingerabdrücke genommen. Der Beamte hat einen Finger nach dem anderen gepackt, auf das Stempelkissen gedrückt und über ein Blatt gerollt, als wären Mildreds Finger Gegenstände, derer man sich nach Gutdünken bedienen kann. Danach hat man sie einen Fragebogen ausfüllen lassen.

*Alter: 39*
*Staatsangehörigkeit: deutsch*
*Grund der Verhaftung:*

Ihr fiel nichts ein. Es interessierte auch keinen. Dann brachte man sie in einen weiteren Raum: einen fensterlosen Warteraum mit Reihen von Holzbänken, zwischen den Sitzen Querwände, sodass man nicht sehen kann, wer neben einem sitzt. Man sieht allerdings sein Gegenüber. Mildred hatte kein Gegenüber. Sie saß lange dort. Zwei SS-Leute lehnten an den Wänden. Zweimal kam einer vorbei, der aussah wie ein Häftling. Er zwinkerte ihr zu. Mildred sah weg. Dann hieß es: Harnack. Aufstehen. Und das alles ohne Erklärung. Wohin würde man sie nun bringen? Warum erklärte man ihr nichts? Nahmen die Leute vielleicht an, sie verstünde kein Deutsch?

Aber sie haben doch ihren Ausweis: ihren deutschen Ausweis. Sie sprechen sie mit deutschem Nachnamen an. Man hat Mildred in eine Zelle gebracht und eingeschlossen. Die Zelle ist etwa fünf Schritte lang, zwei Schritte breit. Es gibt eine Pritsche, einen Hocker. Es ist sehr kalt hier unten, auf eine dumpfe, muffige Art. Sie hat keinen Mantel mitgenommen. Sie weiß nicht, warum sie so dumm war. Wie konnte sie so dumm sein, keinen Mantel mitzunehmen?

Schwere Schritte. Der Schlüssel klappert.

»Harnack, zum Verhör!«

Der Aufzug nach oben. Das nun schon bekannte Gestühl des Vorraums. Mildred empfindet gar nichts. Es ist eine Starre. Sie wird in einen anderen Raum geführt. Es gibt darin einen Tisch, auf jeder Seite des Tischs einen Stuhl. Sie kennt den Mann nicht, der hinter dem Tisch sitzt. Man stellt ihn ihr nicht vor. Er hat eine grauschmierige Verbrechervisage, kleine Augen. Fliege unter der Nase. Fettig glänzende Haut. Ihr wird bedeutet, sich auf den Stuhl vor dem Tisch zu setzen.

»So, Frau Dr. Harnack. Dann wollen wir mal. Bislang haben Sie zu den Untersuchungen ja nicht viel beigetragen. Mal sehen, ob das jetzt besser wird.«

Er ist aufgestanden. Er geht in dem Zimmer umher. Er bleibt stehen, neben ihr, beugt sich über sie.

»Ich weiß nicht, wie Sie sich das hier vorstellen. Ich weiß wirklich nicht, was wir Ihrer Meinung nach tun müssen. Teilen Sie mir das mal mit. Teilen Sie mir mit, wie Sie sich Ihre Zukunft denken. Sie wollen doch sicher möglichst bald nach Hause. Sie möchten doch sicher nicht gern hierbleiben. Ich verstehe nicht, warum Sie dann nicht mit uns zusammenarbeiten.«

Sie schweigt. Was soll sie sagen? Sie versteht nichts. Sie versteht den Mann nicht, der da mit ihr redet. Es ist, als wäre ihr ihre Kenntnis des Deutschen abhandengekommen. Die Worte sind nur Wörter: deutsche Vokabeln in einem Vokabelheft: sich vorstellen, Meinung, Zukunft, nach Hause –

»Wir sind ja gern bereit, uns entgegenkommend zu zeigen. Vielleicht können wir Ihnen einen Wunsch erfüllen? Vielleicht können wir Ihnen Ihren Aufenthalt hier bei uns komfortabler gestalten?«

Sie sagt: »Es ist ziemlich kalt in der Zelle. Ich bin das nicht gewohnt. Ich hätte gern meinen Mantel.«

»Na wunderbar«, sagt der schmierige Mann. »Großartig. Ihren Mantel. Jawohl. Das lässt sich sicher machen. Nun, dann erzählen Sie mal. Sie waren doch mit den Kuckhoffs befreundet. Wie gut kennen Sie die? Wussten Sie, dass die Kuckhoffs Kontakte in die Sowjetunion hatten?«

Dies ist leicht. Diesen Satz versteht sie. Darauf ist sie gefasst gewesen: Kennen Sie, wussten Sie, waren Sie beteiligt.

»Das weiß ich nicht«, sagt Mildred. »Und ich sage Ihnen nichts.«

Der Schlag trifft sie völlig unvorbereitet. Der Handrücken

klatscht auf ihre Wange, eine Fingerkuppe fährt ihr ins Auge, ihr Kopf fliegt zurück, die Erschütterung ergreift sie, durchdringt sie vollständig. Tränen schießen ihr aus den Augen. Ihr Magen hebt sich, sie würgt. Zugleich verflüssigen sich ihre Knochen, jede Kraft verlässt ihren Körper. Dann bricht das Schluchzen aus ihr hervor, laut und quälend, ein Brüllen wie das einer verendenden Kuh. Sie begreift in diesem Moment. Sie begreift alles: Es gibt keine Rettung. Es gibt keine Rettung.

·

Berlin liegt hinter ihr. Es ist geschafft. Sie haben sie nicht verhaftet, sie haben sie ziehen lassen. Na also. Nächste Station ist Wannsee. Hier haben Libs und Harro einander kennengelernt, wann, vor wie vielen Jahrhunderten?

*Harro. Ich lege mein Herz in deine Hände. Ich meine es wirklich so. Ich kann mir nicht vorstellen, es in Zukunft auch nur einen Tag lang ohne dich auszuhalten.*

*Nein, Libs. Das geht nicht. Du bist mir wichtigster Kamerad und Bundesgenosse. Wie soll ich tun, was ich nun einmal tue, wenn du mir erklärst, keinen Tag ohne mich leben zu können? Wo es doch sehr leicht geschehen kann, dass du nicht nur einen Tag, sondern lange Zeit wirst ohne mich auskommen müssen –*

In Ordnung!

Sie kann das. Sie kann ohne ihn auskommen, sie kann es sehr gut. Sie kann auf ihn verzichten, sie kann ohne ihn leben.

»Frau Schulze-Boysen?«

Sie fährt herum.

»Frau Libertas Schulze-Boysen.«

Es ist keine Frage. Sprechen kann sie nicht. Sie müsste schreien, um den Tumult der Stimmen in ihrem Inneren zu übertönen.

Renne, lauf, spring aus dem Zug. Reg dich nicht auf. Es ist nichts! Es ist eine Verwechslung, ein Versehen, ein dummer Zufall, es ist aus! Sie holen dich ab. Es ist vorbei. Du bist tot. Renne, lauf, flieh. Wenn der Zug hält, rennst du sofort los, es ist doch gar nichts. Es darf nichts sein, es kann nichts sein. Eine reine Routinesache –

»Wenn Sie uns folgen würden. Es handelt sich um eine reine Routinesache.«

Der Zug fährt in den Bahnhof ein. Sie erhebt sich, wie an Fäden gezogen. Am besten ist es, vernünftig zu sein, zu kooperieren, sich zu verhalten, als wäre alles normal. Sie greift nach ihrem Gepäck.

»Bemühen Sie sich nicht. Wir kümmern uns um die Koffer.«

Der Mann ist sehr höflich. Er tritt zur Seite. Hinter ihm steht ein zweiter Mann. Er steht stramm aufrecht, wie Männer mit Bauch, die schlanker erscheinen wollen.

Der erste Mann sagt: »Wenn Sie so liebenswürdig wären.«

Libertas folgt. Sie treten auf den Bahnsteig hinaus. Die Männer nehmen sie in die Mitte. Sie wendet sich an den zu ihrer Rechten.

»Darf ich fragen, worum es geht? Herr – ?«

Ihre Stimme ist höher als sonst. Sie hört es selbst. Der Mann räuspert sich.

»Verzeihung«, sagt er. »Strübing. Kriminalsekretär Strübing.«

Sie gehen durch die Bahnhofshalle. Es wimmelt von Menschen. Die meisten Männer sind in Uniform. Die Männer neben Libs nicht. Niemand beachtet sie. Libertas wird von zwei Männern verschleppt, am helllichten Tag, auf belebter Straße, und keiner kommt ihr zu Hilfe. Vor dem Bahnhof wartet ein Wagen. Der Fahrer steigt aus und öffnet den Fond.

»Bitte steigen Sie ein«, sagt Kriminalsekretär Strübing.

Libs zögert.

»Machen Sie schon«, sagt der andere Mann leise, in einem gänzlich anderen Ton. »Es bleibt Ihnen ja doch nichts anderes übrig.«

Libertas steigt ein. Die Tür fällt ins Schloss. Der Wagen fährt an.

»Wohin fahren wir?«

Strübing vorn auf dem Beifahrersitz dreht sich nicht um.

»Na, was meinen Sie wohl? Zurück nach Berlin. Und Sie? Wo wollten Sie denn so plötzlich hin?«

Libertas hat mit einem Mal den Mund voll Speichel. Sie muss schlucken. Sie muss all diese bittere Spucke herunterschlucken.

»Zu Freunden«, sagt sie. »An die Mosel. Ich wollte dort auf meine Mutter warten.«

Die letzten beiden Worte sind ein Aufheulen.

»Na«, sagt Strübing. »Hören Sie schon auf. Sie bekommen nachher Stift und Papier. Dann können Sie Ihrer Frau Mutter schreiben. Damit sie sich keine Sorgen macht. Man wird Sie doch sonst sicher vermissen.«

»Ja«, sagt Libs. »Ja, das wird man.«

Sie wischt sich die Tränen ab. Sie muss Fassung bewahren. Es ist offenbar noch nicht alles verloren. Sie wird Papier und Stift bekommen, um ihrer Mutter zu schreiben.

»Kennen Sie Elisabeth und Kurt Schumacher?«

Die Frage wirft sie um. Sie hat mit einer solchen Frage überhaupt nicht gerechnet. Soll sie leugnen? Aber welchen Sinn hätte das? Sie wissen es ja offenbar schon. Sie kennen offenbar die Schumachers. Zu lügen würde sie nur um ihre Glaubwürdigkeit bringen.

»Ja«, sagt sie.

Strübing antwortet nicht. Das Schweigen dehnt sich.

»Es sind Freunde von uns«, sagt Libertas.

»Ah«, sagt Strübing. »Tatsächlich. Dann ist Ihnen sicher bekannt, dass Kurt Schumacher Kommunist ist.«

In Libs' Ohren beginnt es zu schrillen.

»Nein«, sagt sie. »Ja. Vielleicht. Ich weiß nicht. Ich dachte, er wäre kein Kommunist mehr. Ich dachte, er war früher mal Kommunist, aber er wäre keiner mehr. Das habe ich angenommen. Das dachte ich. Ich glaube, er ist kein Kommunist. Ich weiß davon gar nichts. Warum soll er Kommunist sein.«

»Wie bitte?«, sagt Strübing. »Sprechen Sie doch etwas lauter. Sie dachten also, er wäre kein Kommunist. Was haben Sie denn sonst noch so gedacht?«

»Wie meinen Sie das?«, sagt Libs.

»Wie bitte?«, sagt Strübing. »Sprechen Sie lauter! Wo ist eigentlich Ihr Mann? Wissen Sie das?«

»Ja«, sagt Libs. Sie räuspert sich. Aber sie kann nicht lauter sprechen. Dazu wünscht sie sich zu sehr, ihre Antworten möchten unhörbar sein.

»So sprechen Sie doch lauter«, sagt Strübing. »Also. Wo ist Ihr Mann? Wenn Sie es wissen, dann sagen Sie es.«

»Mein Mann ist bei Ihnen«, sagt sie.

»Ah. Und wie kommen Sie darauf? Hat Ihnen das jemand verraten? Wieso meinen Sie, wir müssten uns für Ihren Mann interessieren?«

Dies kann alles gar nicht wahr sein. Sie träumt dies. Sie ist nicht wirklich in diesem Gebäude, in dem ihr Vater unterrichtet hat, dessen Gänge sie als Kind entlanggetollt ist, sie erkennt nichts, sie kann sich nicht orientieren. Sie ist vorhin aus der Zelle geholt worden, dann musste sie warten, in einem grell erleuchteten Raum mit Bänken in kastenartigen Verschlägen. Während sie dort saß, kam ein Häftling mit einem Eimer vorbei. Als er an ihr vorüberging, hat er etwas gesagt, ohne sie anzusehen oder die Lippen zu bewegen. »Einen Gruß von Harro. Er ist hier.«

Sie kann dies nicht ertragen, sie wird schreien. Wer würde sie hören? Sie sitzt in einem Büroraum, allein. Wie lange schon? Sie hat nichts zu tun mit dieser Frau, die hier sitzt. Dies alles geschieht nicht ihr, sondern einer anderen, für die Libs nicht verantwortlich ist. Die Tür öffnet sich. Libs fährt auf.

Aber es ist nicht Strübing. Es ist eine Frau, jung und gepflegt, mit brandrotem Haar, weit auseinanderstehenden grünen Augen.

»Frau Schulze-Boysen?«

Die Frau flüstert. Sie schließt eilig und leise die Tür, sie streckt Libs die Hände entgegen.

»Liebe Frau Schulze-Boysen.«

Die Frau holt ein belegtes Brötchen aus der Jackentasche. Libertas muss an sich halten. Sie hat hier bisher nichts essen können, nicht das graue Brot, nicht die Suppe aus diesem Napf. Sie muss sich beherrschen, sonst reißt sie der Fremden das Brötchen aus den Fingern.

»Und Zigaretten«, sagt die Fremde. »Da, nehmen Sie. Los,

schnell, bevor einer kommt. Nein, so behalten Sie doch das ganze Päckchen. Und jetzt sagen Sie, kann ich Ihnen irgendwie helfen? Kann ich irgendetwas für Sie tun?«

»Aber wer sind Sie denn?«, fragt Libertas.

Sie beißt in das Brötchen. Sie kann es kaum glauben: Butter und Schinken. Das Brötchen duftet. Die Butter schmilzt in Libs' Mund.

»Ach, verzeihen Sie«, sagt die Fremde. »Ich habe mich gar nicht vorgestellt. Ich heiße Gertrud Breiter. Ich bin Sekretärin, hier im Referat IV E 6 des Reichssicherheitshauptamtes. Aber nicht etwa freiwillig, das müssen Sie nicht denken. Ich bin dienstverpflichtet. Was bleibt einem übrig? Es ist immer noch besser, als in einer Munitionsfabrik Zünder in Granaten einzubauen. Es sitzen ja viele Leute in den Ämtern, die keine Nazis sind.«

»Also, Frau Breiter, das war wahrhaft beeindruckend. Sie sind heute weit über Ihre Pflicht hinausgegangen. Ich werde mich persönlich dafür verwenden, dass dieser Ihr Einsatz nicht unhonoriert bleibt.«

Gertrud Breiter lächelt. »Nun ja. Ich habe früher ein wenig geschauspielert. Natürlich nur in Laiengruppen.«

»Geschauspielert haben Sie! Ja. Sie sind eine beeindruckende Frau, wenn ich das so sagen darf. Wie Sie der Schulze-Boysen das mit der Klebeaktion aus der Nase gezogen haben.«

»Sie haben zugesehen?«

Strübing deutet auf den Spion in der Tür zum Nebenraum.

»Sie hat allerdings wirklich gedacht, die Gestapo wüsste bereits von der Aktion. Aber ich war selbst erstaunt, wie bereitwillig sie mir die Namen verraten hat. Diese vielen Namen.«

»Meinen Sie, sie glaubt wirklich, Sie würden all diese Leute warnen? Oder hat ihr Ihr Auftritt einen Vorwand geboten, mit uns zu kooperieren, ohne als Verräter dazustehen? Hofft sie, auf diese Weise ihren Kopf zu retten?«

»Schwer zu sagen. Naivität und selbstisches Verhalten gehen oft Hand in Hand. Wie bei Kindern. Ich glaube, sie ist stark von Gunstbeweisen abhängig. Ein im Grunde bedürftiger Mensch, der Beachtung braucht. Sie wurde ganz lebhaft, als ich ihr meine Bewunderung für ihren Mut ausdrückte.«

Strübing schnaubt. »Schöner Mut. Deutsche Soldaten lassen an der Front ihr Leben, wir hier widerstehen den Bomben, und diese Leute verraten uns an die Russen. Volksschädlinge der schlimmsten Art sind das. Wer weiß, wie viele Deutsche dank dieser Verbrecher gefallen sind. – Nun also, zeigen Sie mal Ihre Liste. Ah. Das ist ja ganz vorzüglich. Graudenz ... Kuckhoff, das wissen wir schon ... Schumacher auch ... Coppi. Hans und Hilde Coppi, wohnhaft Laubenkolonie Waldesruh in Tegel.«

*12. September 1942*

Die Astern blühen, das Gras ist taunass, über dem Tegeler Wald liegt durchsonnter Morgendunst. Mutter Coppi ist gekommen, um mit Hilde die mittelspäten Kartoffeln aus der Erde zu holen. Hilde ist Anfang des achten Monats. Ihre Füße sind geschwollen, die Brüste schwer. Sie ist manchmal so erschöpft, als hätte sie alles schon hinter sich: die Geburt des Kindes, den Untergang Deutschlands, der allzu fern nicht mehr sein kann. Sie ziehen nun auch die Wehrunwürdigen ein. Vor zwei Tagen ist Hans mit dem Infanterie-Ersatzbataillon 479 nach Schrimm bei Posen ausgerückt. Die Soldaten sterben schneller, als die Mütter Söhne großziehen können, die Sturmfront rückt näher, das böse Ende, und Hilde muss es ersehnen, um ihres Kindes willen, das in der darauffolgenden Friedenszeit aufwachsen soll.

Mutter Coppi richtet sich auf. Sie kneift die Augen gegen die Morgensonne zusammen. »Wer kommt denn da?«

Drei Männer. Sie kommen den schmalen Weg zwischen den Gärten herauf. Sie sehen Hilde an. Sie richten ihre Augen auf Hilde, genau auf Hilde.

»Kind«, sagt Mutter Coppi. »Ach, Kind.«

»Liebste mein.«

Elisabeth öffnet die Augen. Kurt steht am Bett. Er beugt sich über sie, streicht ihr das Haar aus dem Gesicht.

»Es ist so weit. Sie sind da. Der Wagen steht vor der Tür.«

Es klingelt, einen Moment später wird mit einer Faust an die Tür geschlagen. Die Schergen sind ungeduldig.

»Gut, also Ihre Mutter wird das Kind abholen. Bis dahin kann es bei der Kinderschwester im Keller bleiben. Damit ist das geklärt. Aber die Zebrafinken. Was machen wir mit denen?«

Greta Kuckhoff verschränkt die Arme. »Nicht mein Problem. Von mir aus öffnen Sie den Käfig und lassen Sie sie frei.«

Kommissar Henzes Miene zeigt Entrüstung. »Sie freilassen? In Deutschland? Was reden Sie da? Sie würden das niemals überleben.«

Greta kann das Lachen nicht unterdrücken. Des Kommissars Gesicht liegt in sorgenvollen Falten. »Frau Kuckhoff.

Vielleicht können Sie die Nachbarn bitten, sich während Ihrer Abwesenheit um die Vögel zu kümmern.«

»Ich denke überhaupt nicht daran.«

Der Kommissar seufzt. Dann dreht er sich um. »Schmidt! Nehmen Sie die Vögel und schauen Sie, dass Sie sie irgendwo hier im Haus unterbringen. Sagen Sie nicht ›Gestapo‹. Sagen Sie, Sie sind Sanitäter. Von einem Nervensanatorium. Frau Kuckhoff muss sich eine Weile bei uns kurieren.«

»Doch nicht die Mädchen«, sagt Antonie Graudenz.

»Alle.«

»Aber die Mädchen sind erst sechzehn und fünfzehn.«

»Vier Koffer. Für jeden einen eigenen.«

John Graudenz packt methodisch, geübt, als packte er für eine weitere Woche seines Lebens als Handelsvertreter im Außendienst. Antonie Graudenz wirft wahllos Kleider und Wäsche in eine Tasche, während Gestapobeamte ihre Schränke durchwühlen, Kisten mit Unterlagen, Büchern, Briefen, Fotografien vollstopfen. Karin und Silvia wehren die fahrige Hilfe der Mutter ab.

»Lass, Mama.«

»Wir haben schon gepackt.«

Antonie eilt in die Küche. Sie findet ein paar Sommeräpfel, Brot, Pflaumenmus.

»Das wird nicht nötig sein«, sagt einer der Polizisten laut. »Bei uns verhungert man nicht.« Er senkt seine Stimme. »Es tut mir leid, dass wir Ihre Töchter mitnehmen müssen. Aber wenn Sie wüssten, wie das Verrätertum gerade unter den Jungen um sich greift. Tja, schäbige Menschen gibt es nun mal in jedem Alter.«

Die Finken haben eine Bleibe gefunden. Kommissar Henze betrachtet die Schildkröte. »Die werde ich selbst mitnehmen. Was frisst so ein Tierchen denn?«

»Salat.«

»Hm. Meine Eltern haben einen Kleingarten ... Und die Winterruhe? Wie gestaltet man am besten den Käfig? Nun seien Sie doch nicht so renitent, Frau Kuckhoff. Ich möchte das Tier unbedingt artgerecht halten. Das ist doch auch in Ihrem Interesse.«

»Sie sind als Untersuchungshäftling der Gestapo in die Frauenabteilung des Polizeigefängnisses am Alexanderplatz eingeliefert worden. Folgende Regeln der Hausordnung sind zu beachten. Das Schreiben sowie das Empfangen von Briefen ist limitiert, genehmigungspflichtig und Ihnen auf Anordnung einstweilen untersagt. Das Rauchen ist verboten. Als Untersuchungshäftling haben Sie das Recht, Zivilkleidung zu tragen. Die Lieferung von Paketen mit frischer Wäsche sowie die Abholung von Schmutzwäsche durch die Angehörigen ist einmal die Woche gestattet. Die Abwicklung erfolgt über den Hausvater. Pakete mit Esswaren, Büchern oder Sonstigem dürfen nur mit ausdrücklicher Genehmigung des für Sie zuständigen Kommissars ausgehändigt werden. Im Moment sind Ihnen solche Pakete untersagt. Wecken ist um sechs. Sie haben sich sofort zu erheben, das Bett zu machen, den Boden zu wischen und unter dem Fenster zu warten, bis Ihr Krug für den Tag mit Wasser gefüllt wird. Das Wasser dient zum Trinken sowie zum Waschen. Vor dem abendlichen Einschluss haben Sie Ihre Kleidung auf einen Hocker vor die Tür zu legen, insbesondere die Strümpfe. Neben der Tür ist eine Schiebevorrichtung, die sogenannte Fahne. Wenn Sie eine Mitteilung zu machen wünschen, betätigen

Sie diese Fahne, dann fällt im Flur eine Klappe herunter. Fragen?«

»Nein«, sagt Elisabeth Schumacher.

Die Justizwachtmeisterin nickt. Sie scheint nicht sonderlich brutal zu sein. Sie tut ihre Arbeit. Nun geht sie. Die Tür schließt sich hinter ihr, schwer und weich wie eine Tresortür. Der Schlüssel rasselt, Frau und Schlüsselbund klappern den Flur hinunter, und Elisabeth ist allein.

So fühlt es sich an. Es ist aber nicht wahr. In der Tür befindet sich ein Spion. Elisabeth wird nie wieder allein sein. Sie sieht sich um. Die Zelle ist wie die Justizwachtmeisterin: nicht so schrecklich, wie Elisabeth es erwartet hat.

Es gibt ein Klo, einen kleinen Holztisch mit Stuhl. In dem Regal darüber stehen ein Essnapf, ein Löffel, ein Trinkbecher, ein Holztöpfchen mit Salz und das Neue Testament. Auf dem oberen Brett steht eine Waschschüssel aus Emaille. Elisabeth legt Zahnbürste, Zahnpasta, Seife und Handtuch daneben. Das Bett an der anderen Wand ist tagsüber hochgeklappt. Es gibt eine dünne Matratze, zwei Decken. Das Fenster ist hoch und von innen vergittert. Elisabeth sieht den Himmel. Wenn sie mehr sehen wollte, müsste sie auf den Stuhl steigen. Sie steigt nicht auf den Stuhl.

Am Alex herrscht Rauchverbot. Das ist im Moment bei Weitem das Schlimmste. Man hat Greta Kuckhoff Geld, Hausschlüssel, ihre Uhr und ihren Schmuck abgenommen. Die Zigaretten hat sie freiwillig auf den Tisch gelegt, mit einer Geste der Verachtung. Jetzt fühlt sich die Geste hohl an. Greta geht in der Zelle auf und ab, auf und ab. Sie möchte rauchen. Der Drang überlagert alles, sogar die Frage, wo Adam sein mag. Er ist am Tag nach seiner Geburtstagsfeier nach Prag gefahren, wo er an einem Film mitwirkt. Wo ist er jetzt? Greta möchte rauchen. Henze, nachdem er die Schildkröte in seinen Wagen hat bringen lassen, hat sich für Adams Bücher interessiert.

»Marxistische Literatur!«

»Ja. Na und? Ich habe Hitlers ›Kampf‹ ins Englische übersetzt. Natürlich verlangt eine Auseinandersetzung mit den Worten des Führers auch eine solide Kenntnis der Denkungsart unserer Feinde.«

Henze hat gesagt: »Warum?«

Der abendliche Einschluss ist vorüber: die doppelte Verriegelung der Tür für die Nacht. Das Licht brennt aber weiter. Hilde kann nicht schlafen. Sie kann nicht auf der Pritsche liegen: Die Matratze hängt durch. Sie hat versucht, genau auf einem der Längsbandeisen zu liegen, aber das ist einer Hochschwangeren nicht möglich.

Hilde steht auf. Sie zerrt die Matratze auf den Boden. Wie wird sie das Ding morgen früh wieder hinaufbugsieren?

Das sehen wir morgen. Wir sehen alles morgen.

Hilde streckt sich aus. So geht es. Sie legt einen Arm über die Augen, gegen das Licht. Sie wird jetzt schlafen. Das Kind braucht ihren Schlaf.

*15. September 1942*

»In Charlottenburg und in Tiergarten hat es gestern ja schlimm gekracht.«

»Auch in Lichtenberg, Spandau, Prenzlauer Berg. Sie waren überall.«

»Ein Haus in Tiergarten ist vollkommen zerstört, und bei dem daneben fehlt das Dach.«

»Wir sind heute Morgen extra am Kottbusser Tor vorbeigefahren. Zwölf Menschen sind dort ums Leben gekommen. Auch im Wedding soll es fast ein Dutzend Tote gegeben haben.«

Sie sitzen bei Grete Ruppin in der Stube. Eine Menge Leute sind da, die meisten vom Mariendorfer Ballspiel Club, in dem sich nach 1933 viele ordentliche Menschen zusammengefunden haben. Ina Lautenschläger ist mit Heinrich Scheel gekommen.

»Wollen wir Hans Coppi eine Karte schreiben?«

»Wieso, wo ist er denn?«

»Er ist letzte Woche eingezogen worden. Hat irgendeiner seine Feldpostnummer?«

»Ich könnte morgen seine Frau fragen.«

»Wenn du sie erwischst. Ich versuche es seit drei Tagen.«

»Rudi?« Heinrich Scheel beugt sich vor. »Du sagst, Hilde ist seit drei Tagen unerreichbar? Hast du es bei Hans Coppis Mutter versucht?«

»Klar. Da ist aber auch keiner.«

»Und im Eisladen?«

»Der ist geschlossen.«

»Rudi. Gib mir die Karte. Ich kümmere mich darum.«

»Die Coppis wurden offenbar verhaftet«, sagt Heinrich zu Ina Lautenschläger.

Sie sind auf dem Weg zur Straßenbahnhaltestelle. Ihre Schritte hallen. Die Nacht ist sehr dunkel zwischen den lichtlosen Häusern. Im Schein des Filterlichts ihrer Blaulichttaschenlampen leuchten matt die mit phosphoreszierender Farbe markierten Bordsteine und Häuservorsprünge auf, die Pfeile an den Häusersockeln, die zum nächsten Luftschutzraum weisen, die Katzenaugen an den abgetragenen Joppen vorbeihastender Passanten.

»Die Karte an Hans Coppi habe ich bei Ruppins im Badeofen verbrannt«, sagt Heinrich. »Nicht sehr sinnvoll, der Gestapo eine Liste seiner Freunde zukommen zu lassen. Was hast du übrigens mit der Uniform gemacht?«

Ina bleibt stehen. »Mist.«

Heinrich hat ihr die Uniform eines Illegalen aus Moskau gebracht, damit Ina sie verschwinden lassen, sie in etwas anderes verwandeln sollte, vielleicht in einen Mantel für ihren kleinen Sohn.

»Ich bin einfach nicht dazu gekommen. Es ist eine Menge Arbeit. Der steife Stoff. All die Litzen und Knöpfe. Und alles heimlich. Ich habe die Uniform auf dem Dachboden versteckt. Und jetzt? Wohin mit dem Ding?«

»Wir hätten sie in den Grunewaldsee werfen sollen. Zu spät. Lass sie, wo sie ist.«

Die Straßenbahn kommt. Sie reichen einander die Hände.

»Alles Gute.«

Ina steigt ein. Aus den Schatten der Haltestelle löst sich ein Mann. Er ist ihnen die ganze Zeit gefolgt. Er steigt mit Ina in die verdunkelte Bahn. Heinrich kann sein Gesicht nicht erkennen.

Es klingelt. Oda sieht auf die Uhr. Viertel vor sechs. Wer soll das sein? Schritte auf der Treppe hat sie keine gehört. Oda ist gerade erst von einer Italientournee zurückgekehrt und hat sich bisher bei keinem der alten Freunde gemeldet. In zehn Tagen wird sie wieder aufbrechen. Der Vertrag für die italienische Anschlusstournee ist bereits unterzeichnet, dann soll Ostpreußen folgen. Oda zieht einen Morgenmantel an. Sie öffnet die Tür.

»Fräulein Schottmüller?«

Der Mann klappt das Jackenrevers um, mit der Fingerfertigkeit eines Trickbetrügers. Eine Metallmarke blinkt.

»Wenn Sie gestatten.«

»Name?«

»Erika Gräfin von Brockdorff.«

»Geborene?«

»Schönfeld.«

»Alter?«

»Einunddreißig.«

»Wohnhaft?«

»Berlin-Friedenau, Wilhelmshöher Straße 17.«

»Hallihallo, was macht der Harem! Wilhelmshöher Straße. Herr Heyser, da haben wir doch noch eine hier. Am Alexanderplatz sitzt die. Suchen Sie noch mal diesen Funkspruch heraus.«

Sie kramen in einer Akte.

»Ah. Ja. Na, wunderbar. Dann erzählen Sie doch mal, wie war das denn so? Wie war Ihr Zusammenleben mit den Kuckhoffs?«

»Wie bitte? Ich weiß überhaupt nicht, wovon Sie reden.«

»Verkaufen Sie uns nicht für dumm. Adam und Greta Kuckhoff befinden sich bereits in unseren Händen. Und Sie wohnen mit ihnen Haus an Haus. Sie teilen sich sogar den Keller.«

Erika starrt den Mann an. Sie denkt an Greta Kuckhoff, an ihre Befürchtungen, Frau Kuckhoff könnte den Koffer bemerken: den Koffer mit dem Funkgerät. Aber auch Greta hat eine Zeit lang einen Koffer mit in den Keller geschleppt. Erika lacht. Die beiden Männer starren sie an. Erika kann nicht an sich halten, sie lacht schallend, aus dem Bauch heraus.

»Die Kuckhoffs. Ja, genau. Nein, es ist verrückt. Entschuldigung. Aber es ist alles total verrückt.«

»Wer ist denn das?«

»Wie alt ist die denn?«

»Was haben sie uns da angeliefert?«

Sie reden, als wäre Hannelore Thiel gar nicht im Raum.

»Geboren 30. Oktober neunzehnvierundzwanzig. Noch keine achtzehn.«

»So, Mädel. Und du hast also schon ein Kind.«

Hannelore presst die Hände zusammen. Sie hat die Hände gefaltet und zwischen die Knie geschoben, sie darf nicht an ihr Kind denken. Alexander ist dreieinhalb Monate alt. Wenn Hannelore an ihn denkt, beginnt die Milch zu laufen. Hannelore versucht an Fritz zu denken. Sie versucht an ihre Mutter zu denken. Sie versucht an den Mann zu denken, der vor ihr steht. Es ist ihr, als hörte sie Alexander schreien: das Säuglingsgeschrei, insistierend, unnachgiebig, ihre Bluse wird nass. Sie spürt es, die Kälte nassen Stoffs. Die Männer sehen es auch. Sie blicken darauf. Sie blicken auf ihre milchblutenden Brüste, vor denen Hannelore die Arme faltet.

»Nun hören Sie mal auf zu weinen, Frau Thiel«, sagt der Mann im Hintergrund, der bis jetzt noch gar nichts gesagt hat. »Nun beruhigen Sie sich, nun wollen wir mal vernünftig sein. Jetzt sagen Sie uns einfach, mit wem Ihr Mann sich trifft. Das kann man doch erzählen. Das ist doch nichts Schlimmes. Also, mit wem kommt er in seiner Freizeit zusammen?«

»Ich weiß es nicht«, sagt Hannelore. »Wirklich nicht. Ich habe doch das Kind. Ich bin immer zu Hause, mit dem Kind.«

»So«, sagt der Mann. »Sie sind mit Ihrem Kind zu Hause.«

»Ja«, sagt Hannelore.

»Sie räumen auf, Sie machen sauber.«

»Ja«, sagt Hannelore.

»Und sind Ihnen dabei jemals Schriften aufgefallen? Flugblätter, politische Texte?«

»Nein«, sagt Hannelore.

»Sie lügen«, sagt der Mann. »Dies hier lag bei Ihnen herum.«

Er knallt mit der flachen Hand auf den Tisch. Hannelore wird übel. Vor ihr liegt ein Zettel.

*Ständige Ausstellung – Das Naziparadies – Wie lange noch?*

»Das haben wir bei Ihnen gefunden«, sagt der Mann. »Ich warne Sie. Lügen Sie nicht.«

Aber es ist der Mann, der lügt. Der Zettel hat nicht in der Wohnung gelegen. Diese Zettel sind sämtlich verklebt worden. Aber wieso hat der Mann nun einen davon?

»Komm. Sag uns, was du über diese Zettel weißt. Dann kannst du zu deinem Sohn nach Hause.«

»Ich weiß aber nichts.« Sie kann vor Schluchzen kaum sprechen. »Ich weiß gar nichts, ich habe nichts getan, mein Mann ist doch viel älter als ich. Er ist schon sechsundzwanzig. Ich habe ihm doch nichts vorschreiben können.«

»Nein, Frau Thiel. Sicherlich nicht. Es war alles nicht Ihre Schuld. Was können Sie dafür, dass Sie diese Zettel gesehen haben.«

Sie kann jetzt gar nicht mehr sprechen, kaum Luft holen. Nie hätte sie es für möglich gehalten, dass man Fritz verhaften könnte, oder gar Herrn Schulze-Boysen, in seiner Fliegeruniform. Fritz und Herr Graudenz haben Hannelore beruhigt. Sie haben sie gebeten, das Funkgerät im Kinderwagen wegzufahren. Sie haben gesagt, es sei alles völlig sicher.

Draußen auf den Fluren schlagen Türen, lärmen Stimmen. Die Tür wird aufgerissen und einer ruft etwas herein, dann fliegt die Tür wieder zu. Telefone schrillen.

»Was habt ihr denn da sitzen? Ist das hier Tante Roswithas Bastelstunde?«

»Lasst die doch, was soll die schon wissen. Bringt die mal weg. Macht hier mal Platz. Die liefern ja im Minutentakt neue. Wir haben den Laden proppenvoll hier.«

Es ist noch immer der 16. September. Es ist noch immer der Tag, an dem Ina Lautenschläger verhaftet worden ist. Leute stürzen ins Zimmer, rennen wieder hinaus. Telefone schrillen, Sekretärinnen schleppen schwarzen Kaffee herbei, Zigaretten, es werden immer mehr Leute gebracht. Die Kommissare rauchen Kette. Hin und wieder bietet einer von ihnen geistesabwesend auch der schönen Ina eine Zigarette an. Ina ist trotz ihrer Erschöpfung dabei, ihr Selbstbewusstsein wiederzugewinnen. Sie sind nicht unfehlbar. Sie sind nicht allwissend. Ina hat sich bisher an die Absprache mit Heinrich Scheel halten können.

»Die Uniform? Was weiß ich, was das für eine Uniform war. Ich habe gedacht, ich könnte einen Mantel für mein Söhnchen daraus machen. Es ist wirklich nicht leicht, mit den Punkten auf der Kleiderkarte ein Kind zu versorgen, das wächst. Da nimmt man, was man kriegt, ohne Fragen zu stellen.«

Sie hat Heinrich vorhin sogar einen Moment gesehen. Jemand stieß eine Seitentür auf, und da saß Heinrich im Nebenzimmer. Einer der Vernehmer hatte ihn am Kragen gepackt und halb von seinem Stuhl hochgezogen. Er schrie Heinrich ins Gesicht.

»Offiziersrang? Was heißt Offiziersrang!«

Ina erschrak. Der Polizist stieß Heinrich auf seinen Stuhl zurück. Er hob den Kopf und sah in Inas Augen.

»Ortmann! Machen Sie doch gnädigst die Tür zu.«

Sie sind alle überanstrengt. Sie schreien sich gegenseitig an, schütten Kaffee in sich hinein, Ortmann geht auf und ab, auf und ab.

»Also, schreiben Sie«, sagt er zu der Sekretärin an der Maschine. »Schreiben Sie. Ich, Ina Lautenschläger, habe gewusst, dass die fragliche Uniform einem Illegalen namens Albert Hößler gehört hat.«

»Nein!« Es treibt Ina in den Wahn. »Nein, das habe ich nicht gewusst. Ich habe es nicht gewusst. Ich kenne gar keinen Albert Hößler.«

»Gut. Schreiben Sie. Ich habe gewusst, dass die Uniform einem Illegalen gehört, dessen Name mir nicht bekannt ist.«

»Nein«, sagt Ina. Sie versucht ruhig zu sprechen, fest. »Ich habe nichts von irgendwelchen Illegalen gewusst. Das habe ich doch schon gesagt. Das sage ich seit Stunden. Ich habe nicht gewusst, dass die Uniform einem Illegalen gehört hat.«

Ortmann bleibt stehen, schlägt die Hände zusammen.

»Na also! Aber warum sagen Sie das nicht gleich? Sie hätten uns allen viel Mühe erspart.« Er wendet sich zu der Sekretärin. »Also, dann schreiben Sie. Ich leugne, gewusst zu haben –«

Hannelore sitzt im Keller der Prinz-Albrecht-Straße, in einem fensterlosen Raum auf einer Bank. Ihr gegenüber hockt ein finster blickender Mann, den sie nicht kennt. Fünf oder sechs SS-Männer patrouillieren zwischen den Bänken. Wie lange ist Hannelore jetzt hier? Ihre Brüste schmerzen. Hannelore schämt sich für sie: Sie sind prall wie Kuheuter, milchberstend, heiß, als wären sie entzündet. Aber sicher wird man Hannelore nun freilassen. Sicher wird man sie gehen lassen, nach Hause, zu ihrem Kind. Ein SS-Mann tritt auf sie zu.

»Mitkommen.«

Sie steigen in den Aufzug. Der Aufzug ruckelt und rattert. Er öffnet sich auf einen langen Gang. Der Mann bleibt vor einer Tür stehen. Er klopft.

»Also, Frau Thiel. Da sind Sie ja wieder.«

Es ist dasselbe Zimmer. Sie ist wieder in dem Zimmer, in dem sie morgens verhört worden ist.

»Setzen Sie sich. Kaffee? Nein, nehmen Sie ruhig. Stärken Sie sich. Also, Ihr Mann hat ausgesagt. Er hat uns alles gesagt. Sie müssen nur noch unterschreiben, dass er die Wahrheit gesagt hat. Dann dürfen Sie nach Hause gehen. Er hat uns ein paar Freunde genannt. Nur die Namen, er hat niemanden beschuldigt. Wir müssen das nun überprüfen. Sie können sich ja denken, wen ihr Mann genannt hat. Wiederholen Sie einfach die Namen.«

Was? Welche Namen? Hannelore versteht nicht. Sie kann den Kaffee nicht trinken. Sie beginnt wieder zu weinen.

»Denken Sie an Ihr Kind, bitte schön. Ihre erste Pflicht ist das Wohl Ihres Kindes. Das steht über allem. Sie müssen heim zu Ihrem Sohn, also fassen Sie sich. Es geht ja nur darum, zu bestätigen, dass Ihr Mann kein Lügner ist. Es ist doch wohl erlaubt, Freunde zu haben. Also, wen würde Ihr Mann als Freund bezeichnen?«

»Ich weiß es doch nicht. John Rittmeister vielleicht? Werner Krauss. Harro Schulze-Boysen. Friedrich Rehmer vielleicht.«

»Großartig. Fällt Ihnen sonst noch jemand ein?«

Das erste Verhör ist vorbei. Erika von Brockdorff wird zum Polizeigefängnis Alexanderplatz gebracht. Es ist bereits dunkel. Der Wagen fährt, hält, fährt wieder an. Mit ihr sitzen noch vier andere Frauen darin. Die eine ist sicher schon über vierzig. Die zweite ist sehr jung, ein verweintes Mädchen, fast ein Kind. Die dritte ist eine sehr schöne Frau, mit katzenförmigen Augen, gepflegten Locken. Erika kennt nur die vierte: Elfriede Paul. Sie haben einander mit den Augen gegrüßt.

Der Wagen hält wieder. Draußen Rufe, Befehle. Die Schöne mit den Katzenaugen flüstert Eri etwas zu. »Warum sind Sie hier?«

Erika sucht nach einer schnellen Antwort. »Schulze-Boysen.«

»Ich auch! Ich bin Ina Lautenschläger.«

»Erika Brockdorff.«

»Martha Schulze.«

»Hannelore Thiel.«

Sie berühren einander im Dunkeln, drücken einander die Finger, die Arme.

»Raus da. Raus aus dem Wagen, was ist denn da drinnen los? Vorwärts jetzt, ausgestiegen.«

In der Dunkelheit umgibt sie der riesige Bau des Polizeigefängnisses. Die Mauern reichen bis an den Himmel. Ein Hochgefühl trägt Erika durchs Tor hinein: Sie ist nicht allein. Elfriede Paul ist hier, Greta Kuckhoff soll hier sein, die drei fremden Frauen aus dem Wagen gehören ebenfalls dazu. Zu ihrer Gruppe. Erika ist Teil einer Gruppe.

Man hat Greta in den Keller der Prinz-Albrecht-Straße geführt, in einen kleinen fensterlosen Raum. Sie sitzt auf einem Stuhl. Ihr gegenüber steht eine Kamera. »Was soll das?«

»Ruhe.«

Man richtet eine Lampe auf sie, dreht sie herum, presst ihren Kopf gegen eine Stütze, nimmt sie von allen Seiten auf: frontal, Profil, Halbprofil.

Ein kleiner Mann taucht unter dem schwarzen Tuch der Kamera hervor und wischt sich die Stirn mit einem Taschentuch.

»Wir fotografieren Sie alle«, sagt er zu Greta.

»Wen, alle.«

»Alle Mitglieder der Roten Kapelle.«

»Der was?«

»Rote Kapelle. So steht es hier. So ist es auf dem Material zu vermerken. Margarete Kuckhoff geborene Lorke. Mitglied der Roten Kapelle.«

*Herbst 1942,*
*Berlin, Die Rote Kapelle*

»Hier ist noch eine zum Fotografieren. Eine Amerikanerin. Denk mal.«

»Wirklich? Steht hier aber nicht. – Drehen Sie mal den Kopf zur Seite! – Versteht die das überhaupt? – Verstehen Sie, was Halbprofil heißt?«

Mildred kann nicht antworten. Sie dreht den Kopf in die gewünschte Position, aber sie kann nicht mehr sprechen. Ihr ist die Fähigkeit verloren gegangen zu sagen, was sie meint, oder vielleicht die Fähigkeit, etwas zu meinen. Sie darf mit niemandem Kontakt aufnehmen. Wahrscheinlich weiß niemand, wo sie ist. Man wird aber doch sicher nach Arvid suchen? Wo ist Arvid?

Habecker hat ihr gestern Fotos gezeigt. So heißt der schmierige Mann, der sie quält: Kommissar Habecker.

»Kennen Sie diesen Mann?«

»Nein.«

»Hören Sie auf zu lügen!«

Er schrie das letzte Wort unmittelbar vor ihrem Gesicht, sodass sie seinen Atem roch, seine Spucke sie traf.

»Ihnen hilft hier niemand!«

Sie weiß das. Sie kann das nicht mehr. Sie erträgt Habecker nicht, das stinkende, ölige Gesicht Zentimeter vor dem ihren, das in sie hineinschreit. Hinterher hasst sie sich jedes Mal bis aufs Blut. Sie ist beschmutzt, bespuckt, besudelt. Wie kann sie sich von diesem Unrat reinigen? Es ist nicht möglich. Dieser Mann schüttet Kot in sie hinein. Mildred kann nicht leben mit einer Seele voll Kot.

»Ihr Mann. Sie waren doch eng an seinem Leben beteiligt.

Ihr Mann hat doch mit Ihnen geredet. Was hat er denn über den Krieg gesagt?«

Sie kann nicht antworten.

»Reden Sie! Was hat Ihr Mann über den Krieg gesagt? Hat er den Sieg Deutschlands gewünscht?«

Sie sagt: »Mein Mann ist Patriot.«

»Ihr Mann ist ein dreckiger Verräter! Das ist Ihr Mann. Und hören Sie auf zu heulen. Sie brauchen Ihren Mann nicht mehr zu decken, der ist schon fertig. Den haben wir schon fertiggemacht.«

Verhaftet. Verhört. Jetzt ist es vorbei. Jetzt bringt man Mimi Terwiel ins Gefängnis am Alexanderplatz. Sie hat zu allen Vorwürfen geschwiegen. Sie haben ihr gedroht, aber sie hat geschwiegen, sie haben gebrüllt, aber sie hat geschwiegen, warum hat man sie nicht geschlagen? Sie hat daran gedacht, aus einem der Fenster zu springen. Aber sie ist keinen Moment allein gewesen. Die Fenster sind auch zu hoch. Es sind nach innen geneigte Atelierfenster, gemacht, um ein Maximum an Himmelslicht einzulassen.

»Mischling ersten Grades, richtig?«

»Ja.«

»Und Sie haben Juden geholfen.«

Sie hat nichts gesagt.

»Sie haben Juden unerlaubt Essen gebracht, das Sie der Volksgemeinschaft entzogen haben.«

Sie hat nichts gesagt.

»Sie haben Juden gemästet, mit Lebensmitteln, die Sie sich hinterhältig angeeignet hatten.«

Was hätte sie sagen können?

»Sie haben einen Deutschen zur Rassenschande verführt.«

Alles, was man tut, alles, was man getan hat, aus Liebe, aus

Güte, aus tiefem Glauben heraus, alles übersetzen sie in die Sprache der Rohheit und der Gemeinheit. In die Sprache des Mordens. Es ist die einzige Sprache, die sie haben.

Man weiß nie, wann sie wiederkommen. Man weiß nicht, wann die Quälereien von Neuem beginnen. Es gibt also keine wirkliche Pause zwischen den Folterungen, in denen er sich wieder zusammensetzen, zur Ruhe kommen, auf der primitivsten körperlichen Ebene regenerieren könnte. Es gibt nur eine unabwägbare Spanne Zeit, die mit Furcht gefüllt ist, mit dem Hochschrecken bei jedem Schritt, mit dem Zusammenzucken bei jedem Schlüsselrasseln.

Walter Husemann weiß das.

Er weiß, was ihn erwartet. Ihm ist nichts neu hier. Er ist von 1936 bis 1938 in Haft gewesen, erst im Konzentrationslager Sachsenhausen, dann in Buchenwald. Er geht neben Habecker den Gang entlang. Schräg vor Walter ist ein Fenster. Es ist geschlossen. Walter strafft sich. Das Fenster. Noch einen Schritt. Noch einen. Jetzt. Er packt Habecker, wirft sich mit Habecker gegen das Glas. Der Mann ist schwer. Er ist stark. Glas splittert. Sie packen Walter. Er wird auf den Boden geschleudert, er hat den Mund voll Blut. Ein SS-Stiefel tritt ihm in den Magen, ein anderer in die Nieren. Er verliert das Bewusstsein.

»Und das ist es eben, Frau Schulze-Boysen«, sagt Kommissar Strübing. »Wir haben so unsere Methoden. Unwiderstehliche Methoden, glauben Sie mir. Wenn Sie kooperieren, können Sie Ihren Freunden damit das Schlimmste ersparen. Am Ende kriegen wir sowieso alles aus ihnen heraus.«

»Also, haben Sie noch mal nachgedacht, Frau Schulze-Boysen?«, sagt Kommissar Strübing. »Sie wollen doch mit dem Leben davonkommen. Sie möchten doch nicht, dass man Ihnen den Kopf abschlägt. Das wird man aber tun, wenn Sie nicht kooperieren. Das kann ich Ihnen so versichern. Sie werden hier nicht lebendig herauskommen.«

»Wir werden uns ja nicht auf Ihre Aussagen allein stützen«, sagt Kommissar Strübing. »Wir werden allen Behauptungen persönlich nachgehen. Und wenn wir keine weiteren Beweise finden, wenn wir zum Ergebnis kommen, dass nichts vorliegt, werden wir nicht nur aufgrund Ihrer Aussagen den Leuten Unannehmlichkeiten bereiten. Aber wenn etwas vorliegt, finden wir es ohnehin heraus. Das versichere ich Ihnen.«

»Ich setze auf Ihre Klugheit«, sagt Kommissar Strübing. »Jeder hat doch das Recht, sein Leben zu retten. Meinen Sie, die anderen haben Lust zu sterben? Meinen Sie, die sind sich nicht selbst die Nächsten? Die haben schon so einiges von sich gegeben … Zigarette, Kaffee? Aber gern. – Schmidt, seien Sie so gut und holen Sie der Dame einen Kaffee.«

Nach den Verhören ist die Zelle eine Zuflucht. Oda atmet auf, wenn die Tür sich schließt. Sie geht zum Fenster und zurück. Sie hat keine Bücher, keine Stifte. Sie sagt sich selbst Gedichte vor. Sie macht gymnastische Übungen. Wenn sie die Augen zusammenkneift, fügen die Unebenheiten der Wände sich zu einer Landkarte zusammen. Zu einem Gesicht. Einer Maske. Einem fantastischen Tier. Dann wird sie wieder zum Verhör geholt.

»Fräulein Schottmüller. Hier sind die Aussagen von Coppi.«

Hans Coppi soll gesagt haben, er hätte aus ihrem Atelier

gefunkt. Immer wieder fangen sie damit an. Sie weiß überhaupt nicht, von welchem verdammten Funkgerät die ganze Zeit die Rede ist.

»Oder haben Sie mit Coppi auch ein Verhältnis gehabt? So wie mit Schumacher. Der hat doch mit Ihnen seine Frau hintergangen. Fräulein Schottmüller, gehen Sie eigentlich mit jedem ins Bett?«

Und Oda hat sich verteidigt. Sie hat versucht, diesem Mann die Liebe zu erklären. Das wird sie sich niemals verzeihen.

Elisabeth Schumacher steht auf der Lehne ihres Stuhls. Sie riskiert viel. Wenn man sie erwischt, werden ihr alle Vergünstigungen wieder entzogen: der Bleistiftstummel, das Blatt Papier, das Buch, das ihre Mutter ihr hat schicken dürfen. Elisabeth umklammert die Gitterstäbe. Draußen vor dem Fenster steht eine Birke.

Er begreift selbst nicht, was ihm passiert ist. Während der Quälereien, mitten in den unerträglichen Schmerzen überkam ihn mit einmal ein Siegesrausch, eine jubelnde Freude. Er brannte in überirdischer Ekstase: Seine Seele hatte sich von seinem Körper gelöst, der sich dort unten weiterwälzte, in dumpfem stumpfem Krampf. Nun hat man ihn wieder in die Zelle gebracht. Seine Seele ist in den Körper zurückgekehrt. Er zittert wie ein Morphiumsüchtiger, wenn die Wirkung der Droge nachlässt. Er hat aber keine Angst mehr vor weiteren Quälereien. Er ist über Angst und Schmerz nun erhaben. Dennoch beginnt sein Herz jedes Mal zu rasen, wenn draußen Schritte erklingen. Es ist etwas rein Körperliches, auf das der Geist keinen Einfluss hat. Es ist ihm, als ob etwas in den Tiefen seines Herzens einen Kurzschluss erlitten hätte.

*26. September 1942,*
*Berlin*

Man muss nun eben mit der Schande leben. Das Kind soll im April 1943 geboren werden. Remus hat versprochen, Liane vorher zu heiraten. Wie, im Winter? Wenn Liane schon dick und rund ist und jeder sehen kann, dass Remus sie nehmen musste? Liane hat sich ihr Leben anders gedacht. Nun sind alle Chancen unwiederbringlich vertan. Am schwersten zu ertragen ist die Bestürzung der Mutter.

Liane betrachtet sich im Spiegel der Kleiderschranktür. Noch ist sie schlank. Aus dem Wohnzimmer klingt Klavierspiel, dann der Sopran von Fräulein Ungelenk, die bei der Mutter Privatstunden nimmt.

*Es fiel ein Reif in der Frühlingsnacht –*

Liane streift ihren Mantel über. Sie geht jetzt immer beizeiten einholen, damit es noch frische Milch und Gemüse gibt. Schließlich kann das arme Kind ja nichts dafür. Die Türglocke schrillt in ebendem Moment, als sie nach der Klinke greift. Liane schreit auf vor Schreck, sie fährt zurück. Einmal, zweimal schlägt dumpf eine Männerfaust gegen die Tür.

*29. September 1942,*
*Brüssel, Gefängnis Saint-Gilles*

Wer davon faselt, dass das Leiden adelt oder läutert, der hat nie gelitten. Der Schmerz lehrt nichts. Körperliche Qualen, physische Leiden lehren allein, dass man leiden kann. Sophia

Poznańska liegt in der Zelle, auf dem Boden. Die Kraft reicht nicht mehr bis hinüber zur Pritsche. Die Schmerzen rauschen über sie hin, eine rot flackernde Flut. Als sie abebben, flutet etwas anderes heran: die klare Gewissheit, dass es wirklich keine Erlösung gibt. Sie erträgt die Folter seit über neun Monaten. Bisher hat sie nichts verraten. An der Wand des Gefängnisses steht ein Gedicht. Sie kann es auswendig.

*Je trahirai demain*
*Mein Verrat kommt morgen, noch nicht heute*

Woher hat die andere ihre Sicherheit genommen?

Sophia Poznańska hat nicht bis morgen Zeit. Sie kann das Gedicht an der Wand nicht noch einmal lesen. Sie kann nicht noch einmal dorthin kriechen. Sie haben irgendetwas mit ihrem Magen gemacht. Auch die anderen Verletzungen schränken sie ein: die fehlenden Fingernägel, die Brandblasen.

*Ich brauche die Nacht für den Entschluss*
*um auf Brot und Wein zu verzichten*
*um das Leben zu verraten*
*um zu sterben*

Aber sie hat nur einen Moment. Viel kann geschehen in diesem einen Moment. Jemand könnte sie finden, sie retten. Sie muss sich beeilen, damit das nicht möglich ist. Sie zieht den Gürtel aus den Mantelschlaufen. Andererseits, auch Gott hat diesen Moment. Er bekommt seine Chance. Seine Schuld, wenn er sie nicht nutzt. Zosia Poznańska schiebt den Hocker zurecht. Sie hat das Leben nicht verraten. Sie hat dies nicht getan.

»Schulze-Boysen. Packen. Sie werden verlegt.«

Im Hof stürzen Licht und Luft auf Libs ein. Der Schlag einer Limousine steht offen. Im Fond sitzt Mildred. Sie ist mager und grau. Ein Wachtmeister nimmt zwischen ihnen Platz. Der Wagen fährt an. Er rollt durchs Tor, hinaus in die Straßen Berlins. Libs sieht aus dem Fenster. Männer auf Fahrrädern, Frauen mit Einkaufstaschen. Busse. Hunde. Ein buntes Hütchen. Dann fahren sie in den Hof des Frauengefängnisses Kantstraße ein. Der Wagen hält. Libs und Mildred haben kein Wort miteinander gesprochen.

Als Elisabeth Schumacher das nächste Mal im Keller der Prinz-Albrecht-Straße auf ein Verhör wartet, schwingt sich Philipp Schaeffer auf Krücken herein. Er sieht Elisabeth sofort. Er vermeidet jedes Zeichen des Erkennens. Man weist ihm einen Platz zu, wo sie einander nicht sehen können.

»Kind! Du bist wieder da.« Die Mutter schluchzt auf: Eva-Maria Buch steht vor der Tür. Sie ist gestern verhaftet worden, nun hat man sie wieder nach Hause zurückgebracht. »Vater, komm schnell. Ach, Gott sei gedankt.«

Aber sehen die Eltern nicht, in wessen Begleitung sie heimkehrt? Der Kommissar spricht über die Köpfe der Frauen hinweg.

»Ich muss Sie auffordern, die Wohnung zu räumen. Sie haben sicher jemanden, bei dem Sie eine Weile bleiben können. Aber hören Sie. Zu niemandem ein Wort über unsere Gegenwart hier.«

Eva-Maria befindet sich in einem bösen Traum. Ein Mann sitzt im Sessel des Vaters, aber es ist nicht der Vater. Ein Mann steht am Herd wie an seinem eigenen, er bietet ihr von ihrem eigenen Kaffee an, er kauft mit ihren Marken ein. Im Wohnzimmer spielen fremde Männer Karten. Die Beamten wechseln. Sie warten darauf, dass Wilhelm Guddorf anruft. Paul. Anfangs hat Eva-Maria ihn in der Wohnlaube einer Cousine versteckt. Aber nicht nur Ausgebombte leben in den Lauben, auch Deserteure und Untergetauchte. Kunze hält sich in seiner Laube ein Schwein. Paul hat es grunzen hören. Kunze muss es bei einem Bombenangriff schlachten, damit keiner den Schuss hört, das Gequieke: Schwarzschlachten ist bei schwerer Strafe verboten. In der Kolonie gibt es regelmäßig Razzien. Paul ist deshalb eines Nachts zu den Verleihs gegangen. Bisher hat er zum Glück nicht angerufen.

Das Telefon klingelt. Jedes Geräusch in der Wohnung verstummt.

»Hallo Liebe. Ich wollte unbedingt deine Stimme hören.«

»Ach«, sagt Eva-Maria Buch. »Wie schön.«

Er hört es sofort. »Was ist?«

»Nichts«, sagt Eva-Maria Buch zu dem Mann, den sie nie anders als Paul nennt. Sie sieht dem Gestapo-Mann ins Gesicht. »Ich liebe dich, weil du mich so gut verstehst, Wilhelm.«

Paul zieht scharf die Luft ein. Dann legt er auf.

»Packen Sie das Notwendige, Fräulein Buch. Sie wissen schon. Zahnbürste, Wäsche, Seife. Ihren dicksten Pullover. Ihren wärmsten Mantel.«

»Ich komme also wieder ins Gefängnis?«

»Tja. Wir haben Guddorf. Wir haben ihn gefunden. Auch ohne Ihre Hilfe.«

Fast alle Frauen der Roten Kapelle sind nun im obersten Stockwerk der Männerabteilung des Polizeigefängnisses am Alex untergebracht. Sie haben Stifte bekommen, Papier. Sie dürfen ab jetzt Päckchen mit Esswaren empfangen, auch Bücher, jedenfalls wenn es ihre Kommissare erlauben. Und nun in der Abenddämmerung hat jemand begonnen zu pfeifen.

Carl Zeller. ›Der Vogelhändler‹.

Oda steigt auf die Stuhllehne, hält sich an den Stäben fest. Zu sehen ist nichts. Sie schließt die Augen und konzentriert sich. Das Pfeifen schallt von links herüber. Ist das Eri? Der Gedanke treibt Oda Tränen in die Augen. Hilfswachtmeisterin Anneliese Kühn hat ihr verraten, dass Erika Gräfin von Brockdorff hier ist, auch Marta Husemann. Oda überlegt noch, was sie zur Antwort pfeifen soll, als Erika abbricht und eine klare Mädchenstimme zu singen beginnt.

*Die Gedanken sind frei,*
*Wer kann sie erraten –*

In seiner Zelle tief unten im Männertrakt des Gefängnisses stöhnt der Keramiker Jan Bontjes van Beek auf. Es ist seine Tochter, die dort oben singt. Cato.

In der Nacht beginnt der Alarm. Die Frauen in ihren Zellen oben unter dem Dach kauern sich in die Ecken, sie steigen auf Stühle und spähen in das Karree des nächtlichen Himmels hinauf, sie schreien gegen das Geheul der Sirenen an.

*Aufmachen!*

Eine nach der anderen schwingen die Türen auf. Die Hilfswachtmeisterin Anneliese Kühn winkt den Gefangenen, in den Flur hinauszutreten. »Kommen Sie. Kommen Sie heraus. Meine geschätzten Kolleginnen sind alle in den Keller gerannt.«

Da stehen sie vor ihren Zellentüren: Hilde Coppi, Maria Terwiel, Annie Krauss, Hannelore Thiel, Liane Berkowitz, Ursula Goetze, Cato Bontjes van Beek, Lotte Schleif, Ilse Schaeffer, Eva Rittmeister, Clara Nehmitz, Ruthild Hahne, Joy Weisenborn, Elisabeth Verleih, Rose Schlösinger, Hanna Berger …

»Der ganze Stock ist voll mit unseren Frauen!«

»Wie viele sind wir, dreißig, vierzig?«

»Ich wusste gar nicht, dass wir so viele sind!«

»Weiß jemand, wo Elisabeth ist?«, sagt Erika Brockdorff. »Elisabeth Schumacher?«

»In der Frauenabteilung«, sagt Oda Schottmüller, »zusammen mit Antonie Graudenz und Greta Kuckhoff. Anneliese Kühn hat es mir erzählt.«

»Und Mildred und Libs?«

»Libs würde ich in Stücke reißen, wenn ich könnte«, sagt Marta Husemann. »Ich habe immer gewusst, dass sie eine dumme Pute ist, aber für bösartig habe ich sie nicht gehalten. Sie hat sich auf unsere Kosten reinwaschen wollen. Seitenlang hat sie ausgesagt. Mein Kommissar hat mir alles vorgelegt.«

»Wie schrecklich für sie«, sagt Oda. »Wie will sie mit dieser Schuld weiterleben?«

Dann steht Ina Lautenschläger neben Oda Schottmüller. »Ich glaube, wir sind Zellennachbarinnen. Willst du eine Zigarette?«

»Eine Zigarette! Wo hast du die her?«

»Von zu Hause.«

»Du Glückliche!«

Bomben fallen, die Flak tobt. Überall auf dem Gefängnisgang sitzen Frauen beieinander, zu zweit, in kleinen Gruppen, eng umschlungen, einander die Hände reichend, und feiern ihr Wiedersehen, lernen einander kennen, schütten einander rückhaltlos das Herz aus.

»Ich habe auch ein Brötchen, wenn du magst«, sagt Ina zu Oda. »Mit Schinken.«

»Kneif mich«, sagt Oda. »Ich schlafe offenbar tief und fest. Ich habe gerade geträumt, du hättest mir ein Schinkenbrötchen angeboten.«

»Das Schlimmste ist, dass mein Vater meinetwegen in Haft ist«, sagt Cato.

»Ja«, sagt Eva-Maria Buch. »Das ist das Schlimmste überhaupt. Die Sorge der Eltern. Sie waren so gut zu mir, und zum Dank habe ich sie unglücklich gemacht.«

»Meine Mutter«, sagt Cato, »hat mir ins letzte Wäschepaket zwischen die Hemden ein Gänseblümchen gelegt.«

»Mein Vater ist tot«, sagt Oda. »Und mit meiner Mutter hatte ich nie mehr als sehr sporadischen Kontakt. Ich habe ihr aber nun einen Brief geschrieben. Vielleicht bekomme ich dann ja auch hin und wieder etwas frische Wäsche.«

»In der Zelle unter mir«, sagt Cato, »sitzt ein Junge, der am Anfang immer nach seiner Mama geschrien hat. Er heißt Rainer Küchenmeister. Er sagt, sein Vater sei ein Freund von Harro. Kennt ihr einen, der Küchenmeister heißt? Der Junge hat mich gefragt, wieso sind wir hier? Was haben wir getan?«

»Die ›Dame‹!«, sagt Rose Schlösinger zu Ursula Goetze. »Wo hast du die ›Dame‹ her?«

»Von Madonna. Du kannst sie haben. Draußen hätte ich niemals eine solche Zeitschrift gelesen.«

»Wieso bist du hier? Oder willst du es nicht sagen?«

»Das ist kein Geheimnis. Durch die Schulze-Boysens. Und du?«

»Durch meinen Mann«, sagt Rose Schlösinger. »Durch ihn habe ich Arvid und Mildred kennengelernt.«

»Wen?«, sagt Oda Schottmüller.

Es ist sehr kalt geworden. Nur einmal am Tag rauscht und zischt und dampft etwas Wärme durch die Heizungsrohre. Oda in Mantel und Schal sitzt auf der zischenden Heizung und isst ein Käsebrötchen von Ina. Draußen auf den Gängen der übliche Lärm: Türenschlagen, Rufe, klingelnde Telefone, Stimmen.

*Zur Vernehmung!*

Das ist Knollenblätterpilz. Die ist nach außen brüsk, aber es gibt Schlimmere.

*Los jetzt, kommen Sie schon!*

Hexenknochen. Man bekommt von ihr ein Stück Extrabrot, wenn man nett darum bittet. Die Krüger ist das Große Übel. Wilma ist nett, Höllenpup dumm und böse, Anneliese Kühn alias Madonna eine Heilige. Die Welt verengt sich, die Welt entschwindet, die Welt ist die Zelle und der Verhörraum. Sie sollen allesamt vors Kriegsgericht gestellt werden, Männer wie Frauen: so Oberstkriegsgerichtsrat Manfred Roeder, der nun die Verhöre führt.

»Unterschreiben Sie!«

»Was denn?«

»Unterschreiben Sie, was Ihnen vorgelegt wird!«

Roeders Verhöre sind kurz, eine Formsache. Sie enden mit der Standardformulierung: *Meine Aussagen vor der Geheimen Staatspolizei erhalte ich aufrecht. Sie entsprechen der Wahrheit und ich mache sie zum Gegenstand meiner heutigen richterlichen Untersuchung.*

Welche Aussagen? Man spricht in einen Raum ohne Echo hinein, in dem jedes Wort stirbt. Nie erfährt man, welche

Folgen die eigenen Aussagen haben. Nie bezieht sich jemand auf das, was man beim letzten Mal gesagt hat. Es ist wahrscheinlich ganz egal, was man sagt.

Marta Husemann schickt über Madonna Zigaretten an Elisabeth Verleih, Ina Lautenschläger Socken an Oda Schottmüller. Unter Rainer Küchenmeister sitzt ein SS-Mann, der in Norwegen Schiebergeschäfte mit Lachs gemacht hat und dem die Fußnägel einwachsen, deshalb hat Cato ihm über Madonna eine Nagelschere besorgt. Die Frauen unterhalten sich durch die Fenster, sie schreiben einander Kassiber auf den Rändern von Zeitungspapier, auf Papiertaschentüchern, und reichen sie einander mit den Stöcken zu, die dazu dienen, die hochgelegenen Lüftungsklappen zu öffnen und zu schließen. Abends nach Einschluss, wenn das Interesse des Personals an den Häftlingen zurückgeht, beginnt das Konzert: Mimi Terwiel pfeift, Erika pfeift. Cato singt, die Zigeunerinnen in der Sammelzelle singen, die polnischen Frauen schräg gegenüber singen, dass es über den ganzen Hof schallt. Jetzt ist es Spätnachmittag, im November. Draußen Türenschlagen, Schritte. Oda denkt an nichts. Sie sitzt auf der Heizung und isst ihr Brötchen. Sie ist immer hungrig.

20. November 1942,<br>Kantstraße

Libs inmitten ihrer Reichtümer schluchzt. Sie ist heute neunundzwanzig geworden, und Mutter und Bruder durften sie besuchen. Sie haben einen Geburtstagskuchen mitgebracht, Äpfel und Blumen aus Liebenberg. Sie haben Libs umarmt. Libs wird geliebt. Sie hätte sich gar nicht so anstrengen müssen: Sie wird geliebt, auch wenn sie nicht singt oder tanzt oder lacht. Libs weiß das nun. Es wird alles gut. Es ist nicht zu spät. Libs denkt, dass sie nun sicher bald freikommen wird. Sie denkt an Weihnachten in Liebenberg: an das verschneite Lindenhaus im Park, die Bescherung der Deputanten in der Kirche, den sechs Meter hohen Weihnachtsbaum in der Bibliothek, neben dem sie am Heiligabend zur Klavierbegleitung ihrer Mutter singt. Sie denkt an den Frühling, der folgen wird, an einen Ritt durch den Wald zum Gutshaus von Häsen, dann über den Pflasterdamm zum Dorf Klevesche Häuser mit seinen uralten Linden und Kastanien. Libs liegt auf ihrer Pritsche im Gefängnis Kantstraße. Sie schläft.

»Liebchen! Wir haben eine Wohnung. Endlich!«

Er hat nicht bis abends warten können. Kopkow hat ihn erwischt, wie er vom Dienstapparat telefoniert hat, hat aber lächelnd abgewunken und ihn gewähren lassen.

»Zwei Zimmer im Westend. In der Altenburger Allee. Das eine ist riesengroß. Wie glücklich werden wir sein! Ein Bad gibt es auch. – Nein, jetzt ist es ganz sicher. Die früheren Bewohner kehren nicht zurück. Das hat mir der die Untersuchung leitende Kommissar fest versichert.«

# 12

*November 1942,*
*Berlin*

»Sie haben meinen Bruder gefoltert«, sagt Falk Harnack. Er spricht langsam und mit Mühe, als beherrschte er seine Muttersprache nicht mehr. »Der Wachtmeister war einen Moment abgelenkt. ›Sie haben mich gemartert‹, hat Arvid gesagt.«

Sie sind in Klaus und Emmi Bonhoeffers Häuschen in der Siedlung Eichkamp zusammengekommen, um zu beratschlagen, wie man Arvid Harnack retten könnte.

»Verschärfte Vernehmungen«, sagt Hans von Dohnanyi, »sind leider zu erwarten angesichts der erhobenen Vorwürfe. Hochverrat, Landesverrat, Feindbegünstigung, Spionage für die Sowjetunion – «

»Wie kannst du nur so gelassen bleiben?«, sagt Emmi. »Verschärfte Vernehmungen! Als diese Verschärfungen beschlossen wurden, warst du so empört, dass du am liebsten kein Jurist mehr sein wolltest. Dabei hieß es damals noch, alles würde überwacht und in engen Grenzen gehalten. Die Länge des Stocks, die maximale Anzahl der Schläge, alles war vorgeschrieben. Wer kümmert sich heute noch darum?«

»Emmi«, sagt Klaus.

Aber Falk scheint gar nicht zugehört zu haben. Er sagt zu Axel von Harnack: »Arvid bittet dich darum, seine Angelegenheiten zu regeln. Und du sollst ihn juristisch vertreten, Klaus.«

Christel von Dohnanyi fährt hoch. »Das ist unmöglich«, sagt sie zu ihrem Bruder. »Unter keinen Umständen darfst du das Augenmerk der Gestapo auf dich ziehen. Keiner aus der Familie darf sich für diesen Mann exponieren.«

»Dieser Mann«, sagt Emmi, »ist zufällig mein Cousin. Freilich nur ein Harnack, nicht etwas Besseres und Besonderes wie die Bonhoeffers.«

Hans von Dohnanyi legt seine Hand auf die seiner Frau. »Klaus würde sowieso nicht zugelassen«, sagt er zu Emmi. »Das Reichskriegsgericht wird auf Offizialverteidigern bestehen.«

»Ich habe mit Staatssekretär Landfried gesprochen«, sagt Falk. »Mit Arvids Vorgesetztem. Er sagt, er schätzt Arvid sehr, aber er kann nichts für ihn tun. Niemand will etwas für meinen Bruder tun.«

»Könnte man sie nicht vielleicht ködern?«, sagt Klaus Bonhoeffer. »In Stalingrad zeichnet sich eine Niederlage ab. Wenn die Rote Armee dann zum Schwarzen Meer durchbricht, ist die Heeresgruppe A verloren, ebenso wie die kaukasischen Erdölfelder und damit meines Erachtens nach der ganze Krieg. In diesem Fall könnten sich Arvids russische Kontakte doch als äußerst nützlich erweisen.«

»Das hat schon Professor Zechlin probiert«, sagt Falk. »Er hat mit allen möglichen Leuten gesprochen, auch mit Six, dem Dekan der Auslandswissenschaftlichen Fakultät. Six hat gesagt, er untersucht die Sache. Das sagen die Leute. Dann hört man nichts mehr.«

»Was ich überhaupt nicht verstehe«, sagt Emmi, »ist, was Mildred mit der Sache zu tun haben soll. Für Mildred gab es doch immer nur Kunst und Literatur.«

»Niemand darf zu ihr«, sagt Falk. »Ich habe ein Päckchen für sie abgegeben. Ob sie es bekommen hat, weiß ich nicht.«

Mildred hat Falks Päckchen erhalten. Darin waren Esswaren, ein Band Goethe-Gedichte, ein Bild ihrer Mutter und eines von Arvid, außerdem ein kurzer Brief von Falk.

*Ich bin hier bei unserem geliebten Arvid.*

Mildred darf den Brief nicht beantworten. Sie denkt, dass dies vielleicht das Letzte ist, was sie von der Welt draußen erreicht.

Arvid denkt an den Besuch seines Bruders. Falk hat ihm berichtet, dass es bald eine Hochzeit in der Familie geben soll. Lilo Ramdohr geht seit Jahren bei den Harnacks ein und aus: seit Falk sie zum ersten Mal aus dem Weimarer Internat mitgebracht hat. Nun soll sie also Arvids Schwester werden. Nicht dass er das erleben wird. Er wird hier nicht wieder herauskommen. Aber das Leben seiner Familie geht weiter, mit Hochzeiten, Geburten, Taufen, mit der Trauer um seinen, Arvid Harnacks, Tod. Der Nationalsozialismus sucht die Familien zu zerstören, er reißt sie auseinander und zwingt ihre Angehörigen von Kindesbeinen an in seine Organisationen, BDM, HJ, Arbeitsdienst, Militär, keiner soll mehr freikommen sein Leben lang. Aber selbst die Nazis vermögen nichts gegen die natürliche Verbundenheit der Menschen. Falk wird heiraten, er wird Arvids Position in der Familie übernehmen, als einziger Sohn der Mutter, als Bruder der beiden Schwestern. Arvid wird verfügen, dass Falk den Siegelring ihres Vaters erhält, den Arvid seit seinem 21. Geburtstag trägt.

Arvids eigenen Siegelring, den Falk trägt, soll Lilo Ramdohr zum Zeichen erhalten.

*Setze mich wie ein Siegel auf dein Herz und wie ein Siegel auf deinen Arm. Denn Liebe ist stark wie der Tod, und ihr Eifer ist fest wie die Hölle –*

Die Novemberdämmerung ist bitter, gesättigt vom Rauch des Kartoffelfeuers, in dem die Kinder die letzten Kartoffeln backen. Hans von Dohnanyi steht mit seiner Frau und ihrem Bruder Dietrich Bonhoeffer auf dem Seesteg seines Hauses in Sacrow, unter dem träge das Wasser fließt.

»Natürlich tut Arvid mir leid«, sagt Christel. »Auch Falk. Er hat alle Hoffnungen auf die Familie gesetzt, und die Familie erweist sich als machtlos. Wobei bei einem Vetter einer Schwägerin im Grunde von Familie kaum mehr die Rede sein kann.«

»In jungen Jahren«, sagt Hans, »habe ich zu Arvid aufgesehen. Er stand bereits im Begriff, ein zweites Studium zu beginnen, als ich in Hamburg als Referendar anfing.« Er sieht zu den Kindern hinüber, die ein wenig entfernt am Seeufer spielen und lachen. »Dietrich«, sagt er. »Worüber wir reden müssen. Schmidhuber ist vom Münchner Wehrmachtsuntersuchungsgefängnis ins Reichssicherheitshauptamt in der Prinz-Albrecht-Straße überstellt worden. Die Frage ist: Warum interessiert sich die Gestapo für etwas so Banales wie die angeblichen Devisenvergehen deines Vorgesetzten? Weil Himmler dem Amt Ausland/Abwehr schaden will? Oder weil sich einige unserer Unternehmungen herumgesprochen haben?«

»Ist er bereits verhört worden?«, sagt Dietrich.

»Ja. Was er ausgesagt hat, weiß ich nicht. Aber es heißt, unsere Namen wären gefallen. Deiner und meiner.«

*27. November 1942,*
*Frauengefängnis Barnimstraße*

Hilde Coppi ist ins Frauengefängnis Barnimstraße verlegt worden, Abteilung 8, Zelle 12. Eine Mütterzelle. Der Name klingt nach Imkerei, nach der Bienenkönigin, die niemals wieder das Sonnenlicht erblickt. Im Gefängnis Barnimstraße werden jede Woche ein oder zwei Kinder geboren. Nur gut, dass der Führer Kinder liebt: zukünftige Soldaten und Mütter von Soldaten. Hildes Zelle ist groß und hell, mit einem Fenster zum Lazaretthof, in dem die Schwangeren und Mütter spazieren gehen dürfen. Es gibt dort Gras, einen Baum, eine Bank. Ringsum hinter den Mauern erheben sich düster die Mietskasernen. Wäsche trocknet an Leinen zwischen den Fenstern, aus denen Geschrei herausdringt, Kindergezänk, Grammofonmusik. Manchmal tritt jemand ans Fenster, rauchend, sich kratzend, gedankenlos in die Gefängnishöfe hinunterblickend, ohne etwas zu sehen. An einem Fenster wird tagsüber ein Käfig mit einem Kanarienvogel hinaus in die Herbstsonne gehängt. Einmal hat eine Frau stundenlang laut geweint. Vielleicht ist ihr Sohn an der Ostfront gefallen. Hilde sitzt auf ihrer Pritsche. Sie strickt Strümpfe für die Wehrmacht. Die Nadeln klappern. Das Kind bewegt sich kaum noch, es fehlt ihm an Platz. Hilde verbietet sich jedes Selbstmitleid. Bestimmt sehnen sich auch die Schwangeren außerhalb des Gefängnisses nach ihren Männern an der Front. Bestimmt erwarten auch Frauen in den Konzentrationslagern Kinder, aber sie erhalten nicht Hildes Vergünstigungen: Zusatznahrung, Päckchen, Briefe, Bücher, Besuche von Mutter und Schwiegermutter. Als die Wehen einsetzen, schreibt Hilde gerade an den Gefängnisinspektor mit der Bitte, ihr Winterschuhe zu genehmigen. Der ziehende Schmerz schwillt an, krampft ihr Bauch und Lenden zusammen, klingt ab. Hildes Körper ist bereit für die erste und folgenschwerste der vielen Trennungen von Mutter und Kind. Ist Hilde bereit? Etwas läuft ihr warm die Beine herab. Das Fruchtwasser. Hilde klingelt nach der Wachtmeisterin.

Am 9. Dezember darf Hans Coppi seinen Sohn sehen. Zum Glück ist seine Lippe seit dem letzten Verhör verheilt, der Bluterguss auf dem Wangenknochen ins Gelbliche verblasst. Er wird durch die langen Gänge des Frauengefängnisses Barnimstraße geführt. Ihm ist schlecht vor Aufregung. Er ringt um jeden Atemzug. Die Wachtmeisterin vor ihm bleibt stehen. Dann öffnet sich eine Tür, und da steht seine Frau. Sie hat ein Deckenbündel im Arm. Sie strahlt. Sie kommt ihm entgegen. Sie hält ihm das Bündel hin, darin das Gesichtchen des zwölf Tage alten Kindes. Er sieht es kaum an.

Er hat diesem Moment entgegengefiebert, und nun hält er ihm nicht stand. Er kann dies nicht. Er kann nicht ein ganzes Leben in diesen einen Moment packen: eine ganze Kindheit voll aufgeschlagener Knie und Walderdbeeren, Schulnoten und Weihnachtsgeschenken, Windpocken und erster Liebe. Er ist dem nicht gewachsen. Er sieht Hilde an.

Sie leuchtet. Sie glüht. Wer ist diese Frau? Seine Hilde. Seine schwache, zärtliche, ängstliche Hilde, die nun spielend bewältigt, wovor er versagt. Fräulein Ehrenzweig steht neben Hilde. Die Mitarbeiterin der Hausmutter: Sie wirft einen Blick in Hans Coppis Gesicht. Dann faltet sie die Hände und wendet sich ab.

Es ist vollbracht. Er hat seinen Sohn gesehen. Er hat ihn berührt: Er hat Hilde im Arm gehalten, und sie hielt das Kind.

Er hat ihre Wärme durch die Kleider gespürt. Ihr Duft war vermischt mit dem Duft des Kindes. So ging es. So konnte er sie beide umfangen, mit seinem zerbrochenen Wesen. Er fällt. Er wird sterben, das weiß er. Aber sie werden doch Hilde am Leben lassen. Für sich darf er nicht hoffen, dann verschlingt ihn die Verzweiflung. Aber sie werden Hilde verschonen, um des Kindes willen.

Tief in der Nacht ist es so weit. In der Nacht packt ihn die Hoffnung, fällt ihn aus dem Hinterhalt an, schlägt ihre Klauen in ihn: Vielleicht wird er doch am Leben bleiben. Vielleicht kommt er nur ins Zuchthaus oder ins KZ. Vielleicht kann er dann regelmäßig Nachricht erhalten. Nur viermal Nachricht im Jahr. Zweimal. Einmal. Vielleicht kann er einmal im Jahr hören, wie es seinem Sohn geht, wie groß er ist, welche Haarfarbe er hat. Vielleicht kann er einmal im Jahr seinen Namen hören? Den Namen seines Sohnes. Er selbst wird vielleicht als Nummer in einer Dunkelhaftzelle verrotten, aber noch wenn er seinen eigenen Namen denkt, wird es der seines Sohnes sein. Die Hoffnung ist bösartig, ein Tumor. Er krümmt sich auf dem Boden. Sollen sie kommen und ihn zertreten. Sollen sie jetzt kommen, sofort, alles ist ihm recht. Alles, solange mit ihm nur auch die furchtbare Hoffnung stirbt.

*12. Dezember 1942, Berlin, Alexanderplatz*

F – I – L

Philipp Schaeffer in seiner Zelle in Spandau spielt Schach mit Heinz Strelow. Die Schachfiguren sind aus Brotteig geknetet, die Züge flüstern sie einander durch die Mauerschlitze um die Heizungsrohre herum zu, die Generationen von Häftlingen so weit verbreitert haben, dass Zettel, sogar Bonbons von Zelle zu Zelle gereicht werden können.

F – I – L

Das ist Philipps Klopfname. Er hat den anderen das Gefängnismorsealphabet beigebracht: Man malt die Buchstaben in Reihen auf, sodass ein Quadrat entsteht. Kurze Schläge an das Heizungsrohr geben die Reihe an, in der der Buchstabe steht, lange Schläge seine Position in der Reihe.

K – U – R – T I – S – T D – A

Philipp Schaeffer bricht das Schachspiel ab.

Er gibt sich keinen Illusionen hin. Er hat keine Flugblätter verfasst, keine Zettel geklebt, keine Funksprüche versandt. Er kennt lediglich Leute, die all das getan haben. Mit welcher Strafe wird er rechnen müssen? Es amüsiert ihn, dass die Alternativen klingen wie ein verballhornter Kampfruf. Freispruch oder Tod!

Also der Tod. Philipp Schaeffer ist zu häufig und allzu einschlägig vorbestraft. Er ist frei von Selbstmitleid: Aber er will nicht im Groll von Kurt Schumacher scheiden. In der Freiheit wog das Risiko leicht, Kurts Zorn auf sich zu ziehen. Jedenfalls wog es nicht schwerer als Philipp Schaeffers Leben, als sein Körper, dessen Gewicht ihn auf das Pflaster des Hofs hinabgerissen hat. Aber Philipp kennt die Haft. Er hat gesehen, wie Häftlinge, statt einander ihr Los zu erleichtern, die Hölle vervollkommnen, die ihnen bereitet ist.

»Heinrich?«

Philipp Schaeffer kauert neben dem Schlitz in der Wand, durch den das Heizungsrohr auf der anderen Seite in Heinrich Scheels Zelle führt.

»Philipp. Was gibt es?«

»Kurt Schumacher ist aus der Prinz-Albrecht-Straße hierhergebracht worden.«

Eine gewisse Verlegenheit überkommt Heinrich Scheel. Er weiß von Philipps Verhältnis mit Elisabeth. Auch weiß er natürlich, dass nicht alle Frauen treu sind, er ist immerhin schon achtundzwanzig. Aber er ist in einem ordentlichen sozialdemokratischen Arbeiterhaushalt aufgewachsen, mit festen moralischen Maßstäben, und der sanften, mütterlich wirkenden, zehn Jahre älteren Elisabeth Schumacher hätte er so etwas wie Ehebruch niemals zugetraut. Durch den Ritz neben den Heizungsrohren dringt ein Geräusch wie ein Auflachen herüber.

»Ich muss zugeben«, sagt Philipp Schaeffer, »mir graut ein wenig vor dem Hofgang morgen. Meinst du, Kurt ist voll Groll auf mich?«

Heinrich Scheel wünschte, er könnte dem Älteren drüben auf der anderen Seite der Wand den Arm um die Schulter legen oder die Hand drücken.

»Weil du Elisabeth geliebt hast?«, sagt er. »Niemals kann Kurt das mit Groll erfüllen. Niemals.«

Draußen auf dem Hof gehen die Gefangenen in zwei Kreisen: im äußeren die gesunden Männer, im inneren die Kranken und Alten. Kurt geht im äußeren Kreis. Philipp reiht sich in den inneren ein: Er wirft seine nutzlosen Beine nach vorn, fängt sich ab, setzt die Krücken vor und lässt das Gewicht seines Oberkörpers auf sie fallen. Kurt Schumacher geht an ihm vorüber. Sie sehen einander an. Kurt lächelt. Er bewegt lautlos die Lippen. Sein unhörbarer Gruß klingt in Philipp Schaeffer auf.

*Hallo Philipp.*

»Wenn man bloß wüsste, was das nun wieder für eine Teufelei ist.«

Sie stehen in der Latrine beisammen, in einem Außenlager des KZ Sachsenhausen. Der Gestank ist unbeschreiblich. Hierher verirrt sich die Wache nicht.

»In Plötzensee. Im Hinrichtungsschuppen. Wir haben dort heute einen Eisenbalken an die Decke montiert.« Der Sprecher trägt den roten Winkel der politischen Gefangenen. »Was ist das nur für eine neue Schweinerei.«

*14. Dezember 1942*

*Kann je ein Mensch das Maß an Schmerzen, Kummer, Not, Elend und Verzweiflung ermessen, das all die Armen zu erdulden haben, weil sie an eine friedliche Gemeinschaft der Völker glauben? Von Beruf bin ich Bildhauer, Holzschnitzer. Riemenschneider, Veit Stoß, Jörg Ratgeb waren meine großen Kollegen, vor denen ich mich voll Demut im Dunkeln beuge –*

Morgen beginnt der Prozess. Kurt Schumacher ist im Reinen mit sich. Er hat nach eigenem Wollen entschieden, im Gegensatz zu den Mitgliedern der menschlichen Hammelherde, die täglich auf der Schlachtbank des Krieges für die falsche Sache verbluten. Kurt darf jetzt nur nicht vom Glauben abfallen. Eines Tages wird der Krieg vorüber sein. Dann werden die Überlebenden ein neues Deutschland aufbauen, ein freies, gerechtes, sozialistisches Deutschland, als Teil eines vereinten Europas.

*Ich weiß, dass meine, unsere Weltanschauung siegt, auch wenn wir, die Vorhut, fallen. Wir hätten gern dem deutschen Volk das Härteste erspart. Unsere kleine Schar hat aufrecht und tapfer gekämpft und konnte nicht feige sein.*

In Kurt wallt etwas hoch. Er ist jung, er ist stark, er will kämpfen, lieben, arbeiten. Seine Hände umfassen das Holz des Tisches. Dann lässt er los. Er hebt die gefesselten Hände und wischt die Tränen weg. Er schreibt.

*O Kraft bis zuletzt!*

*Meine tapfere Elisabeth, du Liebste!*

Er faltet den Zettel zusammen und schiebt ihn zwischen Pritsche und Wand, in eine Ritze, wo der Putz abgesprungen ist. Wahrscheinlich wird man ihn nie finden. Oder man findet ihn zu früh und vernichtet ihn.

*Die letzten Argumente*
*sind Strang und Fallbeil nicht,*
*und unsre heutgen Richter sind*
*noch nicht das Weltgericht –*

Auch Harro hat einen Zettel in seiner Zelle in der Prinz-Albrecht-Straße verborgen. Auch er hat etwas geschrieben: keine Rede, keinen flammenden Aufruf, sondern ein Gedicht. Nun gibt es nicht mehr viel zu tun. Was hat Harro getan? Die grundsätzlichen Fakten sind abrufbar, aber die Gefühle dahinter lassen sich nicht mehr mobilisieren. Den

Details wird er sich morgen stellen. Wie erstaunlich, dass der Mensch, der doch weiß, dass er sterben wird, diesen einen unabänderlichen Fakt so entschlossen beiseitezuschieben vermag, als wäre der Ausgang seines Lebens Verdienst- oder Verhandlungssache! Harro ist froh, dass er auch seine letzten Irrwege nun glücklich hinter sich hat.

Wie einst Störtebeker nach seiner Enthauptung wollte er kopflos an der Reihe der Freunde vorbeilaufen und damit so viele wie möglich vor dem Tode bewahren: Er hat den Kommissaren vorgelogen, er hätte Dienstunterlagen ins Ausland geschmuggelt, die die NS-Führung schwer belasten und dem Reich erheblichen Schaden zufügen würden. Weitere Auskunft würde er nur erteilen, wenn man ihm bindend zusichern würde, die Todesurteile, die seine Mithäftlinge zu erwarten haben, nicht vor Ende 1943 zu vollstrecken.

Bis dahin wird dieser Krieg sicher vorüber sein. Harro hat sich kaum je getäuscht, seine Vorhersagen treffen ein. Die Engländer und Amerikaner sähen es gern, wenn Deutsche und Russen einander weiterhin zerfleischten und sie selbst als einzige Macht übrigblieben, aber die Russen werden das Spiel der Angelsachsen nicht mehr viel länger mitmachen. Stalin wird auf einer zweiten Front im Westen bestehen. Dann werden die Russen in Deutschland einmarschieren, die überlebenden Häftlinge befreien, sie als Helden des gemeinsamen Kampfes feiern und mit ihnen ein neues Deutschland des Friedens und der Freiheit gründen –

Aber natürlich hat Harro niemanden retten können. Reichsführer-SS Heinrich Himmler selbst hat sich eingeschaltet. Was war das denn alles für ein Blödsinn? Wenn es das Zeug wirklich gab, von dem dieser Schulze-Boysen faselte, dann würde man ihm eben noch einmal Wadenklammern anlegen.

Nach dem letzten Mal hatte Harro eine Woche lang nicht gehen können. Und selbst wenn er widerstand: Meinte er ernstlich, der Führer würde sich an eine geheime Abmachung untergeordneter Stellen mit einem hingerichteten Verräter gebunden fühlen? Und was hätte er der Gestapo denn präsentiert? Welche Papiere hätte er aus dem Hut gezaubert?

Er hat ja nichts. Er steht mit leeren Händen da. Harro denkt sehr viel an seine Eltern, an den Vater. Er denkt an den Tod, an Gespräche mit Annie Krauss. An Libs denkt er kaum. Sie ist nah und wird sein Schicksal teilen.

Libs ist ganz ruhig. Fast hat sie es hinter sich. Morgen beginnt der Prozess. Dann wird man sie freisprechen. Allenfalls wird man sie zu einer kurzen Gefängnisstrafe verurteilen. Sie fürchtet nur, dass Harro nicht so glimpflich davonkommen wird. Aber es hat keinen Sinn, darüber nachzudenken. Es wird alles gut ausgehen.

*Thou that cometh from on high*
*Stilling suffering and pain*
*When Despair is doubly nigh*

Mildred in ihrer Zelle übersetzt Goethe. Eine Anklageschrift zugestellt hat man ihr nicht, sie weiß aber, dass ein gewisser Dr. Schwarz sie verteidigen wird. Er vertritt auch Arvid. Mildred denkt nicht an Dr. Schwarz. Sie denkt nicht an Arvid: Wenn sie daran denkt, dass sie Arvid morgen wiedersieht, wird ihr das Warten unerträglich. Sie schiebt alle Gedanken von sich und vertieft sich in die Zeilen des Dichters.

*Ah, I long for pain to cease*
*And for joy to give me rest –*

Vorhin hat sich der Verteidiger für einen Moment blicken lassen. Dr. Schwarz. Er hat Arvid gestanden, dass er keinerlei Akteneinsicht gehabt hat. Lediglich die Anklageschrift ist ihm in Teilen zugestellt worden. Es geht also morgen um Landesverrat, Hochverrat, Spionage. Arvid hat abgewunken: Ihm helfen zu wollen ist gänzlich sinnlos.

»Aber meine Frau. Sorgen Sie dafür, dass meine Frau überlebt. Mildred war niemals freiwillig involviert, sie ist mir gehorsame Gattin gewesen, eine im reinsten nationalsozialistischen Sinne ergebene Gefährtin ihres Mannes, der sie verführt, missbraucht, für seine verräterischen Ziele eingesetzt hat.«

Der Verteidiger hat Arvid zugesichert, alles Menschenmögliche für Mildred zu tun. Arvid ist nun ruhig. Alles Schlimme liegt hinter ihm: die Wadenklammern, die Stäbchen unter den Fingernägeln, die Schläge. Ein Weinen steigt in Arvid auf. Kein Weinen: ein klägliches Piepsen zwängt sich durch die Kehle des Nationalökonomen Dr. phil. Dr jur. Arvid Harnack. Aber es ist vorbei. Nun muss man nur noch das Ende mit Anstand durchstehen. Er schreibt.

*Mein innig geliebtes Herz!*

Und das ist sie. Sein Herz. Sein Lebensgrund. Tränen treten ihm in die Augen. Es ist kein Kummer, sondern Erhebung. In den vergangenen Stunden hat er sich die schönen Augenblicke seiner Ehe noch einmal durch den Kopf gehen lassen.

*Und je mehr ich darüber nachdachte, desto mehr wurden es. Es war, als ob ich in einen Sternenhimmel sah, bei dem ja auch die Zahl der Sterne ständig wächst, je genauer man hinsieht.*

Und morgen wird er ihr gegenüberstehen. Man wird ihn zum Tode verurteilen, aber vorher wird er seine Frau sehen. In dem Schatz aus Gedichten und Gesängen, die sie gemeinsam gesammelt haben und aus dem er sich so verschwenderisch bedient hat, in den Wochen und Monaten, in denen er gefesselt und ohne Ablenkungsmöglichkeit in seiner Zelle lag, sucht er nach dem passenden Wort.

*Du bist mein! Ich bin dein!*
*Du bist beschlossen*
*In meinem Herzen.*
*Verloren ist das Schlüsselein –*

Er schreibt.

*Du sollst auch immer darinnen sein.*

*Wie ist die Welt so stille,*
*und in der Dämm'rung Hülle*
*so traulich und so hold –*

Erika von Brockdorff singt. Es ist der Abend des 14. Dezember. Es schneit ganz fein. Morgen beginnt der Prozess. Erika steht auf der Stuhllehne in der Männerabteilung des Polizeigefängnisses Alexanderplatz. Sie hat ihr Fenster mit dem Stab geöffnet, und sie singt ein Abendlied zum Geburtstag von Greta Kuckhoff in der Frauenabteilung.

*– als eine stille Kammer,*
*wo ihr des Tages Jammer –*

## *15. bis 19. Dezember 1942*

Über der verdunkelten Stadt dämmert der Wintermorgen. Zuerst sind Elisabeth Schumacher und Erika von Brockdorff am Alexanderplatz abgeholt worden, dann ist die grüne Minna in die Prinz-Albrecht-Straße weitergefahren. Und da kommen sie: Harro Schulze-Boysen, Arvid Harnack, Hans Coppi. Sie winken mit gefesselten Händen, sie lachen, sie reden. Sie kümmern sich nicht um die Kommissare. Harro berichtet, was Rudolf Behse zu ihm gesagt hat.

*Ich bin Ihr Anwalt, Herr Schulze-Boysen. Ihr Offizialverteidiger. Sie wissen sicher, es geht um Ihren Kopf, machen Sie sich also weiter keine Gedanken.*

Sie lachen schallend, beseligt, beieinander zu sein.

»Ich habe meinen Sohn gesehen«, sagt Hans Coppi zu Erika. »Er ist bei Hilde. Deshalb ist sie nicht hier. Hilde werden sie leben lassen. Mein Sohn wird die neue Zeit erleben.«

Es geht quer durch die Stadt, zum Gerichtsgefängnis Kantstraße. Libertas stürmt auf Harro und Elisabeth zu. Mildred sinkt neben Arvid auf die Bank.

»Mein liebes Herz. Wie geht es dir?«

»Gut. Jetzt gut, Arvid.«

»Aber es war schwer.«

»Ja. Sehr schwer.«

Sie fahren in den Hof des Reichskriegsgerichts in der Witzlebenstraße am Lietzensee ein. Gleichzeitig mit ihnen kommt der Transport aus Spandau: John Graudenz, Kurt Schulze, Kurt Schumacher, Mildreds ehemaliger Schüler Herbert Gollnow, Horst Heilmann. So sehen Kurt und Elisabeth nun einander wieder, auch Horst Heilmann und Libs.

»Ich grüße dich von Philipp Schaeffer«, sagt Kurt zu Elisabeth. »Und ich werde ihn von dir wiedergrüßen.«

Horst und Libs küssen einander, bis die Kommissare sie trennen.

Und nun gehen die zwölf die Treppe hinauf. Sie gehen in Paaren, artig wie eine Schulklasse, bewacht von den Männern der Gestapo. Auf den Fluren und Treppen des Reichskriegsgerichts wimmelt es von Soldaten mit aufgepflanzten Bajonetten. Was fürchtet die Macht von diesen zwölf Angeklagten? Glaubt man, die Berliner werden sich erheben, das Gebäude stürmen, einen Volksaufstand entfesseln? Im Warteraum nimmt man ihnen die Fesseln ab. Dann wird Harro Schulze-Boysen aufgerufen.

Er tritt in den Gerichtssaal. Die Besucherreihen sind leer. Das Gericht unter Leitung des Präsidenten des Zweiten Senats Dr. Alexander Kraell hat Platz genommen. Die Richter heben die Hand zum Hitlergruß. Dieser Gruß ist den Angeklagten verboten. Vor dem Geländer, das das Gericht zum Saal hin abschirmt, stehen zwölf Stühle. Harro steht hinter dem ersten. Der Vertreter der Anklage Manfred Roeder trägt die Anklageschrift gegen Harro Schulze-Boysen vor. Er liest die Formalien von einem Blatt ab.

*Antworten Sie nur mit Ja oder Nein.*

Als Zeugen der Anklage fungieren die Kommissare der Geheimen Staatspolizei. Der Verteidigung ist es nicht gestattet, Zeugen zu benennen.

»Aber das habe ich doch gar nicht getan!« Libertas hebt die Hände, sie fleht. »Ich habe doch niemanden verraten wollen. Ich bin getäuscht worden, von dieser Frau. Gertrud Breiter. Ich habe ihr vertraut. Sie hat mich verführt. Die Polizei hat mich verführt.«

Der Ankläger Roeder beugt sich vor. »Im Allgemeinen sind doch Sie es, die im Ruf der großen Verführerin stehen. Frau Schulze-Boysen, Sie haben Ihre Anschuldigungen vollkommen freiwillig gemacht, ohne jeden polizeilichen Druck. Sie haben es genossen, sich zu präsentieren. Sie konnten gar nicht genug davon bekommen.«

Libs kauert auf dem Stuhl neben Harro. Sie sieht nichts. Sie hört nichts. Mildred wird hereingeführt. Horst Heilmann. Hans Coppi. Es dauert den ganzen Tag. Erst am Abend sind alle zwölf Stühle besetzt.

Und dann kommt die Nacht. Libertas in ihrer Zelle denkt nicht an den Reichskriegsgerichtsprozess gegen Libertas Schulze-Boysen geborene Haas-Heye. Sie denkt nur an das Urteil, das die Freunde über sie verhängen werden. Libs ist voll allerbitterster Reue. Sie ist bereit zu jeder Sühne.

Libs weint. Es ist die Mittagspause des zweiten Verhandlungstages, und Libs weint so, dass man sie stützen muss.

»Aber wer hat denn schon eisern geschwiegen?«

Das sagt ganz unvermutet Arvid Harnack.

Er sagt: »Wer hat wirklich gar nichts verraten? Wer kann von sich sagen, dass er hundertprozentig eisern geblieben ist?«

Am Abend tritt der Offizialverteidiger der Schulze-Boysens Dr. Behse an Libs heran. Er teilt ihr mit, dass die Sache schlecht steht: Libs wird wahrscheinlich zum Tode verurteilt.

Eine Last fällt von ihr ab. Angesichts des Todes können die Freunde doch kaum anders, als ihr zu verzeihen. Kann Libs mehr tun, als mit ihnen zu sterben?

»Weine nicht, Libs«, sagt Harro. Er hat umfangreich ausgesagt, auch gegen seine Frau. »Wollen wir einander gegenseitig vorwerfen, dass unsere Kraft nicht ausgereicht hat? Selbst jetzt noch?«

»Ich war so feige«, weint Libs beglückt. »Ich war schwach, ich hatte Angst. Ich wollte freikommen und zu meiner Mutter gehen. Ihr dürft mich nicht hassen und verachten.«

»Ich hasse dich nicht, Libs«, sagt Horst Heilmann, »ich könnte dich niemals hassen.«

Auf der Heimfahrt ins Gefängnis sitzt Libs zwischen Horst Heilmann und Harro. Sie ist schläfrig und glücklich. Ihr ist vergeben. Die schreckliche Last ist von ihr genommen. Sie kehrt in ihre Zelle zurück wie in ihr Zimmer auf Liebenberg. Und morgen wird sie sie alle wiedersehen. Gemeinsam werden sie vor ihren Richter treten. Libs hat nun alle Prüfungen bestanden.

In den Pausen im Wartezimmer sitzen sie eng beisammen wie Wachteln im Schnee. Sie reden, sie lachen, sie rauchen, sie teilen die mitgebrachten Gefängnisrationen. Die Wachtmeister lassen sie gewähren, seit Harro einem von ihnen freundlich und entschieden mitgeteilt hat, dass sie alle ohnehin zum Tode verurteilt würden. Dies hat sich Libertas ihr Leben lang gewünscht. Diese Geborgenheit, diese Nähe, diese Zugehörigkeit hat sie ihr Leben lang gesucht. Am 18. Dezember, dem vierten Tag des Prozesses, plädiert der Vertreter der Anklage Manfred Roeder. Er beantragt zwölf Todesurteile. Die Angeklagten erheben sich und umarmen einander.

Die Nacht vor der Urteilsverkündung vergeht sehr langsam. Sie haben ihre Kleidung ausziehen und auf einen Schemel vor der Zellentür legen müssen, das Licht in den Zellen brennt, alle halbe Stunde sieht einer der Wachtmeister durch den Spion. John Sieg hat sich schon am 15. Oktober in der Gestapo-Zentrale in der Prinz-Albrecht-Straße das Leben genommen, und am 24. Oktober hat sich im Polizeipräsidium Alexanderplatz Herbert Grasse umgebracht. Erika Brockdorff hat es den anderen erzählt.

Herbert wer? Ich höre den Namen zum ersten Mal.

Jemand aus dem Kreis um Willy Schürmann-Horster.

Und wer war der?

Gibt es überhaupt jemanden, der alle gekannt hat, die die Gestapo jetzt zu uns rechnet?

Libs schläft, die Hand unter der Wange wie ein Kind. Sie hat nach der Heimkehr in die Zelle noch ein Gedicht geschrieben. Auch sie hat ein Gedicht geschrieben, wie Harro. Aber ihr Gedicht ist nicht für eine Ritze in der Zellenwand bestimmt. Es richtet sich nicht an die Nachwelt, sondern an ihren Mann.

*Du bist mir lieber als das Leben,*
*Ich zahle mit dem höchsten Preis,*
*Mehr habe ich ja nicht zu geben –*
*Nun hast du den Beweis.*
*Wir brauchen uns nie mehr zu trennen,*
*Wie ist das groß und schön!*
*Wir wollen stolz es Freiheit nennen –*

Die Verteidiger haben ihre Plädoyers gehalten. Die Angeklagten haben ihre Schlussworte gesprochen. Harro und Kurt sind nicht weit gekommen: Roeder hat ihnen gleich nach den ersten Äußerungen das Wort verboten. Arvid hat in wohlüberlegten Sätzen dargelegt, dass er Deutschland vor einer Katastrophe retten wollte, aber seine Stimme klang so müde, als langweilten ihn seine eigenen Sätze. Mildred hat statt eines Schlussworts geweint. Und Elisabeth Schumacher hat gar keine Worte gefunden.

Sie war auf einmal nicht mehr ganz gegenwärtig. Sie erinnerte sich an eine Ballonfahrt mit ihrem Vater. Sie waren bei Sonnenaufgang aufgestiegen, in einen schwarzen Himmel mit rotem und goldenem Rand. Sie hatte geglaubt, es müsste sehr windig sein, aber alles war still, nur gelegentlich fauchte das Gas. Die Hand ihres Vaters war warm in der ihren. Höher stiegen sie, höher, der Himmel färbte sich im Osten orange, türkis im Westen, kleine Wolken wehten über ihn hin wie Weihnachtsengel aus Federn. Sie dachte: Die Welt ist rund, die Welt ist rund.

Deutschland, sagte ihr Vater.

Mit einer weit ausholenden Geste entrollte er es vor ihr, das Flickentuch der Wiesen und Felder, die dorfgesprenkelten Hügel, die Firste und Giebel einer Stadt, dann das glänzende Band des Rheins.

Da, Kind. Das ist dein Vaterland. Es zu lieben wie die engste Familie ist nicht nur unsere Pflicht, sondern unsere höchste Freude –

»Sind Sie fertig?«

Was hat Elisabeth gesagt? Sie muss etwas gesagt haben.

»Ja«, sagt sie. »Ich bin fertig.«

In der Pause vor der Urteilsverkündung sitzen die Angeklagten still beieinander. Dann werden sie in den Saal gerufen. Harro und Libertas Schulze-Boysen, Kurt und Elisabeth Schumacher, Arvid Harnack, Hans Coppi, Horst Heilmann, Herbert Gollnow, John Graudenz und Kurt Schulze werden der Vorbereitung zum Hochverrat und des Kriegsverrats für schuldig befunden, der Zersetzung der Wehrkraft, der Feindbegünstigung und der Spionage. Harro, Arvid, Kurt Schumacher und John Graudenz werden zum Tod durch den Strang verurteilt, die anderen zum Tod durch das Fallbeil. Erika von Brockdorff wird zu zehn, Dr. Mildred Harnack zu sechs Jahren Zuchthaus verurteilt. Arvid erhebt sich halb. Strahlend vor Erleichterung.

Auf der Rückfahrt ins Gefängnis sitzt Libs neben Harro, Mildred neben Arvid. Ihre Hände sind gefesselt, aber ihre

Arme berühren einander. Elisabeth Schumacher und Hans Coppi lehnen sich zurück, machen sich schmal, versuchen den Räumen der beiden Paare zu entfliehen, in denen leise, dringliche Worte fallen, ungeheuerliche Worte: Aber dies ist kein letzter Abschied und darf es nicht sein.

Auch Hans wird doch Hilde noch einmal sehen, und Elisabeth Kurt. Sie alle werden Gnadengesuche stellen, die man zwar ablehnen wird, aber nicht sofort, nicht postwendend, man wird den Schein wahren. Und in fünf Tagen ist Weihnachten. Selbst die Juristen des Dritten Reichs, selbst der Henker wird über die Feiertage nicht arbeiten.

Sie fahren in den Hof des Gerichtsgefängnisses Kantstraße ein. Die Türen werden aufgerissen. Elisabeth steigt aus, dann Libs. Mildred bleibt sitzen.

»Aussteigen!«

Aber sie kann nicht. Sie hat das Stehen verlernt, das Gehen, sie weiß nicht, wie man einen Fuß vor den anderen setzt, welchen Muskeln sie befehlen soll. Ein Wachtmeister packt sie, zieht sie empor, stellt sich der edlen Aufgabe der Staatsmacht, geschwächten Volksgenossen unter die Arme zu greifen. Er führt Mildred über den Hof. Der Wagen mit Arvid rollt durch das Tor davon.

An Libertas' Zellentür hängt ein roter Zettel. TU. Todesurteil. Fast scheu schließt die Wachtmeisterin ihr auf. Libs wirft den Kopf zurück. Stolz und aufrecht, so will sie gehen. Stolz und aufrecht, so will sie an der Wachtmeisterin vorüberschreiten in ihre liebe kleine Zelle. Sie wird nicht alt werden, dahinsiechen und einen sinnlosen Tod im Bett sterben. Sie wird fallen, aufrecht und jung, als Heldin der Freiheit und des Geistes, an der Seite ihres Mannes.

Aber zuvor werden die Gnadengesuche eingereicht. Und

diese Gesuche werden erst einmal eine Weile auf Ämtern herumliegen, dann müssen sie bearbeitet werden, es braucht seine Zeit, und vielleicht ist der Krieg bis dahin verloren. Vielleicht überleben sie alle, dem Reichskriegsgericht zum Trotz.

So wird es kommen. Genau so muss es kommen.

Madonna ist da. Die Hilfswachtmeisterin Anneliese Kühn: Sie ist in Oda Schottmüllers Zelle gehuscht, mit einem Kassiber von Erika Brockdorff. Oda und Anneliese umarmen einander.

»Eri ist nicht zum Tode verurteilt. Bitte, darf ich Eri sehen? Heute Abend nach Einschluss, nur für eine Viertelstunde? Eri hat nur Zuchthaus bekommen.«

Aber alle anderen sollen sterben. Auch Kurt.

»Das ist schlimm. Tod durch den Strang. Das ist ganz schlimm.«

Justizwachtmeister Hesse hat sich in Kurt Schumachers Zelle eingenistet. Das ist das Schlimmste an einer Zelle: Nicht dass man darin ist, sondern dass man einen anderen nicht hinauswerfen kann.

»Wirklich ein ganz elendiges Schicksal.«

Kurt beißt die Zähne zusammen. Er ist heute zum Tode verurteilt worden. Kann man ihm nicht die Schleimspur ersparen, die Hesse über alles zieht, womit er in Kontakt kommt?

»Die Frage ist, wird man Ihnen das Genick brechen oder Sie strangulieren? Strangulieren kann ziemlich lange dauern. Man wird blau, die Zunge schwillt an. Und natürlich der Gestank. Urin und Scheiße, alles voll damit. Dann kommt der Nächste, und der riecht das dann. Da machen sich manche schon vorher in die Hose. Ich selber habe das nicht gesehen, aber ein Bekannter hat das in einem Lager gesehen. Da ist das ja eine gängige Hinrichtungsform. Hier bei uns wird es offenbar ganz neu wieder eingeführt. Na, ich muss weiter. Schlafen Sie gut.«

Hesse hat auch John Graudenz besucht. Johnny Graudenz hat im Grunde nichts dagegen zu sterben. Aber er will nicht den Tod sterben, der über ihn verhängt ist. Er ist sein Leben lang der Meinung gewesen, die Menschen bräuchten überhaupt keine Regierung. Wenn man sie nur in Ruhe ließe, würde von ganz allein eine vernünftige Gesellschaft entstehen, friedlich und frei, ohne Krieg. Er glaubt auch jetzt noch an die Freiheit. Er wird sich nun die Pulsadern aufschneiden, mit einem winzigen Metallplättchen von dem Messer, das ihnen zu den Abendmahlzeiten ausgehändigt wird. Johnny ist achtundfünfzig. Es kann doch nicht so schwer sein, mit achtundfünfzig zu sterben.

Kurt Schumacher ist erstaunt, dass er noch immer nicht verzweifelt. Vielleicht liegt es daran, dass er schuldig ist. Der Unschuldige muss wohl verzweifeln, der nichts getan hat, um sich sein Urteil zu verdienen. Aber Kurt hat getan, was man ihm vorwirft: Er hat das Unrecht verdammt, er hat an eine bessere Welt geglaubt. Die draußen sind ebenso zum Tode verurteilt wie er selbst. Nicht nur die an der Front: Alle sind sie verdammt zu sterben. Warum nicht zusammen mit denen gehen, die glauben, mit den ungeheuren Mitteln des Fortschritts, den großartigen technischen Errungenschaften der Neuzeit könnte man statt Krieg und Vernichtung auch Wohlstand und Frieden schaffen?

Wobei der Tod, den Justizwachtmeister Hesse geschildert hat, allerdings ein furchtbarer Tod ist. Aber ist es angenehmer, an einem Lungenschuss zu sterben? Stirbt es sich leichter am Lungenkrebs, der den ewig hüstelnden, bis ins Innerste verschleimten Hesse womöglich eines Tages dahinraffen wird? Wie angenehm ist der Fleckfiebertod, der die russischen Kriegsgefangenen zu Tausenden ereilt?

Man wird Kurt strangulieren oder ihm das Genick brechen. Und seiner tapferen Elisabeth wird man den Kopf abschlagen. Kurt im Halbdunkel der schwach erleuchteten Zelle presst die gefesselten Hände aneinander, presst die Hände gegen den Mund.

*O Kraft bis zuletzt.*

*20. Dezember 1942*

»Sie müssen nun nicht länger in Einzelhaft sitzen.« Änne Weider, die Vorsteherin des Gerichtsgefängnisses Kantstraße, hat Mildred Harnack kommen lassen. »Gibt es jemanden, mit dem Sie bevorzugt Ihre Zelle teilen würden?«

»Gertrud Lichtenstein. Wir haben uns beim Hofgang immer zugelächelt.«

Änne Weider nickt. Eine halbe Stunde später umarmen Gertrud und Mildred einander. Änne Weider war früher SPD-Mitglied. Sie ist Anhängerin des Schweizer Theologen Karl Barth. Sie kann diese Frauen nicht retten, aber sie kann ihnen das Leben ein wenig erleichtern. Oder sie könnte ihre Stelle räumen, damit ein straffes Parteiweib nachrückt. Aber nicht einmal das ist möglich. Änne Weider ist dienstverpflichtet.

Ein Dienstag. Arvid Harnack ist aufgestanden wie immer, er hat vorschriftsmäßig das Bett gemacht. Die Tür öffnet sich. Arvid tritt an die Rückwand der Zelle. Er sagt seinen Namen, seine Nummer.

»Fertigmachen zum Transport. Verlegung nach Plötzensee.«

Es ist noch stockdunkel, als in der Frühe der übliche Weckkrawall ausbricht: Einer der Wachtmeister geht durch die Gänge und schlägt dabei auf eine Eisenschiene, damit sich die Gefangenen in Spandau erheben. Kurt Schumacher steht auf, Horst Heilmann, Hans Coppi, John Graudenz, mit dick verbundenen Handgelenken. Auch der Diplomat Rudolf von Scheliha erhebt sich, dem man unterstellt, Mitglied der Roten Kapelle gewesen zu sein, obwohl er keinen der Beteiligten kennt. Sie machen ihre Betten, sie stellen ihre Wasserkrüge zum Füllen bereit, als kehrten sie noch einmal zurück. Am Alexanderplatz werden zur gleichen Zeit Elisabeth Schumacher und Rudolf von Schelihas Mitarbeiterin Ilse Stöbe geweckt. In der Kantstraße wird Libertas Schulze-Boysen aufgefordert, ihre Sachen zu packen.

»Aber warum denn?«

»Verlegung nach Plötzensee.«

Harald Poelchau ist unterwegs. Der Gefängnispfarrer von Tegel und Plötzensee: Man hat ihn nicht offiziell informiert, aber er verfügt über seine eigenen Kontakte. Er weiß, elf Menschen sollen heute in Plötzensee sterben. Sie durften nicht einmal mehr Gnadengesuche stellen. Die Hinrichtungen sollen um 19 Uhr beginnen. Harald Poelchau hofft, dass er noch rechtzeitig kommt.

*Geliebte Eltern!*
*Es ist nun so weit! In wenigen Stunden werde ich aus meinem alten Ich aussteigen.*

Harro Schulze-Boysen in seiner Zelle in Plötzensee schreibt seinen Abschiedsbrief. Aber was heißt Abschied. Es gibt kein endgültiges Ende. Harro wird neu in einem neuen Körper beginnen.

*Dieser Tod passt zu mir. Irgendwie habe ich immer um ihn gewusst. Es ist »mein eigener Tod«, wie es einmal bei Rilke heißt. Wenn ihr hier wäret, unsichtbar seid ihr's: Ihr würdet mich lachen sehen angesichts des Todes. Ich habe ihn längst überwunden. Glaubt mit mir an die gerechte Zeit, die alles reifen lässt! Mag sein, dass wir nur ein paar Narren waren; aber so kurz vor Toresschluss hat man wohl das Recht auf ein bisschen ganz persönliche historische Illusion. Ja, und nun gebe ich Euch allen die Hand und setze nachher 1 (eine einzige) Träne hierher als Siegel und Pfand meiner Liebe –*

Die Zellentür wird geöffnet. Harro hebt den Kopf. Kommen sie schon? Sind sie das? Ein Pfarrer betritt Harro Schulze-Boysens Zelle. »Harald Poelchau. Darf ich hereinkommen?«

Libs ist bereit. Harald Poelchau hat mit ihr das Abendmahl gefeiert. Libs ist tief getröstet: Sie wird nicht alt werden, nicht verfallen. Libs hat den ewigen Frühling und das Mysterium der Liebe Gottes. Draußen Schritte. Stille. Die Schritte halten vor ihrer Zelle. Und sind sie das? Ist es so weit?

Libs springt auf, sie keucht vor Entsetzen. Aber es ist nur

ein kleiner Mann, der wortlos, mit mahlenden Kiefern in die Zelle humpelt. Er hat einen grauen Kittel dabei, Holzpantinen.

»Er kommt zum Haareschneiden«, sagt die Wachtmeisterin, die ihn eingelassen hat. »Danach ziehen Sie diese Sachen da an.«

Horst Heilmann in seiner Zelle in Plötzensee steht unter ununterbrochener Bewachung, wie alle anderen auch. Fast könnte er lächeln. Glauben sie, dass er ihnen die Arbeit abnimmt? Das wird er nicht tun. Er wird nicht allein gehen, sondern mit Harro und Libs: mit denen, die er liebt. Die sein Leben waren. Leid tut es ihm nur, dass er den Eltern dies antun muss, so kurz vor Weihnachten. Horst ist neunzehn. Natürlich, viele verlieren ihre Söhne an der Front. Aber wer fällt, bringt wenigstens keine Schande über die Familie. Horst würde den Eltern gern erklären, dass sie sich auch für ihn nicht zu schämen brauchen. Er würde ihnen gern begreiflich machen, dass er nicht anders handeln konnte.

Das Leben hat ihn schicksalhaft bis zu diesem Punkt geführt, nicht mit Zwang und harter Hand, sondern mit Sanftmut, Schritt für Schritt, spielerisch fast. Und ist das nicht Gnade? Wer im Rückblick zu dem Schluss kommt, dass alles genau so kommen musste, wie es gekommen ist: Kann der nicht sicher sein, dass er gerettet ist, eingefügt in den erhabenen Zusammenhang des Ganzen, auch wenn er dieses Ganze in seiner Unermesslichkeit nicht erkennen kann? Horst schreibt.

*Wenn ich wüsste, dass Ihr mir verzeihen könnt und vielleicht sogar ein wenig stolz auf mich seid, würde ich vollkommen glücklich sterben. Ich sehe nichts Tragisches in meinem Ende. Mein Leben ist so schön gewesen, dass ich die Einheit der göttlichen Harmonie auch durch meinen Tod hindurchklingen höre.*

Er setzt ab. Noch etwas. Und darf er dieses Letzte schreiben? Wird es sie nicht zusätzlich kränken? Ihm ist, als hörte er Harros Lachen. Als sähe er Harro wie an jenem elendigen Tag nach dem Verhör im Keller der Prinz-Albrecht-Straße: Horst taumelte in den Flur mit dem Aufzug, und da stand Harro. Seine Hände waren gefesselt. Sein Gesicht war gelassen. Er zwinkerte Horst zu, zwinkerte ihm tatsächlich zu, als hätte er niemals eine trübe Stunde erlebt. Horsts Betrug war vergeben: Horsts Liebe zu Harros Frau. Horst schreibt.

*Ich habe den Antrag gestellt, meine Leiche auszuliefern, und möchte gern mit meinen Freunden bestattet werden.*

So. Nun ist auch das gesagt.

*Ich sterbe stark und sicher. In Liebe,*
*Euer Horst*

Trüber Tag, Feld. Es dunkelt. Auf dem Gefängnishof liegt eine dünne Schneeschicht. Ein eisiger Ostwind weht. Die Tür von Bau III, mitten im Gesamtkomplex der Gefängnisanlage Plötzensee, öffnet sich. Es ist 19.05 Uhr. Gefesselt, in grauem Kittel, mit Holzpantinen an den Füßen wird Harro Schulze-Boysen in den düsteren Abend hinausgeführt.

19.10 Uhr Dr. Arvid Harnack – Tod durch den Strang
19.15 Uhr Kurt Schumacher – Tod durch den Strang
19.20 Uhr John Graudenz – Tod durch den Strang
Dann eine Pause. Der Scharfrichter und die Helfer nehmen einen kleinen Imbiss zu sich. Die Justizbeamten stehen auf dem Hof und rauchen.
20.18 Uhr Horst Heilmann – Tod durch das Fallbeil
20.21 Uhr Hans Coppi – Tod durch das Fallbeil

»Lasst mich!« Libertas' Schrei gellt durch die Stille der Winternacht. »Lasst mich los, lasst mich!«

Ihre Stimme überschlägt sich, bricht. Draußen auf dem dunklen Hof steht der Gefängnispfarrer Harald Poelchau, dem man den Zutritt zum Schuppen verwehrt hat. Er senkt den Kopf, er presst die gefalteten Hände zusammen und die Hände gegen den Mund. Nicht dass er je in Gefahr wäre, an Gott zu zweifeln. Aber manchmal an den Menschen. Den Menschen.

Und nun Elisabeth. Sie ist die Letzte. Die Kerzen auf dem Richtertisch brennen.

»Name?«

Als ob sie den nicht wüssten. Es ist aber ein wichtiger Moment. Dies ist das Letzte, was über ihre Lippen kommen wird. Elisabeth Schumacher sagt ihren Namen.

Und dann wird es still. Die Wachmannschaft löst sich auf. Die Vertreter des Staates verlassen den Richtplatz. Der diensthabende Beamte schreitet die Korridore in Haus III entlang. Er schließt die Türen der leeren Zellen. Er löscht das Licht. Harald Poelchau macht sich auf den Heimweg.

*23. Dezember 1942*

Der Wind fährt durch die Straßen Berlins wie ein Eisenbesen. Victoria Fürstin zu Eulenburg-Hertefeld steht vor dem Gefängnis in der Lehrter Straße. Sie findet ihr Kind nicht. Sie war schon in der Prinz-Albrecht-Straße, im Gerichtsgefängnis Kantstraße in Charlottenburg, im Polizeigefängnis am Alexanderplatz, aber niemand kann ihr sagen, wo Libertas ist. Tora hat ein Weihnachtspäckchen für Libs gepackt. Sie hat sogar schon Herrn Dr. Kraell angerufen, den Senatspräsidenten. Aber kaum hatte sie Libertas' Namen gesagt, war unerklärlicherweise die Leitung unterbrochen und keine neue Verbindung mehr herzustellen. Kann Tora vielleicht bei Göring anrufen?

Aber der Reichsfeldmarschall hat Toras Bruder Büdi gedroht. Er hat getobt. Er hat es offenbar persönlich genommen: ausgerechnet Schulze-Boysen, aus seinem eigenen Luftfahrtministerium! Ausgerechnet die kleine Libs, die er so oft in die Wange gekniffen hat. Aber was haben Harro und Libs eigentlich getan?

*Verrat begangen! Einen ungeheuerlichen, verbrecherischen Verrat.*

Ja. So sagen es alle. Aber was haben sie verraten? Tora weiß es nicht. Vielleicht ist es wirklich gleichgültig, so wie Libs es bei Toras letztem Besuch gesagt hat.

*Liebling, bekümmere dich doch nicht darum. Es ist ja nun alles vorüber.*

Tora steht auf der Straße. Menschen hasten an ihr vorüber. Sie müssen alle sterben, jeder Einzelne von ihnen: die Frau mit dem abgetragenen Mantel und dem harten Gesicht, die ein sehr kleines schreiendes Kind hinter sich herzerrt, der alte humpelnde Mann, der junge Soldat, die Mädchen mit den roten Büchsen vom Winterhilfswerk, die Frauen mit ihren großen Taschen, die in Schlangen vor den Läden warten, im Rauch der Stadtbahn, im Dunst dieses eisigen Dezembertages. Warum schreit keiner auf? Warum wirft sich keiner auf den Boden, trommelt mit den Fäusten auf die hart gefrorene Erde?

Weil er Tag und Stunde nicht kennt. Das ist der einzige Grund. Tora steht in Berlin. Sie steht am Alexanderplatz. Menschen hetzen durch den sich immer tiefer verdunkelnden Nachmittag. Die Menge teilt sich vor ihr, schließt sich hinter ihr, Tora ist ein Hindernis im schnellen Lauf des Stroms, der dahinstürzt durch die Zeit, seinem Ende entgegen.

*Wo ist Libertas? Wo ist mein Kind?*

Die hetzenden Menschen sind auf dem Weg nach Hause, zu einer Verabredung, zum Zahnarzt, zum Milchladen. Sie stehen an nach Brot, nach Fleisch, während die Zeit verstreicht, Minute um Minute ihrer dünnen, armen Zeit auf der Erde. Eine Straßenbahn rattert vorüber, noch eine. Die Berolina präsentiert dem leeren Himmel das Nichts auf geöffneter Hand. Tora weiß nicht, wohin man ihr Kind gebracht hat. Sie weiß nicht, wen sie fragen kann. Es beginnt von Neuem zu schneien.

*24. Dezember 1942*

Harald Poelchau hat die Familie informiert. Falk Harnack steht in Manfred Roeders Büro. Dies also ist der Mörder seines Bruders.

»Ich möchte fragen, wo ich die Weihnachtspäckchen für meinen Bruder und meine Schwägerin abgeben kann.«

»Die können Sie wieder mitnehmen. Sie können hier niemanden mehr besuchen.«

»Wie meinen Sie das?«, sagt Falk. Seine eigene Stimme klingt ihm laut und kristallklar in den Ohren. »Mein Bruder ist zum Tode verurteilt. Aber es besteht doch die Möglichkeit eines Gnadengesuchs. Und meine Schwägerin hat nur eine Zeitstrafe erhalten.«

»Ihr Bruder«, sagt Roeder, »ist tot. Er ist hingerichtet worden, und Sie werden darüber Stillschweigen bewahren.«

*Frag nach dem Ring! Frag nach dem Ring!*

Otto Harnacks Ring: Arvids Erbe, das ihm der Bruder zugedacht hat.

Falk sagt: »Und meine Schwägerin? Wo ist sie?«

Roeder brüllt. »Ihre Schwägerin vergessen Sie. Sie haben keine Schwägerin. Und nun gehen Sie! Hinaus! Hinaus mit Ihnen!«

# 13

*Januar bis 16. Februar 1943*

Karl Böhme brüllt auf den Gängen des Spandauer Gefängnisses. Bommel Böhme, ein Jugendfreund Hans Coppis: Er kommt gerade von einer Vernehmung zurück.

»Sie haben die Urteile gegen Erika und Mildred kassiert!«

Einen Moment ist alles still. Dann bricht in der 9. Abteilung der Haftanstalt Spandau Tumult aus. Sie brüllen, sie trommeln gegen die Türen, sie schlagen mit den Löffeln auf ihre Näpfe.

»Sie wollen unsere Frauen umbringen!«

Keiner achtet auf die Wachtmeister, die über die Gänge flattern, gegen Zellentüren schlagen.

»Sie wollen uns alle umbringen!«

»Sie wollen uns alle ermorden, sie wollen keinen am Leben lassen!«

»Scheiße noch mal!«

Dann ebbt der Sturm ab. Die Gefangenen sinken auf ihre Schemel, lehnen sich an die Wände, kauern sich auf dem Boden zusammen. Manche halten die Hände vors Gesicht. Manche schützen den Kopf mit den Armen, als erwarteten sie einen Schlag.

Im Grunde ist er Nationalsozialist. Im Grunde ist er der Bewegung treu geblieben: Bommel Böhme ist 1928 mit vierzehn Jahren in die Hitlerjugend eingetreten. Er ist deswegen sogar von der Schule geflogen. Er ist erst 1931 zum Kommunistischen Jugendverband gewechselt. Und warum ist er nicht einfach bei den Nazis geblieben? Er ist im Grunde doch noch dabei. Er ist ein Verführter, ein Opfer entwurzelter Intellektueller, aber er wird alles gestehen und bereuen, milde Richter finden und Vergebung der Sünden erlangen.

»Bloß nicht!« Heinrich Scheel flüstert durch den Schlitz neben den Heizungsrohren. »Wenn du gestehst, werden sie dich töten.«

Heinrich selbst hat beschlossen, konsequent zu leugnen. Seine Familie wartet auf ihn, Frau und Kind, seine Eltern. Ihre starke Liebe stärkt ihn. Aber sie schwächt ihn auch. Er weiß ja, dass ihre Liebe zu ihm sie verzweifeln lässt. Er möchte sie bitten, ihn weniger zu lieben, damit er nicht so darunter leidet, an ihr Leid zu denken. Und ansonsten möchte er sich ein Vorbild an Philipp Schaeffer nehmen, seinem Zellennachbarn zur anderen Seite.

Philipp Schaeffer rechnet fest mit seinem Tod. Er ist vollkommen heiter. Als er von Elisabeths Tod erfahren hat, hat er nicht geweint. Er hat sich nur einen Tag lang geweigert, mit irgendwem zu sprechen oder Nachrichten zu klopfen. Heinrich hat ihn gehört. Es klang, als hätte Philipp in seiner Zelle leise gesungen.

*Meine unbeschreiblich geliebte Mutti –*
Kurz nach Weihnachten hat ein Adjutant Görings in Liebenberg angerufen und der Familie Libertas' Abschiedsbrief zugestellt.

*Da ich bereits in einem Traum lebe, aus dem ich, glücklich wie ich bin, zu keiner grausamen Wirklichkeit mehr erwachen muss –*

Tora kann den Brief auswendig. Satzbruchstücke begleiten sie Tag und Nacht, in den Schlaf und durch die endlosen Stunden des Wachseins.

*Ich wachse mit jeder Minute mehr in den Himmel hinein*
*Harro ist mir nahe, Horst ist mir nah, ich leide überhaupt nicht mehr, und alles ist ohne Schrecken*
*Alle Strömungen meines bunten Lebens fließen zusammen und alle Wünsche werden erfüllt: Ich bleibe jung in Eurem Gedächtnis. Ich brauche mich von meinem Harro nicht mehr zu trennen. Ich liebe die Welt, ich habe keinen Hass, ich habe den ewigen Frühling*

Wie kann sie das gefühlt haben? Sie hat dies geschrieben, um die Mutter zu trösten, das zärtliche, liebevolle Kind. Und sie hat einen letzten Wunsch geäußert.

*Ich habe gebeten, dass man Dir meine »Materie« überlässt. Begrabt sie, wenn es geht, in Liebenberg, an einem schönen Ort mitten in der sonnigen Natur.*

Büdi ist in Berlin gewesen. Er hat versucht herauszufinden, was man mit Libs' Leiche und ihrem Kopf gemacht hat. Erfolglos.

Er ist zornig, der Fürst von Eulenburg-Hertefeld: Er war von Anfang an nicht nur gegen Harro, sondern schon gegen die Mesalliance seiner Schwester mit diesem Modefritzen Haas-Heye. Und nun wird sein Sohn Wend womöglich den Schutz Görings verlieren und doch noch an die Front geschickt.

Tora steht jetzt oft still und hat den Kopf schräg gelegt, als lauschte sie.

*In einer Gemeinsamkeit, die nur angesichts des Todes möglich ist, gehen wir dem Ende entgegen. Ohne Leid, ohne Bitterkeit. So mein Liebling, die Stunde schlägt: Zuerst geht Harro und ich denke an ihn. Dann geht*

*Horst und ich denke an ihn. Und an mich wird Elisabethchen denken, die Liebe. Macht es mir drüben nicht schwer mit Tränen, freut Euch mit mir. Ich habe es gut.*
*Dein Kind*

»Liebe Frau Breiter!«

Sieh an. Kollege Pohlig, der sonst immer so hochnäsig war.

»Ich habe schon gehört. Herzlichen Glückwunsch zum Kriegsverdienstkreuz.«

Sie lächelt gnädig, eine Spur maliziös. »Und Reichsführer-SS Heinrich Himmler persönlich«, sagt sie, »hat mir ein Dankesschreiben geschickt. Unser Oberster Dienstherr. Ich werde es rahmen lassen.«

Außerdem hat Gertrud Breiter 5000 Reichsmark erhalten. Aber Pohlig muss ja nicht alles wissen. Auch hat sie sich letzte Woche noch etwas von den angefallenen Haushaltsgegenständen aussuchen dürfen. Herr Kopkow war ebenfalls da, der Leiter der Sonderkommission Rote Kapelle. Er zog mit einem Schreibtisch und zwölf grünlichen Weinkelchen ab. Gertrud selbst hat ein sehr schönes Büfett ausgewählt, außerdem ein Ölgemälde: eine Ostseelandschaft mit Dünen.

Clara Harnack hat eine Rechnung der Justizbehörden erhalten.

*Haftkosten für die Untersuchungshaft*
*Gerichtskosten*
*Vollzug der Todesstrafe*
*Verpflegung des Scharfrichters und der Gehilfen*
*Portokosten 0,23 RM*

312,15 Reichsmark hat Arvids Ermordung gekostet. Sein Vermögen ist eingezogen, auch der Siegelring seines Vaters.

*Es besteht allerdings für Angehörige die Möglichkeit,*

*beim Finanzministerium Erinnerungsstücke in geringem Maße zurückzukaufen.*

Sie sind nicht nur große Verbrecher. Sie sind auch kleine Gauner.

Und darum also konnte Mildred niemals ihr Buch schreiben: weil sie es auf dieses Ende hätte zuschreiben müssen. Sie konnte nicht schreiben, was sie vermieden hat zu sehen. Sie hat geglaubt, sich zum Autor ihrer eigenen Geschichte aufschwingen zu können, aber der Autor ist nicht Teil der von ihm erzählten Welt, als Teil einer Story ist man nur Figur.

Aber vielleicht ist der neue Prozess ein gutes Zeichen: Das sagt Gertrud, Mildreds Zellengenossin. Vielleicht hat man eingesehen, dass Mildred zu Unrecht in Haft ist, und lässt sie frei.

Mildreds Haar ist grau geworden. Sie hustet Tag und Nacht. Alle sind tot, warum sollte sie überleben? Selbst die sechs Jahre Zuchthaus würde sie nie überstehen, dessen ist sie sicher. In der Januarkälte der Zelle legen Gertrud und Mildred die Arme umeinander. Sie singen miteinander. Grau raucht ihr Atem auf.

»Diese Gräfin Brockdorff, gegen die es morgen noch einmal losgeht. Die war mal ein Modell.«

»Papperlapapp, Modell. Nutte war die.«

Die Gestapokommissare besprechen den Gesamtkomplex.

»Die haben doch alle durcheinandergepimpert.«

»Die Schulze-Boysen auch. Die schon weg ist. Die hat für ein Nacktbild vor Schumacher posiert.«

»Das Bild würde ich mir glatt ins Schlafzimmer hängen.«

Fettiges Gelächter, Kopfschütteln.

»Und die Schottmüller mit ihren Figurinen. ›Nackte mit

Tuch‹. Welche von denen hat sich wohl dafür entblättert? Die waren doch allesamt lesbisch, sage ich. Alles Leck-Elsen, eine wie die andere.«

»Eine völlig verkommene Bande.«

*13. bis 16. Januar 1943*

»Das weißt du gar nicht? Ach Mildred. Arvid ist tot.«

Mildred und Erika von Brockdorff sind einander in Freiheit niemals begegnet, und nun stehen sie ein zweites Mal zusammen vor Gericht.

»Sie sind alle tot. Arvid, Harro, Libs, Hans Coppi, Kurt Schumacher. Alle.«

»Und Sie hatten ein Liebesverhältnis mit Herbert Gollnow, Frau Harnack.«

Mildred steht nun allein vor ihren Richtern.

»Die Aussage Gollnows liegt dem Gericht vor. Sie haben diesen deutschen Offizier verführt, um militärische Geheimnisse zu erfahren. Schamlos haben Sie sich an saubere junge Soldaten herangemacht, um sie Ihrem Ehemann als Gefolgsleute zuzuführen. Ihr Mann hat Sie zynisch für seine Zwecke missbraucht. Aber Sie Ihrerseits haben bereitwilligst mitgemacht. Gollnow ist Ihnen sexuell hörig gewesen. Was für ein Pfuhl von Niedertracht und Verkommenheit.«

Wer ist Mildred? Im ersten Prozess war sie die Literaturwissenschaftlerin Frau Dr. Harnack, die etwas weltfremde Frau eines deutschen Gelehrten. Nun ist sie eine soldatenmordende Verräterin.

Erika von Brockdorff lacht. Es ist der zweite Prozesstag. Soeben hat der Präsident des Dritten Senats Karl Schmauser begonnen, die Urteile zu verkünden: »– haben wir lange geschwankt, zwei Frauen zum Tode zu verurteilen –«, und Erika von Brockdorff ist mit diesem Gelächter herausgeplatzt.

Der Vorsitzende Schmauser pumpt wie ein Maikäfer. »Was erlauben Sie sich! Was nehmen Sie sich heraus! Die Würde dieses Gerichts –«

»Ihre Würde?« Erika Brockdorff lacht noch heftiger. »Die Würde dieses Schmierengerichts? Ich lache Ihnen ins Gesicht. Ich werde bis zum Ende über Sie lachen. Was wollen Sie dagegen tun? Wie wollen Sie mich daran hindern, noch auf dem Schafott über Sie zu lachen?«

*14. bis 18. Januar 1943*

Einen Tag nach dem Prozess gegen Mildred Harnack und Erika von Brockdorff wird der Prozess gegen Cato Bontjes van Beek und Heinz Strelow, Liane Berkowitz und Friedrich Rehmer, Ursula Goetze und Professor Werner Krauss und Fritz und Hannelore Thiel vor dem Reichskriegsgericht eröffnet. Am ersten Prozesstag hat Ankläger Manfred Roeder Liane Berkowitz ihre Aussagen bei der Gestapo vorgehalten. Liane hat sich übergeben müssen. Sie und Hannelore Thiel haben furchtbar geweint. Sie haben immer wieder dasselbe gesagt.

Bitte, ich habe doch gar nicht gewusst, was ich da sage, ich bin doch ganz anders, ich habe nichts getan, ich wollte nichts

Böses. Ja, das habe ich gelesen, ich habe es unterschrieben, aber verstanden habe ich es nicht.

Hannelore wird nicht einmal vorgeworfen, sich an einer strafbaren Tat beteiligt zu haben. Aber sie hat von allen Aktionen ihrer Freunde gewusst und das nicht angezeigt: Das hat ihr Mann zu Protokoll gegeben. Fritz Thiel ist auf einem Stuhl angebunden worden, und man hat ihn mit ultraviolettem Licht bestrahlt. Fritz hat auch Cato und Heinz Strelow verraten. Heinz Strelow hat vor der Gestapo darauf bestanden, dass Fritz Thiel lügt. Anfangs hat er vermutet, dass die Gestapo lügt, dass Fritz ihn gar nicht verraten hat. Aber dann wussten die Kommissare eben wieder so ein Detail.

Sie haben doch den Fritz Thiel aufgefordert, die Manuskriptseiten des Flugblatts nicht mit bloßen Händen zu berühren. Sie haben gesagt: Zieh dir Handschuhe an.

Heinz Strelow hat sofort alles zugegeben. Er sah ja alles wieder vor sich. Das Bild war so deutlich, so klar und scharf, dass auch die Kommissare es sehen mussten.

»Also, Fräulein Bontjes van Beek. Haben Sie beim Verfassen und bei der Verteilung des Flugblatts geholfen?«

Cato vor dem Richtertisch hebt die Hände. Sie sieht Roeder in die Augen, in hilfloser Offenheit. »Ja. Aber das ist doch alles schon so lange her!«

Ursula Goetze hat vor der Gestapo behauptet, Professor Krauss zu der Zettelkleberei überredet zu haben. Krauss selbst hat während der Verhöre konsequent Absurditäten von sich gegeben. Er hat darauf gesetzt, dass man ihn für nicht zurechnungsfähig erklärt. Nun muss er versuchen, Ursulas schrecklichen Heroismus ungeschehen zu machen.

»Fräulein Goetze ist süß«, sagt er am ersten Prozesstag zu Roeder. »Sie schwindelt sich die wildesten Geschichten zusammen. Sie hat sicher Angst, dass man ihr nicht glaubt, wenn sie die Wahrheit sagt. Anders kann ich mir ihre Behauptungen nicht erklären. Ich habe nämlich überhaupt nicht geklebt, und sie selbst ebenso wenig. Sie hat mir so etwas auch nie vorgeschlagen.«

Der 15. Januar 1943 ist zweiter Verhandlungstag. Liane bekommt gleich zu Anfang Nasenbluten. Die Blutung ist nicht zu stillen. Remus regt sich entsetzlich auf. Senatspräsident Dr. Kraell ist verärgert. Liane weint, krampfgeschüttelt, während ihr das Blut immer weiter aus der Nase schießt. Remus kniet vor ihr. Er umfängt ihre Hände. Er fleht.

»Du musst stark sein, Liane. Ich bitte dich. Du musst doch unser Kind bekommen.«

Das Kind, das arme Kind! Wird Liane verbluten? Liane muss husten, das Blut läuft innen in ihrem Hals herab, Kraell beginnt die Fassung zu verlieren angesichts dessen, was man ihm hier zumutet, und schließlich muss ein Arzt geholt werden.

»Versprich mir, dass du unser Kind bekommst!«

Remus weint nun auch. Gleich nach seiner Verhaftung am 29. November im Lazarett in Britz hat er Liane mit einem Brief zu retten versucht.

*Du wirst sicher glatt freigesprochen, du hast schließlich von überhaupt nichts gewusst.*

»Bekomm unser Kind! Was bleibt denn sonst, worauf sonst kann man hoffen?«

Dieser zweite Verhandlungstag ist ein Freitag.

Am Montag in der Pause vor der Urteilsverkündung bitten Fritz und Hannelore Thiel die anderen um Vergebung. Könnten Cato, Heinz Strelow und Remus es Fritz Thiel bitte nicht nachtragen, dass sie an seinen Aussagen sterben werden? Nach der Pause wird Fritz Thiel ebenso zum Tode verurteilt wie Cato Bontjes van Beek, Heinz Strelow, Professor

Krauss, Ursula Goetze, Friedrich Rehmer und Liane Berkowitz. Liane wird ohnmächtig. Hannelore Thiel erhält eine Zeitstrafe von sechs Jahren.

*20. Januar 1943*

»Und wie war dein Tag, mein Lieber?«

Gerichtspräsident Neuroth zieht seine Serviette aus dem Ring. Er und seine Frau haben sich eben zu Tisch gesetzt. In der Terrine auf dem Tisch dampft die Suppe.

»Furchtbar«, sagt Neuroth. »Ich hatte eine neunzehnjährige Schwangere bei mir, die zum Tode verurteilt ist. Ich habe ihr das Begnadigungsgesuch direkt in die Feder diktiert. Sie soll alle Schuld auf die schieben, die in ihrem Zusammenhang schon hingerichtet sind. Aber ich habe wenig Hoffnung. Und die arme Mutter des Mädchens. Wo hat das Leben einen hingestellt.«

*Meine liebste Mamotschka,*
*auf die Knie möchte ich fallen und Dich um Verzeihung anflehen für das schreckliche Leid, was ich Dir angetan habe.*

Die Mutter hat Liane einen Rock geschickt, den man am Bund weiterstellen kann. Sie hat den Stoff besorgt, Frau Rehmer hat den Rock genäht. So etwas braucht man nun also. Man ist zum Tode verurteilt, aber bevor man umgebracht wird, braucht man einen Rock mit verstellbarem Bund.

*Mama, Mamotschka, ich will ja alles ertragen, aber ich will nicht sterben –*

Fräulein Janschke schreibt einen Vermerk, den sie ihrer Vorgesetzten Frau Dr. Pfahl auf den Tisch legt.

*Der Beamte vom Reichskriegsgericht, der heute die Untersuchungsgefangene Hilde Coppi abgeholt hat, hat zu Frau Menz gesagt, dass Coppi, wenn sie vom Termin zurückkommt, nachts bewacht werden muss.*

Das kann einen schon nachdenklich machen. Das heißt doch eigentlich, das Urteil steht vorher bereits fest.

Hilde Coppi steht am Bett ihres Kindes. Der kleine Hans ist acht Wochen alt. Hilde ist zum Tode verurteilt. Sie hat nichts dagegen zu sterben. Sie würde liebend gern tausend Tode sterben, wenn sie sich ihrem Kind damit erhalten könnte: wenn immer nur Hilde stürbe, aber nicht Hänschens Mutter. Hilde darf nicht schreien, sie darf sich nicht die Haare ausreißen oder sich das Gesicht zerkratzen. Sie muss ruhig sein. Sie muss an ihr Kind denken. Sie wird ein Gnadengesuch stellen, das nichts bewirken wird: Hilde hegt keinerlei Hoffnung für sich. Aber das tut nichts zur Sache. Wenn geschieht, was geschieht, dann jedenfalls nicht aufgrund ihrer Untätigkeit. So war es immer. So ist es die ganze Zeit gewesen.

*25./26. Januar 1943*

Die grüne Minna hat erst Mimi Terwiel, Marta Husemann und Oda Schottmüller am Alex abgeholt, dann Helmut Himpel und Walter Husemann in Spandau. Die Männer sind bestens aufgelegt. Sie sind sich einig: Es ist nichts mehr zu machen. Es ist alles vorüber, es ist alles vorbei. Sie sind frei, mit anderen Worten. Helmut Himpel schmiert Brote. Sein Kommissar hat ihm ein Fresspaket überreicht, von Helmut Himpels Schwarzwälder Verwandtschaft: Bienenhonig, Butter, Wurst, Schinken. Die Kommissare reden über den Einschluss der Sechsten Armee bei Stalingrad.

»Grauenhaft«, sagt einer. »Grauenhaft.«

Oda beißt in ihr Brot. Der rauchig-satte Geschmack des Schwarzwälder Schinkens füllt ihren Mund, erfüllt sie mit Glück und mit Wärme. »Stimmt«, sagt sie. »Absolut grauenhaft.«

Und liegt es an Ina Lautenschlägers wundersamen Pillchen, dass Oda alles so albern vorkommt? Was soll diese hundertfünfzigste Aufführung einer Schmierenkomödie unter der Regie eines Admirals mit Dauerwelle? Man wird sie alle zum Tode verurteilen, aber kann man nicht vorher die Beisitzer wecken? Der eine schläft tief und fest, mit dem sanften Säuseln des Rotweintrinkers. Der andere kippt immer so allmählich nach vorn und zuckt dann empor, kurz bevor er mit dem Kopf auf den Tisch schlägt. Oda muss sich auf die Zunge beißen, um es nicht in den Saal zu rufen.

So wecken Sie doch Ihren Herrn Kollegen!

»Nehmen Sie die Sache hier gefälligst ernst!« Roeder liest schon eine Weile aus ihrer Vernehmung vor. Und da kommt es wieder.

*Ich leugne, dass mit dem bei mir abgestellten Gerät gefunkt worden ist.*

Nun wird Oda munter. Nun kommen sie zum Punkt.

»Ich leugne es gar nicht«, sagt sie. »Ich weiß nichts davon. Ich wusste überhaupt nicht, dass es so ein Gerät gibt.«

»Sie leugnen also schon wieder. Jetzt bestreiten Sie sogar Ihre Kenntnis des Geräts.«

»Moment«, sagt einer der Beisitzer. Er reibt sich die Augen, er beugt sich vor, »was steht denn in den Aussagen des Coppi und des Schulze-Boysen? Da steht doch in der Tat etwas Entsprechendes. Der Coppi bestätigt doch, dass die Schottmüller von dem Gerät nichts wusste.«

*– behaupte ich, das Gerät in Abwesenheit der Schottmüller in ihrer Wohnung aufgestellt zu haben, ohne dass sie Kenntnis davon erlangt hat –*

»Ja, aber warum haben Sie das denn nicht gesagt? Warum steht das denn nicht in Ihrem Vernehmungsprotokoll?«

»Ich habe es ja gesagt«, sagt Oda. »Ich habe es wieder und wieder gesagt. Es hat nur keiner aufgeschrieben.«

»Natürlich nicht«, sagt Roeder. »Eine Lüge macht die andere nicht zur Wahrheit. Der Coppi hat in diesem Punkt doch auch wieder gelogen. Der hat nur gelogen. Der hat gelogen, dass sich die Balken gebogen haben.«

Die Angeklagten sprechen die Schlussworte. Walter Husemann spricht sehr gut, tief überzeugend, von einer Welt der Gerechtigkeit, des Friedens und der Freiheit. Dann ist Marta an der Reihe. Sie weint herzzerreißend, während sie ihre Unschuld beteuert, ihre Liebe und Treue zu ihrem Mann, ihre Liebe und Treue zu ihren Freunden, und dabei ganz wunderbar nordisch aussieht. Mimi Terwiel bringt kaum einen Ton heraus, so sehr weint sie.

Es irritiert Helmut Himpel, es bringt ihn aus dem Konzept. Er stolpert durch zwei, drei Sätze, dann gibt er auf, und nun stottert Oda los und weiß mitten im Satz nicht mehr weiter.

Sie ist tief erschüttert von den Schlussworten der anderen. So also war es. Das sind sie gewesen: eine Widerstandsgruppe, Kämpfer für Recht und Freiheit und Menschlichkeit.

In der Pause umarmen sie einander. Dann betreten sie wieder den Saal. Sie werden alle zum Tode verurteilt, alle außer Marta Husemann, die fassungslos, untröstlich erneut zu weinen beginnt. Sie weint auf der ganzen Rückfahrt. Einer der Kommissare ist tief verstört. Er seufzt wieder und wieder, er wischt sich die Stirn.

»Bitte beruhigen Sie doch die Frau«, sagt er. Er schüttelt den Kopf, er wirft die Hände hoch. »Diese Fuhren sind nichts für mich. Es geht mir an die Nieren. Es belastet mich zu sehr, es schlägt mir aufs Gemüt.«

Oda lacht ihm ins Gesicht. Sie isst schon wieder ein Schinkenbrot. Sie prustet los, sie sprüht Krümel vor Lachen. Mit Ausnahme von Marta sind sie alle ganz heiter.

*Februar 1943*

Im Treppenhaus des Gefängnisses am Alexanderplatz ist kaum noch ein Durchkommen. Alles steckt voll mit sowjetischen Kriegsgefangenen. Sie drängen und schieben sich in den Gängen dicht an dicht, in Wolken schweren sauren Gestanks, die Füße mit Lappen umwickelt, Hungergeschwüre an den Beinen. Dann werden Polen hereingetrieben, auf dem Weg von Irgendwo nach Nirgendwo. In der großen Sammelzelle jammern und schreien die Zigeunerinnen Tag und Nacht: Sie warten auf den Transport in den Osten. Die Wachtmeisterinnen schieben ein Häuflein junger Frauen durch das Gedränge. Sie schließen ihnen ihre Zellen auf, schieben sie einzeln in die Zellen hinein. An den Zellentüren sind Schilder angebracht, schwarze Buchstaben auf rotem Grund: TU.

*Das letzte Wort ist noch nicht gesprochen. Die Urteile sind noch nicht bestätigt. Ihr könnt noch Gnadengesuche stellen.*

Das schreibt Ina Lautenschläger an Oda.

*Es ist möglich, dass man das Urteil widerruft. Es ist möglich, dass der Krieg noch vor der Vollstreckung zu Ende geht.*

Geliebtes Katzentier. Aber sie versteht nicht. Oda wünschte, sie hätte es hinter sich. Warum haben sie nicht gleich nach dem Urteil Schluss gemacht? Die blöde Warterei geht einem auf die Nerven. Die Gedankenmühle: Ich hätte, ich sollte, ich müsste. Marta Husemann hat vier Jahre bekommen, wegen Vorbereitung eines hochverräterischen Unternehmens. Oda ist zum Tode verurteilt, wegen Beihilfe zur Vorbereitung eines hochverräterischen Unternehmens und Feindbegünstigung.

Welche Feindbegünstigung? Und wie kann Beihilfe zur Vorbereitung härter bestraft werden als Vorbereitung? Oda mag sich den Kopf nicht mehr länger zermartern. Es ist heute besonders kalt, die Heizungen gehen nicht, die Klappe ist auf, weil es drinnen kälter ist als draußen. Oda trägt fünf Lagen Wollzeug. Sie macht ihre Gymnastik gegen die Kälte: Kniebeugen, Armdrehen. Die Sonne steht winterlich schräg und tief. Gleich ist sie weg. Oda hat keine Angst vor dem Tod. Sie hat nur die endlosen Mühen satt.

Eva-Maria Buch nutzt die Zeit. Sie lernt jetzt Tschechisch und Slowakisch. Zu den Verhören ist sie oft zusammen mit ein paar polnischen Mädchen gebracht worden, sodass sie inzwischen schon recht ordentlich Polnisch spricht. Diese Haftzeit schafft also auch Schönes. Das Gefängnis leistet einen großen Beitrag zur Völkerverständigung: Eva-Maria hat nie zuvor so viele Ausländer kennengelernt, und sie sind freundlich und nett zu ihr gewesen, obwohl sie doch eine Deutsche ist. Mehr als das Gefängnis quält Eva-Maria die Außenwelt.

Der erste Brief der Eltern enthielt nichts als Vorwürfe an Paul Guddorf, bittere Schuldzuweisungen, zornige Tiraden über den schlechten Einfluss, den Paul auf sie ausgeübt hat. Wissen die Eltern denn nicht, dass die Briefe gelesen werden? Wissen sie nicht, wie sehr sie Paul schaden, wenn sie ihm alle Schuld in die Schuhe schieben? Eva-Maria hat sofort zurückgeschrieben.

Sie hat erklärt, dass Paul an allem ganz unschuldig ist. Sie hat von den Eltern christliche Haltung, christliches Vergeben gefordert, Wahrhaftigkeit: Paul hat Eva-Maria Buch nicht verführt. Was Eva-Maria getan hat, hat sie freiwillig getan.

Und warum ist dieser Brief nie bei den Eltern angekommen? Wo ist er gelandet?

Eva-Maria hat nach diesem Brief lange nichts von den Eltern gehört. Das hat sie unsagbar gequält. Sie hat den Eltern geschrieben, dass sie außer sich sei vor Sorge, die Eltern könnten zornig auf sie sein. Sie hat geschrieben, dass sie Pauls Unschuld in einem langen Brief erklärt hat. Die Eltern haben zurückgeschrieben, einen solchen Brief hätten sie nie erhalten.

Sie haben geschrieben, Eva-Maria solle gefälligst nicht lügen und behaupten, sie selbst hätte freiwillig gegen Gesetze verstoßen. Aber warum unterstellen sie Paul weiterhin alle Schuld? Warum lenken sie nicht ein, so kurz vor Verhängung der äußersten Strafe? Warum sind sie nicht gütig?

Ach, wenn man nur einen Tag Urlaub aus dem Gefängnis nehmen könnte, um die Dinge draußen zu klären. Wenn man sich nur einmal zusammensetzen könnte, einen Tag lang Urlaub von der Verständnislosigkeit, der Kälte, den Missverständnissen nehmen könnte, einen Tag, um zu heilen, zu lieben, in Ruhe und Liebe alle Wunden aus der Welt zu schaffen.

Adam und Greta Kuckhoff sind zum Tode verurteilt, ebenso Wilhelm Paul Guddorf und Eva-Maria Buch. Eva-Maria ist nun ein Subjekt, verschlagen wie eine Katholikin, staatsfeindlich wie eine Kommunistin: Das hat Roeder gesagt. Als im Grunde schon alles vorbei war, hat er sich noch einmal zu ihr gewandt.

»Fräulein Buch. Noch etwas. Sie haben sich doch im Grunde nur verleiten lassen, von Ihrem älteren Freund.«

»Nein«, hat sie gesagt. »So war es nicht.«

Paul hat gestöhnt. Roeder hat genickt. »Dennoch. Sie haben ja jetzt erst von all den Ungeheuerlichkeiten erfahren, die Ihre Freunde begangen haben. Wenn Sie davon gewusst hätten, wenn Sie in ganzer Tragweite davon gewusst hätten, hätten Sie sie dann angezeigt?«

Eva-Maria hat sich aufgerichtet. »Niemals. Dann wäre ich ja wirklich so niederträchtig, wie Sie mich hier hinstellen wollen.«

Adam Kuckhoff hat Greta noch ein Gedicht überreicht, bevor sie sich voneinander getrennt haben. Er hat nie zuvor für sie ein Gedicht geschrieben, in all den Jahren ihrer Liebe nicht. Greta denkt an die Winter in Friedrichshagen. Sie denkt an das Feuer im Ofen, an Gelächter in der Wärme. Sie denkt an die Winterwanderungen durch die Wälder, an die kleinen Uferrestaurants entlang der Scharfen Lanke, die im Winter geschlossen waren, aber wenn man klopfte, bekam man dennoch ein Butterbrot und ein Bier, auf wintersonnenwarmen Veranden, wo die frischgewaschenen Tischtücher des Sommers zum Stärken bereitlagen. Immer war Adam ein Schenkender. Er hielt ihr seine Fundsachen hin: eine Kahntour, einen Wanderzirkus, und nun eben dies erste und letzte Gedicht.

*Denkst du an das Blut in deinen Lungen?*
*Sprichst du von der Luft, die dich umgibt?*
*Nein, ich hab dich nicht besungen.*
*Nur geliebt.*

Im nächsten Prozess werden Walter Küchenmeister und Philipp Schaeffer zum Tode verurteilt. Philipp Schaeffer lächelt. Ilse Schaeffer hat nur drei Jahre bekommen.

»Drei Jahre, Kiz. So lange hält das Reich nicht mehr.«

Er kann jetzt sagen, was er will. Aber das hat er immer getan. Er hat immer genau das getan, was er tun wollte. »Philipp.« Sie kann ihm nichts übelnehmen, sie kann nicht.

»Ja, liebes Kiz. Nun sage mir noch einmal auf Wiedersehen. Weine nicht, Kiz, es war schön, aber man muss ohne Gier aufhören können. Du kennst deinen alten Buddha.«

Den Männern werden Handschellen angelegt, allen außer Philipp. Er humpelt auf seinen Krücken davon.

Elfriede Paul ist zu sechs Jahren Zuchthaus verurteilt. Walter Küchenmeister stirbt für seinen Glauben: Er hat keine Klebezettel verteilt, keine Flugblätter, er hat niemals einen Funkspruch abgesetzt. Er ist nur der geblieben, der er vor 1933 war: der Sohn eines Schuhmachers, von Beruf Eisendreher, dann Inseratenwerber, 1921 in die KPD eingetreten und 1926 wieder ausgeschlossen, arbeitsloser Vater von drei Söhnen und Elfriedes Geliebter. Er hatte kein Geld, aber er hat für die Familien Inhaftierter Spenden gesammelt. Und noch in der Spandauer Abteilung 9 hat Guddorf gegen ihn Front gemacht. Noch im Gefängnis hat Guddorf darauf beharrt, einem Mann, der vor siebzehn Jahren aus der KPD ausgeschlossen worden war, sei als Mensch niemals zu trauen. Und nun wird Guddorf gemeinsam mit Küchenmeister am 15. Februar von Spandau nach Plötzensee verlegt, und dort werden sie beide als Kommunisten sterben, am 13. Mai, im Abstand von wenigen Minuten.

*16. Februar 1943*

Willi Kranz geht durch sein Warenlager: das Lebensmittellager der Kantinen für die Gefängnisse Moabit, Tegel und Plötzensee. Das Kind ist dabei: die kleine Rita Cohn. Sie ist acht. Sie hat mit ihrer Mutter bei den Poelchaus gewohnt, aber dort herrscht ein ständiges Kommen und Gehen. Nun hat der Gefängnispfarrer der Mutter unter falschem Namen Arbeit verschafft und das Kind zu Willi Kranz gebracht. Willis Haushälterin war zuerst im Zweifel. Ein jüdisches Kind aufnehmen? Aber sie hat ihre Angst überwunden. Das Haus in der Klosterstraße 94 ist sehr geeignet, um jemanden darin zu verstecken. Es ist geräumig, ein wenig düster, weitläufig, verwinkelt. Willi Kranz stöbert in seinen Vorräten.

»Was suchst du denn?«, fragt das Kind.

»Etwas für eine Gefangene.«

Sein Blick fällt auf ein Kistchen Orangen. Er hat sie unter großen Mühen ergattert, gestern erst. Er nimmt eine Orange in die Hand, riecht daran. Der Duft ist bittersüß, von einer warmen Frische. So muss ein südlicher Morgen duften.

»Für dich.«

»Oh.« Auch das Kind riecht. Es verkleinert die Augen, das Mädchen, das nie unter einem Sommerhimmel, nie auf einer verschneiten Wiese gespielt haben wird. »Wie gut das riecht. Zu gut zum Essen.«

»Iss du die man ruhig.«

Er nimmt noch eine.

»Für die Gefangene?«

»Ja.«

»Hier, für Sie. Zum Abschied. Wir haben immer so nett miteinander geplaudert.«

Die Wachtmeisterin hat Tränen in den Augen. »Aber Frau Dr. Harnack. Ihre Goethe-Gedichte! Sie haben doch immer darin gelesen.«

»Ja. Denken Sie an mich, wenn Sie das Büchlein aufschlagen. Ich habe auch eine Widmung hineingeschrieben.«

*Von der Frau in der Zelle, wo der schöne Baum vorm*
*Fenster stand*

Mildred Harnack-Fish wird heute nach Plötzensee verlegt.

# 14

*25. Februar 1943,*
*Berlin*

Dietrich Bonhoeffer hat Falk Harnack hinauf in sein Zimmer gebeten, im Haus seiner Eltern in der Marienburger Allee.

»Darf ich Ihnen den Mantel abnehmen?«

»Nein, danke. Ich behalte ihn lieber noch an.«

Falks Zähne klappern. Er hat fast eine Stunde vor der Gedächtniskirche gestanden.

»Aber der Student, auf den ich gewartet habe, ist nicht gekommen.«

Dietrich empfindet eine gewisse Erleichterung. Falk hat ihn vor einer Weile ersucht, die Bekanntschaft eines angehenden jungen Arztes zu machen, Kopf einer Gruppe von Studenten, die sich seit einer Weile bemühen, die Öffentlichkeit aufzurütteln, sie mit Flugblättern über die Judenmorde und das Geschehen im Osten aufzuklären und jedem Einzelnen seine Verantwortung als Mitglied der christlichen und abendländischen Kultur ins Bewusstsein zu rufen.

Sie nennen sich die Weiße Rose, hat Falk gesagt. Sie wollen illegale Zellen in allen deutschen Städten gründen und einen Volksaufstand provozieren. Deshalb sucht Hans – nennen wir ihn Hans – nun Kontakt zu Pfarrern der Bekennenden Kirche. Hier, ich habe zwei Flugblätter dabei.

*Unser heutiger »Staat« ist die Diktatur des Bösen. Ist Euer Geist schon so sehr der Vergewaltigung unterlegen, dass Ihr vergesst, dass es nicht nur Euer Recht, sondern Eure sittliche Pflicht ist, dieses System zu beseitigen?*

*Aufruf an alle Deutsche!*

*Wollt Ihr und Eure Kinder dasselbe Schicksal erleiden, das den Juden widerfahren ist? Wollt Ihr mit dem gleichen Maße gemessen werden wie Eure Verführer? Sollen wir auf ewig das von aller Welt gehasste und ausgestoßene Volk sein? Nein! Darum trennt Euch von dem nationalsozialistischen Untermenschentum! Beweist durch die Tat, dass Ihr anders denkt –*

Ehrenwert, kein Zweifel, hochherzig, mutig. Aber ein jedes Ding hat seine Zeit, und Flugblattaktionen heute sind so gut gemeint, wie sie unsinnig sind. Die Verblendung der Volksgenossen kann nicht durch Belehrung kuriert werden, sondern nur durch die Befreiung von den Mächten, die sie blenden. Wäre Falk heute mit seinem Gast hier erschienen, hätte Dietrich sie beide wieder hinauskomplimentiert, schon im Interesse ihrer eigenen Sicherheit: Die Warnungen reißen nicht mehr ab. Man ist Hans von Dohnanyi auf der Spur, also auch Dietrich Bonhoeffer.

»Ich verstehe es nicht«, sagt Falk. »Wir waren um sieben verabredet, Hans und ich. Er hat es so dringlich gemacht.«

Aber Hans Scholl ist am Vortag dieses 25. Februars auf dem Friedhof am Perlacher Forst beigesetzt worden, zusammen mit seiner Schwester Sophie.

*6. März 1943,*
*Berlin / Smolensk*

Dietrich Bonhoeffer und Hans von Dohnanyi stehen im Garten von Dohnanyis Haus in Sacrow, trotz der Dunkelheit und der anhaltenden Kälte.

Hans fürchtet, dass das Haus abgehört wird. Die Zeit drängt. Der Raum schwindet. Der Befreiungsschlag muss jetzt erfolgen. Morgen früh also wird Dietrichs Freund Eberhard Bethge Hans von Dohnanyi im Auto von Hans' Schwiegervater nach Königsberg fahren. Dort wird Hans mit der von der Abwehr-Abteilung II beschafften Munitionskiste im Gepäck das Flugzeug von Abwehrchef Canaris besteigen, nach Smolensk fliegen und Henning von Tresckow den Sprengstoff übergeben. Auch Hitler wird sich in Smolensk aufhalten. Tresckow wird den Sprengstoff in das Flugzeug des Führers schmuggeln, und nach dem Start wird die Bombe die Maschine zerreißen.

Dann sind die Eisenfesseln gesprengt, dann zerkrümelt der Bau dieses schwarzen Reichs, ein Frühling wird kommen, wie noch keiner war, mit Blütenfülle und Freuden- und Friedensfeiern in allen Kirchen und einer großen Verbrüderung der Völker, denn alle, die jetzt noch leben, werden den Krieg und Hitler überlebt haben. Alle Bonhoeffers, Dohnanyis, Delbrücks und Harnacks, die Frauen im Gefängnis Alexanderplatz und die Männer in Spandau, Oda Schottmüller, Liane Berkowitz, Hilde Coppi, Eva-Maria Buch, Mimi Terwiel, Erika von Brockdorff, Cato Bontjes van Beek, Rose Schlösinger, Millionen anonymer Menschen –

An diesem Tag wird Falk Harnack bei seiner Einheit in Chemnitz verhaftet.

»Was wirft man mir vor?«

Zugehörigkeit zur Weißen Rose.

Und das Attentat ist misslungen. Hitler lebt.

*5. April 1943*

»Mutter?«

Paula Bonhoeffer sieht auf. Dietrich steht in der Tür des Wohnzimmers in der Marienburger Allee 43.

»Es ist etwas geschehen. Ich habe gerade bei Dohnanyis in Sacrow angerufen. Eine Männerstimme hat sich gemeldet, ohne Nennung eines Namens. An Hans' Apparat im Amt war es dasselbe. Die Sache ist klar. Sie sind verhaftet. Sei bitte so gut und lass mir etwas zu essen kommen. Ich gehe nach oben und packe ein paar Sachen zusammen.«

Sie kommen am späten Nachmittag. Das Mädchen öffnet. Im Flur Männerstimmen. Dietrich Bonhoeffer strafft sich. Es ist so weit.

*21. April 1943,*
*München*

Falk Harnack und Lilo Ramdohr sitzen einander gegenüber am Tisch, in einem kleinen Restaurant. Vor langer, langer Zeit, damals, als Mildred Harnack in Deutschland ankam, haben Lilo und Falk dasselbe Internat in Weimar besucht.

Durch Lilo hat Falk Hans Scholls wichtigsten Mitverschwörer kennengelernt, Lilos engen Freund Alexander Schmorell. Am 19. April haben Falk Harnack und Alexander Schmorell zusammen vor Roland Freisler gestanden. Alexander ist zum Tod verurteilt worden. Falk wurde freigesprochen.

»Und ich habe Alexanders Schritte gehört«, sagt Lilo. Sie ist vom 2. März bis Anfang April in Haft gewesen. »Alexanders Zelle lag über meiner. Ein Kalfaktor hat es mir bestätigt.«

Falk Harnack war in Lilo Ramdohr verliebt. Er wollte sie heiraten, aber sie hat seinen Antrag abgelehnt. Er fragt sie nicht noch einmal. Wozu? Alexander Schmorell ist tot, Hans Scholl ist tot, Arvid Harnack ist tot. Falk Harnack lebt. Er ist freigesprochen worden. Er ist unerheblich. Sie sprechen nicht über ihn. Sie sprechen über Alexander Schmorell. Den ganzen Abend nur über Alexander Schmorell.

# 15

*April 1943,*
*Frauengefängnis Barnimstraße*

*Das am 20. Januar durch den Zweiten Senat des Reichskriegsgerichts ergangene Urteil gegen Hilde Coppi, geborene Rake, ist durch den Gerichtsherrn bestätigt und damit rechtskräftig geworden. Anliegende Mitteilung ist der Gefangenen gegen die abzutrennende Empfangsbescheinigung auszuhändigen,*
*gez. Frau Dr. Pfahl, Regierungsrätin*
*Es ist Hilde Coppi von Kommissar Habecker gestattet worden, die Briefe ihres Ehemannes sowie ihren Trauring ihrer Mutter zu übergeben.*

Hilde Coppi geht mit ihrem Kind im Hof des Frauengefängnisses Barnimstraße spazieren. Der Baum im Hof ist noch immer kahl. Das ist gut. Die Zeit muss langsam vergehen, langsam. Hilde spricht mit ihrem Kind, sie erzählt ihm von der Welt. Sie trägt es auf dem Arm, sie atmet seinen Mandelgeruch, sie legt den kleinen Hans Coppi an die Brust und gibt ihm zu trinken. Früher, in gewissen angstvollen Momenten, hat sie sich manchmal ihre Hinrichtung vorgestellt. Sie hat gedacht, man würde sie alle in einer Reihe aufstellen, die

Freunde, die Ehepaare und die Liebenden, und dann würden sie alle zusammen erschossen. Aber sie sterben jeder allein. Der große Hans ist fort, und Hilde darf leben, solange sie den kleinen Hans weiter nähren kann. Zum Glück bekommt sie Extrarationen. Hildes und Hans' Mutter versorgen Hilde, und Hilde versorgt das Hänschen. Sie hat ihm sein Leben gegeben, und nun ist es sein Leben, das das ihre erhält.

»Und was, wenn ich keine Milch mehr habe?«

Aber Liane Berkowitz weiß genau, was dann geschieht. Ihre Stimme schrillt durch die Station. »Was, wenn ich keine Milch mehr habe?«

Hilde Coppi tut Dienst auf der Wöchnerinnenstation, wo am 12. April 1943 Irina Berkowitz geboren worden ist. Das Kind ist winzig. Es ist zornig, verzweifelt, mit einem kleinen roten Gesichtchen, das schreit. Es wird von Liane nicht satt. Von Anfang an musste es zwei Flaschen bekommen. Die Flaschen enthalten eine Mischung aus Reisschleim und Traubenzucker. Liane wimmert in Hildes Arm. Hilde wiegt Liane wie eine Tochter. In Freiheit sind sie einander niemals begegnet, oder vielleicht einmal, bei der Ausgabe der Klebezettel? Sie erinnern sich nicht daran. Sie erwähnen es nie.

In der Nacht schüttelt Liane das Grauen. Sie umklammert die kleine Ikone ihrer Mutter, sie fürchtet, vor Angst verrückt zu werden. Remus ist um ihretwillen ganz verzweifelt. Liane kann ihm aber nichts Beruhigendes schreiben. Sie will nicht sterben. Sie ist bereit, im Gefängnis zu bleiben, ihr ganzes Leben, aber sie will nicht sterben,

*Meine Mamotschka!*

Sie umklammert die kleine Ikone. Es wird besser. Es ist schon besser. Gleich wird es besser.

*Ich will nicht sterben!*

Und das Hänschen wird älter. Es gurrt, es brabbelt, es hebt die Händchen. Der kleine Hans ist kein Unglückswurm. So viele Kinder verlieren in diesen Tagen die Eltern. So viele Kinder wachsen bei den Großeltern auf. So viele Kinder sterben in den Lagern. Der kleine Hans ist ein Hänschen im Glück: Es wird sich seines Vaters nicht schämen müssen. Es wird von seinen Großmüttern geliebt. Hilde liegt nachts wach. Sie hat das Kind zu sich geholt, in ihr Bett. Hilde liegt im Dunkeln, mit weit aufgerissenen Augen. Sie atmet. Sie atmet tief, ein, aus, ein, aus, sie atmet. Sie wird sich nicht aufregen. Das Kind liegt in ihrem Arm. Hilde sagt sich, dass alles einen Sinn hat. Sie kann sich nicht vorstellen, dass die Welt einsam durch die Weiten des Alls treibt, sinn- und nutzlos, die Menschen darauf Ameisen, die unter den schweren Schritten der Zeit zerquetscht werden, ohne dass ihre Existenz je von Bedeutung gewesen wäre. Man darf nicht so denken. Es erscheint ihr wie eine Version des Hitlerismus, so zu denken. Ihr Herz rast.

*Mai 1943*

»Fertigmachen. Sie werden verlegt.«

Oda Schottmüller fährt auf. »Wo komme ich hin?«

»Barnimstraße.«

Oda tritt vor die Zelle und sieht die anderen: Erika von Brockdorff steht da, Cato Bontjes van Beek, Rose Schlösinger. Die Todeskandidatinnen. Bisher sind die Frauen der Roten Kapelle gemeinsam marschiert. Nun trennen sich die Wege der Lebenden und der Toten. Oda verliert das Bewusstsein.

Das Frauengefängnis Barnimstraße ist für 415 Häftlinge ausgelegt. In diesem Mai 1943 befinden sich 1507 Insassinnen hier. Der riesige Komplex ist durchwabert von einem schweren, dicken Geruch nach Fäkalien, Lysol, Kohlgerüchen. Von irgendwo dünn das Geschrei von Säuglingen. Man schiebt sie in eine winzige Zelle, wo sie warten sollen, bis Plätze für sie gefunden sind. Die Tür schließt sich. Es ist, als ob das Licht erlischt: das Licht der Welt, nicht nur das in der Zelle.

Sie werden in Paaren herausgeholt. Sie werden zum Duschen geführt. Sie entkleiden sich unter den Augen der Aufsicht, die mit verschränkten Armen an der Wand steht. Die Gefangenen sind mager. Sie haben stumpfgraue Häftlingshaut, Schuppen, Pusteln. Man händigt ihnen graue Kittel aus, Holzpantinen. Es geht die Eisentreppe hinauf, den Gang mit dem Eisengeländer entlang, in dem die Stimmen tot klingen, ohne Nachhall.

»Da rein.«

Die Zelle.

Seit die Zahnschmerzen am Ostersonntag den Höhepunkt erreichten, ist Eri Brockdorff bereit zu sterben. Es hat ja alles gar keinen Sinn. Das Leben hält nichts bereit als Zorn, Schmerz und Schrecken. Und hätte ihr Tod einen Sinn? Die Frage ist kindisch. Erwartet Erika, dass Gevatter Tod der Gräfin von Brockdorff eine Sonderrolle zuweist, inmitten des Sterbens ringsum? Man stirbt, fertig. Erika muss sich vom Gedanken befreien, ihr einzelnes kleines Schicksal hätte von Bedeutung zu sein in einer Zeit, in der überall gestorben wird. Aber wenn das Leben des Einzelnen keine Bedeutung hat, wofür stirbt sie dann? Wenn es egal ist, wie viele sterben, wofür haben sie dann gelebt, wofür gekämpft, wofür sich gequält?

Das Leben jedes Einzelnen zählt: nur das Leben Erika Brockdorffs nicht. Denn wie ertrüge sie sonst ihren Tod? 1953 wäre sie entlassen worden, wenn der Führer das Urteil nicht annulliert hätte. 1953 wird sie zehn Jahre tot sein. Alles in Erika empört sich dagegen, gegen die philosophische Gelassenheit, die geistreiche, blödsinnige Art, mit der manche ihrer Mitgefangenen das Jenseits und die Ewigkeit und ihr Schicksal betrachten. Erika Brockdorff brennt vor Zorn auf den selbstmörderisch fahrlässigen Harro Schulze-Boysen, auf die eigensüchtige, selbstverliebte blöde Kuh Libs.

Am Donnerstag, den 13. Mai ertönt der Befehl.

»Fertigmachen zum Verlegen.«

»Bitte, wo komme ich hin?«

Plötzensee.

Am selben Tag sitzt Harald Poelchau wieder einmal mit Mimi Terwiels Eltern in seinem kleinen Dienstzimmer im Gefängnis Tegel. Herr Dr. Terwiel ist hoher Jurist, seine Frau ist Jüdin. Poelchau hat versprochen, sich um eine arische Geburtsurkunde für Frau Terwiels Mutter zu kümmern, womit Mimi nicht mehr Mischling ersten, sondern nur noch zweiten Grades und damit einer Arierin gleichgestellt wäre.

»Verraten Sie es ihr aber bitte noch nicht«, sagt Frau Terwiel. »Damit sie sich nur nicht falschen Hoffnungen hingibt.«

Die arme Frau hat Tränen in den Augen. Sie sollte die Urkunde für ihr eigenes Wohl wünschen, ihr aber geht es nur um die Tochter. Was soll Harald Poelchau sagen? Dass Mimi verloren ist, dass sie sterben wird, genau wie die Arierinnen der Gruppe? Mimi ist vor zehn Tagen ins Lazarett des Frauengefängnisses Alt-Moabit verlegt worden, weil ihr Finger zu eitern begonnen hat. Die Haut unter dem Nagel ist angeschwollen, Eiter läuft aus den Nagelecken, nun geht es darum, ein Übergreifen der Entzündung auf die Sehnenscheiden und die Knochen zu verhindern. Die Schmerzen sind beinahe unerträglich. Harald Poelchau sieht auf die Uhr. Er muss das Gespräch mit den Terwiels beenden. Er wird Mimi noch heute besuchen, aber vorher muss er nach Plötzensee fahren. Helmut Himpel sitzt dort seit Anfang Februar ein, Mimis Verlobter, ein kluger und guter Mann voll Herzenswärme. Ja, dies sind Menschen mit einem weiten Gesichtskreis. Und heute wird Helmut Himpel in Plötzensee hingerichtet, zusammen mit Walter Küchenmeister, Paul Guddorf, Heinz Strelow, Friedrich Rehmer, Fritz Thiel, Walter Husemann, Philipp Schaeffer und John Rittmeister. Rittmeisters Chef, ein Vetter Görings, hat ihn bereits offiziell aus den Reihen seiner Mitarbeiter ausgestoßen.

So sind diese Leute. Seelen wie Hyänen.

Harald Poelchau erhebt sich. Er reicht den Terwiels die Hand. Er tritt auf die Straße. Er schwingt sich auf sein Fahrrad. Es ist ein wunderbarer Maitag, leuchtend und neu wie frisch geschlüpft. Harald Poelchau radelt die Seidelstraße hinunter, vorbei an der Kleingartenkolonie Zum Waldessaum, in der das Häuschen der Coppis liegt. Dann radelt er ein Stück die Afrikanische Straße entlang, wo er mit seiner Familie wohnt. Er ist auf dem Weg nach Plötzensee. Zwischen 19 und 19.33 Uhr werden dort zwölf Männer durch das Fallbeil sterben. Um 19.36 Uhr stirbt als dreizehntes Opfer Erika Gräfin von Brockdorff.

Am selben Tag schreibt Liane an ihre Mutter,

*Weißt Du noch, was Remus und ich immer für schöne Ausflüge gemacht haben? Ihn muss die Haft noch mehr quälen als mich, er hasst es so, eingesperrt zu sein. Wie*

*glücklich waren wir doch vor einem Jahr, als er aus dem Osten ins Feldlazarett Britz zurückverlegt wurde, und wir konnten einander sehen.*
*Wie hatte ich mir das Leben gedacht!*

Auch die Gefängnisvorsteherin in der Barnimstraße, Frau Dr. Pfahl, schreibt einen Brief.
*Hilde Coppis Aufgabe ist es, unter Aufsicht auf der Wochenstation Dienst zu tun. Sie stillt ihr Kind, versorgt die Wöchnerinnen mit großer Umsicht und nimmt sich der Neugeborenen und der anderen kleinen Kinder mit viel Liebe an. Sie ist selbstlos, sehr tapfer und trägt ihre schwere Strafe, ohne zu klagen. Ihre Straftat ist hier nicht bekannt. Wir befürworten das Gnadengesuch.*

Auch Oda hat nun noch ein Gnadengesuch gestellt. Sie hat es anfangs für sinnlos gehalten: Sie war ja schon aus der Welt getreten. Sie ist aber zurückgekehrt. Es ist Sommer. Oda geht im Hof der Barnimstraße spazieren. Pfarrer Ohm kommt jede Woche zu ihr, und danach ruft er ihre Mutter an, um sie wissen zu lassen, wie es Oda geht. Oda hat nun eine Mutter. Das ist ihr im Leben noch nicht passiert. Sie erhält Päckchen mit Seife und Wäsche, Päckchen mit Essen. Sie schreibt der Mutter, wann immer sie kann.
*Mein lieber Teo*
*Mein lieber Mutti*
*Sei innig umarmt und geküsst, mein Liebes,*
*von Deinem Odd*
Und dann darf Dorothea Schottmüller ihre Tochter besuchen. Sie halten einander an den Händen, sie sagen einander Auf Wiedersehen. Am Abend steht Oda auf dem Stuhl in ihrer Zelle und sieht aus dem Fenster. Der Himmel leuch-

tet in Gelbgrün, Türkis, einem Blau, das sich zum Zenit hin vertieft. Zwei Sterne flirren mitten darin: zwei ferne Sterne, die nichts miteinander zu tun haben, die nicht zu demselben Sternbild gehören. Aber von hier unten zieht Odas Blick sie zusammen zu einem gemeinsamen Bild. Der Himmel verliert seine wässrige Transparenz. Er entfernt sich und wird dabei klarer, eine dunkle Glocke mit mehr und mehr Sternen darin. Kleiner Bär und großer Bär tanzen zusammen durch das Nichts, das sanft ist wie Samt.

Eva-Maria Buch hat die Eltern gesehen, schon zum zweiten Mal. Und warum nur hat sie wieder die kostbaren Minuten des Wiedersehens so töricht verschwendet? Sie hat die Eltern bitten wollen, ihr ihren Tod zu verzeihen, ihr nicht böse zu sein, dass sie stirbt. Die Eltern sind von Eva-Maria enttäuscht. Eva-Maria spürt ihre Liebe und ihr Unverständnis.

*Warum hast du das getan? Warum hast du uns das angetan? Was hast du denn erreicht? Was du getan hast, war ganz überflüssig und sinnlos.*

Sie sagen das nicht. Aber Eva-Maria weiß, dass sie diese Sätze denken, dass sie von diesen Fragen verfolgt werden. Es ist ja normal. Eltern beurteilen ihr Kind danach, ob es seiner Kindespflicht nachgekommen ist.

Liane Berkowitz hat keine Milch mehr. Sie bekommt einfach selbst zu wenig zu essen. Die Pakete der Mutter erreichen sie nicht, oder man händigt sie ihr erst aus, wenn immer schon alles verdorben ist. Liane hat die Mutter gebeten, ihr nichts mehr zu schicken. Die arme liebe Mamotschka hungert für nichts und wieder nichts, sie spart sich alles vom Mund ab. Liane hält ihre Tochter im Arm. Sie hat keine Milch. Sie hat keine Hoffnung. Und Irka ist blau im Gesicht. Sie ist kalt, ihre Augen sind glasig, Liane schreit. Sie schreit. Sie schreit. Alles kommt gerannt: die Ärztin, die Hausmutter, Hilde Coppi. Liane hält ihre Tochter und schreit. In ihr ist eine leise klare Stimme.

*Nimm nicht sie, sondern mich! Nicht sie, sondern mich!* Der Präsident des Reichskriegsgerichts Admiral Bastian und der Senatspräsident Neuroth haben für eine Reihe von Frauen eine Umwandlung der Todes- in eine Zuchthausstrafe befürwortet. Göring hat sich dem Antrag angeschlossen. Am 21. Juli hat Hitler persönlich alle Gnadenerweise abgelehnt. Er hat die Hinrichtungen angeordnet. Es ist dieser 21. Juli, an dem Lianes Mutter ihre Enkelin abholt. Liane zieht ihrem Kind das rosa Jäckchen an, das die Mutter gestrickt hat. Sie setzt ihr das rosa Mützchen auf, sie bindet das Bändchen unter dem Kinn. Sie hält ihr Kind. Dann lässt sie sich die kleine Irka aus dem Arm nehmen. Die Mutter geht mit dem Kind davon.

Und immerhin ist Irka im Bunker sicher.

Das sagt sich Liane in der Nacht, während die Bomben heulen, die Kinder brüllen, die Frauen kreischen und schreien und ihre Schemel gegen die Zellentüren werfen. Es hat eben doch alles seine Richtigkeit und seine Ordnung: Denn natürlich ist es entscheidend, dass das Kind in Sicherheit ist. Das ist das Wichtige, auch wenn Liane selbst Tag und Nacht nach ihrer kleinen Tochter weint, Tag und Nacht an sie denkt und niemals mehr schlafen kann, weil sie im Schlaf mit ihrem Kind flieht und dann sofort erwacht.

Oda ist nicht fertig geworden. Die Dinge, die sie geschaffen hat, summieren sich nicht zu einem Werk. Und wird das Wenige bestehen? Werden ihre Statuen überdauern, wird man sich an ihre Tänze erinnern? Aber vielleicht ist das gar nicht nötig. Vielleicht genügt es, dass etwas existiert hat, vielleicht gibt es ein unauftrennbares Gewebe der Zeit, vielleicht ist die Wirklichkeit wirklicher als die Wahrnehmung des Betrachters und benötigt ihn nicht. Nur hätte sie keine jungen Leute darstellen sollen, sondern die Alten. Denn wer von den Jungen überlebt heute noch? Die Mörder.

Berlin wird evakuiert. Wer keine kriegswichtige Arbeit leistet, ist per Handzettel aufgefordert worden, sich in Sicherheit zu bringen, bevor der große Angriff kommt und es Berlin wie Hamburg ergeht, wo die Toten der letzten Tage in Zehntausenden gerechnet werden. Ab jetzt stirbt keiner mehr seinen eigenen Tod. Ab jetzt werden nicht mehr Menschen umgebracht oder Gebäude zerstört: Von nun an wird der Raum vernichtet, in dem Leben möglich ist. Die Luft geht in Flammen auf, der Boden schmilzt, sodass keine Mücke, kein Wurm, kein Blatt überlebt. Wer kann, bringt seine Kinder aufs Land. Wer kann, versucht seinen Plunder zu retten: Die Ausfallstraßen sind mit Fahrzeugen und Handkarren verstopft, die Busse und Züge sind vollgepackt mit Kisten und Koffern, Teppichen und Lampen, Gemälden und Tafelsilber.

Das Hänschen ist acht Monate alt. Es ist gesund, wohlgenährt, lebhaft. Hilde Coppis Mutter hat es abgeholt. Hilde muss nun nur noch diese eine Nacht durchschreiten. Am nächsten Morgen umarmt sie die weinende Hausmutter, dann tritt sie auf den Gang. Die Tür der Zelle, in der sie mit ihrem Kind gelebt hat, schließt sich hinter ihr. Am 3. August bringt man sie nach Plötzensee.

*Familienname: Coppi geb. Rake*
*Familienstand: verwitwet*
*Name des Ehemannes: Hans Coppi*

*Name der Kinder: Hans Coppi*
*Welche Schule haben Sie besucht? Aus welcher Klasse sind Sie ausgeschieden? Lehrzeit, Stand, Beruf, Religionsbekenntnis. Beziehen Sie Militärrente, Invalidenrente, Unfallrente? Haben Sie Vermögen?*

Man hat ihr einen Fragebogen vorgelegt. Einmal mehr muss sie einen Fragebogen ausfüllen. Wie ordentlich sie sind. Wie gründlich. Wie sie nichts dem Zufall überlassen, wie sie alles fein säuberlich festhalten.

*Letzter Aufenthalt und Wohnung? Name, Stand und Wohnung der Eltern? Der Geschwister? Wie oft sind Sie vorbestraft? Weshalb sind Sie jetzt bestraft?*

Hilde schreibt.

*Vorbereitung zum Hoch- und Landesverrat.*
*Gestehen Sie die Ihnen zur Last gelegte Tat ein? Unter welchen Umständen und aus welcher Veranlassung haben Sie sie begangen?*

Dazu sagt sie nichts mehr. Dies muss sie nicht ausfüllen, sie hat es nicht nötig: Ihre Schwäche verschafft ihr einen Spielraum, über den Stärkere nicht verfügen. Die Niedrigkeit ihrer Position gestattet ihr eine Würde, die den Höhergestellten versagt bleibt.

*Waren Sie schon in Irrenanstalten?*
*Was gedenken Sie nach der Entlassung zu tun?*
*Wollen Sie Ihren früheren Beruf wieder ergreifen?*
*Kennen Sie eine Person, die Ihnen nach der Entlassung hilfreich zur Seite stehen wird?*

Strich. Strich. Strich. Laute Rufe aus einer vergangenen Welt, die schon zurückbleibt, die hinter ihr liegt, während sie in ihrem Boot hinausfährt, spurenlos auf dem Wasser, dem fremden Horizont entgegen. Noch ein Formular wird ihr gereicht.

»Stellen Sie hier bitte Ihre Habe zusammen.«

*2 Hemden*
*1 Paar Strümpfe*
*2 Taschentücher*
*1 Paar Schuhe*
*1 Brille*
*1 Seife*
*1 Brief*

Ist das ihre Habe? Was gehört einem Menschen? Die kleinen und geliehenen Dinge, immer wieder aufs Neue geordnet, bis der Befehl zum Aufbruch ertönt und alles zurückbleibt: Haus und Hof, Mantel und Hemd, Geliebtes, Gehasstes und der eigene Körper, der ihr nun, wo man ihr das Kind genommen hat, schwer und lästig ist.

*3. August 1943,*
*Berlin*

Oda schreibt an ihre Mutter.

*Nun haben wir uns nicht mehr sehen können und ich muss auf diese Weise Lebewohl sagen. Ich habe nie alt werden wollen. Sei tapfer, denk dran, dass du wieder eine gute Zeit erleben wirst. Es bleibt sehr viel – vielleicht das Wichtigste – unausgesprochen zwischen uns –*

Sie hält inne. Dann schreibt sie weiter,

*Es ist besser so.*

Beim Hinschreiben dieser Worte ist ihr sehr elend. Jetzt, noch einmal, geht ihr der Jammer auf: der Tod des Vaters, die lebenslange Sehnsucht nach der Mutter. Aber ist das noch von Interesse?

Was ist von Interesse?

Nur die Tränen darüber, dass es so war. Dass dies das Leben war. Es hätte auch anders sein können, aber auch dann hätte es sicher Tränen verdient, diese selben Tränen, vergossen für das, was nicht zu ändern ist und was sie nun gehen lassen muss.

Eva-Maria Buch schreibt ihren Abschiedsbrief.

*Es ist alles gut so, wie es ist. Es war ein so unseliger Zwiespalt in mir, nun ist alles Ruhe und Freude. Eure Treue hat mich tief gerührt. So vieles hätte ich gern wiedergutgemacht. Aber gelt, wir gehören zusammen, ich in Eure Mitte. So lieb habe ich Euch. Wartet ab in Geduld, bis auch Ihr gerufen werdet.*

*Nun gehe ich den Weg, den ich mir gewünscht hätte, mit meinem großen Hans gemeinsam zu gehen. Aber ich hatte ja erst noch eine Aufgabe zu erfüllen.*

Auch Hilde Coppi schreibt.

*Seid glücklich mit dem kleinen Hans, der einer großen und glücklichen Liebe entsprossen ist. Wir haben uns auch heute noch sehr lieb, und diese Liebe überlassen wir euch.*

Die Unterschiede zwischen Tod und Leben verschwinden in der Freude: zu sein. Es ist Cato, als sei sie ungeteilt in allem aufgegangen, im Himmel, den Wolken, der Luft von draußen, alles ist damit einverstanden, dass es existiert. Alles bejaht sich und weiß sich bejaht, feiert sich selbst in seiner üppigen Vergänglichkeit, von der Cato ein Teil ist. Pastor Ohm ist bei ihr. Er hat mit ihr gebetet.

»Und jetzt ist es wohl Zeit. Nebenan werden sie ja schon

abgeholt. Ich will jetzt auch vorwärts. Dies ist ja kein Ende, das weiß ich. Wir brauchen uns nicht wie Diebe aus der Welt zu schleichen.«

*Verzeih mir meinen Tod. Kröne Dein Werk als Mutter und sei stark, bleibe am Leben für meine Irka. Du wirst den letzten Wunsch Deines sterbenden Kindes erfüllen. Ich fürchte mich nicht vor dem Tode. Gott war mir sehr gnädig. Er hat mich alles erfahren lassen, was eine Frau erfahren kann: Ich bin, wenn auch nur kurze Zeit, Mutter gewesen. Ich küsse Irkas Händchen und Füßchen, ich küsse Dich zum letzten Mal, küsse Deine Hände und empfange Deinen Segen,*
*Deine ruhige, unglückliche Lanka*

*5. August 1943*

19.00 Uhr Stanislaus Wesolek
19.03 Uhr Emil Hübner
19.06 Uhr Dr. Adam Kuckhoff
19.09 Uhr Frida Wesolek
19.12 Uhr Ursula Goetze
19.15 Uhr Maria Terwiel
19.18 Uhr Oda Schottmüller
19.21 Uhr Rose Schlösinger
19.24 Uhr Hilde Coppi
19.27 Uhr Klara Schabbel
19.30 Uhr Else Imme
19.33 Uhr Eva-Maria Buch

19.36 Uhr Annie Krauss
19.39 Uhr Ingeborg Kummerow
19.42 Uhr Cato Bontjes van Beek
19.45 Uhr Liane Berkowitz

»Und für Sie, Fräulein Breiter, geht es im September tatsächlich nach Russland. Nach Minsk.« SS-Hauptsturmführer Kriminalrat Schmitz lächelt, als wäre er selbst befördert worden. »Ja, ich dachte mir schon, dass Sie das freuen wird. Sie werden für SS-Standartenführer Ehrlinger tätig sein, Leiter der Einsatzgruppe B, Befehlshaber der Sicherheitspolizei und des SD in Russland-Mitte und Weißruthenien. Sie kennen ihn? Ja genau, der ehemalige Stellvertreter von SS-Brigadeführer Six. Er hat Sie angefordert. Dort in Minsk werden Sie Gelegenheit haben, an vorderster Front tätig zu sein.«

Franz Alfred Six ist erleichtert. Der Dekan der Auslandswissenschaftlichen Fakultät, die sich als Brutstätte von Verrätern entpuppt hat: Natürlich hat niemand insinuiert, das diese Entwicklung sein Fehler gewesen wäre. Aber für ihn persönlich war es scheußlich genug. Six versteht es immer noch nicht: Harro Schulze-Boysen war in Wirklichkeit ein Feind. In so vielen Positionen schienen sie miteinander im Einklang. Und beide Harnacks sind Feinde gewesen, ebenso Eva-Maria Buch, Ursula Goetze, Horst Heilmann, Herbert Gollnow: Namen, die Six erst jetzt bekannt geworden sind. Was für Nattern hat er an seinem Busen genährt? Aber er hat diesen Staub von seinen Füßen gestreift. Bereits am 22. März hat er seine neue Stelle angetreten, in der Informationsabteilung des Auswärtigen Amtes.

*12. August 1943*

*Liebes Hildchen, geliebtes Kind,*
*Dein kleiner Sohn gedeiht weiterhin prächtig. Er krabbelt sehr wacker, und er versucht sich schon hochzuziehen und auf eigene Beine zu kommen. Wir werden nun noch einmal Besuchserlaubnis beantragen, und vielleicht dürfen wir das Kind ja mitbringen.*

*28. August 1943*

*Liebes Hildchen, geliebtes Kind,*
*der Antrag auf Besuchserlaubnis ist leider abgelehnt worden. Aber bleibe tapfer und lass den Kopf nicht sinken. Deine Mutter will es nun versuchen, und vielleicht hat sie ja Glück.*

*Deutsches Rotes Kreuz Eberswalde/Mark, 3.9.1943*
*Krankenhaus Kurmark*
*An Frau Katharina Wassiljewa Berkowitz*
*Berlin W 30*
*Viktoria-Luise-Platz 1*
*Wir beziehen uns auf Ihr Telefongespräch mit unserer Stationsschwester von Station 16 und bitten um eine Anzahlung von RM 40,– für Ihr am 25.8.43 hier aufgenommenes Enkelkind Irene Berkowitz.*
*Heil Hitler!*

In der Nacht vom 3. auf den 4. September trifft es das Gefängnis Plötzensee. Die Gefangenen brüllen in ihren Zellen. Brände brechen aus. Durch die Detonationen springen die Türen vieler Zellen auf. Wer kann, stürzt oder kriecht hinaus auf die Gänge, wo im Chaos weitere verletzt werden. Der nächste Treffer schlägt mitten im großen Zellenbau von Haus III ein. Im allgemeinen Durcheinander gelingt vier zum Tode Verurteilten die Flucht.

Aber in Plötzensee sitzen über dreihundert Todeskandidaten ein. Im Ministerium sorgt man sich begreiflicherweise um die öffentliche Sicherheit. Justizminister Otto Thierack befindet sich auf Dienstreise. Sein Staatssekretär Curt Rothenberger muss nun entscheiden. Bei einigen der Todeskandidaten sind die Gnadengesuche bereits rechtskräftig abgelehnt, hier liegen die Fakten klar. Bei der Mehrzahl allerdings läuft das Gnadenverfahren noch. Rothenberger lässt sich ihre Fälle vortragen. Dann ordnet er für alle die sofortige Vollstreckung an.

In der ersten Nacht wissen die Männer noch nicht, was ihnen bevorsteht. Man hat sie auf dem Hof antreten lassen, in Blöcken von jeweils fünf mal acht Mann. Bei dem Luftangriff ist dummerweise auch der Hinrichtungsschuppen getroffen worden, und das Fallbeil ist unbrauchbar. Aber es gibt ja noch den Eisenbalken, der für Harro, Arvid und die anderen angebracht worden ist. Er hat acht Haken. Scharfrichter Reindl mit seinen Gehilfen hat alles vorbereitet. Die Häftlinge auf dem Hof reden leise miteinander. Sie warten. Die Nacht ist kalt. Der Gefängnisgeistliche Harald Poelchau steht bei ihnen. Er hegt einen schlimmen Verdacht. Aber darf er diesen Verdacht lautwerden lassen? Darf er es wagen, die Männer unter Umständen unnötig zu ängstigen?

Dann werden die ersten acht Männer aufgerufen und abgeführt. Poelchau geht mit ihnen. Der Weg führt zum Schuppen. An der Tür weist man Poelchau ab. Schon während er über den Hof zu den Wartenden zurückkehrt, ruft man die nächsten acht. Nun haben die Männer begriffen.

*Sie töten uns.*

In dieser Nacht werden einhundertsechsundachtzig Häftlinge aufgehängt, in Anwesenheit eines Landgerichtsdirektors als Vertreter des Oberreichsanwalts beim Volksgerichtshof und eines Staatsanwalts von der Staatsanwaltschaft beim Landgericht Berlin als Vollstreckungsleiter. Ihre Gegenwart garantiert, dass es sich hier nicht um Mord handelt, sondern um den Schutz des Staates.

In der Morgenfrühe stellen die erschöpften Henker ihre Tätigkeit ein. Am Abend geht es weiter. Die angetretenen Männer stehen ruhig. Es sind Deutsche, Franzosen, aber vor allem Tschechen. Es sind Lehrer, Arbeiter, Kaufleute, Offiziere, Künstler. Sie warten, dass sie in den Schuppen geführt werden, wo die Henker schwitzend und schuftend aufs Neue ihre Pflicht tun. Der Nebenraum des Schuppens ist schon voller Leichen. Die Toten werden nun vor die Tür geworfen. Die Alliierten fliegen auch in dieser Nacht einen Angriff. Scheinwerfer tanzen über den schwarzen Himmel. Im Osten der Stadt fallen Bomben. Gegen Mitternacht müssen die Henker pausieren, weil die Bomber zu nahe kommen. Die schon angetretenen Männer werden noch einmal in ihre Zellen zurückgebracht. Gegen eins geht es weiter, bei Kerzenlicht, da das elektrische Licht ausgefallen ist.

Es ist die dritte Nacht. Die nackten Leichen stapeln sich neben dem Hinrichtungsschuppen. Man weiß nicht, wohin mit ihnen: Die Berliner Anatomie hat gemeldet, ihr Bedarf sei fürs Erste gedeckt und sie sähe sich außerstande, weitere Leichen abzunehmen. Das Sterben geht aber weiter. Stunde um Stunde steht Harald Poelchau im Hof bei den Männern und notiert: ihre Namen, die Namen ihrer Angehörigen, Adressen, letzte Grüße.

»Willi Schürmann-Horster. Bitte, können Sie das aufschreiben? Ich gehöre zur Sache Schulze-Boysen.«

Harald Poelchau erschrickt. Welche Gräber öffnen sich hier.

»Wolfgang Thies ist mein Name. Auch Schulze-Boysen.«

»Ich heiße Eugen Neutert. Wir gehören zu denen, die sie die Rote Kapelle genannt haben.«

»Wir sind die Letzten.«

*17. September 1943*

*Hildchen, geliebtes Kind,*
*nun haben wir schon eine geraume Weile lang nichts mehr von Dir gehört. Wir hoffen, dass das nichts zu besagen hat. Wenn es Dir möglich ist, so schreibe doch ein paar Zeilen.*

Am 27. September steht Greta Kuckhoff erneut vor dem Reichskriegsgericht. Wieder steht sie vor dem Zweiten Senat. Was soll das? Was will man ihr noch antun? Greta ist längst zum Tode verurteilt. Sie fühlt nichts. Sie denkt nichts. Sie hört ihren Richtern nicht einmal zu.

»Frau Kuckhoff!«

So heißt sie. Sie allein ist übrig. Es sind alle tot, und wer Zeitstrafen bekommen hat, ist längst aus Berlin weggebracht worden, in andere Zuchthäuser.

»Frau Kuckhoff, so helfen Sie uns doch ein wenig.«

Das sagt Alexander Kraell, Vorsitzender des Zweiten Senats. Der Feind. In der Pause tritt er auf sie zu.

»Frau Kuckhoff. Wir wollen Sie retten, aber Sie müssen auch mitspielen.«

Greta retten? Alle sind tot. Greta weiß nicht, ob sie gerettet werden will.

*Adam? Was sagst du dazu?*

Aber wie von fern hört sie jetzt einen Ruf. Das Kind. Ule. Sie ist jung, vielleicht wartet doch noch etwas auf sie. Mit der Hoffnung kommt die Angst: Will Kraell sich über sie lustig machen? Der schreckliche Roeder ist nicht erschienen. Vielleicht hat er das Umbringen über.

Am Abend weiß Greta, dass sie leben wird. Das Todesurteil ist umgewandelt in zehn Jahre Zuchthaus. Greta jubelt nicht. Als man sie zurück in die Haftanstalt bringt, ist es ihr, als verlöre sie Adam erst jetzt, wo feststeht, dass sie ihm nicht folgen wird.

*17. Oktober 1943*

*An die Lichterfelder Ersatz-Krankenkasse*
*Auf Ihre Anfrage vom 14.10.43 teile ich mit, dass Ihre frühere Angestellte Hilde Coppi am 5.8.43 verstorben ist.*
*gez. Dr. Pfahl*

*17. Oktober 1943*

*... müssen wir Ihnen leider mitteilen, dass Ihre Enkelin Irina Berkowitz gestern hier verstorben ist. Bitte setzen Sie sich umgehend mit der Stationsschwester von Station 16 in Verbindung.*
*Heil Hitler!*

Und so neigt sich das Jahr 1943. Die Rote Armee hat im Verlauf ihrer Winteroffensive die deutschen Linien auf breiter Front durchstoßen. Die nach Prag übergesiedelte ausgebombte Duisburger Oper hat ihre Arbeit mit einer Aufführung von Richard Wagners ›Lohengrin‹ eröffnet. In Teheran haben Franklin D. Roosevelt, Josef W. Stalin und Winston Churchill beschlossen, nach Kriegsende die Grenzen Polens zum Vorteil der Sowjetunion nach Westen zu verschieben und das verbleibende Restdeutschland aufzuteilen. Hans von Dohnanyi und Dietrich Bonhoeffer in ihren Gefängnissen warten auf den Prozess, der am 17. Dezember stattfinden soll. Zu mehr als ein paar Monaten Haft wird das Material nicht reichen, das man gegen sie in der Hand hat: Das bestätigt man Christine von Dohnanyi von allen Seiten.

Allerdings werden die Akten neuerdings von Oberstkriegsgerichtsrat Roeder, der die Untersuchungen führt, unter einem unheimlichen Namen zusammengefasst. *Schwarze Kapelle.*

Wie will man vor einem totalitären Staat den Anspruch begründen, dass der Einzelne zählt, dass er unendlich wichtig ist, dass jedes einzelne Leben einen Sinn hat, der außerhalb des staatlichen Nutzens zu finden ist? Man kann das nur metaphysisch begründen, indem man behauptet, es gebe etwas, das über dem Staat steht: die Macht, der der Mensch sich selbst verdankt.

Der Mensch hat den Staat gemacht, aber nicht sich selbst. Der, der ihn gemacht hat, steht über dem Staat, er ist gänzlich frei von ihm und befreit auch den Einzelnen vom absoluten Anspruch des Staats: weshalb ein religiöser Staat ein Unding ist, ein Widerspruch in sich, ein schwarzer Schimmel.

Der Gefängnisgeistliche Harald Poelchau geht durch Berlin. Nach jedem Bombenangriff macht er sich auf die Suche: In welchem Bezirk sind Polizeireviere getroffen worden? Wo sind Verschüttete nicht gefunden? Sie brauchen die Namen der Toten. Jeder Tod eines Volksgenossen kann das Leben eines von der Deportation Bedrohten retten. So mancher Reviermeister rückt gegen Lebensmittel Blankoausweise heraus. Der Drucker Theodor Görner, Freunde in der Druckerei der Familie Lipschitz liefern perfekt imitierte Dokumente. Aber die Stempel sind ein immerwährendes Problem. Zwei Straßen weiter wird Harald Poelchau dazu angehalten, bei Löscharbeiten zu helfen. Das getroffene Haus beherbergt unter anderem eine Dienststelle der Partei.

Harald geht hinein. Die Stempel liegen alle auf dem Tisch: Hakenkreuz, Adler. Daneben Formulare, Bögen mit aufgedruckten Briefköpfen. Er stopft in seine Aktentasche, was er zu fassen bekommt. Seine Helfer werden sich freuen.

Harald Poelchau hat eine ganze Reihe von Helfern. Sie handeln nicht nur aus Mitleid oder Selbstlosigkeit, oft ist es geradezu das Gegenteil. Es ist schwer erklärlich, etwas Grundsätzliches. Der Mensch ist zum Handeln gedrängt, in diese oder in jene Richtung. Er muss entscheiden, wer er ist, wer er am Ende gewesen sein wird. Fast ist es, als würde mit jeder Minute, die eines dieser gefährdeten, verlorenen Leben verlängert werden kann, das gesamte Leben auf der Welt gerettet. Also auch das Leben der Retter selbst.

Falk Harnack ist desertiert. Im August ist seine Einheit nach Athen verlegt worden. Am 20. Dezember 1943 sollte er nach Berlin zurückfliegen. Die Maschine stand schon bereit, auf dem Flughafen Athen-Tatoi. Aber Falk ist in letzter Minute geflohen. Er kann es sich selbst nicht ganz erklären. Er weiß, dass Deserteure erschossen werden. Aber er hatte plötzlich rasende Angst. Er konnte die Vorstellung nicht abschütteln, dass man ihn in Berlin erneut verhaften und einsperren würde, und jedes Risiko schien ihm erträglicher als dieses. Er hat sich in die Berge durchgeschlagen. Er ist entschlossen, auf Seiten der griechischen Befreiungsarmee E. L. A. S. zu kämpfen.

*Arvid? Habe ich es nun richtig gemacht, Arvid?*

# Ausblick auf die folgenden Bände

Liebe Kolleginnen und Kollegen aus Buchhandel und Presse,

eigentlich hätte hier ein Auszug aus Band zwei stehen sollen, um Sie auf die noch folgenden beiden Bücher aufmerksam und hoffentlich neugierig zu machen. Aber da die Arbeit an dem Text noch nicht abgeschlossen ist, wäre das schlimmer gewesen, als wenn einem früher der Lehrer während des Deutschaufsatzes über die Schulter blickte. Es ist schon schwierig genug, über etwas Unfertiges nur zu reden, ohne sich selbst mit verfrühten Äußerungen im Weg zu stehen. Dennoch hier nun ein Brieflein an Sie, mit ein paar Bemerkungen zu dem, was noch kommt.

Band zwei wird die in ›Einige aber doch‹ bereits aufgetauchten Familien der Bonhoeffers und Dohnanyis in den Mittelpunkt rücken, also den kirchlichen, vor allem aber den militärischen Widerstand mit seinen beiden wichtigsten Protagonisten, Henning von Tresckow und Claus Schenk Graf von Stauffenberg. Der momentane Arbeitstitel, ›Die Nacht hat zwölf Stunden‹, ist Bert Brechts 1943 im Exil entstandenen »Lied von der Moldau« entnommen. Mal schauen, ob er bleibt. Mir gefällt er sehr gut, mit seiner Hoffnung auf einen Neubeginn inmitten der Dunkelheit.

Dass die Protagonisten dieses Buchs den Zeitenwechsel, den sie herbeiführen wollten, nicht mehr erlebt haben, ist dem Leser natürlich klar. Das Buch allerdings endet noch vor dem Attentat des 20. Juli, also durchaus noch recht zuversichtlich.

Im Zentrum von Band drei werden die Mitglieder des Kreisauer Kreises stehen, die sich nach Helmuth James Graf von Moltkes Verhaftung mehrheitlich dem heute sogenannten zivilen Arm des 20. Juli anschlossen – womit die Erzählstränge aus Buch zwei und drei zusammenlaufen.

Der Arbeitstitel, ›Was sich lohnt‹, entstammt dem Brief Helmuth Moltkes vom 10. Januar 1945, verfasst unmittelbar nach Verkündung des Todesurteils: »... Das hat den ungeheuren Vorteil, als wir nun für etwas umgebracht werden, was wir *a.* getan haben und was *b.* sich lohnt.«

›Einige aber doch‹ – ›Die Nacht hat 12 Stunden‹ – ›Was sich lohnt‹: Solcherart aneinandergereiht, klingen die drei Titel für mich, als wären sie einem Dialog entnommen, bei dem man sich die Äußerungen des zweiten Sprechers denken muss.

Alle drei Bände sind durch die Eckdaten der nationalsozialistischen Geschichte ebenso wie durch die Protagonisten miteinander verzahnt: die Dohnanyis und Dietrich Bonhoeffer tauchen in allen drei Büchern auf, Erika und Henning von Tresckow, Margarethe von Oven, Fritz-Dietlof Graf von der Schulenburg und die Brüder Stauffenberg in Band zwei und drei, und auch die Schicksale der Harnacks und der Schulze-Boysens werden in den folgenden beiden Büchern noch einmal kurz gestreift, da ja in beiden Fällen verwandtschaftliche Beziehungen zu Mitgliedern des 20. Juli bestanden.

Zugleich kann man die Bücher aber auch unabhängig voneinander lesen. Jeder Band steigt neu in sein Thema ein –

ganz davon abgesehen, dass man natürlich wie immer bei bekannten historischen Personen im Internet fündig werden kann.

Und wenn das so ist, wozu dann ein Roman?

Was kann ein Roman im Unterschied zu einem Sachbuch?

Tatsächlich bin ich das gelegentlich gefragt worden: Warum habe ich nicht ein ordentliches Sachbuch geschrieben, mit Register, kenntlich gemachten Zitaten und extensivem Fußnotenapparat?

Ich ziehe mich aus der Affäre, indem ich behaupte: Die Antwort kommt gar nicht mir zu, sondern dem Leser. Also zunächst einmal Ihnen.

Inwiefern diese Neubearbeitung Leser von ›Wer wir sind‹ anspricht, wird sich erweisen. ›Wer wir sind‹ und die neue Trilogie heben einander nicht auf, sondern ergänzen einander, und diejenigen meiner Leser, die berichtet haben, nach Abschluss der durchaus zeitaufwendigen Lektüre von ›Wer wir sind‹ mit einem melancholischen Gefühl der Leere zurückgeblieben zu sein wie am Ende einer Aufgabe oder langen Reise, werden vielleicht gern die Möglichkeit ergreifen, noch einmal in diese Welt einzutauchen. Umgekehrt mag jemand, der sich auf eines oder mehrere der neuen Bücher einlässt, auch den Weg zu ›Wer wir sind‹ finden. Oder auch nicht.

Im »Werkstattband« zu ›Wer wir sind‹ sowie auf der Website des dtv (www.wer-wir-sind.de) finden Interessierte auch einen recht repräsentablen Auszug meiner Leseliste.

So, und nun bleibt nur noch, denen zu danken, die diesen Weg mit mir weiter zu gehen bereit sind: meinem Verlag und natürlich Ihnen, die Sie offenbar bis hierher gelesen haben.

Und jetzt an die Arbeit. Bis es so weit ist und alle drei Bände bei Ihnen auf dem Tisch liegen können, grüßt Sie ganz herzlich

Ihre

# Auszug aus den Leserstimmen zu ›Wer wir sind‹

»Meine Bewunderung für Sabine Friedrich ist grenzenlos. Sie liebt die Menschen, die sie beschreibt, und darum gelingen ihr zarte und bunte und grobe Szenen, bei denen man das Gefühl hat: Genauso muss es gewesen sein. […] Ach, würde es doch ein ›Volksbuch‹! Wir brauchen die Kenntnis des Widerstands der Zukunft Deutschlands wegen. Und dafür hat Sabine Friedrich etwas Entscheidendes getan.«
*Ferdinand Schlingensiepen (Theologe und Mitbegründer der Dietrich-Bonhoeffer-Gesellschaft)*

Sehr verehrte Frau Friedrich!
Mit größtem Interesse habe ich Ihren Roman ›Wer wir sind‹ in einem kleinen Urlaub gelesen. Um es kurz zu sagen: Ich bin beeindruckt von der Fülle des Materials, das Sie verarbeitet und in eine unübliche Form gebracht haben. Diese synchrone und synoptische Darstellung verschiedenster Frauen und Männer aus dem Umkreis des Widerstands hat einen von mir lang gehegten Wunsch erfüllt: die biografische Konzentration auf verschiedene Menschen mit ihren verschiedenen Herkünften, Entwicklungen, Charakteren und politischen Gesinnungen. Ich sehe in Ihrem Opus magnum eine wichtige Ergänzung zu den historisch-kritischen Detailarbeiten. Also: Respekt und Dank!

*Günter Brakelmann (u. a. Moltke- und Wartenburg-Biograf)*

»[...] Ich hatte einige Wochen eine wunderbare Lektüre!

Ich habe selbst Geschichte studiert und bin, was vielleicht in diesem Fall mein besonders großes Interesse erklärt, die Tochter von Rudolf von Scheliha. Mein Vater wird in diesem Buch nur kurz erwähnt. Aber alle Menschen, die zum Widerstand gehörten, zu beschreiben wäre unmöglich gewesen, das Buch wäre noch umfangreicher geworden. [...]«
*Elisabeth Ritscher-von Scheliha, in einem Brief an den dtv, 7.11.2012*

## Auszug aus den Pressestimmen zu ›Wer wir sind‹

»Dabei sind es nicht nur amerikanisch-französische Schriftsteller wie Jonathan Littell oder Schweden wie Steve Sem-Sandberg, die sich trauen, finsterste deutsche Geschichte in Literatur zu verwandeln. Jetzt hat sich auch eine deutsche Autorin darangemacht, Grenzen zu überschreiten. [...] Das Buch gehört zu den spektakulären Neuerscheinungen in diesem Herbst [...] Eine Enzyklopädie des deutschen Widerstands in der Hülle eines Romans. [...]

Jeder Leser weiß, wie der Roman enden wird. Die Verschwörer werden sterben. Dennoch baut der Roman, so sprunghaft er auch ist, eine eigene Spannung auf, die er fast bis zum Ende durchhält. Und das liegt an der menschlichen Größe, die diese Hitler-Gegner aufbringen, von denen hier erzählt wird.

Den Tod vor Augen, schreiben sie Sätze, die kaum jemanden ungerührt zurücklassen. Eine junge Frau, Eva-Maria Buch, sie ist 22, schreibt in ihrem Abschiedsbrief: ›Es ist alles gut so, wie es ist. Es war so ein unseliger Zwiespalt in mir, ... nun ist alles Ruhe und Freude.‹ [...]

Woher sie so viel Kraft in absoluter Verzweiflung schöpfen? Manche sind fromm, andere finden Trost im Gedanken, dass ihre Frau und ihre Kinder für sie weiterleben. Ihr Leiden schreiben sie keiner Tragödie zu, denn sie haben frei-

willig ihren Weg genommen. Das gibt ihnen Kraft noch im Tod.«
*Gerhard Spörl, Der Spiegel, 40/2012*

»Bereits die ersten Szenen verdeutlichen, was die Coburger Autorin auf ihrer Entdeckungsreise durch die Geschichte des Widerstands so faszinierte, dass sie es zum Strukturprinzip ihres Romans wählte: Die Vernetzung der ›Widerständler‹ (Friedrich) durch verwandtschaftliche Bande und Freundeskreise. Manche kannten sich von Kindesbeinen an, andere wohnten Tür an Tür. Je mehr Namen und Beziehungen sie während ihrer Recherchen aufdeckte, desto überwältigter war die 54-Jährige von ihren Funden. [...]

Aber trotzdem gelingt es diesen ewigen Zauderern, den Leser auf eine teils spannende, teils anrührende Reise mitzunehmen.«
*Sabine Reithmaier, Süddeutsche Zeitung, »Kultur«, 14.11.2012*

»Es ist ein überwältigender zeithistorischer Roman, der einen ganzen Kosmos entfaltet, ein Buch über die Nazi-Zeit, ein Buch über jene, die im Widerstand waren. [...] Friedrich erzählt vom Leben und Sterben der Frauen und Männer des Widerstands. Sie sucht die Menschen hinter den historischen Ereignissen: eine bewegende Geschichte zwischen Terror, Idealismus und Schicksal.«
*Michael Kluger, Frankfurter Neue Presse, 13.10.2012*

»Friedrich entrollt vor uns ein gewaltiges Panorama: Sie spannt den Bogen vom Kaiserreich bis in die Nachkriegszeit, von den Schlössern Ostelbiens zu den Seen in Wisconsin, von Künstlerateliers zu den großbürgerlichen Villen des

Berliner Westens und von Londoner Ministerien bis an die Ostfront und den Schuppen von Plötzensee.

Dabei thematisiert der Roman die grundsätzlichen und zeitübergreifenden Fragen nach den Bedingungen menschlicher Existenz, denen keine Generation ausweichen kann.«
*hr-online.de, 11.10.2012*

»Welche Leichtigkeit! Ein merkwürdiges Wort über ein kolossales Buch, an dem alles mächtig scheint, ja übermächtig: das Thema, die Stofffülle, der Umfang. Auf gut 2000 Seiten erzählt Sabine Friedrich – nein: nicht die Geschichte des deutschen Widerstands. Die Geschichten von Menschen, die der NS-Tyrannei widerstanden und dafür – fast alle – mit dem Leben bezahlten. Es gelingt ihr eindringlich, und doch mit einer literarischen Leichtigkeit, die nichts spüren lässt von den Mühen eines sechsjährigen Mammutunternehmens. [...]

Es steht kein Satz zu viel darin, man möchte keine Station missen auf dieser langen, aufregenden Reise, die uns mit vielen aufrechten Menschen bekannt und mit einigen vertraut macht. Auf verästelten Pfaden führt uns die Autorin tief hinein in die Geschichte des 20. Jahrhunderts; sie spürt dem fiebrigen Zeitgeist der Weimarer Republik nach und hilft uns zu begreifen, wie er in die Katastrophe des Faschismus münden konnte.

Dabei sprengt ›Wer wir sind‹ die Dimension des biografisch-historischen Romans: Indem sie die Akteure des Widerstands in ihren familiären, kulturellen und politischen Zusammenhängen porträtiert, verknüpft Sabine Friedrich mit scheinbar leichter Hand Gesellschaftspanorama, Politthriller und Familiensaga zu einem berührenden, erschütternden, fesselnden Leseabenteuer. Mit Empathie und Poesie eröffnet sie uns die Lebens- und Gedankenwelten faszinierender Menschen aus gegensätzlichen Milieus, von der Boheme bis zum Bürgertum, vom kommunistischen Untergrund bis zum aristokratischen Establishment. Auf der Suche nach ihren Prägungen blättert sie weit zurück bis in die Kindheit und Jugend, und mit dem Fokus auf ihre Rolle als Partner, Liebende, Freunde, Eltern zeigt die Schriftstellerin die enge Verquickung von privater und politischer Sphäre und konfrontiert den Leser mit den elementaren Gewissensfragen, die darüber entscheiden, ›wer wir sind‹.

Mit erzählerischer Kraft schürt Sabine Friedrich eine Spannung, die den Leser schier vergessen lässt, dass er um den tragischen Ausgang der Geschichte weiß.«
*Dieter Ungelenk, Neue Presse Coburg, 19.10.2012 (online)*

»Der 2000-Seiten-Roman über den Widerstand gegen Hitler erzählt spannend Geschichte in Geschichten. Beeindruckende Zeitzeugen in einem zeitlosen Werk.«
*FOCUS, 08.10.2012*

»Sabine Friedrich bleibt historisch genau, immer eng an den Quellen, gerät aber nie ins Dozieren. Sie umspannt dabei mehr als ein halbes Jahrhundert deutscher Geschichte. Wir erfahren so viel über den damaligen Alltag, über den herrschenden Zeitgeist, wie die Menschen dieser doch schon sehr entfernten Epoche dachten und fühlten. Deshalb ist ›Wer wir sind‹ nicht nur ein Buch über den deutschen Widerstand, sondern auch ein großer Gesellschaftsroman.«
*focus.de, 17.10.2012*

»›Wer wir sind‹ – dieser Roman ist eine stete Frage, eine sinnliche Rekonstruktion des deutschen Widerstands, eine

Suche, die den einzelnen kleinen Schritt zur Kollaboration ebenso pointiert enthält wie den Entschluss der Abkehr von dem menschenverachtenden Regime.«
*hr2 kultur (online-Ankündigung für die Sendung Doppel-Kopf: Am Tisch mit Sabine Friedrich, »Widerstands-Forscherin«, 11.01.2013)*

»Sabine Friedrich berichtet über Anstand und Gewissen, über Treue und Liebe, Hoffnung und Enttäuschung, Verrat und Versöhnung. Sie hat den in Nachkriegswestdeutschland Verschwiegenen oder gar als ›Vaterlandsverräter‹ Verdammten, aber auch den in der DDR teils Vergessenen nun mit ihrem Widerstandsroman ein wahrhaft würdiges Denkmal gesetzt.«
*Karlen Vesper, Neues Deutschland, 28.12.2012*

»Bonhoeffer, Stauffenberg, Moltke, Rote Kapelle oder Kreisauer Kreis, Bücher über den Widerstand gegen den Naziterror gibt es viele – so eines aber, wie das von Sabine Friedrich, nicht. Sie wollte ein wenig mehr über das Leben der Menschen des deutschen Widerstands erfahren.«
*Norbert Bourgeon, NDR 1 Niedersachsen, Bücherwelt, 06.11.2012*

»Wenn Sie angefangen haben, können Sie gar nicht mehr aufhören.«
*Gert Scobel im Gespräch mit Regina Ziegler, 3satbuchzeit, 14.03.2013*

»Sabine Friedrich hat ein umfassendes Opus über den deutschen Widerstand unter Hitler verfasst.«
*Buchkultur, Juni/Juli 2013*

»Auf über 2000 Seiten ist eine Collage entstanden, die historische Quellen mit literarischer Fiktion mischt.«
*Daniela Deeg, Augsburger Allgemeine, 28.11.2012*

»Sabine Friedrich berichtet von Menschen in äußersten Konfliktsituationen. Vielfältig waren die Gründe für ihr Scheitern. Aber das schmälert nicht die Erinnerungswürdigkeit. Und darin liegt das Verdienst dieses Buches.«
*Wolf Scheller, Nürnberger Nachrichten, 01.12.2012*

»Sabine Friedrichs Roman über den deutschen Widerstand (Rote Kapelle, Weiße Rose, Kreisauer Kreis, 20. Juli) unter dem Titel ›Wer wir sind‹ darf schon jetzt eine Sonderstellung in der deutschen Literatur für sich beanspruchen, und daran wird sich auch in den nächsten Jahren nichts ändern.«
*Ulrich Faure, Buchmarkt, November 2012*

»Ein unvergessliches Werk, das Jahrzehnte überdauern wird! Noch nie wurden die Helden der Zivilgesellschaft, die gegen den Nationalsozialismus aufbegehrt haben, so detailreich und spektakulär dargestellt. ›Wer wir sind‹ ist ein ganz wichtiges Buch! Mit großem sprachlichem Feingefühl erzählt Sabine Friedrich in diesem Werk, an dem sie über sechs Jahre gearbeitet hat. Melodisch und bilderreich beschreibt Sabine Friedrich, genauso aber auch kühl, hart und politisch. Sie findet für jede Szene den richtigen Ton. Sie gibt ihren Figuren ganz viel Leben. Man bekommt ein Gespür für diese echten historischen Figuren. Ein Buch wie ein Denkmal für die Helden des deutschen Widerstands. Ein Meilenstein der deutschen Literatur!«
*Alex Dengler, denglers-buchkritik.de, 12.11.2012*

»Es sind die Menschen, die sie in den Fokus rückt, nicht wie sonst die oft nur einseitig betrachteten ›Helden‹. Sie lässt sie lebendig werden – als Liebende, Freunde, Partner und Eltern, als Menschen mit ihren Stärken und Schwächen. Und genau das ist es, was diesen Roman so eindrücklich macht, so aufwühlend und wichtig.«
*Tageblatt, Livres-Bücher, Esch-sur-Alzette, Luxemburg, November / Dezember 2012*

»Die innere Zerrissenheit der Akteure schildert Friedrich in ihrem Roman einfühlsamer und nachvollziehbarer, als das in einem Spielfilm gezeigt werden kann.«
*Andreas Müller, Darmstädter Echo, 20.07.2013*

# Personenverzeichnis

## Der Kreis der Harnacks

Arvid Harnack (1901–1942), Jurist und Nationalökonom
Mildred Harnack-Fish (1902–1943), Literaturwissenschaftlerin

*Arvids Familie:*
Otto Harnack (1857–1914), Literaturwissenschaftler, Arvids Vater
Clara Harnack, geb. Reichau (1877–1962), Malerin, Arvids Mutter
Falk Harnack (1913–1991), angeklagt im dritten Prozess gegen die Weiße Rose, Arvids Bruder. Nach dem Krieg Regisseur und Drehbuchautor, erst in der DDR, dann in der BRD
Adolf von Harnack (1851–1930), protestantischer Theologe, Wissenschaftsorganisator in Preußen, Arvids Onkel; verheiratet mit
Amalie von Harnack, geb. Thiersch ( 1858–1937)

*Söhne (u. a.):*
Ernst von Harnack (1888–1945), preußischer Regierungspräsident, Arvids Cousin, hingerichtet nach dem Attentat des 20. Juli 1944

Axel von Harnack (1895–1974), Historiker und Philologe, Arvids Cousin

Emmi Bonhoeffer, geb. Delbrück (1905–1991), Tochter von Hans Delbrück und Lina Delbrück, geb. Thiersch, Arvids Cousine; verheiratet mit

Klaus Bonhoeffer (1901–1945), Jurist

Justus von Liebig (1803–1873), Chemiker, Großvater von Clara Harnack, Amalie von Harnack und Lina Delbrück

Egmont Zechlin (1896–1992), Historiker, Freund Arvids und Mildreds

*Verbindungen zum militärischen Widerstand und zur Bekennenden Kirche:*

Hans von Dohnanyi (1902–1945), Jurist; verheiratet mit

Christine von Dohnanyi, geb. Bonhoeffer (1903–1965)

Dietrich Bonhoeffer (1906–1945), protestantischer Theologe

*Verbindungen zur Weißen Rose (studentische Widerstandsgruppe):*

Hans Scholl (1918–1943)

Sophie Scholl (1921–1943)

Alexander Schmorell (1917–1943), in der russisch-orthodoxen Kirche unter dem Namen Alexander von München als Märtyrer verehrt

Lilo Ramdohr (1913–2013), Tänzerin, Sportlehrerin, Malerin. Mitschülerin und befreundete Bekannte Falk Harnacks. Stellte den Kontakt zwischen Falk und Hans Scholl her

*Ehemalige Schüler Mildreds vom Städtischen Abendgymnasium:*

Karl Behrens (1909–1943), Werkzeugkonstrukteur

Wilhelm Utech, Werkzeugmacher

Bodo Schlösinger (1908–1943), wissenschaftlicher Hilfsarbeiter beim Auswärtigen Amt, Dolmetscher an der Ostfront, nahm sich nach der Verurteilung seiner Frau in Russland das Leben; verheiratet mit

Rose Schlösinger, geb. Ennenbach (1907–1943), Sekretärin

Herbert Gollnow (1911–1943), Konsulatssekretär und Oberleutnant der Luftwaffe

*Die Amerikaner:*

William Edward Dodd (1869–1940), Historiker, 1933–1937 als US-Botschafter in Berlin

Martha Dodd (1908–1990), Tochter W.E. Dodds, Freundin Mildred Harnacks, später als sowjetische Spionin nach Prag emigriert

Donald R. Heath (1894–1981), Diplomat, 1937–1941 als amerikanischer Botschaftsrat in Berlin; verheiratet mit Louise Heath

Clara Leiser, Schriftstellerin, Freundin und Kommilitonin Mildred Harnacks

Ernest L. Meyer (1892–1952), Journalist, Kolumnist, Schriftsteller, befreundet mit den Harnacks; verheiratet mit

Dorothy Meyer, geb. Narefsky (gest. 1992), Lehrerin

John R. Commons (1862–1945), Ökonom, Soziologe, Politikberater, mit Einfluss besonders auf Roosevelts New Deal. Arvids Professor in Wisconsin

William Ellery Leonard (1876–1944), Professor für Englische Literatur, Mildreds Mentor in Wisconsin

## Der Kreis der Schulze-Boysens

Harro Schulze-Boysen (1909–1942), Publizist, Offizier der Luftwaffe

Libertas Schulze-Boysen, geb. Haas-Heye (1913–1942)

*Harros Familie:*

Erich Edgar Schulze (1880–1974), Marineoffizier, diverse wirtschaftliche Führungspositionen; verheiratet mit Marie Luise Schulze, geb. Boysen

Hartmut Schulze (1922–2013), Diplomat

Ferdinand Tönnies (1855–1936), Begründer der Soziologie in Deutschland, Harros Großonkel mütterlicherseits. Seine Tochter Franziska und ihr Mann Rudolf Heberle waren bis zu ihrer Emigration 1938 nach Amerika mit den Harnacks befreundet

Alfred von Tirpitz (1849–1930), Großadmiral, rechtsnationaler Politiker, Harros Großonkel väterlicherseits, Schwiegervater Ulrich von Hassells (1881–1944). Hingerichtet nach dem Attentat des 20. Juli 1944

*Der junge Harro:*

Regine Schütt, Harros Freundin bis 1933

Henry Erlanger, Mitarbeiter des ›Gegner‹, 1933 von der SA getötet

Franz Jung (1888–1963), Schriftsteller, Ökonom, Politiker, Gründer von Harros Zeitschrift ›Gegner‹

Werner Dissel (1912–2003), Bildjournalist, Schauspieler, Regisseur, Mitglied des ›Gegner‹-Kreises

Eberhard Koebel, in der Jugendbewegung Tusk genannt (1907–1955), Autor und Publizist. Gründer der einflussreichen Deutschen Jungenschaft vom 1. November 1929, der auch Hans Scholl angehörte. In seiner Wohnung in Kreuzberg begann Harro den ›Gegner‹ zu publizieren

Klaus Mehnert (1906–1984), Journalist und Publizist, Berater mehrerer Nachkriegsregierungen, Osteuropa-Spezialist. Befreundet mit Otto Strasser, bekannt mit Arvid Harnack und Harro Schulze-Boysen. Sein Bruder Frank Mehnert, als Bildhauer auch Victor Frank (1909–1943), schuf u.a. 1930 die bekannte Büste Claus Schenk Graf von Stauffenbergs (heute in der Gedenkstätte des Deutschen Widerstands im Berliner Bendler-Block)

Karl Otto Paetel (1906–1975), Journalist und Publizist, Nationalbolschewist, Freund Harros

Otto Strasser (1897–1974), nationalsozialistischer Politiker, Gegner Hitlers, von 1931 bis 1938 Führer der »Schwarzen Front«

Adrien Turel (1890–1957), Schweizer Schriftsteller

*Libertas' Familie:*

Otto Haas-Heye (1879–1959), Modeschöpfer, Libertas' Vater

Victoria (Tora) Gräfin zu Eulenburg (1886–1967), Libertas' Mutter

Johannes Haas-Heye (1912–2008), Journalist und Diplomat, Libertas' Bruder

Ottora Maria Gräfin Douglas, geb. Haas-Heye (1910–2001), Libertas' Schwester

Fürst Philipp zu Eulenburg und Hertefeld, Graf von Sandels (1847–1921), preußischer Diplomat, Schlossherr auf Liebenberg im Löwenberger Land, Libertas' Großvater

Friedrich Wend Fürst zu Eulenburg und Hertefeld, Graf von Sandels (»Onkel Büdi«) (1881–1963), Schlossherr auf Liebenberg, Libertas' Onkel

Wend Graf zu Eulenburg (1908–1986), Libertas' Cousin

Ingeborg von Schoenebeck, geb. Gräfin von Eulenburg (1906–2000), Libertas' Cousine; verheiratet mit Generalmajor Carl-August Baron von Schoenebeck (1898–1989)

Gisela von Poellnitz (»Sella«, 1911–1939), Journalistin, weitläufig mit Libertas verwandt

*Weitere:*

Wolf Hart (1911–2002), Regisseur, Kameramann, Dokumentarfilmer, mit Libertas bekannt durch ihre Arbeit in der Reichskulturfilmzentrale

Alexander Spoerl (1917–1978), Schriftsteller, Film- und Rundfunkautor, Mitarbeiter Libertas' in der Reichskulturfilmzentrale

Günther Weisenborn (1902–1969), Dramaturg und Schriftsteller, befreundet mit Harro und Libertas. In Haft genommen im September 1942, 1945 von der Roten Armee aus dem Zuchthaus Luckau befreit. Strengte nach dem Krieg zusammen mit Greta Kuckhoff und Adolf Grimme einen Prozess gegen Oberstkriegsgerichtsrat Roeder an. Das Verfahren wurde 1951 eingestellt; verheiratet mit

Margarethe Weisenborn, geb. Schnabel (»Joy«, 1914–2004)

## Der Kreis der Schumachers

Kurt Schumacher (1905–1942), Holzschnitzer und Bildhauer; verheiratet mit

Elisabeth Schumacher, geb. Hohenemser (1904–1942), Grafikerin, Freunde der Schulze-Boysens, mit Harro bekannt aus dem ›Gegner‹-Kreis

Fritz Hohenemser (1876–1914), Ingenieur, gefallen in Frankreich, Elisabeths Vater

Anna Rose Hohenemser, geb. Eckold (1877–1955), Elisabeths Mutter

Richard Hohenemser (1870–1942), Musikwissenschaftler, Elisabeths Onkel; verheiratet mit

Alice Hohenemser, geb. Salt (1879–1942), beide nahmen sich am 8. April 1942 das Leben, um der Deportation zu entgehen

## Der Kreis der Kuckhoffs

Adam Kuckhoff (1887–1943), Schriftsteller, Schauspieler, Dramaturg, Lektor, befreundet aus Vorkriegszeiten mit Arvid Harnack; verheiratet in erster Ehe mit

Marie »Mie« Kuckhoff, spätere Otto, geb. Paulun, die 1922 den Schauspieler Hans Otto heiratete. Adam heiratete Maries Schwester Gertrud in zweiter und schließlich dritter Ehe

Greta Kuckhoff, geb. Lorke (1902–1981), Volkswirtschaftlerin, Übersetzerin (u.a. von Hitlers ›Mein Kampf‹). Mit Arvid und Mildred bekannt seit ihrem Studium 1927 bis 1929 an der University of Wisconsin-Madison. Strengte im September 1945, zusammen mit Adolf Grimme und Günther Weisenborn, einen Prozess gegen den ehemaligen Oberstkriegsgerichtsrat Roeder an, der 1951 eingestellt wurde. Von 1950–1958 Präsidentin der Notenbank der DDR

Hans Otto (1900–1933), Schauspieler, Vertrauensmann der Gewerkschaft der Deutschen Bühnenangehörigen, letztes Engagement am Berliner Staatstheater am Gendarmenmarkt zusammen mit Gustav Gründgens in Faust II. Eng befreundet mit Adam Kuckhoff, ab 1922 verheiratet mit Adam Kuckhoffs erster Frau Marie. Von der SA verschleppt, misshandelt und aus einem Fenster geworfen, erlag er kurz darauf seinen Verletzungen. Das Potsdamer Schauspielhaus wurde 1952 nach ihm benannt

## Der Kreis der Scharfenberger

Hans Coppi (1916–1942), Dreher; verheiratet mit

Hilde Coppi, geb. Rake (1909–1943), Sachbearbeiterin der Reichsversicherungsanstalt

Heinrich Scheel (1915–1996), Historiker, im September 1942 verhaftet, im Juli 1944 zur »Frontbewährung« entlassen, 1944 amerikanische Kriegsgefangenschaft. Nach dem Krieg langjähriger Vizepräsident der Akademie der Wissenschaften der DDR

Ina Lautenschläger, spätere Ender, geb. Schreier (1917–2008), Vorführdame im Modesalon Heise, Zellennachbarin Oda Schottmüllers. Nach der Befreiung aus der Haft 1945 stellvertretende Bürgermeisterin in Brand-Erbisdorf, später eine der ersten weiblichen Kriminalpolizisten der DDR; in erster Ehe verheiratet mit

Hans Lautenschläger, 1943 verhaftet, Todesstrafe nicht vollstreckt

Karl »Bommel« Böhme (1914–1943), kaufmännischer Angestellter

## Der Kreis der Heil'schen Abendschule/ Auslandswissenschaftliche Fakultät

Eva-Maria Buch (1921–1943), Studentin, Lebensgefährtin von

Wilhelm »Paul« Guddorf (1902–1943), Journalist

Liane Berkowitz (1923–1943), Schülerin; verlobt mit

Friedrich »Remus« Rehmer (1921–1943), Aushilfslehrer für Erdkunde an der Heil'schen Abendschule, an der Ostfront verwundet

Werner Krauss (1900–1976), Romanist, befreundet mit John Rittmeister, über den er Harro kennenlernte. Im November 1942 verhaftet, bei Kriegsende von den Amerikanern befreit. Nach dem Krieg erst Professor für Romanische Philologie in Marburg, nach der Übersiedlung in die DDR Professor an der Akademie der Wissenschaften

Ursula Goetze (1916–1943), Studentin, Werner Krauss' Lebensgefährtin

Dr. John F. Rittmeister (1998–1943), Arzt, Psychoanalytiker, Leiter der Poliklinik des Deutschen Instituts für psychologische Forschung und Psychotherapie. Bekannt mit Alexander Schmorells Vater. Lernte 1941 Harro Schulze-Boysen auf einer Silvesterfeier kennen; verheiratet mit

Eva Rittmeister, geb. Knieper, Schülerin an der Heil'schen Abendschule, über die Liane Berkowitz, Ursula Goetze, Fritz Thiel und weitere in Kontakt mit Harro Schulze-Boysen kamen

Fritz Thiel (1916–1943), Techniker und Funker; verheiratet mit

Hannelore Thiel, verhaftet 1942, 1945 befreit

## Die Russen

Sergej Bessonow, Angehöriger der Sowjetischen Handelsvertretung in Berlin, Mitgründer der Arplan (Arbeitsgemeinschaft zum Studium der Sowjetischen Planwirtschaft, deren Erster Sekretär Arvid Harnack war), 1937 angeklagt in den Moskauer Schauprozessen, 1941 erschossen

Alexander Hirschfeld, Erster Sekretär der Berliner Sowjetbotschaft, Freund Arvid Harnacks

Alexander M. Korotkow »Erdberg«, Mitarbeiter des NKGB in der Berliner Sowjetischen Botschaft

Anatoli Markowitsch Gurewitsch »Kent« (1913–2009), Offizier des sowjetischen Militär-Nachrichtendienstes GRU. Kontaktmann Leopold »Laibe« Treppers. Kopf der belgischen Gruppe der Roten Kapelle. 1942 in Marseille verhaftet und zur Teilnahme am Funkspiel der Gestapo gezwungen, um weitere Mitglieder der Roten Kapelle zu decouvrieren. Nach dem Krieg als Verräter in der Lubjanka inhaftiert und in ein Arbeitslager deportiert, 1991 rehabilitiert

## Brüssel

Sophia »Zosia« Poznańska, »Anna Verlinden« (1906–1942), Funkerin

Sarah Goldberg (1921–2003), verhaftet 1943, deportiert nach Auschwitz, befreit am 23. April 1945. Gründungsmitglied der belgischen Sektion von Amnesty International

Johann Wenzel (1902–1969), Schmied, Funker, 1942 verhaftet. Verriet unter Folter den Code der Funksprüche. Nach geglückter Flucht von 1946 bis 1950 in sowjetischer Haft. Ab 1955 in der DDR

Leopold »Laibe« Trepper (1904–1982), jüdisch-polnischer Kommunist, Publizist, einer der Köpfe der Roten Kapelle. Befreundet mit Sophie Poznańska. November 1942–1943 in Gestapohaft, nach geglückter Flucht in Moskau bis 1953 in der Lubjanka inhaftiert. 1954 Rückkehr nach Polen. Nach den antisemitischen Hetzkampagnen in Polen Ende der Sechziger Jahre Auswanderung nach Israel

## Ebenfalls zur Roten Kapelle bzw. dem direkten Umfeld gerechnet*

Hanna Berger (1910–1962), Tänzerin, verhaftet 1942, 1943 freigesprochen, befreundet mit Oda Schottmüller

Rudolf Bergtel (1897–1981), Gewerkschaftsfunktionär, nach dem Krieg Heirat mit

Lotte Bergtel-Schleif (1903–1965), Bibliothekarin, 1942 verhaftet, 1945 befreit

Cato Bontjes van Beek (1920–1943), Keramikerin, durch Libertas zum Kreis der Schulze-Boysens gestoßen, befreundet mit Heinz Strehlow

Jan Bontjes van Beek (1899–1969), Keramiker, Catos Vater. 1942 kurzzeitig in Haft. Nach dem Krieg Professor für Keramik an der Hochschule für Bildende Künste in Hamburg

Erika Gräfin von Brockdorff, geb. Schönfeldt (1911–1943), Büroangestellte; verheiratet mit

Cay-Hugo Graf von Brockdorff (1915–1999), Bildhauer, ver-

* nicht alle im Zusammenhang mit der Roten Kapelle oder auch nur ihrem Berliner Zweig nennbaren Menschen sind aufgeführt, nur die, deren Namen im Buch erwähnt sind

haftet 1942 an der Ostfront, später in wechselnden Positionen im DDR-Kulturbetrieb

Herbert Engelsing (1904–1962), Filmproduzent, Knotenpunkt einer Reihe von Beziehungen, so zwischen Schulze-Boysens und Kuckhoffs. Nach dem Krieg als Jurist tätig

Herbert Grasse (1910–1942), Drucker

John Graudenz (1884–1942), Journalist, Fotograf, Handelsvertreter; verheiratet mit

Antonie »Toni« Graudenz, 1942 zusammen mit den beiden Töchtern Silva und Karin verhaftet, 1945 befreit

Adolf Grimme (1889–1963), deutscher Kulturpolitiker, 1942 verhaftet, 1945 befreit. Zusammen mit Greta Kuckhoff und Günther Weisenborn strengte er 1945 ein Verfahren gegen Oberstkriegsgerichtsrat Roeder an, das 1951 eingestellt wurde. Später unter anderem niedersächsischer Kultusminister und Generaldirektor des Nordwestdeutschen Rundfunks. Nach ihm ist der Grimme-Preis benannt

Ruthild Hahne (1910–2001), Bildhauerin, verhaftet 1942, 1945 befreit

Horst Heilmann (1923–1942), Student, Soldat

Helmut Himpel (1907–1943), Zahnarzt, Lebensgefährte von Maria »Mimi« Terwiel

Albert Hößler (1910–1942), Hilfsarbeiter, Agent des NKWD, 1942 von einem sowjetischen Bomber hinter der Front abgesetzt, verhaftet und ermordet

Marta Husemann, geb. Wolter (1913–1960), Schauspielerin, verhaftet 1942, 1945 befreit; verheiratet mit

Walter Husemann (1903–1943), Journalist, Werkzeugmacher

Annie Krauss (1884–1943), Wahrsagerin, Geschäftsfrau

Walter Küchenmeister (1897–1943), Eisendreher, Lebensgefährte von Elfriede Paul, Vater von

Rainer Küchenmeister (1926–2010), verhaftet 1942, 1945 befreit. Nach dem Krieg Maler, dann Professor der Akademie der Bildenden Künste in Karlsruhe

Eugen Neutert (1905–1943), Elektriker

Elfriede Paul (1900–1981), Ärztin, verhaftet 1942, 1945 befreit

Philipp Schaeffer (1894–1943), Sinologe; verheiratet mit

Ilse Schaeffer (1899–1972), Bildhauerin, verhaftet 1942, 1945 befreit

Oda Schottmüller (1905–1943), Tänzerin und Bildhauerin

Willy Schürmann-Horster (1900–1943), Schauspieler

Martha Schulze, 1942 verhaftet, 1945 befreit; verheiratet mit

Kurt Schulze (1894–1942), Marinefunker und Kraftfahrer

John Sieg (1903–1942), Journalist, Reichsbahnbetriebsassistent

Rosemarie »Mimi« Terwiel (1910–1943), Sekretärin, Lebensgefährtin von Helmut Himpel

Wolfgang Thiess (1911–1943), kaufmännischer Angestellter

Heinz und Elisabeth Verleih, gehörten zu einer Gruppe um Wilhelm »Paul« Guddorf, verhaftet 1942

## Weitere

Ludwig Beck (1880–1944), Generaloberst, Widerstandskämpfer des 20. Juli

Wilhelm Canaris (1887–1945), Admiral, Leiter der Abwehr, hingerichtet im Zusammenhang mit dem 20. Juli

Elly Heuss, geb. Knapp (1881–1952), Politikerin und Sozialreformerin, verwandt mit Ernst von Harnack; verheiratet mit Theodor Heuss (1884–1963), späterer Bundespräsident

Willi Kranz, Kantinenleiter von Moabit, Tegel und Plötzensee, Freund Poelchaus

Gertrud Lichtenstein, Zellengenossin Mildreds, überlebte den Krieg und sandte Arvids Abschiedsbrief nach 1945 an Clara Harnack

Harald Poelchau (1903–1975), Gefängnispfarrer und religiöser Sozialist, der Hunderte von Hitlergegnern auf ihrem letzten Gang begleitet hat

Ernst Rowohlt (1887–1960), Verleger

Ernst von Salomon (1902–1972), Rechtsterrorist, Freikorpskämpfer, Autor, Teil des Freundeskreises um die Harnacks

Rudolf von Scheliha, (1897–1942), Legationsrat, Hitlergegner, wegen seiner Hilfsmaßnahmen für verfolgte Polen und Juden von der Gestapo willkürlich im Zusammenhang mit der Roten Kapelle verhaftet und hingerichtet

Ilse Stöbe (1911–1942), Journalistin, Schelihas Mitarbeiterin

Anna Seghers, geb. Netty Reiling (1900–1983), Schriftstellerin; verheiratet mit László Radványi

Henning von Tresckow (1901–1944), General der Wehrmacht, führender Kopf des 20. Juli

Hans Zehrer (1899–1966), rechtsgerichteter Journalist, nach Adam Kuckhoff Herausgeber der ›Tat‹, Freund Harros und Libertas'. Nach dem Krieg Chefredakteur von Springers Blättern ›Die Welt‹ und Kolumnist bei ›Bild‹

## Nazis und Nationalsozialistische Justiz

Erich Ehrlinger (1910–2004), Jurist, SS-Standartenführer, Amtschef im Reichssicherheitshauptamt, Leiter der Einsatzgruppe B, Befehlshaber der Sicherheitspolizei und des SD erst in Kiew, dann in Minsk. Direkt und indirekt an der Ermordung osteuropäischer Juden beteiligt. Ab 1954 Leiter der Volkswagenvertretung in Karlsruhe. 1958 festgenommen, ab 1965 wieder auf freiem Fuß. 1969 wurde das Verfahren gegen ihn wegen »dauernder Verhandlungsunfähigkeit« eingestellt

Franz Alfred Six (1909–1975), Dekan der Berliner Auslandswissenschaftlichen Fakultät, SS-Brigadeführer, zeitweilig Vorgesetzter Adolf Eichmanns, im Nürnberger Einsatzgruppenprozess zu zwanzig Jahren Haft verurteilt, aber 1952 vom US-Hochkommissar für Deutschland begnadigt. Ab 1957 Werbechef der Porsche-Diesel Motorenbau GmbH und Dozent an der »Akademie für Führungskräfte der Wirtschaft«

Werner Best (1903–1989), Polizeichef der Gestapo, SS-Obergruppenführer, Reichsbevollmächtigter in Dänemark, nach 1945 in der Wirtschaft tätig

Horst Kopkow (1910–1996), SS-Hauptsturmführer, Leiter der Untersuchungskommission »Rote Kapelle« und weiterer Widerstandsgruppen, auch der Untersuchung des Attentats des 20. Juli. Nach 1945 stand er im Dienst des britischen Geheimdienstes MI6

Johannes Strübing, Gestapo-Kommissar, nach 1945 Mitarbeiter des Bundesamts für Verfassungsschutz

Walter Habecker, Gestapo-Kommissar, 1949 Selbstmord im Untersuchungsgefängnis Paderborn

Gertrud Breiter, Sekretärin im Referat IV E 6 des Reichssicherheitshauptamtes, ab 1943 Stenotypistin beim Befehlshaber der Sicherheitspolizei und des SD in Minsk (SS-Standartenführer Erich Ehrlinger (1910–2004), Leiter der Einsatzgruppe B, ab 1954 Leiter der VW-Vertretung in Karlsruhe). Nach 1945 Sekretärin im Bundesnachrichtendienst

Roland Freisler (1893–1945), Präsident des Volksgerichtshofs, Führer der Prozesse u.a. gegen die Weiße Rose und das Attentat des 20. Juli

Manfred Roeder (1900–1971), Militärrichter. Als Oberstkriegsgerichtsrat und Vertreter der Anklage in den Prozessen gegen die Mitglieder des Berliner Zweigs der Roten Kapelle, mitverantwortlich für mindestens 45 Todesurteile. Das von Adolf Grimme, Greta Kuckhoff und Günther Weisenborn angestrengte Verfahren gegen ihn wurde von der Staatsanwaltschaft Lüneburg 1951 eingestellt. Ebenfalls Untersuchungsführer und Ankläger im Verfahren gegen Dietrich Bonhoeffer und Hans von Dohnanyi. Nach 1945 Informant des US-Geheimdienstes. Ende der Sechziger Jahre stellvertretender Bürgermeister im hessischen Glashütten

DU BIST IN MEINE
»DU SOLLST IMMER D

Mein größter Wunsch
wenn du an mich denkst
Wenn ich an dich den

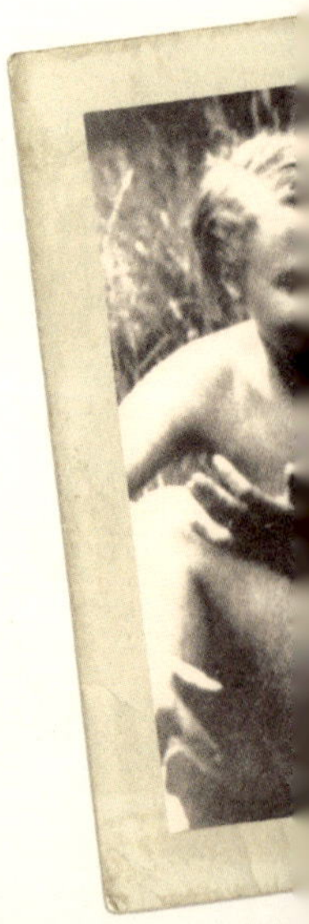

Libertas und Harro Schulze-Boysen mit Kurt Schumacher im Boot (links oben),
© Gedenkstätte Deutscher Widerstand
Elisabeth Schumacher (links Mitte), © Bundesarchiv
Hilde Coppi (rechts), © Hans Coppi (https://commons.wikimedia.org)
Picknick Marta Husemann, Günther Weisenborn und Harro Schulze-Boysen, © ullstein-bild